国家社科基金
后期资助项目

福建词史

（下　册）

Ci-Poetry History of Fujian Province

刘荣平　著

社会科学文献出版社
SOCIAL SCIENCES ACADEMIC PRESS (CHINA)

下册目录

第四编　民国：闽词的余响

第四编

民国：闽词的余响

引　言

　　民国时期是新旧文化剧烈碰撞的时期，新旧文学的交锋此起彼伏，最终新文学取代旧文学，这是历史的选择。然旧体文学仍有其巨大的惯性，显示出不小的力量。新旧文学并无绝对的对立，它们是在吸收各种精华而前进，在新旧文学互为交锋的时期也是这样。

　　民国时期共有 136 位闽籍词人作词 4372 首，这个成绩极其可观，这说明作为旧体文学的词仍有巨大的活力。民国只有 38 年的历史，清朝 267 年的历史里闽籍词人作词 5682 首，虽说比民国闽词多约千首，但时间跨度多了约 230 年。总体来说，民国闽词的成就，仍不及清代闽词。

　　虽然民国时社会人口流动十分频繁，乡土观念也日趋淡薄，但民国闽籍词人的地理分布仍有其考察意义。据《全闽词》统计，民国福建各县词人分布数是：闽县 35 位，侯官 21 位，福州（具体县份不明）24 位，闽侯 20 位，长乐 13 位，上杭 3 位，晋江、永福、南平、莆田各 2 位，连江、海澄、永春、同安、永安、福鼎、南安、惠安、尤溪、福安各 1 位，另有具体县份不明 2 位（只知省份）。省会福州（闽县、侯官、闽侯、长乐及属福州而具体县份不明者）的词人共计 113 位，占民国福建词人的绝大多数，显示出福州文化的巨大优势，延续了宋、明、清以来的文化格局。《全闽词》限于编纂体例的要求，未收陈声聪（福州人）、虞愚（厦门人）、黄寿祺（霞浦人）、黄墨谷（应收未收，厦门人）的词作，他们共作词 193 首，本书将其作为民国闽籍后起词人来论述。

　　1905 年，清廷废科举，各种小学、中学、高校继起，民众开始接受新式学校的教育，文化普及胜于前代。但在清朝取得科第的词人，有不少人仍在民国间从事词的创作和词学活动。据《全闽词》统计，民国闽籍词人中进士的有9人、举人有20人、副举人有2人、贡生有6人，相较于一般词人来说，他们更谙熟词的创作和研究。进士中郭则沄是诗词大家，举人中林葆恒、何振岱是著名词人和词学活动主盟者。

综观民国闽词短暂的历史，闽籍词人的成就依然十分可观。

清亡后，闽籍一些著名人物聚集北京、天津，如陈宝琛、郭则沄、林葆恒等人，他们的词作主要是寄托清遗民的哀感，虽然他们的词作艺术性较高，但不能代表词坛的发展方向。其中林葆恒词的成就最大，他虽能学习苏轼词，却是更多地向宋末姜夔、张炎学习，词风明显比王沂孙发扬外露一些，与张炎有神似之处。郭则沄对同乡前辈谢章铤及其主盟的聚红榭唱和的态度很值得研究。他的《清词玉屑》多从谢章铤的《赌棋山庄词话》中取材，或照录，或改编，或发挥，累计有50条左右，这一频率是相当高的，可见郭氏相当注重谢氏词学著作。郭氏提出了"聚红词派"的概念，·是指以谢章铤为主的聚红榭词人群，此群主张学习苏轼、辛弃疾词风。郭则沄和他的一些唱和词友主要学习宋末遗民词人的词风，时代的巨变虽对他们有影响，但是他们不允许自己的词作直露地反映现实，而是尽量隐藏词中的情感，守定比兴寄托的作词传统。这与时代的巨变是不合拍的。总体看来，他们词作的影响不及谢章铤及聚红词榭。

晚清民国福州名儒何振岱的弟子很多，这些弟子向何振岱学习古文、诗词、古琴、绘画、书法、吟唱等艺事，各有所建树。在何振岱早期弟子中，有两位著名的女弟子张清扬和周演巽，这是一对有太多相似之处的异姓姐妹。她们是好友，有交游和诗词唱和，彼此很欣赏；她们多愁善感，年寿不永，终年均为42岁；她们晚年都信佛，但都坚持诗词创作；她们都在同一年拜何振岱为师，都与何振岱夫人郑岚屏关系很好。所不同的是：张清扬偏重作词，周演巽偏重作诗。张清扬的词是民国白话词的典范，其词的成功至少说明用白话作词完全可行，她的做法是不损伤词的古典美，词的语句虽是白话，但词的意境却是古典的。其成功另有一重要因素，即词中有作者心襟、品格、志趣、怀抱的流露，也就是通常所说的词中有人、笔下有人。民国学吴文英一派词人的词风密丽深隐，词不好懂，其兴发感动的力量严重不足；另有一些人用白话作词，也不算成功，主要原因是损伤了词的古典元素，特别是词的古典意境美。南平词人陈守治词风独特，是彻底的白话创作，似乎完全不考虑词体是我国韵文最高级的形式，不讲词体"要眇宜修"的美感特点，不遵照词句平仄有规定性的要求，他作词只是按照词体句式字数、押韵的规范大致去做。在他笔下作词确实变得容易了，但终归在一定程度上损害了词的美感。词体有自己的文体审美规范，似不宜轻易改变。至如一些人只是偶然作词，词中自然无人，笔下自然无人。

何振岱 70 岁后回到福州，开寿香社指导作词，按实绩可视为清代闽词之结响。经考证，寿香社有 19 位社员正式入社，活动时间近一个世纪，堪称奇迹。寿香社取名之义，乃为祭祀陶渊明而立，非如有些论家所云因有老人和妇女参加而取此名。寿香社成立于晚清，主要活动在民国，其余波一直持续到 20 世纪 80 年代。社员各有著述，近十多年来相继整理出版，还有一些著述隐藏在民间，寄望将来进一步发掘整理。其中，有福建人熟知的"十才女"。她们出生在良好的家庭（大部分），受到很好的教育（大部分），这是她们取得成功的基础条件；她们固守旧体诗词创作并表现出一定的现代性，这既是何振岱指导的结果，也是她们合理的选择。她们中八人被评为"修来绝世心灵"（王闲语），并不神秘。所谓"绝世心灵"首先体现在她们对品格的修炼上，终生恪守儒家传统道德；其次体现在她们对诗心的葆有上，始终有锐感之心；再次体现在她们淡泊处世的态度上。十才女的修心之道在当下诗坛极具典型意义，值得推广。十才女群体相互学习与切磋，是"诗可以群"的典型案例。

清末民初，由于日军侵占台湾，一批有识之士纷纷内渡，以示抱节守志，其中有著名实业家兼诗人林尔嘉（1875～1951）先生。林先生雅好吟咏，颇热衷于诗钟唱和，后在厦门鼓浪屿结成菽庄吟社，成一声势浩大的文学社团，从事诗文词赋的创作，广征题咏，参与者曾达数千人之多。菽庄吟社的分支社团碧山词社于 1920 年成立，主要成员有林尔嘉、林鹤寿、施士洁、沈琇莹、吴锺善、江煦等人，但活动没有持续多久，影响有限。[①]菽庄吟社 1940 年曾刊行《菽庄丛刻八种》，中有《帆影词》1 卷，乃吟社

---

① 黄乃江：《东南坛坫第一家——菽庄吟社研究》，武汉出版社，2011，第 393～394 页。

1920 年以"氏州第一·帆影"为题征词的一个精选本。^① 所收词人多用化名，凡 18 人 20 首词。《帆影词》乃林尔嘉编选，寄托他萍踪漂泊、思乡怀归的心绪。词风与宋遗民词人清空骚雅一派为近。菽庄吟社核心吟侣有词作传世，且词作产生一定影响的有：许南英、施士洁、沈琇莹、吴锺善、江煕、贺仲禹等。我们称这一批词人为菽庄词人群。他们不但为民国厦门词坛带来极大活力，且为整个民国词坛增添光彩。

民国闽籍词学家的地域词集编纂成就突出，给后来研究者留下大量资料。道光十四年（1834），叶申芗编纂《闽词钞》，收宋、元闽籍词人 61 家词作 1000 余首，附以小传，注明出处，开地域词选之先河，后世踵其步武者不乏其人。叶氏本着强烈的乡邦词学意识，网罗群籍，成一词选，以证宋、元闽词之盛，故所收多多益善。然叶氏囿于时代限制，所见闽词仍不能说多，也有抉择不精之病，除了可证宋、元闽词之盛外，难以见到叶氏有明确的选词宗旨。民国 20 年（1931），林葆恒纂《闽词征》6 卷刊行。选词范围从宋、元直到民国，闽人的词作菁华被抉出，一编在手，可以通览闽词之上品，其意义自不能低估。林葆恒纂《词综补遗》100 卷，收词人 4800 多家词作 8000 多首，生前未能刊行。书目文献出版社 1992 年据民国 36 年（1947）稿本影印，2005 年上海古籍出版社出版了张璋整理本。林氏稿本原有浮签，影印本都作了很好的处理。今天看来，影印本仍是研究《词综补遗》重要的文本。《词综补遗》显然是补《词综》系列之遗。王昶纂之于前，黄燮清、丁绍仪补之于后的《国朝词综》，凡得 700 多人 2400 多首词，规模大备，然遗漏也不在少数。黄燮清《国朝词综续编》刊于同治十二年（1873），凡得 500 多人 1600 多首，对《国朝词综》的补录之功自不待言。丁绍仪《国朝词综补》成于光绪九年（1883），凡得 1500 多人 3300 多首，距林氏编《词综补遗》已有六十多年，所以光、宣以来的词人词作尤需有人再补录。林氏继起补辑，适当其时。

如上所云，民国闽籍词人词作和词学研究成果均斐然可观，若放在整个闽词的历史长河中来考察，我们只能给出"闽词的余响"之定位。就创作来说，民国闽籍词家确实缺乏播诸众口、妇孺皆知的词作，严复的《巩

---

① 《东南坛坫第一家——菽庄吟社研究》，第 368 页。

金瓯》可算 1 首，但毕竟太少。且词家所达到的高度远不及宋代柳永、刘克庄等词人，也不及清代谢章铤等词人，也就是缺乏标志性人物。就词学研究来说，民国闽籍词学家擅长文献整理，却缺乏词学思想方面的贡献，既没有清代叶申芗词学研究之"全"意识，也没有清代谢章铤提出的"词量说"那样鲜明的词学理论。民国闽籍词人多学宋末一派，确能推陈出新，但是影响力是有限的，并没有多少人跟着他们去学词。民国闽籍词人用词反映了他们的时代——这是自宋代以来闽词的优良传统，然反映现实的深度和广度，难以说能企及宋代和清代。故说，民国闽词只能算是闽词史上的余响。

第十三章　民初闽籍遗民词人及其词作

　　清室过渡到民国，政权交接是以和平的方式进行的，没有出现以往改朝换代之时天崩地裂的争夺局面。倒是进入民国，各地军阀争战不息，国力空耗，民生凋敝，大众苦不堪言。这就不免让不少清遗民怀念起故国来，他们怀念大一统时代相对安宁的生活，他们的文学创作对这种相对安宁的生活是作过一些美化的。民初闽籍遗民词人的构成较为复杂，一是流寓京、津一带以郭则沄为中心的闽籍词人群，其成员主要有陈宝琛、林葆恒、周登皞、曾念圣等，他们作词主要是在词社中完成；另有"自矜遗臣"的教授词人黄孝纾，词作成就较大；还有一些在各地为官的遗民词人如李景骧、林黻桢，也是忠于清朝的。林葆恒、郭则沄的词作成就较大，本章设专节论之。

　　陈匪石《旧时月色斋词谭》论清代词学云："有清一代词学驾有明之上，且骎骎而入于宋。然究其指归，则'宋末'二字足以尽之。何则？清代之词派，浙西、常州而已。浙西倡自竹垞，实衍玉田之绪；常州起于茗柯，实宗碧山之作。迭相流衍，垂三百年。世之学者，非朱即张，实则玉田、碧山两家而已。"① 此语参透清词派别之实情。在遗民词人骤多的时候，非学张炎，即学王沂孙，此于清末民初遗民词人也不例外，然而清末民初闽台词在很大程度上偏离了陈匪石先生的这一论断。

---

　　① 《宋词举》（外三种），第212页。

第一节　民国京津闽籍遗民词人的词作

一　自伤自泣的陈宝琛词

陈宝琛（1848～1935），字伯潜，一字弢庵，号橘叟，福建闽侯（今福州）人。同治七年（1868）进士，改庶吉士，授编修。光绪元年（1875）擢翰林侍读。光绪六年，充武英殿提调官。翌年，授翰林院侍讲学士，纂修《穆宗本纪》。光绪八年，授江西学政。翌年，授内阁学士兼礼部侍郎。时法兵侵犯越南，宝琛与张佩纶力荐唐炯、徐廷旭堪任军职。光绪十年，擢会办南洋事宜。后因原荐之唐、徐兵败受牵连，部议降五级处分。翌年，应台湾巡抚刘铭传之请赴台。返闽后，修葺先祖"赐书楼"，构筑"沧趣楼"。自此，闭门读书、赋诗、写字。光绪二十五年，任鳌峰书院山长，倡办学堂。宣统元年（1909），奉召入京，任总理礼学馆事宜。翌年，补授内阁学士兼礼部侍郎以及经筵讲官、资政院议员。宣统三年五月，简授山西巡抚，旋开缺以侍郎候补，派毓庆宫侍读。民国元年（1912）2月12日，清帝逊位，宝琛追随溥仪。翌年，命修《德宗实录》。民国10年，修成《德宗本纪》，授"太傅"衔。民国12年，引荐郑孝胥入宫。民国14年，溥仪至天津，宝琛亦移居天津随侍。九一八事变后，溥仪决意复辟，密赴东北。宝琛赶赴旅顺劝阻，溥仪不从，日本派人挟持宝琛返天津。民国21年，溥仪在日本扶持下成立伪满洲国，宝琛专程赴长春探望溥仪，呈密折劝溥仪迷途当醒。后病逝于天津，溥仪特谥"文忠"。撰有《沧趣楼诗集》10卷、《沧趣楼文存》2卷、《沧趣楼律赋》1卷。词有《听水斋词》1卷。

陈宝琛年少时喜欢作词，后久辍不作。溥仪逊位后，流寓天津一带文人结须社作词，月再三集，拈题限调，词成寄给上海的朱孝臧品评，后结集《烟沽渔唱》刊行。须社的创作触动陈宝琛的旧好，但他并未正式加入须社，因为他定居北京，又贵为帝师，所以不便成为须社的一员，只是须社的社外之友。今观其《听水斋词》，绝大部分作于须社成立之后。据袁思亮《烟沽渔唱序》，须社起戊辰（1928），终辛未（1931）。

陈宝琛是晚清诗坛大家。郑孝胥《陈文忠公挽诗》云："其诗必可传，五言晚尤善。"[①] 词只是陈宝琛的余事。《听水斋词》存词 42 阕，林葆恒《闽词征》选录 16 首，林葆恒是陈宝琛的词友，选录如此之多，可见其赏好，也可见友情之重。另可从《烟沽渔唱》补录 2 首。陈宝琛词的内容主要有：追忆旧日皇宫生活，参与须社唱和据题作词，表明遗民心迹。

追忆皇宫生活的词有 5 篇，多为节日蒙帝赐饼后所作，虽表感激之心，然颇多感伤之意，末世衰象使然也。这类词，题材别致，陈宝琛能作，一般文士不能作。《贺新凉》词序云："立秋日，蒙赏秋叶饼，与愔仲同赋。"词云：

> 秋至谁先省。看行朝、毕罗颁下，夏时犹准。袅袅风将凉一味，付与汤官管领。却模得、银床片影。抚序易生长年感，听哀蝉、还忆莲花饼。包袖热，莫教冷。　　流民织路无人振。忍回思、承平士女，翦楸簪胜。上苑虫文分明验，凄绝壶餐从径。况旅食、飘零难定。角黍花糕年年事，对旧京、内样滋悲哽。牙齿缺，且留饤。

郭则沄《清词玉屑》卷十云："俗传梧桐交立秋日，必有一叶先坠，若报秋者。栩楼寒碧簃前，有碧梧一树，余尝验之，果不爽。宫中于是日制秋叶饼，饼如叶形，芳甘为馅，内直者得叨颁赐。"[②] 词写皇宫秋至日赐饼，竟生出多少感喟，以至说食不下咽。此类词最见陈宝琛的遗民心态，怀念盛世，悲悼今日，无力回天，涕泣不已。

陈宝琛参与须社唱和的词，从《听水斋词》中难以看出有多少篇，但据《烟沽渔唱》有 18 篇。因为是限题限韵，又因为是一群遗民在聚会作词，所以此类词的情感取向乃至造词用韵方面都有些雷同之处，个性不太突出，然此类词强化了陈宝琛与众多遗民词人的认同感。《瑞鹤仙·戊辰，东坡生日，用梅溪体》云：

---

① 《海藏楼诗集》，第 427 页。
② 《词话丛编二编》，第 1615 页。

老坡生丙子。算五十三龄，戊辰刚值。奇才践清地。正金莲光下，唏嘘先帝。宫壶拜赐。可曾念、黄州李委。奈从今、白发苍颜，磨蝎命宫难避。　　长记。乾嘉全盛，岁岁苏斋，胜流高会。奎精画里，衣冠客，尽时制。适先庚旬日，诗龛诗老，南雅芙初并至。怅沧桑、花甲重周，却来我辈。（原注：嘉庆戊辰，是日庚戌，诸公以先十日庚子，题名《苏斋图》中，图藏予处。）

词的上片写苏轼，说他曾得到宣仁太后所赐的金莲烛，贬谪黄州期间，进士李委吹笛贺其生日，又说他命主磨蝎，多灾多难。词的下片说翁方纲在其斋中集众流庆贺苏轼生日，并请罗聘作《苏斋图》记其事，而今世板荡之际，我们再聚会庆贺苏轼生日，观览《苏斋图》，空怀盛世罢了。词虽写了与苏轼相关的事典，但无一不寄托自己的身世之感、家国之悲。

陈宝琛表明遗民心迹的词篇约有10篇，多借咏物发挥，自诉自伤自泣，这些词给人沉痛压抑之感，以《八声甘州·寒鸡》最佳。词云：

此何声凄绝五更初，三号彻霜天。忆传筹绛帻，重阖乍启，束带鸣先。换得千村万落，呼应海潮间。谁复蹴人起，气尽中原。　　此际欢场耳热，正灯明酒酽，如沸吹弹。　　任门前风雪，啼断夜漫漫。更哀鸿、相应旷野，盼阳乌、不出怎回暄。最难忘、宣南残柝，戒旦当年。

词写他五更听鸡鸣的感受，他感到一面是中原的气尽，一面是现实的沉醉，有大不祥之兆。这类词有凄厉之音。从"盼阳乌、不出怎回暄"一语中，可以隐隐见到他对帝制的怀念。

陈宝琛与故乡词友王允晳感情深厚，宝琛读到王允晳临终写给他的书信，走笔直抒，感情喷薄而出，有词《水龙吟·得碧栖临没手札，感痛代哭》记其事。词云：

十年望断来鸿，发函乃出弥留顷。苍凉掩抑，死生之际，一何神定。我欲招魂，海天兵火，巫阳焉讯。念百回千结，那时情味，盈眶泪，如泉迸。　　石帚清狂无命。恁荒波、日亲蛙黾。颓唐尔许，不应真个，江郎才尽。丛稿谁收，审音刊字，吾犹能任。却自怜老髦，君还舍我，就何人正。

民国 19 年（1930）闰六月，王允晳一病不起。陈衍往探视，靠近其耳边说："顺其自然。"王允晳作谢说："见道之言。"① 后病重，于闰廿一日（8 月 15 日）作绝笔书寄陈宝琛。王允晳早年受知于陈宝琛，多有唱和，交谊甚深，后由于政见不一，十年不相通问。是夕，王允晳卒，终年六十七岁。几日后陈宝琛于天津收到绝笔书，感痛不已，作《水龙吟》词哭之。郑孝胥在民国 19 年七月初二日（1930 年 8 月 25 日）《日记》中说："林季武来，言王又点（即王允晳）、梁众异、李释戡等于段祺瑞之攻张勋，皆求在前敌功，及又点归闽，与叕庵绝不通问者十年，叕庵寄与诗词亦不答，故将死而愧耳。"② 何振岱在七月初二日《日记》中说："初二日到叕老家，叕老方卧，闻予来即起，出王又点信见视，信系闰廿一夕所书，又点即以是夕亡，亦奇也。又点聪明，通文字，理不胜欲，娄于所得，投身要人，多为所侮，而君怡然不较，此可怪叹者也。"③

陈宝琛词也有触及时事者。如《壶中天·残棋》云：

一枰零乱，欠猘儿替我、从新翻却。越是收场须国手，不管饶先争着。休矣纵横，究谁胜败，局罢同邛貉。可怜灯下，子声敲到花落。　　兀自坐烂樵柯，神州卵累，眼看全盘错。大好河山供打劫，试较是非今昨。蜩甲枯余，玉尘输尽，说甚商山乐。美他岩老，梦边那省飞霍。

林庚白《孑楼词话》云："遗老陈宝琛，曩应溥仪之召，有所参与，知难

① 莲客：《碧栖词人韵事》，《华报》，民国 20 年（1931）2 月 18 日版。
② 《郑孝胥日记》，第 2294 页。
③ 《何振岱日记》，第 275 页。

而退，未尝复往。与交厚者，谓其识解，高郑孝胥一等。余偶从友人处，见其客岁所赋二词，于伪国之内讧，与感叹所系，颇足以供研讨，词亦不恶。"① 此词即是林庚白所言"二词"中的一首，另一首是《南楼令·中秋莹园待月》。两词未必如林庚白如此坐实的解说，然词中应确有所指。

陈曾寿《听水斋词序》评陈宝琛词云："公身世所遭既为古人所未有，膺师保之重，遭非常之变，道广不绝俗，涵纳众流，处之各如其分。长图大念，密运于心，而深隐其迹。虽有沉哀极涕，见于诗若词者，多在回曲隐现之间。至晚岁而律愈细、思愈密，无几微颣率之态，斯亦古人所未有之境也。"② 此言实在，没有拔高。叶恭绰《广箧中词》收陈宝琛词二首，评曰："弢庵先生七十后始为词，犹是诗人本色。"③ 此言显然是说其词不够本色当行。拙见以为：陈宝琛的词，用典频繁，使事稠密，却并不给人超玄的印象；他的词虽讲寄托，然不隐晦，遗民之感常常交相迸发。他的特殊身份，决定其词在清末民初遗民词中具有代表性。陈兼与《闽词谈屑》论陈宝琛词曰："盖方其光绪初年为内阁学士时，年方鼎盛，与二张（之洞、佩纶）数人依附高阳李鸿藻，勇于言事，时称为清流党，以事被斥，里居三十年，及再出，不二年清社即被推翻，宜其睹物兴怀如此。"④ 此为知人之言。

陈宝琛70岁后始作词，并取得相当成功，此为词坛少见者，此中原因，黄孝纾一语道出。其《碧虑簃词话》云："太傅虽不以词名，而佳处乃为词人所不能及。忧天闵人之思，厌乱思治之意，盖所蕴蓄者深，固自与众不同，此范希文、欧阳永叔辈词之所以独有千古也。"⑤ 此即云根深叶茂之意，学养深厚对于词家作词来说，自有绝大作用。

陈宝琛犹子陈懋鼎（1871～1940），字征宇，号槐楼，福建闽县（今福州）人。光绪十六年（1890）进士，官外交部参议，宣统三年（1911）

---

① 《民国词话丛编》（第三册），第505页。
② 《沧趣楼诗文集》，第765页。
③ 叶恭绰：《广箧中词》，《御选历代诗余》附《箧中词》《广箧中词》，浙江古籍出版社，1998，第703页。
④ 《近现代词话丛编》，第131页。
⑤ 《民国词话丛编》（第七册），第46页。

外任驻外一等参赞。民国2年（1913）参加隆裕太后丧礼。著有《槐楼诗钞》不分卷。词名《槐楼词》。懋鼎作诗"肆力后山，俯视一切"①。《槐楼诗钞》未收词。上海许浣云先生藏陈懋恒整理钞本《槐楼词》收词11首。词有兴亡之感。《瑶台聚八仙·同恒妹社园看牡丹，英、统二儿侍行》是其词集中最好的一篇。

二　轻俊疏朗的周登皞词

周登皞（1867~1936），字熙民，号补庐，福建侯官（今福州）人。光绪十四年（1888）举人。官绥广道尹。著有《悼启》《游黄山作》。

周登皞的词作，见于民国22年（1933）铅印本郭则沄等撰《烟沽渔唱》，凡27首。另民国26年铅印本林葆恒辑《忉庵填词图》收其词1首。

周登皞是从加入须社后才专意于填词的，他的著述极少，入须社前未见其有词作。像周登皞这样加入须社后才用心填词的，须社社员中还有一些。社中其他名家如王承垣、周学渊、陈实铭、李书勋、查尔崇、白廷夔等与之相类。在须社百集唱和中，他至少参加了27次。郭则沄编定须社唱和集《烟沽渔唱》后，送朱孝臧删定，周登皞也可能有一些词作被删掉，所以他参加须社唱和的次数应多于27次，足见他是须社唱和的热衷人士。陈曾寿《听水斋词序》云："须社者，天津流人文士所设立，月再三集，集则拈题限调，寄彊村侍郎沪上，平第甲乙。"② 须社是一个以清遗民为主要成员的词社，创作主旨乃在发抒遗民亡国之思，表达忠于前朝的政治立场。须社成员大多自觉研读《梦窗词》，以梦窗密丽词风为楷式，讲究辞藻用典。不过群体成员的词风并不一致，细究起来，应是各有特点。周登皞就是一位不太热衷梦窗词风的词人，他的词作表现出轻俊疏朗的特点。

《忆旧游·过水西庄遗迹，追怀查湾》词最能体现他的遗民立场，词云：

问荒庄邈若，二百年来，只剩词笺。不及湖船录，有茭芦冷榭，

---

① 《石遗室诗话》卷五，第58页。
② 《沧趣楼诗文集》，第765页。

犹带溪烟。纵横一代风雅，凭吊夕阳前。想竹馆听歌，帆台选句，何限留连。　　凄然。酒垆畔，忽向岁梅花，吹送华颠。摇落家风在，访旧时烟月，愁迸哀弦。多少暮年心事，传写到残山。料化鹤归来，吟魂应恋春水边。

词中有"荒""冷""凄""愁""哀""残"等字，一看可知他凭吊水西庄时凄凉冷落的心境。水西庄是众多清遗民表达伤悼情绪的一个所在，一个心灵的止泊之处。水西庄是天津历史名园，建于雍正年间，系查日乾、查为仁父子别墅。据查为仁《水西庄》诗序云："天津城西五里，有地一区，广可百亩，三面环抱大河，南距孔道半里许，其间榆槐柽柳，望之蔚郁。暇侍家大人过此，乐其水树之胜，因购为小园。"①查为仁主水西庄时，"升平日久，海内殷富，商人士大夫慕古人顾阿瑛、徐良夫之风，蓄积书史，广开坛坫。扬州有马氏秋玉之玲珑山馆，天津有查氏心谷之水西庄，杭州有赵氏公千之小山堂、吴氏尺凫之瓶花斋，名流宴咏，殆无虚日"②。水西庄唱和，见证了一个盛世的存在。《湖船录》，厉鹗撰，记载当时在西湖竞渡的场景。乾隆十三年（1748），厉鹗以举人候选县令，应铨入都。来到天津时，留住查为仁水西庄。他看到了查为仁为南宋周密的《绝妙好词》所作的笺注，遂放弃入都的打算，和为仁同撰《绝妙好词笺》。几个月后，著作完成，他返棹南归。自水西庄建成之日起至查为仁去世，其间往来宾客数以百计，声名较显者有陈元龙、刘文煊、汪沆、万光泰、杭世骏、厉鹗、沈德潜等人。查尔崇，号峻丞，又号查湾。光绪十一年（1885）举人。历任盐运使衔四川候补道，赏戴花领，四川全省保甲局总办，河南开封电报局总办，湖北全省模范大工厂督办，河南税务局局长，直隶全省烟酒公卖局局长。工书山水，著有《查湾诗钞》。

周登皡《金缕曲·咏寒鸦》一词，词风清俊洒脱，应是他的代表作，可知须社社员不拘束梦窗词风的一面。词云：

①　查为仁：《抱瓮集·水西庄诗并序》，查为仁：《蔗塘未定稿》，清乾隆八年写刻本。转引：叶修成著《紫芥掇实：水西庄查氏家族文化研究》，天津古籍出版社，2017，第15页。
②　袁枚：《随园诗话》卷三，清乾隆十四年刻本。

极目寥天阔。蓦何来、墨痕万点，欲回还折。暮色西山苍然至，掠过寒林数迭。渐水外、飞霞明灭。夹道槐阴曾几日，到而今、冷与征鸿答。遥指点，黯城堞。　　　昭阳旧事休重说。但斜晖、无情一片，影迷宫阙。几树垂杨销魂处，弱缕惊栖未贴。又械械、风欺病叶。闻道蒋山神未死，尽看他、残饭江天接。感时物，总愁绝。

词借寒鸦说衰世景象。昭阳殿，汉代宫殿名，西汉宫廷后妃所居之处。王昌龄《长信怨》诗有云："玉颜不及寒鸦色，犹带昭阳日影来。"词用此典，是说寒鸦只会让人想起曾经的盛世。民间传说蒋山神（钟山神）登位后灾害止息，词说人们还在祭祀他，不过可能没什么作用了。

三　颇好用典的曾念圣词

曾念圣，字次公，号风持，福建闽县（今福州）人。曾漱（1852～?）子。著有《抱天楼诗》1卷、《竹外词》1卷、《桃叶词》1卷、《桃叶词别集》1卷。

1963年颂橘庐刊本曾克耑纂《曾氏家学》收有曾念圣《竹外词》《桃叶词》《桃叶词别集》各1卷。曾念圣词另有单行本民国铅印本《桃叶词别集》，此本收词较《曾氏家学》本《桃叶词别集》更佳。《全闽词》据《曾氏家学》所收《竹外词》《桃叶词》、民国铅印本《桃叶词别集》录入，共录词72首。

曾念圣事迹不彰，生卒年也暂时无法确定。据陈琼莲《黄濬年表》①，光绪三十年（1904）九月初二日，黄濬（1890～1937）与曾念圣同级入京师译学馆；光绪三十四年陈衍兼就京师译学馆讲习，黄濬、曾念圣等师从言诗；宣统元年（1909）黄濬与曾念圣同期毕业于京师译学馆；宣统二年二月十六日，花朝节翌日，陈衍招何震彝、梁鸿志、朱联沅、曾念圣、黄濬诸生集小秀野草堂，各赋五言律诗一首。曾念圣生年应与黄濬相近。曾念圣有词提到他步行武汉大桥，武汉大桥建成于1957年9月，他的卒年应在此年或在此年之后。黄濬、曾念圣等年轻学子接受了陈衍的诗学思想，

---

① 陈琼莲：《黄濬年表》，《黄濬诗歌研究》，福建师范大学2014年硕士学位论文。

并以陈衍弟子自居，他们作诗走的是宋诗派的路子，作词也受到了宋诗派诗学思想的影响。

曾念圣有敏捷之才。陈兼与《闽词谈屑》载其事有云："曾次公（念圣）在民初亦文场之少壮者，颇负才名。记五十余年前，一夕至予外舅方晚读翁家，予等方食蟹，次公即席集一联云：'上马杀贼，下马草露布，今其时矣；左手持螯，右手把酒杯，不亦快哉！'众皆称善。"① 曾念圣曾参加过俦社，俦社是20世纪20年代末至30年代中期活跃于天津的一个文人社团，起初是一个政治色彩浓厚的组织，拥护溥仪复辟，后来溥仪就任东北伪满洲国皇帝后，俦社转变为文学社团。俦社诸子的唱和诗文词，后结为《水香洲酬唱集》出版。② 《水香洲酬唱集》收有曾念圣的作品。彼时的曾念圣俨然一个清朝的遗民。《绛都春·析津节园独鹤》可见证这一点，词云：

> 仙蓬堕羽。弄烟霭晚日，亭皋微步。小蜕金衣，依约霜翎，云中侣。当年紫盖西飞路。记翠葆、蜺旌曾驻。绣楣栖后，新来编袂，玳筵羞抚。　　凝伫。泠娉芳径，晼华表只在、谯昏堞暮。鼎脯烹雌，丝雨孤踪，巫峰误。伤心莫共春波语。怕照影、翩然飞度。更愁寒入尧年，梦残怨宇。

词后有跋语云："津园旧有双鹤，为合肥李文忠督直时所畜。某岁，园卒烹其雌以食，今仅余雄鹤矣。"郭则沄《清词玉屑》卷十二采录此词，文字略有不同，有云："煮鹤焚琴，以消杀风景者也，不图竟有其事。河北都府有园，小具花石，豢白鹤二，相传端陶斋所遗。十年前，园经驻军，散卒无赖，烹其雌食之，今其雄仅在。曾次公念圣尝客蓟幕，暇日行吟其间，闻孤鹤凄鸣，恻然伤之，为赋《绛都春》云（略）。绵丽宛似梦窗，陈跽公都尉依韵和之云（略）。余继和云（略）。都府旧为行宫，辛丑回銮，备驻跸，不果，词中'霓旌紫盖'诸语，皆谓此也。何物鸡树，灾及

---

① 《近现代词话丛编》，第139页。
② 杨传庆：《民国天津文人结社考论》，《文学与文化》2017年第1期。

仙禽。"① 一曰李鸿章所畜，一曰端方所遗，应以词后跋语为准。密丽辞藻下，流露的是伤悼之意，"独鹤"一词使人想到慈禧与光绪一段屈辱的逃亡路，但词意极为隐晦，如不是经郭则沄解说，难明真意。

曾念圣词好用典，这与他作诗用典是同一嗜好，都是受到清末民初盛行的同光体诗风的影响，其师陈衍即是此派的领军人物。从《甘州·感事》词可窥见曾念圣好用典的作风，词云：

> 蓦横空辽鹤落镫前，嗷然又人间。正雄虓九首，鲸呿鲵跋，浪舞千盘。梦醒秦关汉塞，风外一泥丸。欲注经天泪，海水先干。 莫问翠瀛尊俎，抚龙文苍珮，拂拭都难。更卢龙谁卖，爨段末应弹。最伤心、白山雪黑，守征衣、马角盼刀环。神州事、漫缠兵气，斗柄仍南。

"辽鹤"，用《搜神后记》辽东丁令威学道后化鹤归辽事；"鲸呿鲵跋"，化用宋张淏《云谷杂记》"笔扛龙文百斛鼎，鲸呿鳌掷风雨惊"句；"一泥丸"，用《后汉书》王元所说"以一泥丸封函谷关"句；"经天泪"，用刘光第《巫峡》诗"忍尽经天泪，猿声不可求"及朱祖谋《水龙吟》词"痛招魂无些，宣哀有诏，经天泪，中宵泫"句；"翠瀛尊俎"，化用宋王之道《千秋岁》"溪光摇几席，岚翠横尊俎"句；"爨段"，指戏曲的早期形式；"马角"，用燕太子丹质秦时如马生角才可回国事；"刀环"，用《后汉书》立政目数李陵刀环暗示可还归汉事；"斗柄仍南"，用《鹖冠子·环流篇》"斗柄南指，天下皆夏"句。经此一一索解后，才可明白词意。词是说盼望东北溥仪伪皇帝回到北京称帝，可是这种愿望现在为炽热"兵气"所阻。

许多同光体诗人，他们年轻时习宋诗，喜欢用思力结构诗篇，喜欢用典，有人甚至有冷典癖，遂使诗意难明，情感较隐；而当他们到晚年时，不少人就放弃了同光体的作诗路数，走上自然明畅一途，给人功力不减反增的感觉。曾念圣的词，也见证了这一转变。他的《满江红·步自武汉大

---

① 《词话丛编二编》，第 1677 ~ 1678 页。

桥入武昌》何等明快，词云：

> 鹦鹉洲边，飞虹贯、大江南北。凭眺里、风流休羡，投鞭系楫。眼底山川龙虎气，掌中形胜龟蛇列。拊中原、好手看屠鲸，阑干拍。
>
> 吴楚界，而今拆。刘孙事，何须说。更飙轮来去，霆惊电激。老子平生殊自笑，胸中差喜浑无物。且从容、步入武昌来，寻黄鹤。

四　非居京津的遗民词人

李景骧（1868～1926），字季缄，晚号复斋，福建侯官（今福州）人。光绪十七年（1891）领乡荐，二十一年登进士第入词林，二十四年散馆改外，历宰广西来宾、罗城、恭城、贵县，江西奉新、永新、金溪等县。所至皆有惠政，人皆以长厚称之。著有《复斋文存》1卷、《诗存》4卷附《复斋词钞》，存词28首。

李景骧的妻子是聚红榭著名词人林天龄的女儿，不知他的填词是否受到岳父的影响，他与林天龄的词风有神似之处。谢章铤评林天龄词曰："其填词不苦思，不险语，随势宛转，而恰如其意。"[①] 李景骧的词风也是如此，只是功力不及林天龄。他在五十岁时，曾作词谈及自己，可供我们了解他。《满江红·丁巳九月二十日，五十初度，感事伤怀，赋以自遣》云：

> 利锁名缰，五十载、此身如寄。况劫后、天涯沦落，青衫憔悴。玉宇秋深空有梦，山城政简闲无事。笑下车、冯妇竟重来，滋惭愧。
>
> 挥不尽，英雄泪。酬不尽，平生志。但悲歌慷慨，怆怀天地。世外桃源虚想象，人间曼倩真游戏。喜今朝、大衍乐妻孥，同欢醉。

"劫后"，当指辛亥革命，从此词可看出他的政治态度，他毕竟是清朝的进士，自然站在守旧的政治立场上。"冯妇"原指打虎的冯妇，此指重操打

---

① 《赌棋山庄词话续编》卷五，《赌棋山庄词话校注》，第393页。

虎旧业，说的是鼎革后他还在做官。"曼倩"，是东方朔的字，其人诙谐处世，此喻指作者现在的处世态度。《昼夜乐·感怀》纯用散文技法作词，词云：

> 折腰五斗吾之耻。况多病、思田里。只因廿口累人，仆仆风尘未已。浊世升沉奚足论。看两鬓霜华如此。归去岂求田，枉自盟江水。　　忽传南北风云起。动干戈、萧墙里。可怜大好河山，不到分崩不止。俯仰此身何所寄。一笑入商山，我欲从黄绮。

此词说出了他的矛盾心理，这也是民国许多文人的共同心理。风尘作吏，家口累人，想归隐如秦末黄绮，可能只是个奢望。

林黻桢（1872～1942），字肖蜦，号霜杰，福建侯官（今福州）人。林则徐曾孙。官江苏嘉定知县。《文藻遗芬集》有其民国 26 年（1937）跋，时年 65 岁。著有《感秋集》不分卷、《北征集》1 卷。

光绪三十四年（1908）侯官林氏铅印本《北征集》、宣统元年（1909）鸿文恒记局铅印本《感秋集》均收词，另从民国 21 年至 26 年刊本青鹤杂志社编《青鹤》、民国 29 年至 33 年刊本同声月刊社编《同声月刊》、民国 29 年铅印本林葆恒编《落花诗》可补辑本集未收之词。《全闽词》收林黻桢词 31 首。

林氏之母陈谦淑，字梅君，工部员外郎林泂淑室，著有《闻妙香室诗钞》2 卷，存词 10 首。林氏仕宦不显，事迹不为人所知。1931 年 11 月 16 日，消寒词社创立，社员有邓邦述、蔡宝善、吴曾源、陈任、杨俊、林黻桢、亢惟恭、张茂炯、顾建勋、吴梅、王謇、黄思履、吴翼燕及赵万里计 14 人，9 日 1 集，交词 1 首。1931 年冬与 1932 年冬均有数次社集，1933 年孟春集会后，活动终止。① 林氏其他词学活动，多不见记载。林氏《北征集》，有戊申（1908）二月自序，乃是林氏自姑苏抵都后纪游之作，收词 11 首；《感秋集》有林氏己酉（1909）花朝前十日自序，乃是林氏南归管税桐湖所作，收词 8 首。入民国后，林氏继续作词，发表于报刊。

---

① 查紫阳：《民国词社知见考略》，《长春工业大学学报》（社会科学版）2014 年第 6 期。

　　林氏是清末民初遗民词人中的一员，有4首和廖恩焘《蝶恋花》词，林葆恒收入遗民唱和集《落花诗》中。其一云"莫向丛台悲老树"，其二云"鹁鸪数声天欲暮"，其三云"肯随零乱枯蓬舞"，其四云"问春怕被流莺觑"，这些都是那个时代遗民们常写的词句，可以看出清廷既屋之后他的凄凉黯淡的心境。

　　林氏词作题材，为传统所习见，没有突破与创新。登览闻见，伤春惜别，略聚笔端罢了。但观其词，竟无一首败作，甚至无一句明显出格之作，始知其老于作词。其词兼学南北宋，集中有用张先、周邦彦、姜夔的词韵，而以学姜夔最用力。其词体气雅洁，吞吐温润，不见太着力，亦不见大起伏，而佳词丽句徐徐流出。他的词作主要作于清末，后来参加遗民唱和，也是走他的旧路，词风未见转变。《北征集》以《满江红·守风江口，闻堞中角声凄厉动人，引觞痛酌，不能瞑也》最佳，词云：

　　　　长愿今生，休更听、津亭寒角。况又是、绕旗疏雨，官河船阁。欲雪还阴天掩抑，断云零雁人飘泊。对黄昏、败鼓一声声，横风恶。
　　　　人世事，趋穷朔。空江怨，招沉魄。把芳华吹尽，大千摇落。旅意横生头易白，野愁成茧肠如缚。仗深杯、努力洗闻根，沉沉酌。

此词是衰世之音，阅之不免生愁。然用语不见滞碍，诵之颇觉顺畅，不能不叹其功力。《感秋集》以《绮罗香·罗星洲见月却忆》最佳，词云：

　　　　四野描岚，平林捧月，秋入鲈乡深处。倦橹柔波，来趁蓼汀花淑。才一霎、染袖风香，更多少、打蓬烟缕。只凄然、遥夜荒洲，水仙未解断肠句。　　盈盈湖上望极，有断萍轻约，蒿痕如故。甚事凉蟾，偏作旧人眉妩。收拾尽、画舫风流，分付与、笛家清苦。待些时、重觅桃根，剪灯听夜雨。

炼字炼句，极见声响，又多用拟人手法，亲切有味。此词若杂入宋末遗民周密词集中，断不易分别。

第二节　林葆恒的词学成就与词的创作

林葆恒（1872~1951），字子有，号讱（一作切，又作刧）庵，闽县（今福州）人。林绍年次子，居锦衣坊酒库弄。光绪十九年（1893）恩科举人，以道员分发直隶，历充统捐局会办、会议厅提调、自治局督理、署理直隶提学使等。辛亥革命后，绝意仕进，曾创办天津中国银行。后任中国银行董事兼总稽核、通惠公司总经理。① 平生沉潜书史，尤耽倚声。晚年流寓津、沪，创立津沽词社、须社、沤社、瓶社等，一时推为祭酒。叶恭绰编《全清词钞》，得其襄助者尤多。纂有《闽词征》6 卷、《词综补遗》100 卷。另纂有《讱庵填词图题咏》不分卷、《集宋四家词联》4 卷、《落花诗》不分卷、《讱庵先生重游泮水唱和诗录》不分卷。著有词集《瀼溪渔唱》不分卷。② 另有稿本《讱庵丛录》《讱庵游记》《讱庵丛录》《讱庵诗词钞》《讱庵诗稿》《讱庵客座琐谭》等。

一　林葆恒的卒年

林葆恒生平事迹尚无有力度的专文考证，朱尧硕士学位论文《清遗民词人林葆恒研究》曾初步考证林葆恒的生平事迹，大体可行，惜未能考出林葆恒正确的卒年月日。林葆恒的卒年曾出现错判。张璋整理本《词综补遗》"前言"说："卒于一九五零年，享年七十有九。"③ 此说有误。刘荣平编《全闽词》承其误。④ 姚达兑《清遗民的文化记忆和身份认同——林葆恒和六幅〈讱庵填词图〉》亦承其误。⑤ 朱尧《清遗民词人林葆恒研究》说："林葆恒生于清同治十一年（1872），至于卒年，迄无确考。袁志成

---

① 卢为峰编著《坊巷翰墨》，福建美术出版社，2016，第 102 页。按：本书完成后，福州卢为峰先生寄来了他的《坊巷翰墨》，知卢先生已定林葆恒卒年为 1951 年。卢先生并告我说，与词人林葆恒同时代有担任菲律宾副领事另一名林葆恒者，二者不应相混。谨致谢！

② 张璋：《词综补遗·前言》，张璋整理《词综补遗》，上海古籍出版社，2005，"前言"，第 1~2 页。

③ 《词综补遗》，"前言"，第 1 页。

④ 《全闽词》，第 1784 页。

⑤ 《民族艺术》2016 年第 6 期。

《晚清民国福建词学研究》认为林葆恒卒于 1950 年，没有切实材料证明。林葆恒晚年编有《讱庵客座琐谭》一书，所记多为光、宣间遗闻故事。瞿宣颖叙此书云：'君归道山已数年，念两世交亲，不胜宿草之感，谨识册尾，期诸孤善宝藏之。'作叙的时间是'乙未（1955）新春'，则林葆恒离世必在此前数年。又，据林葆恒等著《陈后山陆放翁生日诗录》，陈后山生日时，同人集于李宣龚硕果亭，林葆恒诗题为《庚寅八月十日硕果亭作后山生日，以集中'两官不办一丘费，五字虚随万里船'分韵得'两'字》。庚寅八月十日，即 1950 年 9 月 21 日，林葆恒时年七十九。至于陆放翁生日，则是在农历十月十七日，即是年 11 月 26 日。林葆恒五十、六十、七十寿，均有名流酬以诗文，八十寿则未见相关材料。据此推算，林葆恒卒年大致应在 1950 年底（11 月 26 日以后）至 1951 年 9 月（其生日为农历八月十九日）间，本文暂以 1950 年为其卒年。"① 可见，朱尧曾试图考证林葆恒的卒年，然未能成功，仍是承张璋《词综补遗·前言》之误。

今见陈海瀛撰《讱庵林先生诔并序》述林氏事迹较详，卒年月日甚明。此《诔》未见研究林葆恒的学者提及，也不为一般论者所知，录如次：

> 逊清末叶，吾乡林文直公，以直声闻天下，出膺疆寄，入赞军机，政绩烂然，照人耳目。而能迪前光、缵厥绪者，则其仲子讱庵先生也。以今岁辛卯寅月七日（1951 年 2 月 12 日）考终于上海寓庐，春秋八十。乌呼哀哉！观志观行，先生两无愧矣。初，先生以光绪己丑（1889）补县学生，领癸巳（1893）乡荐，乙未（1895）试礼部报罢。而文直公方谪守云南昭通，昭通故非善地，先生亟往省观，自是随文直公周历滇、黔、桂各省，以至入直枢廷，复出抚河南，咸侍。仅于戊戌（1898）、甲辰（1904）入都会试。盖先生乐于趋庭，科名初不屑意也。洎文直公内调为仓场侍郎后，先生始以道员分发直隶，遂佐直督幕府，兼各厅局右职。既而署直隶提学使，甫两月而有辛亥（1911）逊政之事，先生即弃官去，侍文直公居天津，至奉讳读礼，

---

① 苏州大学 2017 年硕士学位论文，第 26 页。

不复问时政矣。先生尝谓读书不废治生，因集赀于哈尔滨设通森森林公司，于烟台设通益精盐公司，于河南新乡设通丰面粉公司，苦心擘画，历十有七年。先生又尝主天津中国银行，事直督冯国璋电财政部，月由津行拨五十万济饷，已获请矣，先生坚持不可，议遂寝。洪宪之变，袁世凯假筹安会名讽财政当局，令全国停兑，先生不为威劫，兑如故。凡类此者，地方蒙其利至溥。先生里居日少，丁亥（1947）归自沪，佥议合七科举贡，自癸巳（1893）讫乙酉（1945），得二十人，两月一集，名曰簪联社，至先生赴沪，此事遂废。先生能诗，尤工填词，喜为文字饮。往岁己丑（1889）为先生重游泮水之年，自为诗征海内和赠，盛极一时。讵隔面未久，而先生归道山，后死者何所资以为矜式耶？乃忍悲而为之诔曰：

> 繄故家之乔木兮，袭旧德而流馨。世济美楂与梨兮，新阴施及门庭。勤求乡邦文献兮，辑成左海《词征》。乌呼哀哉！慨书种之将绝兮，遂乘化而县解。迹既熄而诗亡兮，冠章甫而俗骇。奎星闳其光芒兮，天下失此模楷。乌呼哀哉！岁非龙蛇胡厄兮，梦占起起滋疑。岂司命之不晰兮，同侪闻讣赍咨。勒崇请俟碑名兮，惜逝视此诔辞。乌呼哀哉！①

此《诔》明载林葆恒的卒年月日，可据此《诔》定林葆恒的卒年为1951年。观此《诔》可知：林葆恒是清末军机大臣林绍年之子，如非辛亥国变，当会有一个不错的官位。然他对做官兴趣不大，辛亥后弃官不做，有个长时间经商的经历，最终也弃去不做。最后他找到了做学问和诗词创作这条路，事实上这确是他留名后世的一条成功之路。如他一直做官或经商，或难以得享文名。此《诔》的作者陈海瀛（1883～1973），字说洲，号无竞，福州人。壬寅（1902）中举人。后留学日本早稻田大学法政专业，卒业归国。1920年任广州军政府秘书。1921年11月，随孙中山出师北伐。1922年林森任福建省长时，陈海瀛任秘书。1923年初萨镇冰继任省长，仍任秘书，后升为秘书长。嗣后任华南女子学院、福建学院讲席。著

---

① 陈海瀛：《希微室家藏文稿》，1959年油印本，第28页。

有《希微室家藏文稿》《希微室诗稿》等。陈海瀛是一位具有革命思想的
人物，而他为一位守旧人物林葆恒撰写的《诔》表现出对林的赞赏之情，
可见林之人品不错。

二　林葆恒的词学成就

林葆恒是晚清民国一位热衷于词学活动和致力于编纂词选集的词家。
他的词学活动和词的创作都与结社有明显的关系。终其一生，共参与了 10
种以上词社，其中以参与须社和沤社的创作成绩最突出。1915 年春，王蕴
章、陈匪石、周庆云等于上海发起春音词社，公推晚清大词人朱祖谋为社
长，林葆恒曾入此社。1925 年，郭则沄、李放等人于天津倡立诗社冰社，
以郭则沄所居栩楼为主要活动地点，林葆恒曾入社。1928 年夏，郭则沄、
林葆恒等于天津创立须社，郭则沄为社长。三年社集 100 次，刊有《烟沽
渔唱》四册。《烟沽渔唱》收林葆恒须社唱和词 67 篇。1930 年秋冬间，夏
敬观、黄孝纾等在上海与同人发起词社沤社，公推朱祖谋为社长，前后集
会 20 次，填词 284 首，刊行《沤社词钞》。《沤社词钞》收林葆恒词 18
首。1935 年，夏敬观于沪西康家桥宅立声社，林葆恒曾入此社。1939 年，
沪上成立午社，以夏敬观为中心，次年刊行《午社词七集》，收 7 次社集
词作 29 题 160 阕。《午社词七集》收林葆恒词 10 首。1950 年，关赓麟于
北京创立咫社，举 15 集，有《咫社词钞》行世，收林葆恒词 4 首。林葆
恒另参加过吴梅在南京主持的如社，郭曾炘、郭则坛父子在京主持的榕荫
堂诗社、蛰园吟社等社团。

林葆恒词学著作颇丰。民国 20 年（1931），林葆恒纂《闽词征》六卷
刊行，有陈衍、杨寿枏及自序。《闽词征》收宋徐昌图至民国邵英戡共 260
人 1443 首词，其中收清朝闽籍 155 人 729 首词。民国 24 年，林葆恒纂
《忉庵填词图题咏》一卷刊行，有陈宝琛《摸鱼儿》手迹一帧、填词图 4
幅、王履康《忉庵填词图叙》，收录陈宝琛等 55 人 55 首词、陈三立等 14
人 24 首诗。民国 25 年，林葆恒纂《集宋四家词联》4 卷刊行，有郭则沄
序。序云：“是作巧思绮凑，隽语珠穿，约而取精，婉而多致。”[①] 此著有

---

① 林葆恒辑《集宋四家词联》卷首，民国刻本。

"周清真词四十联""吴梦窗词六十联""姜白石词三十三联""张玉田词四十二联"四目。民国 27 年，林葆恒词集《瀼溪渔唱》刊行，有徐沅丙子（1936）年序、林葆恒戊寅（1938）跋。词作有编年。民国 34 年三月，林葆恒编成《词综补遗》一百卷，有徐沅、郭则沄序，另有郭则沄等 30 家题词。今有张璋整理本。

林葆恒是民国时期以选词闻名的词学家。今存《林葆恒藏词目录》，证明他曾长期致力于收集词集，这为他选词准备了充足的条件。他还准备完成一部《补国朝词综补》，未成即卒，上海图书馆藏有稿本《补国朝词综补目录》。兹先论他的两部词选。

（一）《闽词征》——一部新颖的词选

民国 20 年，林葆恒纂《闽词征》六卷刊行。林葆恒曾请陈衍为《闽词征》作序，陈衍询问其编纂宗旨所在，林葆恒答曰："世有诋'闽人填词，音韵不叶'者，吾将执斯集以辟之，乞以一言弁简端。"① 如果说《闽词钞》证明闽人能词，《闽词征》则能证明闽人精于词，而《闽词钞》之漫录性质、无明确选词主旨等弊端，《闽词征》均能避开之。《闽词征》选词范围从宋、元直到民国，闽人的词作均经严格汰选，一编在手，可以通览历代闽词之上品，其意义自不能低估。其选词宗旨受《词综》之崇雅黜俗的选词标准影响，有时也会兼顾不同风格的词作，而是否协律也是林氏选词的一个很重要的标准。清词丽句、平仄协和、朗朗上口、情感雅正的词作就比较容易入选。如柳永词，《闽词征》选了 35 首，约占柳永词总数的六分之一，确实把柳永词作的菁华攫取出来，而《闽词钞》选了柳永词210 首，几乎全录《乐章集》。再如刘克庄词，《闽词征》选了 41 首，也把刘词菁华攫取出来，而《闽词钞》选了 131 首，占《后村词》总数（269首）近一半。② 两相对照，益见出《闽词钞》不是严格的词选，而《闽词征》的择词殊为严谨。

相较于一般的词选而言，《闽词征》有两个突出的特点。

---

① 《闽词征》卷首。
② 陈寿祺《闽词钞序》云："其《后村词》则取余所录天一阁《大全集》，多至百三十余首，盖诸家所未及见，亦足征网罗之富矣！"《闽词钞》卷首，清道光十四年（1834）刻本。

1. 改动词作

林氏作词自具手眼，对词律也甚精通，遇到不甚合律的词，他均能修改，有时通篇修改。林氏的这种做法固然有违作者著作权之嫌疑，但他是为了证明闽人精于词而不得不予以修改，其目的是提升闽词的质量，有其合理的一面。笔者编《全闽词》时，遇到这种情况，能寻觅词作原本就据原本录入并对校《闽词征》，如不能寻觅到词作原本而又不能获取其他底本时，就据《闽词征》录入。

部分修改词作的例子，如吴应聘《多丽·武夷怀古》词：

碧霞天。秋山处处鸣蝉。忆幔亭、当年高宴，于今蔓草荒烟。幽洞底、泉流碎玉，悬崖畔、瀑响哀弦。礼斗坛空，升真洞杳，寂无唳鹤与啼鹃。问朱子、书堂何在，凭吊一凄然。到不若、缁堂羽院，客尚流连。　　是何人、藏舟深壑，几经谷变陵迁。仰大王、雄风未坠，看玉女、秀色堪怜。铁笛停吹，金鸡罢唱，虹桥飞驾白云边。空留得、药炉丹鼎，传说已千年。移短棹、浩歌一曲，漫拟怀仙。（道光《武夷山志》卷二十二《诗余》）

好秋天。青山处处鸣蝉。忆当时、幔亭高宴，于今蔓草荒烟。幽洞底、泉流碎玉，悬崖畔、瀑响哀弦。礼斗坛空，升真洞杳，寂无唳鹤与啼鹃。问朱子、书堂何在，凭吊一凄然。倒不若、禅关羽院，客尚流连。　　是何人、藏舟绝巘，几经谷变陵迁。仰大王、雄风未坠，看玉女、秀色堪怜。铁笛停吹，金鸡罢唱，虹桥飞驾碧云边。空留得、药炉丹鼎，传说已千年。移短棹、浩歌一曲，漫拟怀仙。（民国 20 年刊本《闽词征》）

通篇修改的例子，如卢蕴真《醉春风·探春》词：

屈指清明近。东风难借问。锦帏绣幕昼高悬，闷。闷。闷。柳絮长堤，苔钱曲径，试探芳讯。　　园悄金铃静。蝶梦花间稳。小栏游遍大栏干，认。认。认。绿润红融，味浓香求，一番佳境。（清道光

二十六年刻本《紫霞轩诗钞》）

> 屈指清明近。东风吹更紧。锦帏绣幕昼常垂，闷。闷。闷。丝柳长堤，梨花深院，试探芳讯。　　蝶梦花间稳。不管人愁损。横斜几折小阑干，认。认。认。绿绕红围，都应未改，旧时情景。（民国20年刊本《闽词征》）

以上有些修改，是林氏措意词律所致，经其修改后的词作，诵之更顺口，如"绿润红融"，诵之不太顺口，改成"绿绕红围"就很顺口了。而把"碧霞天"改成"好秋天"，则不是措意词律，因为平仄皆同，当是就词境之体验而做的修改，改得好否，难以遽断，然不改也可。至于全篇修改，当有重新创造之意。卢蕴真词经林氏全篇修改后，词境完全改变。卢词原是写借游春遣散愁闷情绪，心情最后是愉悦的，经林氏修改后，词境给人的感觉是静谧压抑。究其原因，是林氏把他的遗民愁绪投射到卢词中所致，词境由不重而变得沉重。①

2. 兼具词刊性质

《闽词征》从第五卷起，就开始选录与林葆恒同时之人的词作，如陈衍等人有词入选《闽词征》，他们在《闽词征》刊行时仍在世。从第六卷起，《闽词征》开始刊发一些青年才俊的词作，如林欣荣、黄孝纾、王迩、何维刚等人。另附录《历代闺秀》中也收录一些青年女词人的作品，如张清扬、何曦、刘蘅、叶可羲、王真、王闲等人，其中一些人只是在词坛崭露头角，林氏也乐于奖掖后进，收录其词。这种做法与后世词刊颇相类，故《闽词征》兼具词刊之性质。一些词人以在《闽词征》上刊词而感到荣耀，如刘蘅《蕙愔阁词》中有《蝶恋花·送秋》《百字令·冰花》词，《寿香社词钞》本《蕙愔阁词》特地注明："已见《闽词征》。"② 叶可羲有《青玉案·山游》《鹊桥仙·听雨》《水龙吟·集美重来，秋光将半，风景不殊，故人尽去，书寄子豪、君璞》《感皇恩·底集美女校，寄妹可芳》

---

① 《闽词征》改动作者词作是普遍现象，尚需专文研究，此就笔者披览所及，略举两例。
② 何振岱编《寿香社词钞》，民国31年（1942）刊本。《蕙愔阁词》，第2、7页。

词，在她的《竹韵轩词》① 中均注明见于《闽词征》。

林葆恒《闽词征》第六卷因为收录民国青年才俊的词作，给我们搜寻这些词人的存世词作留下了重要的线索，如笔者据《闽词征》提供的线索，通过福州友人连天雄先生的帮助就查到：何维刚有《蕙珠词》，王真有《道真室诗词》，均为 20 世纪 70 年代油印本。林葆恒《闽词征》登录的青年词人后来基本都有作词的爱好，有些人还有词集出版。

（二）《词综补遗》——收录词人最多的词选

林葆恒纂《词综补遗》一百卷，生前未能刊行。1992 年，书目文献出版社据北京图书馆藏民国 36 年稿本影印，2005 年上海古籍出版社出版了张璋整理本，整理本即是据北京图书馆所藏稿本整理。北京图书馆藏林氏稿本原有浮签，影印本都作了很好的处理，而整理本在处理浮签上略有缺失。林葆恒 1948 年回闽时曾赠给福建省图书馆另一套稿本《词综补遗》，今此套《词综补遗》仍存于福建省图书馆善本室，不为研究者所提及。②《福建省图书馆善本书目》（第一辑）说此套有 51 册③、《福建省图书馆百年纪略（1911～2011）》说此套有 50 册。④ 因福建省图书馆已封库数年，笔者未能察看该馆所藏稿本《词综补遗》。从 1992 年影印本《词综补遗》中《徐序》第一页和《纪略》所附《词综补遗》中《徐序》第一页图片对比来看，应有所不同，因为影印本《词综补遗》中《徐序》第一页最后一个字是"收"，《纪略》附录图片《徐序》第一页最后一个字是"蒐"。书目文献出版社出版影印本《词综补遗》中《出版说明》称《词综补遗》是"稿本"，《纪略》称福建省图书馆所藏《词综补遗》是"原稿"，此二本到底有何不同，目前尚不能说清，或书目文献出版社影印的底本是个抄正本，此仅是揣测。今天看来，原稿、稿本仍是研究《词综补遗》重要的

① 叶可羲：《竹韵轩集》，福建省文史研究馆，2017 年（内印本）。
② 陈昌强《林葆恒〈词综补遗〉考论》曾专力研究《词综补遗》，然未提及福建省图书馆所藏原稿本《词综补遗》。文载《词学》第三十九辑，华东师范大学出版社，2018。
③ 福建省图书馆编《福建省图书馆善本书目》（第一辑）："《词综补遗》一百卷，林葆恒撰，稿本，五十一册。"1965 年油印本，第 140 页。
④ 郑智明主编《福建省图书馆百年纪略（1911～2011）》："1948 年 5 月，福州词学专家林葆恒将《词综补遗》原稿 50 册捐赠给福建省立图书馆所藏。"鹭江出版社，2011，第 70 页。

文本，二种稿本应对比研究，而福建省图书馆所藏原稿本是不能不提及的。

《词综补遗》显然是补《词综》系列之遗。朱彝尊纂《词综》成于清初，收宋至明代词作，影响颇大，催生了后世以"词综"命名的系列词选。王昶纂之于前，黄燮清、丁绍仪补之于后的《国朝词综》，凡得700多人2400多首词，规模大备，然遗漏也不在少数。黄燮清《国朝词综续编》刊于清同治十二年（1873），凡得500多人1600多首，对《国朝词综》的补录之功自不待言。丁绍仪《国朝词综补》成于光绪九年（1883），凡得1500多人3300多首，距林氏编《词综补遗》已有六十年，所以光、宣以来的词人词作尤需有人再补录。林氏继起补辑，正当其时。

林氏的编纂方法是先将王、黄、丁三家所选分韵分姓排列，以方便查考是否重收，林氏所编也分韵分姓排列，一姓中词人按时代先后顺序排列。这种编纂的方法是林氏的独创，是为了适合特定的补遗工作而设计的较为科学的编纂方法。《词综补遗》主要是补《国朝词综》《国朝词综续编》《国朝词综补》之未收词作。

林氏的编纂工作始于壬午年（1942）4月，讫于乙酉年（1945）3月，历时仅三年，成书达百卷。乙酉之后，林氏又经两载增补，累计得词人4800多家词作8000多首，较《全清词钞》得词人3100多家词作8200多首，可谓各有千秋，收词略少于《全清词钞》而所收词人比《全清词钞》多，甚至居历代词选之冠。林氏的效率实在非常高。《词综补遗》的价值体现在两个方面。

1. 存人存词

张璋先生论述《词综补遗》的文学价值时说："斯集之选，一则为《明词综》所未收者；二则于清《词综》各本之外，搜补诸多遗人、遗作；三则林氏将同代作者（即现代作者）亦网罗其中；四则与叶恭绰《全清词钞》相较，重者仅十之一二，可大补清人之遗。"① 这就揭示林氏《词综补遗》编纂之目的在于存人存词，这也是此选最重要的学术价值，今天研究清词已绕不开这部词选了。林氏于绝大多数词人皆不多选，一般只选1~3

---

① 张璋：《词综补遗·前言》，第1~2页。

首，这样就可节省篇幅以网罗更多词人。所选词作固然避开了清人《词综》系列所收词作，但林氏的取舍也是有法度可寻，并非盲目补录，入选词作多为雅正之作。

2. 以词存史

徐沅《词综补遗序》云："是则词虽小道，托体并尊，光、宣以降，非常变局，赖长短句以纪之，寻微索隐，差于世运有关。瀼溪为此，实于黄、丁两辑以外，别具深怀，若仅以寻声选艺例之，乌能识其用心乎？"[①]可见林氏于存人存词外又别有以词存史的选心，如《词综补遗》选吴缦云《满江红》词 1 首，词序云："临平自遭粤寇蹂躏，市廛尽付劫灰，孙吴以来未有之浩劫也。"词云：

> 小别枌榆，竟一变、沧桑至此。二百载、风淳俗美，霎遭倾否。
> 芳草荒烟鹅鸭地，斜阳萧瑟鱼虾市。更何人、凭吊藕花汀，垂双泪。
> 貔虎溃，人争徙，鸱鸮入，巢同毁。计挈家东渡，仅两三年尔。
> 几辈诗人丛葬碧，千门碎瓦萦苔紫。纵承平、挽犊赋归来，悲难已。

临平（今属浙江杭州）遭到战乱的蹂躏，不料此词中有如此切实描绘，令人唏嘘。《词综补遗》选录这首词，就存下临平的一段苦难史。词家有"诗有史，词亦有史"[②]之说，观此词，信然。

三　林葆恒词的创作

林葆恒的词多于社中唱和时所作。其《瀼溪渔唱跋》云："余夙不工填词。戊辰（1928）夏，徐丈姜庵、郭君啸麓结须社于析津，强余入社，遂勉学为之，前后得百余阕。庚午（1930）南下，从朱丈彊村、程君十发结沤社于上海，又得百余阕。朱、程徂谢，社事星散，徐、郭诸君，远在析津，追思昔日文讌之乐，渺不可得。丙子（1936）冬，移居愚园路之静

---

① 徐沅：《词综补遗序》，《词综补遗》，第 2 页。
② 周济：《介存斋论词杂著》，《词话丛编》，第 1630 页。

园，其地在县志为瀼溪，因综前后所为词，汰去大半，名为《瀼溪渔唱》。”① 林葆恒参加的词社虽有10种以上，但主要是在须社和沤社中作词，所以林氏未提他参加过的另外一些词社。《瀼溪渔唱》收词仅146阕，而林氏词多散见民国报刊和社集词集中。笔者因编《全闽词》之需，曾对他的词做过广泛调查，查到林氏词见于《国闻周报》《青鹤》《沤社词钞》《烟沽渔唱》《同声月刊》《落花诗》《午社词七集》《兰心》《咫社词钞》，凡68首，皆为《瀼溪渔唱》所未收。《全闽词》收林葆恒词计214首，朱尧《清遗民词人林葆恒研究》附录《讱庵词辑校》录《全闽词》失收林葆恒词6首，目前可知林氏存词220首。②

林葆恒是民初坚定的遗民，怀旧情绪浓厚，拒不接受辛亥革命的现实，毕生追随末代皇帝溥仪。1950年，溥仪被定为战犯，林氏为其奔走呼告，请予释放。李宣龚《赠子有丈》诗为其写照，诗云："崎岖叱驭溯前游，行马郎君易白头。九折经营操胜算，两朝名德数清流。高怀会饮金茎露，绮语都归玉笥秋。把酒待公歌水调，月明还要一登楼。"③ 玉笥指宋遗民词人王沂孙，王沂孙号玉笥山人，诗说林氏作词取径在宋末遗民词人王沂孙一路。郭则沄《词综补遗序》云："曩尝与余共结须社、沤社，近又续举瓶社，皆主于词者也。家国之悲，郁乎莫语，而自托于填词。"④ 他的词主要是抒发遗民的思想感情，往往采用寄托的手法，借咏物出之。如《凄凉犯·冬青》云：

弱茎绿叶，黄梅过、含章一树花发。石根雪护，虬柯藓掩，冻痕如裂。蛟龙气接。任蝼蚁、难容浪穴。是何人、亲栽断碣，洒遍泪和血。　回想珠丘筑，玉雁金凫，万年葱郁。天崩地坼，忍匆匆、杜鹃啼彻。竺国缄经，待幽草、寒琼自拾。借封题、此石烂尽恨不灭。

① 林葆恒：《瀼溪渔唱》，民国27年刻本，卷末。

② 朱尧《清遗民词人林葆恒研究》附录《讱庵词辑校》录《全闽词》失收林葆恒6首词是：《法曲献仙音》（陈迹南湖）、《黄鹂绕碧树》（闲向危栏倚）、《夏初临》（麦气清晨）、《破阵子》（去岁分来旧藕）、《瑶华》（春来几日）、《辘轳金井》（子规声里）。

③ 李宣龚：《硕果亭诗续》，民国29年铅印本，第15页。

④ 张璋整理《词综补遗》，第4页。

南宋覆亡后，元僧杨琏真伽盗发会稽一带皇陵，将帝妃的遗骸丢弃满山，宋遗民唐钰、林景熙等人收掩骸骨并植冬青树于坟茔上作为标识，冬青遂成为宋朝以后遗民结社唱和所常咏的物象。此词结末云"此石烂尽恨不减"，几乎使人感到是在齿缝间迸出的愤恨语。另他在绍兴超山看梅，也把他的遗民意识投射到梅花上。《瑞鹤仙·辛未正月，超山看梅。相传山故无梅，自唐玉潜植后，绵延几二十里。旧有唐祠，今毁矣》云：

> 春寒方料峭。趁浅日轻阴，探芳林窈。飙车度丛筱。怎非烟非雪，万山如缟。幽香颤袅。便不饮、都应醉了。问横斜、缀玉落枝，清福几生修到。　　闻道。缘村都是，宋代遗民，手锄瑶草。繁花正闹。兴亡事，倏如扫。叹崇祠向圮，冬青尘迹，谁与巡檐索笑。想贞魂、应化萝蔓，冷英独抱。（原注：寺前古梅有虫名"萝蔓"。）

辛未是1931年，清亡二十年，林葆恒到绍兴超山凭吊宋陵应是一次特别的安排。他见到那里全村都是"宋代遗民"，颇能给他慰藉，而他这个清代遗民不忘追寻"冬青尘迹"，他幻想宋代君臣的贞魂化成萝蔓独抱梅花，这是何等虔诚的遗民信念。

林葆恒生活在一个苦难的时代，"你方唱罢我登场，城头变幻大王旗"，他的词本可以直接反映现实，但是我们没有看到有多少词直接写时事。他把各种事件弱化了，化为一丝心绪，随时流出。这本是宋末遗民咏物词的写法，也是林氏同社诸人如郭则沄等所奉行的作词法则。《声声慢·秋声》是他最强烈的对现实的感叹之作，一定程度上超越了比兴寄托作词法则的限制，直抒心意。词云：

> 筝堂簟冷，笛幌灯昏，西风又来帘隙。残雁关山，清酒遣寒无力。孤惊正愁闷损，怎禁他、声声凄抑。况日暮，更梧桐细雨，阶蛩如织。　　为想金迷纸醉，蓦商飙卷地，顿成萧瑟。野哭夷歌，肠断过江词客。遥空孤鸿嘹唳，最惊心、故国消息。倦听也，恐明朝、霜鬓更白。

"最惊心、故国消息"，几近于呼告了，故国才是他最眷恋的精神家园。宋末元初遗民词人张炎喜作《声声慢》词，有12首之多，押的都是平声韵。林氏此词与张炎《声声慢》词气韵相通，但押的是入声韵，声情较张炎《声声慢》词要激越遒峭。

随着遗民词人的凋零，林葆恒写了一些悼亡词，情真意挚，说明他与同道确有深厚的情谊。除咏物词外，悼亡词应是林葆恒词中的菁华。《石州慢·挽彊村丈》云：

> 银烛芳尊，幽榭画阑，长共吟眺。怎知至日才过，已送素车丹旐。江湖卅载，此去晞发阳阿，苍茫望眼中兴杳。苦语念真冷，尚拳拳忠孝。　　谁料。回天志业，剩托业残，紫霞凄调。尘世因缘，都付凌云一笑。凋年急景，几日沧海波翻，人民城郭兵氛扰。想化鹤归来，定心伤华表。

朱孝臧是民国词坛的一面旗帜，众多的词人奉他为盟主，他乐于奖掖后进、培养人才。他的逝世，曾引起遗民的伤悼之情，不少遗民作诗作词悼念他。林葆恒这首词并没有太多地写朱孝臧的词坛地位和词学成就，只用宋末的音律家杨缵来比拟朱氏的词坛地位，可谓恰如其分。词的上片颇能揭示朱氏的心迹，即希望清廷中兴，然而面临时下兵氛扰扰的现实，朱氏注定只有"心伤"的结局。

林葆恒有大量词篇写到他与社友的聚会交往。《一萼红·辛未元夕，须社同人约饮。即夕南发，车中月色如昼，赋寄同社》云：

> 酒新筹。趁深杯猛烛，聊共散离忧。铁锁星桥，银花火树，好天良夜悠悠。奈又逐、飙轮南下，载一九、明月过沧州。翦烛豪情，烧灯佳节，总付轻沤。　　为问人生岁月，舍伤离伤别，几许绸缪。王粲哀时，陈思感逝，当前何限清愁。好乘此、金吾不禁，把无边、光景一时收。莫更悲吟憔悴，孤负觥筹。

词写林葆恒离开天津，将赴上海定居，众社友饯行事。词虽有哀感，但不低沉，反而是林葆恒对社友给予安慰，可见林氏心中自有逸气。

民国 24 年，林葆恒刊行《忉庵填词图题咏》，隐然有词坛祭酒之意。不少词友填词祝贺。林氏自作《扬州慢·自题〈填词图〉》云：

> 文采清门，故家乔木，老来百事无成。叹虞渊莫挽，早两鬓星星。剩晞发、江湖独往，旧宫禾黍，长念周京。纵弥天忠愤，哀弦弹与谁听。　　五湖倦梦，问何时、重订鸥盟。看野水平桥，高松压屋，空写退情。寄语故山猿鹤，斯图在、息抔堪征。待馨香姜史，银笺勤谱偷声。

林葆恒是借《填词图》征咏表明自己的心迹，他要坚守遗民阵地，并要勤于呵护一抹静谧的心灵港湾。息抔即息壤，神话传说中一种永远生长的土壤，喻指《填词图》将有生生不息的呼唤功能，他的遗民身份和文化情结将会得到认同，甚至发扬光大。

林葆恒有《集宋四家词联》，所集四家为周邦彦、吴文英、姜夔、张炎。这四家是他学习取法的对象。林葆恒和众多的遗民词人一样，主要是学习南宋后期姜派词人的创作。上述诸词均呈现出清词丽句、辗转应拍、气格清爽、高迈自然的特点，也是他作词的一贯本色。可以说，他的创作成就超过了大多数同时代闽籍词人。陈宝琛、陈衍、林纾、严复、郭则沄、王允皙、林葆恒、何振岱都是民国闽籍闻人，且他们之间颇多交往，并且都作词。王允皙词成就和影响最大，有称词人之词，林葆恒词的成就不及王允皙；郭则沄作词 508 首，数量很多，擅长用思力作词，情思被隐藏在清词丽句中，较少有词能让我们获得直接的感动，成就难以说高于林葆恒；其他词人只是用余力作词，不若林葆恒专力于词学研究和词的创作，成就自不及林葆恒了。林葆恒挚友徐沅《瀼溪渔唱序》对他的词风及其成因有精到的论述，非阿好之言。录如次：

> 林忉庵词兄盖以诗为词者也。忆庚戌（1910）之岁，忉庵与余同居天津节幕，暇辄论诗相唱和。于时新法繁兴，乱机四伏，每诵坡公讽时之作，旷世相感，若有不胜其隐忧者。辛亥（1911）变后，世事

益奇，身世家国之感，诗所不能毕达者，惟长短句足以写之，切庵与余乃以词相唱和。然切庵虽遇艰时，而意气殊不衰弱，凡所为词，满心而发，肆口而成，不待艰思而工，不烦细琢而丽，使人举首高歌，而浩气逸怀超乎尘垢之外。盖其忠爱之旨既已举，似楼宇高寒而悲感苍凉，遇事发抒则又与玉田、碧山为近。斯声家之逸致矣。①

林葆恒有很好的旧学功底，衍为作词，不以为难。其词虽有追慕苏轼士大夫情怀的雅致，即所云"浩气逸怀超乎尘垢之外"（胡寅《酒边词序》评苏轼词之语），但是他更多地向南宋后期姜派词人学习，词风明显比王沂孙发扬外露一些，与张炎确有神似之处。如果他能从遗民的心境中走出来，抱新的处世观，接受新文化的影响，他的文学创作或许能跟上时代前进的步伐，如此当会取得更大的成就。

第三节　郭则沄的词学观与词的创作

郭则沄（1882～1947），字啸麓，号蛰云，别号龙顾山人。祖籍福建侯官（今福州），生于浙江台州龙顾山。年二十一，参加福建乡试，中举。年二十二，举进士，任翰林院庶吉士、武英殿协修、编书处协修。年三十一，出任北京政府秘书。年三十八，任国务院秘书长。年四十，任侨务局总裁，免秘书长职。年四十一，免侨务局总裁职，从此脱离宦海，隐居天津、北京家中。年五十七，任国学书院研究班词章门导师。年六十五，溥仪沦为战俘，郭则沄与刘承幹、林葆恒等人奔走呼吁释放。年六十六，病逝于北平，门人私谥曰文敏。著有《龙顾山房全集》36 卷，计《龙顾山房骈体文钞》7 卷、《龙顾山房诗集》12 卷、《龙顾山房诗续集》9 卷、《龙顾山房诗余》8 卷。另著有《龙顾山房骈体文续钞》2 卷、《十朝诗乘》24 卷、《清词玉屑》12 卷、《旧德述闻》6 卷、《遁圃詹言》10 卷、《竹轩摭录》8 卷、《南屋述闻》2 卷、《洞灵小志》8 卷、《红楼真梦》64

① 徐沅：《濠溪渔唱序》，《濠溪渔唱》卷首。

回、《红楼真梦传奇》8 折、《庚子诗鉴》4 卷补 1 卷等著作。另编纂《侯官郭氏家集汇刊》14 种 38 卷。

郭则沄的一生以四十一岁为界分为前后期。前期是郭氏追求功名事业的时期，他取得很大的成功，是民国政坛的大人物；后期是郭氏退隐著书时期，他也取得很大成功，他的主要学术著作完成于此期。郭则沄在壮年时期即急流勇退，与他看穿云谲波诡的民国政坛有关，更与他眷眷不忘学术事业有关。郭氏四十八岁时，父郭曾炘去世，临终遗训曰："功名富贵皆身外物，只有看空之一法，须切记之。"① 他的急流勇退，当与父辈的处世态度有关。

郭则沄虽不出生于福建，但他的祖籍在福建福清，其著述每称"吾闽""吾乡"，可见他不忘乡梓。《清词玉屑》卷十一云："幼时闻先文安公言，闽中种薯多者，以福清一邑为最，吾家祖籍福清之泽朗乡，尝归谒宗祠，所乡数十里间，青畴交互，弥望皆薯田也。久居京国，每闻市上唤开锅声，辄有故园之思。"② 《清词玉屑》多论闽籍词人词作，多论闽中词学，且郭氏多与闽籍词人交往，故研究闽词者，也要研究郭则沄的词学观及其词作。

一　郭则沄的词学观

郭则沄的词学观主要体现在其词话著作《清词玉屑》中，这本书与他的《十朝诗乘》是姊妹篇，一以诗传史，一以词传史。词史的观念，虽在《清词玉屑》中没有明确的论述，但在行文之中每多透露。在《清词玉屑》全部 508 则词话中，涉及重大史实者有 40 多条，诸如奉使西域、三藩之乱、郑成功守台、鸦片战争、沿海防御、庚申之役、青莲教之乱、太平军起义、捻军起义、小刀会之乱、马江战役、平定西域、割让台澎、戊戌变法、庚子之乱、义和团起义、辛亥革命、香港租界等许多重大的历史事件，他都录有相关词作，这些词作在一定程度上能反映清词演进之历程，因为重大事件的发生对清词发展历程的影响非常明显。在历史事实的叙述或评论中，郭则沄的史识确有独到之处。如论中法马江战役，《清词玉屑》

---

① 郭则沄：《旧德述闻》卷六，民国 25 年（1936）蛰园刻本，第 690～691 页。
② 《词话丛编二编》，第 1661 页。

卷五云："箴斋自号知兵，兵将皆非所习，其取败固非不幸，然以夙负重望，故尤为群矢所集，而朝贵祖之者，至谓闽事可败，船厂可弃，丰润学士决不可死，异哉！"① 箴斋即晚清名臣张佩纶，曾任福建船政大臣，马尾战败后仅遭流放。郭则沄之意应是予以严惩，因为马江战役事关国体。同卷又云："左文襄生平勋业，以平定西域为最。……世或谓文襄平回事迹多涉浮夸，然赤手开边，白头还阙，后来岂有其人哉。"② 此言今天看来无有不妥，如不是左宗棠收复新疆，后患天大。同卷又云："道光二十年，直督请裁撤天津水师，谓无所用，岁计费且数十万，上可其奏。定庵（龚自珍）在郎署，上书万言，力言不可撤状，不报，遂引疾。后二年，英兵入寇，其目朴鼎查直抵津门，上章请和要挟，失国体，人始服其先识。"③此言强调天津为北京门户，天津失守则北京危险，其防卫意义十分重要。《清词玉屑》卷六云："台澎设治，肇自康熙，属在荒遐，视同瓯脱。同光以降，邻伺渐萌，补牢之计已疏，举棋之局犹涣，其自移抚速于割台，仅廿载耳。岩疆坐弃，举国痛心，左衽终沦，遗民饮泣。"④ 此论清政府疏于管理台湾、澎湖，终导致被迫割台澎。诸如此类的议论都显示郭则沄对清朝最大历史事件的看法，其史识的特点是大、深、透。所谓大就是关注的历史事件最大，所谓深就是直击事件的底面，所谓透就是一语中的说出原因。论清词者，每强调词中有史，但少有论及词中应体现出什么样的史识。谢章铤《赌棋山庄词话》强调词中有史，主张要写现实事件，其瞩目点在于反映苦难动荡的现实和抵抗外族的侵略，而郭则沄多措意于治国理政方面。郭氏生活在民国时代，有条件反思有清一代兴亡史，这是生活在清代的学者所不具备的，加上他读书多，见识广，又有官场历练的经历，其史识自然有高出前人之处。

但是很难说，郭则沄的词学观超过了同乡前辈谢章铤。这可从郭则沄对谢章铤及其主盟的聚红榭唱和的态度看出。他的《清词玉屑》多从谢章铤的《赌棋山庄词话》中取材，或照录，或改编，或发挥，累计有 50 条

---

① 《词话丛编二编》，第 1400～1401 页。
② 《词话丛编二编》，第 1402 页。
③ 《词话丛编二编》，第 1417 页。
④ 《词话丛编二编》，第 1448 页。

左右，这一频率是相当高的，可见郭氏相当注重谢氏词学著作。郭氏提出了"聚红词派"的概念，主要指以谢章铤为主的学习苏轼、辛弃疾词风的聚红榭词人群。《清词玉屑》卷二论聚红榭社员陈子驹词云："皆秦、柳遗音，何尝为聚红词派所囿。"[①] 卷五论聚红榭社员林锡三云："林锡三学士少日与先王父同结南社，亦善词，多与枚如（谢章铤字枚如）酬唱，而不袭其派。"[②] 卷五评谢章铤《乳燕飞》（苦雨凄风夜）云："词虽朴质，意特深重。"[③] 卷八云："赌棋词主苏、辛。"[④] 这些评论可见郭氏对谢章铤词学理论的认识，也反映出他有不同于谢章铤的词学观。

郭氏的词学观不主张专学苏、辛。《清词玉屑》卷四云："陈石遗序已舟《灯昏镜晓词》，谓：'闽人好学苏、辛，第以龙川、龙洲为苏、辛，所见独"大江东去""明月几时有""千古江山"三数阕耳。其"春事阑珊""冰肌玉骨"以及"宝钗分""斜阳烟柳"诸作，缠绵凄惋，虽晏、秦、周、柳无以过之者，曾未之见耶？'余深服其论。"[⑤] 且不说陈衍所论是否符合实际，单看"深服其论"四字，郭氏的词学观是欣赏婉约一路词风。又如《清词玉屑》卷五云：

　　　约园之名，见于浙江学使署。武进赵于冈起[⑥]亦以"约园"名词，末卷所谓《逝水歌》者，皆哭其母兄子女之作。所谓《唱晚词》，多述寇乱，骨肉凋零，兵戈满眼，亦极人生不堪之境矣。其《满江红》十数阕，述金陵、淮扬兵事，于向荣、张嘉祥、邓绍良、袁甲三诸帅，多有阳秋，而其意具见于《喝火令》一词，云："铁瓮严更月，红桥静夜霜。数交阳九颇仓皇。几载疮痍未复，浩劫又红羊。　　忠

---

① 《词话丛编二编》，第 1295 页。
② 《词话丛编二编》，第 1430 页。
③ 《词话丛编二编》，第 1410 页。
④ 《词话丛编二编》，第 1523 页。
⑤ 《词话丛编二编》，第 1353 页。
⑥ 赵起（1794～1860），字于冈，江苏武进（今常州）人。赵翼孙。道光二十年（1840）举人。曾应聘治江南盐政，往来于淮、扬、徐、海间。家富饶，尝购同郡谢氏废园修葺成"约园"。咸丰十年（1860）佐团练对抗太平军，城陷，全家七十余口投约园池中死。著有《约园词稿》10 卷。

恫神应鉴，雄师力可降。么麽肆毒很如狼。谁养群奸，谁使尽披猖。谁使藩篱自撤，楚汉达吴江。"责备时贤，未免失之深刻，亦足见当时舆论也。①

郭氏认为赵起对金陵诸帅的责备过于深刻，"多有阳秋"即多寓褒贬之意。谢章铤《赌棋山庄词话续编》卷三云："词之流为曲子，曲子亦有传奇之作。谁谓长短句之中，不足以抑扬时局哉？于冈《唱晚词》颇得此意。地则金陵、维扬等处，人则向荣、张嘉祥、邓绍良、袁甲三诸大帅，皆见于篇，虽其词未必人胜，然亦乱离之时能词者应有之言。但所填只此《满江红》十数阕，其余则仍是栽花饮酒闲生计，未尽量也。"② 谢氏的意见是赵起词仍未能写尽写足乱离之事，不免留下遗憾。可见，郭氏对谢氏的看法有微意焉，其中当有原因。《清词玉屑》卷六云：

> 王碧栖学碧山、玉田，为闽词别派。甲午十月，辽沈边报正急，过琴南夜话，感赋《水龙吟》云："高斋不闭空寒，何人问取垂杨意。清霜未落，北风渐紧，丛丛荒翠。地冷无花，城空多雁，斜阳千里。只故人此际，萧然语罢，将丝繄，临流水。　　何限闲愁待寄。有繁华、旧时尘世。斜阶拥叶，危亭欹树，秋来如此。病后逢杯，梦中听角，沉吟暗起。算十年心事，江湖醉约，倦鸥能记。"不著干戈戎马语，而托感更深，是真词人之词也。又庚子五月津门旅感寄太夷《八声甘州》云："又黄昏胡马一声嘶，斜阳在帘钩。占长河影里，低帆风外，何限危楼。远处伤心未极，吹角似高秋。一片销沉恨，先到沙鸥。　　国破山河须在，愿津门逝水，无恙东流。更溯江入海，为我送离忧。是从来、兴亡多处，莽武昌、双岸乱云浮。诗人老、倘题诗寄，莫寄神州。"较前作已稍刻露，后来武汉兵氛，竟成先兆，然其词自工。章曼仙题闰庵庚子旧词，亦用《水龙吟》调。前阕云："九华新扫巢痕，燕泥犹认空梁坠。淇园音讯，华阴游迹，灞桥诗思。回

---

① 《词话丛编二编》，第1396页。
② 《赌棋山庄词话校注》，第327页。

首西征，雄关百二，万重云闲。想麻鞋见后，金銮记罢，星轺路，秋风起。"比事属辞，犹是诗家吐属，视碧栖工力固不侔矣。余尤爱碧栖《题林迪臣太守〈补梅图〉》句云："湖鸥不管人情怨，但劝我、重携吟笔。"竟神似白石。①

这一段话集中体现出郭则沄的词学观。他欣赏的是姜夔、张炎、王沂孙等宋末一派词人的词作，认为即使反映重大时事的词作，也要做到融化无迹，更要做到托感遥深，即使稍有刻露也不允许。"诗家吐属"不如"词人之词"好，这就难怪他批评赵起词的失之深刻了。这一词学观与他编纂词话多选择与重大时事相关词作的做法多少有些矛盾，不过编纂词话与作词固属两途，也可理解。

　　宋末元初词人张炎、王沂孙是清代词家学习的典范。陈匪石《旧时月色斋词谭》论清代词学云："有清一代词学驾有明之上，且骎骎而入于宋。然究其指归，则'宋末'二字足以尽之。何则？清代之词派，浙西、常州而已。浙西倡自竹垞，实衍玉田之绪；常州起于茗柯，实宗碧山之作。迭相流衍，垂三百年。世之学者，非朱即张，实则玉田、碧山两家而已。"②此语参透清词派别之实情。在遗民词人骤多的时候，非学张炎（玉田），即学王沂孙（碧山），学碧山比学玉田要多，此于清末民初遗民词人也不例外。清代常州词派中坚陈廷焯对碧山词赞不绝口，有云："王碧山词，品最高，味最厚，意境最深，力量最重。感时伤世之言，而出以缠绵忠爱。诗中之曹子建、杜子美也。词人有此，庶几无憾。"③又云："碧山、玉田，多感时之语，本原相同，而用笔互异。碧山沉郁处多，超脱处少。玉田反是，终以沉郁为胜。"④清末民初遗民词人结社唱和多作咏物词，王沂孙咏物词绝佳，是很好的学习模仿范本。沈祥龙《论词随笔》云："咏物之作，在借物以寓性情。凡身世之感，君国之忧，隐然蕴于其内，斯寄托遥深，非沾沾焉咏一物矣。如王碧山咏新月之《媚妩》，咏梅之《高阳

① 《词话丛编二编》，第1450～1451页。
② 《宋词举》（外三种），第212页。
③ 《白雨斋词话全编》，第1187页。
④ 《白雨斋词话全编》，第1195页。

台》，咏榴之《庆清朝》，皆别有所指，故其词郁伊善感。"① 郭则沄主要在社中作词，自宋代以来社中多作咏物词，宋末遗民词人咏物词集《乐府补题》是后世作咏物词的范本，《补题》很有寄托。郭则沄终受制于清末民初词坛学宋末风气之牢笼，走上作词讲寄托一路。郭则沄与他的词友都是坚定的清遗民，作词的目的是寄托亡国的悲感，而讲寄托就要讲究缠绵蕴藉，含而不露，不能放笔去写，而是用思力组织文辞，其词自然就不直露地写现实事件，一旦涉及现实事件，也要做到泯化无迹。而他在《清词玉屑》中借重大事件显示清词演进的词史意识，也难以在创作中得到明确的体现，因为这一意识被有意弱化了。

闽音是否适合填词，闽籍词家多关注并讨论，郭则沄也有论述。道光年间的黄宗彝在《聚红榭雅集词序》中说："夫三代正音，吾闽未替，则以闽人填词，谐律固其余事……天下方音，五音咸备，独阙纯鼻之音，惟吾闽尚存，乃千古一线元音之仅存于偏隅者。"② 既然元音尚存，则闽音利于填词就是可能的事了。但黄宗彝所论似嫌笼统，闽音与填词之关系仍不得而知。陈兼与《闽词谈屑》则提出了另一番见解："瞿蜕园（宣颖）在日，曾问予：'吾聆闽人读诗词，似乎平仄甚乱，及视其作品，则又无字不叶，无音不谐，又何故？'予答谓子不谙闽语之故，闽称南蛮䦆舌，然读字阴阳平侧之间，固是非常明晰。"③ 今天闽南语文读，阴阳平仄也是很分明的。黄宗彝论闽音利于填词，是着眼于古音而言，他曾著有《闽方言古音考》④，对闽地古音素有研究。陈兼与论闽音与诗词的关系，是着眼于当代闽人读四声皆分阴阳、读音非常清晰而言。陈兼与的见解更切合实际。郭则沄也认为闽音很适合填词。《清词玉屑》卷二云："世之论词者，每谓闽音四声多舛，故工词者绝少，实不尽然。乡俗：幼学即究八音，八音者，别四声之上下，辨析尤密。先按察公里居时，与里人结社酬唱，有南社十子之目，

---

① 《词话丛编》，第4058页。
② 《聚红榭雅集词》（卷1～2）卷首。
③ 《近现代词话丛编》，第129页。
④ 黄宗彝《闽方言古音考》，今不存。谢章铤《稗贩杂录》卷四录有《闽方言古音考》部分条文。

其中即多工词者。"① 郭氏之说，不为无据。明末清初闽县黄晋良《游初草序》云："吾乡可百万户，不辨四声者无一家。"② 闽音利于填词，也有后天习得之故。

郭则沄的词学观较零散，其《清词玉屑》篇幅颇巨，词学观多隐藏在词坛掌故中，需进行发掘，才可以明了。郭氏虽学问渊博，涉猎甚广，多有建树，但未能把词学当成一生的事业去追求。他的《清词玉屑》乃抄撮群书而成，或截录，或改编，或发挥，大多不指明出处。其词学观也是在编纂过程中不甚经意地流露，似未进行系统的建构。他注重与词作有关联的重大事件的辑录，并发表极有价值的议论。具体到作词，创建不多，如主张向宋末词家学习、闽音利于填词等见解，虽有弘扬之功，但不是首创。

二　郭则沄词的创作

郭则沄的词主要收集在《龙顾山房诗余》《诗余续集》中，合计有367 首。另据《烟沽渔唱》《沤社词钞》《采风录》《清词玉屑》《水香洲酬唱集》《古学丛刊》《红楼真梦》《雅言》《同声月刊》等可补辑 142 首，郭则沄今存词至少有 509 首（含残篇），较谢章铤存词 518 首，只少了 9 首，在清代闽籍词人创作数量中居第二位，他确实是一位高产的词人。一个词人作词多少，至少可以看出他对词这种文体创作的热情程度。

郭则沄《清词玉屑》卷十二集中记载了他日常的创作活动。如云："津南八里台亦曰八里潭，水村缭绕，多植芰荷，老柳带之，风景佳绝。余每与社侣拏舟往游，水风飘衣，溪云压枕，倚蓬弄笛，日暮乃还。……荷湾即谓南塘，余编辑社稿，署以'烟沽渔唱'，良以丁沽近市，惟此间烟水差足移情也。"③ 又云："八里台畔有水香洲者，文安张仲钧观察别业也。临流结屋，夹水通桥，径出落矶，林藏花坞，中有沧近居、一沤亭、三十六陂吟馆诸胜，每花时觞客，或移舟听雨，或凭栏仔月，往往流连卜

---

① 《词话丛编二编》，第 1294～1295 页。
② 《永泰县志》卷八，《中国方志丛书》华南地方第 77 号，第 182 页。
③ 《词话丛编二编》，第 1689～1690 页。

夜，跌宕忘归。"① 又云："津沽乏园林之胜，独李学士园稍具丘壑，初名荣园，余易以潊园，憎其近俗也。园中亭树向阙题榜，余与太夷（即郑孝胥）分拟其名，如挹清堂、诗趣轩、因树榭、涵虚阁、窣堵台、菱亭、森薇，各有小诗纪之。自是春禊秋禊，必集是园。"② 八里台、潊园都是郭则沄与诗人词客的觞咏唱和之地，他的词大多是在这些景点中唱和所作。我们读他的《龙顾山房诗余》，特别需要与他的《清词玉屑》结合起来读，才能确知词的本事。他的作词习惯是泯去词之本事，以便做到融化无迹，如不掌握此点可能只是无谓的解读。如《绛都春·蜇园词集，赏牡丹，限调同赋》云：

> 归人似燕。又蒨影画帘，斜阳催卷。困舞翠盘，慵织鸾绡含娇怨。年时扶醉仙蓬畔。怅妍梦、行云偏远。洞箫吹起，红歆黛掩，嫩胜亭院。　　谁念。流莺恨别，蹀情处、绣径深丛吟遍。弄粉旧香，弹墨新愁留春浅。签声迢递花阴转。更莫放、杯阑歌散。唤镫凭照严妆，钿屏夜暖。

《清词玉屑》卷十二如是云："余所居城东蜇园，为福瑶林贝子旧邸之一角，牡丹数十株皆老本，有高过人者，深紫数丛种尤异，花巨如盘，外间未有也。甲戌（1934）三月花时，尝于此举词社，约同拈《绛都春》调赋蜇园牡丹。"③《清词玉屑》对此词创作背景的解说，很有助于对此词的理解。又如《声声慢·赋秋柳》（鞭痕旧陌），《清词玉屑》卷十二如是云："余赋秋柳《声声慢》词，乃别妓之作，同时词侣遍和之，且多依原韵边韵一拍，各抒妍思，咸切本事。"④ 此词也需借助《清词玉屑》的说明才好理解。《清词玉屑》记录有本事的郭氏词作，我们今天还能理解，有些本事难以查找的词作，我们只能"怯言其志"了。

作咏物词是词社作词之常态，郭则沄多咏物之词。《扫花游》词是郭

---

① 《词话丛编二编》，第 1690 页。
② 《词话丛编二编》，第 1686 页。
③ 《词话丛编二编》，第 1708 页。
④ 《词话丛编二编》，第 1691 页。

氏大量咏物词中的上品。词序云："忉庵来自闽中，为话石鼓山寺红梅一树初发，因忆辛丑（1901）前游，奄逾廿载。故春林在，尘梦都非，怅成是解。"词云：

> 故峰碧辇，乍倚竹凝妆，坠钿声悄。雪香路杳。递新愁暗付，翠禽啼小。冷约疏钟，几叠瑶云镜晓。剩寒峭。渐吹淡旧红，春梦醒早。　　吟望心缥缈。忆数点山屏，黛绿分照。麝尘易扫。问琼妃旧苑，更谁重到。倦眼天涯，笛外东风换了。待归棹。怕繁枝、也羞衰帽。

郭则沄只是在考举人时短暂回过福建，然他是福建侯官望族中一员，对家乡他是充满怀归之情的。此《扫花游》词可证之。词咏梅花，乃因林葆恒（忉庵）的谈及而触动了他的乡愁。词的上片将鼓山之梅幻化成凝妆绰约的美人，她有淡淡的新愁，不经意间为翠鸟探知。她如梦一般的新愁，又被鼓山涌泉寺的钟声催醒。词的下片表达自己重游的愿望，说梅花如佳人，姿态是鲜活的，而自己恐怕已是衰老了，故怕再见家乡梅花了。词写得轻柔宛转，不见一丝用力的痕迹，而曲曲心绪细细流出，确有动人之处。然郭则沄大量咏物词，敷写物象，情思深隐，缺少兴发感动之力。

社课之作，几乎伴随郭氏的创作历程，这类词作主要是寄托他遗民的悲感。他生活在富裕的家境中，有园林，有亭台楼阁，有大量的藏书，更有文化素养极高的社交圈。这些都为他结社作词提供了充分的条件，而他本人少年即掇高科，又才思敏捷，雅好歌咏，且颇有号召力。这些因素常常使他成为文社盟主或中坚力量。他主盟的须社，是遗民色彩很重的一个专力作词的社团。须社活动历时3年（1928~1931），先后共办100次社集，词作汇集成《烟沽渔唱》刊行，存词1069首，其中收郭氏词作150多阕。《满江红》词是郭氏社集词作中一篇著名的词作，词序云："杭州南高峰麓法相寺前古樟，纯庙南巡，累经题赏。辛亥，逊位诏下，樟忽一夕而枯，过客惊叹，目为忠樟。社侣约同填是调，赋之。"词云：

> 郁郁苍苍，纵灰烬、犹存正色。记一夕、风雷飞去，顿惊移国。材

大耻干梁栋用，心摧怒挟神明力。算英灵、终古共湖山，精忠柏。　安否讯，残僧认。生死劫，遗民泣。恁万牛难挽，故根如石。定有虫书成病已，终烦羽葆扶玄德。叹空枝、留照总凄凉，虞渊日。

陈曾寿《苍虬阁诗》卷六《忠樟行》序称乾隆南巡经过法相寺时，山中老树皆获赐御牌。太平天国起事时，树皆被毁，只有这株老树"巍然独存"。郭则沄《骈体文钞》卷一有《忠樟赋并序》。此词赞樟树为忠樟，肯定其殉节的品格和虽死不改初衷的坚定信仰。郭氏用虫蛀成病喻指皇室破败，寄望有如刘备者能扶持皇室。《华阳国志》卷六《刘先主志》载刘备少时与诸儿戏于树下，说必乘羽葆盖车，意为将来做皇帝。在清廷日薄西山之时，郭氏知皇室大势已去。

　　郭则沄隐居天津集合同人倾力作词，固然是追随末代皇帝溥仪的一种表明心迹的做法，但无意间竟使天津成为民国词坛的一个重镇，与朱孝臧坐镇上海、何振岱坐镇福州，形成民国沿海词坛的三大景观。天津因为郭氏等人的觞咏，许多景点一再得到描写，天津风物词因之大盛，此诚为有力者使然也。郭氏的天津风物词以描写水香洲的一组《忆江南·沽上水香洲杂咏》词最佳，录如次：

　　　　芳洲好，八里古台边。渔笛吹来青箬雨，游船摇过绿杨烟。人影镜中天。（其一）
　　　　芳洲好，小筑傍云涯。篆路转头迷港汊，鉴塘倒影现亭台。门外藕花开。（其二）
　　　　芳洲好，临水小柴门。莲渚窥人鱼最乐，竹篱迎客鸭能言。船系碧芦根。（其三）
　　　　芳洲好，花竹绕精庐。蝶影闲畦金粉地，鸥盟小榜水云居。题遍练裙书。（其四）
　　　　芳洲好，结屋近沧浪。风露三更停画桨，烟波四面绘琼窗。花外水都香。（其五）
　　　　芳洲好，曲径夹清溪。花影不离桥上下，柳阴微界水东西。一带短长堤。（其六）

　　芳洲好，最好一沤亭。药径引泉通石井，花塍觅路出烟汀。处处碓车声。（其七）

　　芳洲好，新拓草堂幽。罢酒阑干溪月午，飘镫帘幕水风柔。三十六陂秋。（其八）

　　芳洲好，清赏四时宜。春望曲歌杨柳岸，秋吟人醉菊花篱。踏雪更相期。（其九）

　　芳洲好，难得主人贤。归路依依花压袖，清光泛泛月随船。一梦小游仙。（其十）

词家常常用《忆江南》组词歌咏各地风物，一般是 10 首构成联章体。开篇即说某某好，次句点出一具体景致，再用两句对仗铺陈之，最后一句说自己的感受或期望。郭氏深谙《忆江南》联章体歌咏风物的作法，《沽上水香洲杂咏》堪称《忆江南》联章体词中的上品。

　　郭氏有一些悼亡词，是悼念前清遗民辞世的。朱孝臧卒后，郭则沄赋《水龙吟·挽彊村词丈》词痛悼，足见他与朱孝臧的深厚情谊。词云：

　　眼中烟柳斜阳，断肠又送词人去。承明先辈，风华绝代，飘零如许。故国兵前，浮名梦后，料无回顾。更衰兰惨涕，迷离恩怨，空留恨、牛衣语。　　海内清才有数。叹沧波、沤盟谁主。抽簪纵早，挥戈终负，虞渊沉暮。寄讯仙山，凌云一笑，悲欢何据。只风流顿尽，人间费泪，写江南赋。

词赞朱孝臧风华绝代，叹其壮志未酬，词坛则顿失盟主。此词寄托了很深的悲感。

　　郭则沄的小令优于长调，陈兼与《读词枝语》所摘录数篇都是佳作。有云：

　　郭蛰云多愁善感，所作之诗若词，几疑与身世不甚相称。有《独茧词》，其《浣溪沙》二首云："薄薄罗衣耐晚凉，研脂分泪写秋娘，情天真有返魂香。　　劫后残妆偷顾影，梦余微绮够回肠，九分惆怅一分狂。""仿佛云屏隔世逢，断肠花外见春红，梦华一瞥有无中。　　似水年光蜂蝶老，忍寒心事绮罗慵，明朝知道雨还风。"此乃正其手录所著《红楼真梦》而作也。又将逝之前不久，作《浣溪沙》四首贻同社诸公，录二首云："去日园林记梦痕，一寒恻恻罢芳樽，花前岂有未销魂。　　松色多情思款径，兰心终古悔当门，夕阳毕竟胜黄昏。""向道观空未是空，三生悟彻晓来钟，蓬洲宫阙万芙蓉。　　检点心经参慧树，安排野史瘗芳丛，灵山有约会相逢。"生机顿尽，如闻天际鸾鹤之音，殆与社友作长别矣。[1]

小令篇幅较短，不太需要如作长调一样去用思力结构词篇，因而能较容易走出寄托作词的路数，写令词郭氏好才华反而更能得到展现，故小令有名篇。

　　徐沅《龙顾山房诗余序》云："啸麓天才轶举，靡不精诣，而感时揽物，托寄微至，诗所不尽，时出曼声。千悱千恻，回荡于肠魄；一珠一泪，拍浮于酒悲。读所著词，但觉织绡腕底，去尘眼中，叔夏、中仙，郁焉何远。"[2]叔夏即张炎，中仙即王沂孙。徐沅指出郭则沄词的宗法所在。他的词以学习南宋遗民词人词法为主，兼采吴文英密丽词风。词多咏物、社课、游览、赠答、次韵之作，不管哪类词作，都着上一层清遗民的底色，寄托他忠君恋阙的旧梦，以及对现实的悲感。

三　郭则沄的词史地位

　　与同时代的词学家相比，郭则沄的词学观未见有特出之处。前辈词学家谢章铤倡"词量"说，主张作词要反映重大时事，以增强词的时空容量。同时代的况周颐倡"重拙大"说，于词的意境构造贡献殊多。这些都是极好的词学理论。同时代的闽人严复是近代思想启蒙大师，所译《天演论》影响极大，所作《满庭芳·己酉（一九〇九）试笔》词仍重申他的"争优胜，长承天择"的进化论思想，词中有此等思想，何其幸也！郭则沄的词学观没有体现出与时俱进的抉择，走的是传统路数，若追溯其词学

---

①　《近现代词话丛编》，第 87 页。
②　徐沅：《龙顾山房诗余序》，《龙顾山房诗余》卷首，民国间刻《龙顾山房全集》本。

观的渊源，可以看到晚清词学家周济的"寄托"说的明显影响。周济在《宋四家词选目录序论》中提出著名的"非寄托不入，专寄托不出"①的创作论，影响极大。民初遗民词人的词作普遍讲究寄托，迫于时忌，易代之际的悲感适合以咏物作词的方式曲折地表达出来。

　　郭则坛是晚清民国词坛的名家。一来他确实下过很大的功夫，存词远多于同时代闽籍其他遗民词人；二来他是民国词社的盟主，交游唱和很多，声名易起；三来他在骈文、诗歌、小说、笔记、诗话、词话诸方面均有建树，学养深厚。这些因素都有助于确立他在民国词史上的地位。然通读其全部词作，我们能感到他的词风高度一致，即雅丽清婉，少有例外者。这是他学习南宋遗民词人词作的最成功之处。他学习南宋遗民词人最擅长的用思力作词的构造方法，情思多被隐藏在清词丽句中，我们须用思考力去作精细的解读，才能获得一份真切的体悟。夏敬观《忍古楼词话》云："余尝谓南宋惟史邦卿梅溪词，为能炼铸精粹，上比清真，得其大雅，下方梦窗，不伤于涩。今能为梅溪词者，除况夔笙略似之外，厥惟啸麓。"②"炼铸"就很需要思力。他擅长骈文创作，满腹诗书，作词就难免经常用典，这就使得其词意隔了一层，较少有词能让我们获得直接的感动。再加上他几乎不直接写现实中的重大时事，词的分量显得有些不足。这些都限制了郭氏词作的成就。

　　郭则沄词心哀怨。陈兼与《闽词谈屑》曾说："蛰云三世仕浙，词品柔丽芳缛，有竹垞、樊榭之风。予咏近代词人绝句，有其一首云：'看山行遍浙东西，秋雪金风细品题。哀怨无端成独茧，春心漫托杜鹃啼。'似尚称其词心。"③此诗可谓得郭氏之词心。郭氏诗词之情感每与其身世不相称，陈兼与注意到这一点。郭氏生在簪缨之家，四世清华，家族多官场名宦，他本人也早涉官场，可以说他对做官没有什么新鲜感，且官场黑幕也令他感到不适，故早弃之。而人世间每多生死与忧患，他晚年身体也多病，自知享世不永，多愁善感也在情理之中，加上他赋性敏感，故悲感不

①　《词话丛编》，第1643页。
②　《词话丛编》，第4790页。
③　《近现代词话丛编》，第138页。

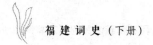

自觉地在诗词中流露出来。此常为大作家的一种赋质。

郭则沄之词心如此，这就决定了他不可能给词坛带来显著变化。我们考察一位词人，应主要考察其心灵本质，心灵的本质即所谓词心。何振岱在民国15年六月二十八日（1926年8月6日）《日记》中说："诗之佳处，全在有诗心，若无诗心，虽杜甫、李白亦不能佳。李、杜冠绝千载，正是心佳耳，才学其次也。此意绝少人知之，如有能知之者，多是菩萨转世。"① 词心亦然。郭则沄词的创作主要是在才学上用力，是在守旧的路数上力求艺术上的精致，词心培育方面没有与时俱进。今天看来，他的词学观的影响与词的创作成就均不及同乡前辈谢章铤。

郭则沄与闽籍遗民词人陈宝琛、林葆恒一样，虽出处进退不能一致，词作成就有高低，但忠于旧朝的拳拳之心强烈而持久。他们以结社方式集体创作，这无疑会增强他们的遗民意识。如他们能抱与时俱进的观念，锐意革新词体创作，以他们的才能，当会取得更大的成就。

第四节　黄孝纾四兄弟词

清廷覆亡后，黄孝纾四兄弟皆年幼，他们对清朝应无多少美好的记忆，但他们的词充满悲感，怀旧情绪浓厚，且黄孝纾以遗臣自居。这一现象值得探讨，兹分别论之。

一　黄孝先

黄孝先，字伯骞，号半毵，福建闽侯（今福州）人。黄曾源长子。著有《瓮天室词存》，未见流传。《国闻周报》存词2首，另《闽词征》存词9首。孝先早卒，著述多不存，生卒年难以考实。他的《宴清都·蛰居青岛，不觉春阑，触绪愁生，歌以当哭。并寄匑、壐两弟》颇见功力，词云：

---

① 《何振岱日记》，第66页。

落日催严鼓，黄昏近、断霞犹恋天宇。风飘翠带，烟笼紫雪，乱藤窥户。帘栊尚勒余寒，理锦瑟、凄传幽素。怨苦鸠、啼老东风，芳草萋萋沙步。　　三年故国平居。飘零燕子，同诉羁旅。一葦淞波，千花燕寺，梦寻无据。酒醒莫上高楼，叹桂影、无端今古。望断云、欲递霞笺，宾鸿到否。

二　黄孝纾

黄孝纾（1900～1964），字公渚、颓士，号匑庵（一作匑厂），别号霜腴、辅唐山民、灌园客、沤社词客、天荼翁等，福建闽侯（今福州）人。少治经学，喜考据，精训诂，亦善画。辛亥革命后，与其父隐居青岛。1924年，鬻画上海，旋主刘承幹嘉业堂十年，遍读所藏书。两年后，获晤况周颐，精研词章。1927年，与陈三立、朱祖谋、潘飞声、夏敬观、吴昌硕、诸宗元诸老宿雅集，以诗酒相酬唱。历任北京大学、北京师范大学、青岛大学、山东大学文科教授。1964年受迫害自缢身亡。著有《匑厂文稿》六卷、《碧虑商歌》（又名《匑厂词乙稿》）、《劳山集》等。

陈兼与曾叹黄孝纾词散落殆尽。其《读词枝语》云："黄公渚有'真如张氏蓬园杜鹃盛开，榆生有看花之约，后期而往，零落尽矣，因赋'《汉宫春》云：'残醉楼台，又行芳无处，啼老鹃声。猩红渐疏倦眼，愁草花铭。飘茵坠萼，数番风梦窄春程。归去也，倦姝阗苑，明妆初洗蛮腥。　　津桥旧恨谁省，向江南憔悴，阅尽阴晴。东风暗吹泪雨，寒踠帘旌。黄昏庭院，惜心期、且忍伶俜。闲酹酒、温寻绮绪，恁禁一往深情。'温婉芳邃，欲夺玉田、梅溪之席，高手毕竟不凡。匑庵词，散落殆尽，顷闻有人在都门觅得其《乙稿》一册，亦词林之佳音也。"[1] 黄孝纾词散见多种书刊。《匑厂词乙稿》收词61首，《劳山集》收词153首，《国闻周报》收词5首，《青鹤》收词15首，《词学季刊》收词5首，《烟沽渔唱》收词2首，《采风录》收词12首，《雅言》收词12首，《同声月刊》收词10首，《词

---

① 《近现代词话丛编》，第96页。

综补遗》收词 1 首，《咫社词钞》收词 2 首，《艺文》收词 1 首。除去重复，《全闽词》收黄氏词计 279 首，或可稍纾陈兼与"散落殆尽"之叹。

《碧庐商歌》今有民国间排印本，未署出版时间，卷首有夏孙桐题词，署名为"八十二叟夏孙桐初草"，夏氏生于清咸丰七年（1857），其八十二岁当为民国 27 年（1938），《碧庐商歌》刊于此年或稍后。《碧庐商歌》的内容大致可分为交游唱和词和山水纪游词两部分，各占一半的篇数。其中以写个人心灵的哀感最为成功，黄氏赋性敏感，时见悲天悯人的情怀。如《鹧鸪天》词云：

> 聘月迷楼炙玉笙。旧欢漫落绣春亭。曲翻玉茗歌犹咽，尊倒银蕉酒不停。　　心上事，负多生。烛奴相伴泪纵横。高邱终古哀无女，凄诉回风一往情。

词写饮酒听歌后的悲感，有屈子上下求索终不遇的怆怀。又如《虞美人·半山亭秋望》云：

> 挟黧策蹇行吟路。往事孤鸿去。坐来无语对江枫。相见一回憔悴一回红。　　高处登临多费泪。作计难成醉。江山满目又残秋。只有一轮明月似金瓯。

黄孝纾的词对人生有深邃的思考，而往往用轻笔写之，读之感觉不重，但难以释怀。他生活在一个浑浊混乱的时代里，一介书生，徒然悲吟尔。他也像同时代许多诗人一样，曾把寄托放在参禅上。《鹧鸪天》云：

> 不信春光一雨阑。镜中无计避衰颜。安心到处浑宜住，抱膝无机即是禅。　　花似海，酒如泉。放歌不必万人传。他忧一笑还天地，赢得虚堂自在眠。

词写他的彻悟，一种历经沧桑后心态。黄孝纾想在洁身自好、心境宁静的状态中去获得解脱。

清亡时，黄孝纾仅 12 岁，袁思亭《匋厂文稿序》说黄氏"自矜遗臣"，这可能与他的家庭有关。其父黄曾源（1857～1935），字石荪，号槐瘿，清末进士，光绪六年（1880）授翰林，曾任监察御史，因耿直敢谏，受权贵排挤，外放徽州知府，后调任青州知府，两任济南知府，居官颇有政声。黄氏的"自矜遗臣"也可能与他参加沤社唱和，并受教于朱祖谋等一般遗老有关。黄孝纾词确有清遗民悲悼故国的情绪，有的写得较隐蔽，有的写得较明显。遗民情怀较隐蔽的词作如：

　　禺貔移海，尘飞鲛室，潮头也染霜华。如雪旧鸥，似曾相识，双双惊起圆沙。疏磬促羲车。渺翠微金刹，密树交加。照海楼台，高低灯火万人家。　　秋声暗紧霜笳。访残碑故垒，碧血凝花。戟铁未销，沉沉霸气，空赢牧竖咨嗟。迤逦碧云斜。伴微行枫路，三两啼鸦。桴海归心，又随帆影遍天涯。（《望海潮·崂山观德意志炮垒，用淮海韵》）

　　化鹤千年，拜鹃万里，堂堂埋照凋辰。瑶华萎，铁函尘。残春但余蜡泪，寂寞兴元怀诏人。吟望玉虬，寒泉一盏，应鉴芳芬。　　虞渊挟马黄昏。任填海、冤禽生怒嗔。手把芙蓉，天阊訣荡，九辩空陈。帝遣乘轩，玉皇点剑，下界凋零虮虱臣。楚累魂断，对潜楼月，忽现前身。（《云仙引·京山谒刘文节公墓》）

郭则沄《清词玉屑》卷六云："租界地肇自香港，晚近国威日替，于是威海、大连、青岛，先后租借于人，而近畿门户尽失。方德意志逼踞青岛，忧时者相与咨嗟太息，以为豆分瓜剖之势成矣。不谓鸠居未安，鹬争旋起，初为日域所夺，终见汶田之归，固当时所不及料也。黄公渚孝纾奉亲遁居于此，有'崂山观德意志炮垒'《望海潮》词云（略）。历历桑海，所感深矣。其地岩壑幽阻，辛亥（1911）逊政后，遗臣故老，相率避地卜居，潜图匡复，劳玉初京卿、刘幼云侍郎主之尤力。丁巳（1917）复辟，幼云为议政大臣，事败归岛，署所居曰潜楼，不复出，世短其迁而未尝不高其节。公渚有'过京山刘幼云墓'《云仙引》词，其后阕云（略）。纾郁中极见沉挚。余于庚子（1900）岁避乱太原，幼云方督晋学，深承推挹，草间偷活，踪迹久疏，亦惟丁巳匆匆一晤，读是词有余愧焉。"① 刘廷深（1867～1932），字幼云，晚号潜楼老人。曾任陕西提学使、京师大学堂总监、学部副大臣。他有楼名曰"潜楼"，毗邻黄曾源的"潜志堂"，与黄曾源是亲家。这两首词皆关涉重大时事，除词题透露一些消息外，遗民的情感还是比较隐蔽，如不是郭则沄有解说，一般读者难以明白词中的深意。遗民情绪流露显著的词以《金缕曲·花近楼席上闻红豆馆主弹词》为代表，词云：

> 凤首黄金拨。自龟年、梨园散后，元音消歇。最忆开天全盛日，游戏龙楼凤阙。奈流落、天涯白发。鼙鼓声中青骡去，剩云韶、法曲哀丝彻。歌断处，泪盈睫。　　现身说法人如佛。一千年、兴亡陈迹，氍毹重蹋。哀我王孙江南道，一曲檀槽凄绝。况又是、落花时节。故国一身无长物，抚腰间、宝剑珊瑚玦。今古恨，那堪说。

红豆馆主，即是清代宗室爱新觉罗·溥侗（1871～1952），字后斋（一作厚斋），号西园，戏曲表演家。1934 年，曾在上海庚春社演唱过《长生殿弹词》。花近楼是陈夔龙的住宅。陈夔龙（1857～1948），字筱石，号慵庵、庸叟、花近楼主，室名花近楼，贵州贵筑（今贵阳）人。先后任顺天府尹、河南布政使、江苏巡抚、四川总督、直隶总督兼北洋大臣等。此词写溥侗饰演剧中的李龟年，因他清宗室的身份，又兼国变后历尽沧桑，他演来自比一般人感慨深刻。当然，词中也有黄氏自己的寄慨。

1934 年后，黄孝纾回到阔别十年的青岛，担任青岛山东大学中文系教授。1936 年 7 月离开山东大学移居北京。1946 年春，黄孝纾再次回青岛任山东大学教授，从此一直定居青岛。他的诗词文中多有描写崂山风光的作品，《劳山集》即是他歌咏崂山山水之美的专集。《劳山集》中的《东海劳歌》，有 1962 年油印本，收录了他 1924 年至 1957 年间的词作，有许多联章词篇歌咏崂山风景，如《桂殿秋·劳山近区纪游》20 首、《渔歌子·

---

① 《词话丛编二编》，第 1474～1475 页。

黄山棹歌十阕》10 首、《闲中好·劳山四时歌》4 首、《春去也》22 首、《十六字令·劳山八忆》8 首、《梦江南·北九水樵歌》9 首等。龙元亮《劳山集》题词说："以唐宋歌儿传唱之杂曲，写万壑千岩之胜地，千年来，无若兹集之富艳精工者。名山馨业，传后无疑。"① 叶恭绰《劳山集》题词说："综读全卷，以一人之词，遍咏一山之胜，至百十阕，昔人无是也。抑模山范水，幽奇巉削，光奇陆离，拟之正则、相如、灵运、明远、郦亭、杜陵、辋川、昌谷、柳州、介甫、皋羽、铁崖、友夏、石巢之文与诗，殆一炉而冶之，词中亦无是也。余诵古人之词至万余首，不得不推此为苍头异军，不但于沤社拔戟自成一队而已。山水有灵，定惊知己。"② 黄氏如此肆力地写一地之山水风光，实为词史上罕见之举。《一萼红·暮春偕盬弟、瓠厂登劳山明霞洞观海》是一篇十分成功的崂山纪游之作。词云：

> 石栏阴。有缃桃一树，娇小不胜簪。芒屩冲云，笋将穿岭，薄暮人意冥沉。碧山悄、松萝无极，渐梵呗、催起绕枝禽。青豆房栊，丹华洞府，两度凭临。　　缥缈隐娥珠阙，怕蓬山青鸟，颠倒初心。海外云来，中原地尽，还怜残世相寻。羁思共、灵潮朝暮，送春归、难买万黄金。刻意参天，寻碑不恨山深。

词用姜夔《一萼红》（古城阴）韵。夏敬观评曰："吐属骚雅，意余言外。"③词的上片写崂山明霞洞的清幽静谧的"明霞散绮"胜景，词的下片写应坚定初心，于此可刻意参天。景中有人，人与景谐，二者实合为一体，真乃山水词的杰构。"隐娥"，《沤社词钞》有注："东海夫人名宋隐娥。""刻意参天"，有注："道旁有碑刻'渡海参天'四字。"

　　黄孝纾不但善用组词写山水，而且特别善用长调写山水。长调词在描写山水时有较多容量，但是用长调描写山水绝非易事，功力不济者易造成

---

① 刘怀荣、苑秀丽校注《劳山集校注》，人民出版社，2015，第 7~8 页。
② 《劳山集校注》，第 3 页。
③ 《劳山集校注》，第 67 页。

拖沓破碎、音律舛误等弊病，而写长调山水词能将山水与游历者合二为一，达到物我交融的境界，也是不多见的。黄孝纾的长调山水词备受好评。如《宝鼎现·白云洞与丛碧同游》，158 字，龙榆生评曰："葱倩奇肆，无垂不缩，倚声家之绝技，岂特状难写之景如在目前而已耶。"① 《穆护砂·乱后重游太清宫》，169 字，陈曾寿评曰："隐轸菀结，枨触万端，神明于规矩方圆，故多奇致。"② 《哨遍·夏日游外九水遇雨旋晴，景尤奇丽，赋柬同游诸子，时戊辰六月》，203 字，夏敬观评曰："惨淡经营，章法完整。后半喷薄而出，极组舞磬控之致，嗣响须溪，纯以气胜。"冒广生评曰："兴会飙举，抟挽处见笔力。"③ 《戚氏·劳山东南滨海……》，213 字，夏敬观评曰："万象森罗，笔无滞机，铺叙处神似柳七。"④ 《莺啼序·内九水纪游邀丛碧同作，并柬元白、孝同》，240 字，叶恭绰评曰："长调一气呵成，不伤于碎。"⑤ 《戚氏》词序云："劳山东南滨海有华严，上、下太清宫诸寺观，憨山卓锡遗址在焉。石刻摩崖，往往而觐。甲戌（1934）丁丑（1937）间，常偕张子厚、路金坡、赵孝陆、张季骧、邹心一从雕龙嘴入山，遍游诸名胜。岁月不居，倏已廿年。杜子宗甫适以劳山图长卷征题，从荷花村至下清宫止，所绘并劳山东南部也。追忆旧游，声为此阕，息壤在彼，幸勿使山灵笑人。"词云：

> 古鳌山。祖龙曾此访神仙。左带黔陬，右襟黄海，碧摩天。屏颜。绝蹄攀。珠宫绛阙有无间。自从憨衲去后，山扃岩幌锁苍烟。海印芜没，宝珠花老，空余窟纪罗延。望蓬莱咫尺，尘起波涠，几阅桑田。　　游迹暗省从前。芒鞋席帽，胜践挟藤筱。雕龙嘴、皈心初地，迟我烟鬟。望华严。岌岌一塔林端。危亭自耸斐然。悬心河畔，返岭村旁，冈峦一望无边。　　俯仰乾坤大，入黄山境，别有仙源。遥指二宫分路，访伽蓝、信宿古禅关。天风暮卷海涛翻，禹貔海若，

① 《劳山集校注》，第 101 页。
② 《劳山集校注》，第 53 页。
③ 《劳山集校注》，第 56 页。
④ 《劳山集校注》，第 97 页。
⑤ 《劳山集校注》，第 106 页。

缥缈云中现。谒上清、暂往缘何浅。追往事、曾几何年。汗漫游、无奈华颠。付丹青、温梦旧山川。望凌烟崮，会当蜡屐，同证前缘。

柳永《戚氏》词写其羁旅行役途中孤零的状态，用赋法细腻展示其内心的种种悲感，因对功名事业与感官享受不能兼得的深刻体验，感染着一代又一代的读者。此词无论写景还是说愁，用的都是赋法，即细腻的铺陈。柳词云："孤馆度日如年。风露渐变，悄悄至更阑。长天净、绛河清浅，皓月婵娟。思绵绵。夜永对景那堪，屈指暗想从前。未名未禄，绮陌红楼，往往经岁迁延。"黄词云："游迹暗省从前。芒鞋席帽，胜践挟藤篷。雕龙嘴、皈心初地，迟我烟鬟。望华严。岩岩一塔林端。危亭自耸斐然。悬心河畔，返岭村旁，冈峦一望无边。"只要一对比，"神似"之评，信不虚也。柳词用赋法说愁，流转自如，黄词用赋法写景，同样也流转自如。黄孝纾的长调词赋法的妙用，对如何写好山水词有足够启示意义。

况周颐《蕙风词话补编》卷三云："匌庵《青房并蒂莲》（御长风，陟翠微高处），萧旷空灵，神游物表。《瑞龙吟》（青山道），下笔镇纸，言有寄托。《鹧鸪天》（叠嶂攒峰翠插天），神似六一翁。《喝火令》（草蚀烟墩石）怅触万端，文外独绝。"①况氏已撷其词精华。黄孝纾的大量词作写社课、题画、酬咏，多用思力作词，曲曲结构词篇，又多用典，生涩难懂，难免不落下乘。

三　黄君坦

黄君坦（1901～1986），字孝平，号叔明，福建闽侯（今福州）人。黄曾源之子。早年在青岛礼贤书院肄业。1925年起历任北洋政府教育部、财政部、司法部秘书，《续修四库全书提要》特约编辑。1928年后任青岛特别市卫生局秘书主任、行政院驻平政务整理委员会参议秘书、华北政务委员会参议等职。抗战胜利后赋闲。1955年在人民文学出版社做社外校勘古籍工作，1961年被聘为中央文史研究馆馆员，后病故。著有《清词纪事》《词林纪事补》《宋诗选注》《续骈体文苑》《校勘绝妙好词笺》等，

---

① 《词话丛编二编》，第2059页。

并与兄孝纾、弟孝绰合著《黄氏三兄弟骈俪文集》，曾与张伯驹同选《清词选》。

黄君坦词，未见有专集，散见各种书刊。《国闻周报》收词 4 首，《江亭修禊诗》收词 1 首，《青鹤》收词 1 首，《沤社词钞》收词 1 首，《词学季刊》收词 5 首，《闽词征》收词 6 首，《古学丛刊》收词 1 首，《雅言》收词 1 首，《同声月刊》收词 3 首，《词综补遗》收词 1 首，《咫社词钞》收词 26 首，《劳山集》收词 10 首，《闽词谈屑》收词 1 首，《读词枝语》收其词 3 首。不计重复，黄君坦计存词 67 首，《全闽词》已收录，但失收《读词枝语》中的《疏影》《祝英台近》2 首。陈兼与《闽词谈屑》评其词曰："其词深婉博丽，早选入叶氏之《广箧中词》。"① 并选其《蝶恋花》（铁血红巾开世纪）一词。

《江亭修禊诗》收其《浣溪纱·江亭修禊得鸦字，有序》词，乃黄君坦乙丑（1925）年与同人集于京师宣南江亭所作，词云："车马游龙白日斜。好春无赖是京华。宫墙依约有栖鸦。 小病未禁三月酒，轻寒犹勒一分花。笛声何事怨天涯。"此词蕴藉有致，深得小令之法。词序尤是难得一见的美文，足见黄君坦年轻时的骈文功底。

黄君坦主要参加咫社唱和，偶尔参加沤社唱和，社中所作佳词不多。1950 年，关赓麟于北京创立咫社，1953 年 3 月停办。咫社共办 30 集，每集一调一题，今有 1953 年油印本《咫社词钞》4 卷，无序跋。

黄君坦上元词，真乃佳咏。陈兼与《读词枝语》登录多首，许为"词家本色"，当得起"深婉博丽"之评。录如次：

旧时北京上元灯事极盛，诗人亦多纠集吟咏。黄君坦居北京久，未能忘情。近数年，每遇此节，亦辄有词，检箧中尚有数首，《疏影》云："东华月色，怎寻常社酒，一散无迹。乱眼春灯，残蜡零红，思量往事今夕。当年榕荫鏖诗夜，萃百盏宫纱笼壁。惯听钟扶醉归来，那信梦华轻掷。 一卧沧江岁改，踏歌但独往，幽绪休觅。旧月闲坊，雪意朦胧，添了人间头白。严更星火相招处，更不辨城南城北。

---

① 《近现代词话丛编》，第 140 页。

任马蹄，细踏街冰，怕有暗尘知得。"沧趣老人在时，每岁上元，必有诗钟之会，谓为灯社，事前出字嵌句，分门录取，是夕胪唱，备有各色纱灯为锦标，多为名家所画，词中即忆此也。又有《祝英台近》云："闹蛾儿，搓雪柳，灯夕等闲度。密霰飘霙，的皪上珠树。相怜白屋单寒，蓦然弹指，涌银阙、琼楼无数。　　镜中觑，晚晴红粉溪山，凄迷旧来路。檐雷声淙，雨色映冰箸（是日亦雨水节）。错教飞作杨花，拖泥带水，向风里、化萍流去。"则某岁上元春雪之作也。又故宫绛雪轩太平花历时久远，成为掌故之花。君坦亦有《满庭芳》一阕云："群玉山头，蕊珠宫里，冰姿重见飞琼。苕华选入，娇比小南馨。一自黄台蔓摘，东风醉、绛雪无名。罘罳外，斜阳脂井，凄奠玉真铭（珍妃井在轩侧）。　　金茎随世转，长门更漏，声断提铃（明宫人巡夜提铃唱'天下太平'四字）。任移根分畹，归系香缨。淡碧一痕天水（花作浅碧色），荼蘼后、输汝风情。长赢得，六朝花叶，瑞圣冠群英。"态浓意远，词家本色。①

君坦卒年，著名词人黄潜（号墨谷）赋词《鹧鸪天》悼之，下片云："怀鬒宿，乞新词。兰章蕙句最相思。如何一别人天隔，挂剑秋风季札悲。"②拟君坦为春秋吴国提倡礼乐之教的季札，颇赏其品格之高。

四　黄公孟

黄公孟（1905～1950），字孝绰，号讷庵，福建闽侯（今福州）人。与兄公渚、君坦以诗文名世。著有《藕孔烟语词》。

公孟《藕孔烟语词》，乃兄黄君坦曾整理，今不见。《雅言》存其词 7 首，《同声月刊》存其词 10 首，《词综补遗》存其词 2 首，今知共存词 19 首。他曾游览过金陵，写过怀古词，能融入现实的悲感，如《八声甘州·暮登鸡鸣寺远眺》云：

---

① 《近现代词话丛编》，第 108～109 页。
② 黄潜：《谷音集》，香港书谱社自印本，第 48 页。按，是书应在 1988 年后出版。

渺斜阳一角古台城，倚阑看神州。对平湖千顷，环堤弱柳，摇曳清秋。隐约丛荷深处，三两采菱舟。呜咽南朝水，依旧东流。　记得年时俊赏，正菊黄载酒，吟啸高楼。奈钟声换世，笼碧旧留题。共阇黎、沧桑细话，问大千、浩劫几时休。颓垣外、乱蛩絮语，泪眼难收。

黄孝纾有子曰黄为宪，字经度，著有《琴湄词》。《词综补遗》存其词1首。有女曰黄为倩，字靓宜，黄为宪妹。《词综补遗》存其词1首。

第十四章　何振岱及何门弟子的词作

何振岱是民国著名诗人，其诗幽远精深，一时罕有其匹，有人称其诗为诗人之诗。陈衍认为："乡人中能为深微淡远之诗者，有何梅生（振岱），非惟淡远，时复浓至。"① 何振岱诗学宋诗，却没有宋诗生僻拗折的毛病，而以深微淡远见长，深微令人深思，淡远令人遐想。其词的创作一如其诗歌创作一般严谨，只是不愿轻易示人罢了，生前未刊行，故不为同时代论者所知。何氏人品似梅品，词品又似梅品。何氏一生写梅、画梅、种梅，欲寄托他孤洁的人格。其词风格一如其诗，初读明白如话，再读耐思不舍，极炼如不炼，妥帖自然，似信手拈来，自然平淡中多有用力追琢之处。何振岱《〈竹韵轩词〉序》认为："无论铁板铜琶与红牙按拍，取径不同，要其雅兴深情总不越意内言外之旨。"② 何氏大抵以常州家法作词。何振岱夫人郑元昭擅长作诗，陈声聪《何门女弟子》认为，"才调足以空闺襜百辈"③。她的大部分词篇是抒写对夫君的思念之情，写得真挚缠绵，"情动于中而形于言"，有足可感人者。

何振岱的弟子人数很多。陈庆元先生说："一说他的弟子上千，即便夸大，当也有数百人之多，除了文人，还有军人和方外。"④ 这些弟子向何振岱学习古文、诗词、古琴、绘画、书法、吟唱等艺事。我们根据编纂《全闽词》所得，初步搜索到何振岱的 22 位弟子有词存世。

---

① 《石遗室诗话》，第 76 页。
② 《何振岱集》，第 31 页。
③ 《兼于阁诗话全编》，第 360 页。
④ 陈庆元：《何振岱日记·弁言》，《何振岱日记》卷首。

在何振岱早期弟子中，有两位著名的女弟子：张清扬和周演巽，这是一对有太多相似之处的姐妹。张清扬偏重作词，周演巽偏重作诗。在何振岱女弟子中，张清扬倚声称冠自可无争议，而求闽地女词人如宋之李清照者，除张清扬外似无人能当之。张清扬对词的格律有神解，词句间有一种声响的流动，一首词就是一支曲子，是凄凉的夕阳笛音。周演巽是绍兴人，与张清扬同年拜何振岱为师。张清扬与周演巽的往还，推动了闽籍词人与省外词人的交流。周演巽才性灵敏，诗词清机内含，远趣自引，情深意切，读之可增风谊之重。

何振岱主盟的寿香社，有 19 位社员正式入社，其中有著名的福州八才女：王德愔、刘蘅、何曦、薛念娟、张苏铮、施秉庄、叶可羲、王真。如果加上王闲、洪璞，则是"十才女"。寿香社的活动时间近一个世纪，堪称奇迹。寿香社取名之义，乃为祭祀陶渊明而立，非如有的论家所云有老人和妇女参加而取此名。寿香社成立于晚清，主要活动在民国，其余波一直持续到 20 世纪 80 年代。社员各有著述，近十多年来相继出版，还有一些著述隐藏在民间，寄望将来进一步发掘整理。

何振岱主盟寿香社距其师谢章铤主盟聚红榭，时间相隔 80 余年。聚红榭振兴了清代闽词的创作，在晚清词坛声誉极隆。寿香社的创作实绩虽赶不上聚红榭，也可堪称民国词坛的一朵奇葩。寿香社同人大多数毕生坚持古典诗词创作，有的成为新中国成立后福建古典诗词创作的主力，如刘蘅有《蕙愔阁集》《续集》，存词 137 首，所收词作最晚纪年是 1981 年；叶可羲有《竹韵轩词》，存词 106 首，多为中华人民共和国成立之后的作品。这一点与寿香社的培育是分不开的。

第一节　何振岱其人

一　何振岱之生平

何振岱（1868～1952），字梅生，又字心与、觉庐，六十岁后改称梅叟，号南华老人，闽县（今福州）人。光绪二十三年（1897）中第四名举人，以后屡试不售。光绪三十二年（1906）废科举后绝意仕进，以布衣终。著有《觉庐诗草》七卷、《我春室集》（未刊）四卷；编有《榕南梦影录》① 二卷、《寿香室词钞》八卷；主纂《西湖志》二十五卷；参与编纂《福建通志》；另存有日记、手札等文稿。刘建萍、陈叔侗编有《何振岱集》，福建人民出版社出版《何振岱日记》。

《我春室集》收词一卷，存词 158 首，《全闽词》有所补辑，共收何振岱词 170 首。《何振岱集》失收何振岱作品较多。② 王真《我春室杂稿撷存》说："梅师著述宏富，余所知者：已刻之书有《福州西湖志》□卷、《榕南梦影录》四卷、《觉庐诗集》□卷、《寿香社词选》□卷，皆师生前所自定者；殁后门人又为刊播《我春室文集》□卷，尚有《易聚明》六卷、《莌花词》一卷、《鹭鸠居述记》五卷、《志余杂记》四卷，又《论语臆见》《孟子臆见》《艺臆》各若干卷，皆未刻，其它杂稿间有不入集者。余侍师久，每见师之所作，寸金片玉辄撷存之，有韵无韵之文诸体悉具，而师题赠海勉之言，尤拳拳勿失。兹略为类次，移录其中，固多未刻之稿也。"③ 所提及的《易聚明》《莌花词》《鹭鸠居述记》《志余杂记》《论语臆见》《孟子臆见》《艺臆》，今皆不知下落，或有重现人间之日。④ 王真《我春室杂稿撷存》保存何振岱少量杂文。何振岱另有少量笔记稿本，存于私人之手，不易观看。

据刘建萍《何振岱年表》：何振岱一生的经历较为简单，三十一岁前主要是读书应试，与数位好友相笃为诗。二十八岁时与林则徐曾外孙女郑元昭结为连理；三十二岁时拜朴学大师谢章铤为师，谢赠诗称之为"贤

---

① 笔者所据《榕南梦影录》是民国 31 年（1942）福州刻本。福州连天雄先生告知：《榕南梦影录》另有重刻本，民国 31 年福州刻本是初印本，此书后来又有小小的剜改和增补。重刻本谨轩诗第二页小字录郑孝胥诗"访湖"上漏"来"字，何振岱以朱笔补注于旁。后借福建省图书馆藏何家旧本，已剜改整齐。最后张清扬后又加一页王德愔长女方丽清之诗。笔者未见重刻本。

② 刘荣平：《〈何振岱集〉补遗》，《闽学研究》2021 年第 3 期。

③ 《道真室随笔》卷一，第 31 页。

④ 叶可羲《何梅叟先生传》（代作）："著作已刊行者有《觉庐诗集》《我春室诗文词全集》《榕南梦影录》《寿香社词钞》。未刻者有《周易聚明》、《论语臆解》、《诗经偶记》、《鹭鸠斋偶记》笔记三种、《集益汇编》等，文化大革命时悉被焚毁，此先生之遗憾也，岂独我辈痛惜已耶？"（叶可羲《竹韵轩集》第 26 页）

友"，评其诗"果能惨淡得生新"，师生之间结下深厚情谊；四十岁时被同乡沈瑜庆聘为藩署文案，在南昌度过了近三年的时光；四十三岁时，受聘于其少年好友柯鸿年，柯在上海开办呢织厂，何振岱司笔墨兼教读其子女，有近三年时间，其间与诗论家陈衍相识，有相见恨晚之叹；四十五岁后回到福州，曾参与各种诗社活动，与词人王允皙结识，后王允皙之女王德愔成为何振岱的入室弟子；四十九岁时，经刘鸿寿、林炳章推荐，任《西湖志》总纂，历时九月完成；五十岁时，参与编撰《福建通志》之《艺文》《列传》两部分；五十六岁时，赴北京教读柯鸿年子女，度过十多年时光，其间结识末代帝师陈宝琛；70 岁时，从北京返回福州，途中被弟子吴石等迎往南京两月余，游览栖霞、金焦、维扬等名胜，冬天返回福州，从此里居以终。

光绪二十五年（1899），何振岱入谢章铤之门。何振岱《庚辰病后随笔》农历十一月十八日（1940 年 12 月 30 日）记载："予年卅二始及夫子（即谢章铤）之门，始知有诸经史之学，受恩深笃，爱如子弟，此毕生不忘者也。"①《何振岱日记》丙寅年（1926）三月三十日（5 月 11 日）记载："予忆谢夫子当时与后生谈论，亦笑容满面，前辈温和之气从涵养中出，自然与众不同。"② 在致用书院学习期间，凡月课试卷，谢章铤先令何振岱等人评阅，"选择好文章呈谢核定等第"③，此后何振岱"每作一篇文章，阖市争相传诵，文名鹊起"④，士子争与之交。

戊戌（1898）年冬，谢章铤赠何振岱诗《梅生贤友以诗文见质，并索鄙言，因书此以赠。愧予耋陋，不足当君意耳》及语学三则。诗云："却从丛菊纷披后，喜与幽兰结德邻。独有寸心贯金石，不妨只手障烟尘。神龙戏海关全力，天马行空见古人。索句轮困肝胆地，果能惨澹得生新。"⑤按：此诗谢章铤《赌棋山庄余集·诗》题作《赠何生振岱》⑥，此诗又见

① 《何振岱日记》，第 528 页。
② 《何振岱日记》，第 12 页。
③ 吴家琼：《故友何振岱生平事略》，中国人民政治协商会议福建省委员会文史资料编辑室编《福建文史资料》第十九辑，政协福建省委员会文史资料委员会 1988 年版。此文收入《何振岱日记》。
④ 《故友何振岱生平事略》。
⑤ 《何振岱集》，第 454 页。
⑥ 《赠何梅生振岱》后有注："惨澹须知为生新之本。"

于何振岱《觉庐诗存》卷首，后有何振岱跋语："先谢师所书赠言，癸亥年（1923）至旧京遗失，至以为憾。因乞螺洲陈太傅为录写一通，又承题后一诗，敬载于此。先师赠言时，年七十九。太傅书时，则在戊辰（1928）夏初，年亦八十有二也。"① 何振岱编《谢陈二公墨迹合刻》② 影印陈宝琛此诗抄件，其后有谢章铤跋语三则。陈宝琛《沧趣楼诗集》卷九《为何梅生书枚如丈赠言感题》云："大师本性积为文，晚岁传衣独畀君。两纪子遗增感旧，数行藏写见尊闻。梦余鹿洞空香草，烬后鳌峰付乱云。出处何成吾耄矣，平生耆研愧班斤。"③ 据此诗可确认何振岱为谢章铤晚年独传弟子。

光绪二十九年（1903）年正月二十五日（2月22日）④，谢章铤卒于致用书院讲舍，终年八十四岁。陈宝琛作《谢枚如先生哀诔》⑤，陈宝璐代陈宝琛作《长乐谢先生墓志铭》。何振岱终身不忘师恩，此后每年于谢章铤生日致祭，有诗《先师谢夫子生日，具鱼酒、梅花致祭》云："壮年受深诲，蹉跎忽暮齿。受恩岂一端，欲报海无底。慈言镂我心，慈影妥我几。终身如侍侧，慕思永无已。依稀旧山斋，红梅映朱履。"⑥ 何振岱作有《谢枚如先生传》《赌棋山庄记》。《谢枚如先生传》云："先生性厚而气肃。平居未尝一日晏起，虽盛暑严寒必整衣端坐，无倦惰之容。遇先人忌日，必涕泣不已，至老犹然。手置书数万卷，丹黄斠勘，终身不辍。与人交，肝胆轮囷。于取与辞受之际尤严。饥驱垂老，有所知贵人欲为之地，笑谢弗受也。"⑦ 何振岱有诗《季冬廿三日，致用堂梅花盛开，谢夫子召饮侍坐，即事十二韵》述及受教情状，其乐融融。诗云："隆冬嘘阳和，嘉辰践良会。梅花十三本，诸生八九辈。仪瞻圣哲像，摩挲敦卣器。韩书展孤拓，朱注玩残字。密薰多古香，默识欲神契。少焉命殽核，山厨盛腊味。美绝洪都酒，借甚中丞莱。盘匦寓文献，饮瞰咳训诲。夫子山斗姿，

① 民国27年（1938）福州刻本。
② 何振岱编《谢陈二公墨迹合刻》，民国北平琉璃厂宝晋斋南纸店影印本，南京图书馆藏。
③ 《沧趣楼诗文集》，第216页。
④ 陈遵统等：《福建编年史（下）》，福建人民出版社，2009，第1532页。
⑤ 《沧趣楼诗文集》，第459～460页。
⑥ 《何振岱集》，第260页。
⑦ 《何振岱集》，第96页。

谭谐弥温蔼。一座皆尽欢，小子尤烂醉。堂前风煽春，帘外山横翠。吟继衢樽图，关闽两盛事。"① 此诗述及何振岱在致用书院读书的学习生活片段，令人想望。

陈衍评何振岱诗云："吾乡中诗之戛戛独造不肯一语犹人者，梅生、惕庵，可称二难。"② "梅生诗词幽远精深，一时罕有其匹，真诗人之诗也。"③ "其用力于柳州、郊、岛、圣俞、后山者，皆颇唷其蕺也。常自恨其为乡人家贫，不能常出游以广大其诗。余谓诗固宜广大，然不精微何以积成广大。读书先广大而后精微，由博返约之说也。作文字先精微而后广大，故能一字不苟，字字有来历，非徒为大言以欺人，即算学之微积，禅宗渐之义也。抑亦思由博返约，其博果何自来，亦渐而非顿乎。不广大固所患，不精微尤其大患，则画虎刻鹄之譬矣。梅生佳语，蜀独深念时已不少，而浙游最多。"④ 陈衍《石遗室诗话》中收何振岱之作颇多，云其写景"奇辟"、"工绝句，在元章、与可、放翁之间"⑤、"五言时得韩、孟精悫处"⑥。陈泽锽有诗《读梅叟夫子〈觉庐诗集〉题后》评其师何振岱诗歌云："心画心声我所独，随人摹拟等婢仆。诗心一脉天与通，谁开鸿濛觉后觉。惟其所觉有独至，着句不为前人局。觉庐之诗无尽藏，境界万千如私蓄。灵心摄追妙腕传，落向毫端成珠玉。浑雄沉挚绝隽雅，真情至性从可读。苦藏难没名益彰，在上星辰下河岳。我令及门不恨晚，所恐为学日不足。乃违杖履走天涯，盖亦为亲须微禄。鸡虫得失安足论，熊鱼取舍难兼欲。门阑虽远心自亲，时抱诗篇诵之熟。读诗想当作诗时，取自怡悦不玄鬻。后山瓣香惟南丰，欲从末由敢苦卓。"⑦ 此诗盛赞何氏之诗心，何氏有文说诗心于诗人最为重要。

民国 12 年（1923），陈宝琛笔墨生涯甚为兴隆，而年垂八十，精力不济，又不满于门下弟子所作文字，闻听何振岱到京，喜出望外，遂请之代

---

① 《何振岱集》，第 143 ~ 144 页。
② 《石遗室诗话》卷二十九，第 404 页。
③ 《石遗室诗话》，第 443 页。
④ 《石遗室诗话》，第 76 ~ 77 页。
⑤ 《石遗室诗话》，第 206 页。
⑥ 《石遗室诗话》，第 238 页。
⑦ 陈泽锽：《琴趣楼诗》，〔美〕博尔德：韦斯特维犹出版社，1988，第 10 页。

劳撰文。叶可羲《何梅叟先生传（代作）》说："居沪不久，应故人柯鸿年邀，往北京课徒。时吾乡陈太傅宝琛，于先生极为器重。应世文章，常倩先生代笔。《我春室文集》中注'代'者，皆其所代作。"① 何振岱在民国 29 年（1940）十一月十八日（12 月 16 日）《日记》中说："陈太傅，予于谢师座上识陈公。直至癸亥（1923）冬至北京，谒公承留饭，以言氏敦源墓铭及丁氏墓铭属代草，承称赏。自是常为公分劳，霑润不少。每花时月夕，公命车见招，为山水游。十余年北居，叨公德爱，亲炙慈辉，作小楷书见赠，凡数十纸。名公折节礼士，近世难得之矣。"② 陈宝琛曾为其代撰之文作按语云："大作清婉，读之口角生香。""大作平实坚致，而出以冲夷，醇乎醇矣，衰朽心向往之而不能至，循颂再三，无可增损……"③ 陈宝琛对何振岱所作之文，间有更易一二字，亦与之函商；所得润资不论多少，每篇概给百元为酬。自何振岱旅京至陈宝琛去世，此项收入至二万元。④

1923 年冬，吴石经族人介绍，慕名从何振岱学习诗词⑤，"随何梅生先生学诗，以不谙音律之人，短时就学，即能吟咏。"（吴石《自传》）⑥。何振岱对其颇为赏识，吴石曾"以无暇治旧学为恼"，何振岱以"故治军本儒者事。远者不论，明之俞、戚，清之曾、胡，其明征耳"，"吾与君第求务其实可也。专经之学，留俟他时，不为晚也"相劝，并云"眼中之人如子者少"以勉励。（《答吴生》）⑦ 吴石终为一代儒将，其现存印章中，即有一枚刻"戎马书生"字样。⑧ 吴石旅京期间，又由何振岱介绍向陈宝琛学习，吴石画松技法即师承于陈宝琛。⑨

何振岱的文学创作成就主要在古文与诗歌，词乃其余技。其古文清婉平实、舒徐淡雅；其诗歌创作卓然自成一家，有同光派闽派殿军之称。不

① 《竹韵轩集》，第 24 ~ 25 页。
② 《何振岱日记》，第 531 页。
③ 《故友何振岱生平事略》。
④ 《故友何振岱生平事略》。
⑤ 郑立：《冷月无声：吴石传》，中共党史出版社，2018，第 40 页。
⑥ 吴石著，郑立辑《吴石诗文集》，福建省新闻出版局（闽）新出（2012）内书第 1 号，第 62 页。
⑦ 《何振岱集》，第 78 页。
⑧ 《冷月无声：吴石传》，第 6 页。
⑨ 《冷月无声：吴石传》，第 43 页。

少诗作带有同光派闽派幽清峭僻的诗境特征，但大多写得平实妥帖、易为诵读，非同光派所能范围，而以深微淡远、富有神理自树一帜。陈衍《石遗室诗话》卷六说："乡人中能为深微淡远之诗者，有何梅生（振岱），非惟淡远，时复浓至。"① 陈庆元先生认为："何振岱诗疏宕幽逸是与神理紧密联系在一起的。所谓'深微淡远'的深微，就是极富神理；'深微淡远'，就是极富神理的淡远。"② 其诗文创作的美学追求也渗透到词的创作之中。

二 何振岱与陈衍之关系

晚清民国诗坛的代表人物福州人陈衍和何振岱，曾有相当长的交游与合作时期，为闽地文化与文学的发展做出过很大贡献。他们晚年断交，令人感到遗憾，闽地文化活动因之有所褪色。此中原因，成一谜案。吴家琼《何振岱晚年不满陈衍之由来》一文认为：陈、何断交系与何振岱修《西湖志》受人挑拨造成何的不满有关。③ 游友基《陈衍何振岱福州文儒坊恩怨述略》一文认为，"原因何在，迄无答案，恐将成为历史谜团"，并认为"1928 年后，二人关系恶化"。④ 两家说法都需要重新讨论。

（一）陈衍何振岱正常交往期

宣统元年（1909）年，柯鸿年⑤于上海创办呢织厂。是年初冬，柯氏聘请其少年好友何振岱司笔墨兼教读其子女，其间何氏偶为商务印书馆所办的杂志撰艺文。⑥ 陈衍由京都归家，途经上海，经林大任介绍而结识何振岱。自此十数年间，陈、何二人诗琴相从，论诗唱和。何振岱对陈衍的学问和诗歌极其钦佩。何振岱《寄怀石遗丈京师》云："石遗人天眼，众妙参真源。时亦露端倪，微微为我言。……鸿鹄志八表，焉能守乡园？"⑦

① 《石遗室诗话》，第 76 页。
② 陈庆元：《论同光派闽派》，《诗词研究论集》，巴蜀书社，1998，第 335 页。
③ 吴家琼：《何振岱晚年不满陈衍之由来》，福建省政协文史资料委员会编《文史资料选编》，福建人民出版社，2001，第 56 页。
④ 《闽江学院学报》2009 年第 4 期。
⑤ 柯鸿年（1867~1929），字桢贤，号珍岑，晚号澹园居士，曾留学法国，回国后任芦汉铁路公司参赞，名列清北洋候选道员。著有《澹园遗稿》。（张天禄等编纂《福州人名志》，第 355 页）
⑥ 吴家琼：《故友何振岱生平事略》，《何振岱日记》，第 650 页。
⑦ 《何振岱集》，第 439 页。

何振岱以"天眼"许陈衍,可谓极为推崇。宣统二年（1910）,何振岱购宅于陈衍对门（文儒坊三官堂）,交往遂多。

何振岱的成名同陈衍的揄扬有很大关系,陈衍评何振岱诗云:"梅生诗词幽远精深,一时罕有其匹,真诗人之诗也。"① 民国元年壬子（1912）,陈衍作《何心与诗叙》,讨论如何在尘世奔走中保持诗心,其办法即是"不能与己离",即保持自己的素心。此序在 20 世纪 50 年代被收入《中国近代文论选》,对于理解何振岱与陈衍的交往、何振岱的为人与诗歌创作特质颇有助益。

民国 8 年（1919）,陈衍所编《文艺丛报》第一期刊登了何振岱《自上海归福州留别石遗先生》一诗,何振岱以陈衍比韩愈,以韩门弟子自比,诗云:"敢如籍湜托韩门,直许论心到本源。欲借至解消夙习,肯容孤趣是深恩。去留难说何乡好,欢慰长因一佛存。腊酒故园相见否,高楼灯火认离痕。"② 何振岱此诗说陈衍能容得下他的"孤趣",并说陈衍对他有"深恩"。陈衍把何氏此诗刊出,其或有以师长自居之意。不过何振岱认识陈衍,已是 43 岁了,诗艺已成,很难说陈衍是何振岱的老师。何氏此诗"托韩门"云云,是否有想做陈衍的及门弟子之意,也很难说。

民国 12 年（1923）十一月,上海商务印书馆出版陈衍编《近代诗钞》二十四卷。《诗钞》选录何振岱诗作 142 首（一题如有多首分别计）,数量于闽籍诗人中仅次于陈宝琛、郑孝胥。《近代诗钞》是一部偏重选录闽人诗歌的总集,出版后影响很大,此书对传播何振岱的诗歌功不可没。

民国 14 年（1925）三月下旬,陈衍办七十大寿,何振岱书屏为祝。《侯官陈石遗先生年谱》卷七云:"三月下旬,乃捆载寿屏百十幅归,文则有散有骈。有长至五千余言者,门人黄秋岳撰。秋岳骈文,公常以为能集清代作者之大成,此篇尤其精心结撰者。南汇朱鸳福技正惟杰,公荆兄同寅也,见秋岳作,欲以长胜之,所作凡六千余言。鸳福留学美国,精西文西学者,斯以难矣。梅生师见之大称赏,愿为之书,计四十二幅,书法古

---

① 《石遗室诗话》,第 443 页。
② 陈衍主编《文艺丛报》1919 年第 1 期,《海内诗录》第 9 页。

雅可宝也。"① 何振岱是书法家，精魏碑，惜此四十二幅书屏不知下落。何氏肯花如许的精力为陈衍写寿屏，可见他对陈衍是如何的感激了。

民国 16 年（1927），陈衍作《梅生自都摹宋人雪景图见寄，报以长句》云："高人数载去乡关，饱看京畿雪后山。写出塞驴诗满载，寄余野鹤鬓同斑。折梅远赠情犹浅，命驾相思愿未还。便欲钓鱼台再到，白鱼黄酒共酡颜。（原注：前六年羧庵曾雪中招游钓鱼台。）"② 陈衍以"高人"许何振岱，可见此年陈对何还是欣赏的。

（二）何振岱对陈衍态度的转变

民国 4 年（1915），福建巡抚使许世英倡设西湖公园，疏浚西湖，经由刘鸿寿同意，取资盐政余款。当时的水利局长林炳章倡议重修《西湖志》，聘何振岱为总纂。自夏至冬，历九月即成。民国 5 年四月，沈瑜庆与陈衍同归福州，与督军李厚基商议纂修《福建通志》事。约以三年期限，修新《通志》一部。何振岱任协纂，协纂的地位较高，是陈衍有倚重何振岱之意。

《华报》1931 年 2 月 18 日（星期三）发表莲修（王真为《华报》撰稿笔名）《道真室随笔》说："何丈梅生，受谤愤甚。石遗师谓之曰：'凡人至无骂之者，必是没出息东西。'"至此，陈、何仍有交往，陈、何关系并未恶化，他们还在一起编纂《福建通志》，且陈对何劝告仍是出于真心。游友基《陈衍何振岱福州文儒坊恩怨述略》一文认为"1928 年后，二人关系恶化"，这一观点似与事实不符。本年人日（1 月 29 日），王真侍陈衍访林石庐。王真《匹园侍谈录》说："辛未（1931）人日，侍师访林石庐，观宝岱阁所藏金石书志钞本以及碑刻拓本，甚富，几无从下手。"③ 按，林石庐，《华报》主编，王真曾协助他办理编务。耐人寻味的是，《华报》刊出王真《道真室随笔》一则短语后，陈衍、王真即访林石庐。更耐人寻味的是，《华报》只是刊出王真的这一则短语，并不说明刊出的原因，似在提醒什么而又不想说破。何振岱"受谤愤甚"的原因，即是其编纂《西湖

---

① 陈衍撰，陈步编《陈石遗集》，福建人民出版社，2001，第 2047 页。
② 《陈石遗集》，第 395～396 页。
③ 《道真室随笔》卷二，第 3 页。

志》被人误解，而何振岱不愿独自担责。吴家琼认为：何振岱晚年不满陈衍的原因是因为修《西湖志》时，"有郑天放①者，列举该志遗漏及不合体裁处，载于施景琛所办的《大同日报》，并说这错误乃因何振岱宠信其挚友叶心炯②所致，好像他人没有责任似的。何受兹指责很愤怒。经查系林宗泽③从中捣鬼，因此对林极为不满。迨此次修纂《通志》，林宗泽也在分纂之列，叶心炯经何介绍也任分纂。林宗泽藏书很多，又长目录学，馆中材料多由林供给。林宗泽是陈衍所创办的福州说诗社的弟子，所以与陈很亲密。叶心炯与陈衍则比较疏远，相形见绌，以为陈对他与林宗泽有了清白眼之分，怏怏于心，便一五一十函诉于何（何客北京）。何信为真，对陈不满实基于此"④。应该说，至1931年2月18日，何振岱愤甚的人应该是林宗泽而不是陈衍，如不然陈衍不会宽慰他。但陈衍编纂《福建通志》倚重林宗泽也可能引起何振岱的不快，并使得何振岱对陈衍产生一种偏见，都有可能。《华报》刊出王真短语的原因当是有调节陈、何关系之意，至少可证明陈、何二人还在正常交往，暗示《福建通志》的编纂会正常进行。

　　民国23年（1934），福建新《通志》分卷单行本（共三百三十卷，未完）刊行。何振岱撰写其中的《高僧传》，并对《艺文志及存目》进行分类。何振岱在《福建通志》编纂中只是象征性承担一点任务，便不再参加了。这可能与何振岱编纂《西湖志》后受到不公平对待很有关系，其中是

---

① 郑孝崧（1870～1951），原名璆，字棕舲，晚号天放，福建闽侯（今福州）人。郑孝胥堂弟。工词章，精考据，一生肌甕，以布衣终老，足迹遍及大江南北，晚年归里授徒自给。设塾福州西门街善化坊本宅约十年，男女学生甚众。撰有《光绪二年之仙塔街》一文。年八十二无疾而终。著有《天放阁笔记》《天放阁诗话》等，随作随弃，身后仅存《天放阁遗诗》一册，由弟子刊印行世。谢其铨编纂《丁戊山小志》，福建省新闻出版局（闽）新出内书第34号，2010，第46页。

② 叶伯聪（一作聪）（？～1940），字心炯，曾入说诗社，曾参与《西湖志》编纂。《石遗室诗话》卷十二录其诗1首。何曦《晴赏楼日记稿》1940年三月二十八日（5月5日）日记说："闻叶伯聪叔昨夜作古，甚为愧惜。此叟知医，余幼时偶有感冒不适，父亲便往邀其来诊。及余北游十余年，老父与之不断通信，去岁南归，见叶、周两叟均衰老，大异昔年。最近儿辈偶有不适，亦挈之往诊，犹未酬答之，甚歉甚歉。"（何曦：《晴赏楼日记稿》，浙江文艺出版社，2006，第167页。）

③ 林宗泽，字雪舟，又字平冶，闽县人，生卒年不详。福建法政学堂毕业，浙江补用知府。（陈衍编《说诗社诗录》卷八，福州1937年刊本）

④ 《何振岱晚年不满陈衍之由来》。

否与陈衍有直接关系就难说了，似乎他不愿再花心力去做吃亏不讨好的事。

（三）陈衍何振岱失和之原因

民国24年（1935）四月初八日（5月10日），陈衍在苏州庆八十大寿，章太炎赠寿联。何振岱在陈衍八十寿辰时，以徐青纸泥金书《延寿经》一则为寿，不失交友之道。

《郑孝胥日记》民国26年（1937）七月初七日（8月12日）说："作悼石遗诗一，访仁先，以诗示之。仁先谓'太虐'。"①郑孝胥有《石遗卒于福州》二诗悼陈衍。其一诗云："狂且之狂能几时，历诋名教姑自欺。奄然媚世靡不为，使我不忍与言诗。石遗已矣何所遗，平生好我私以悲。少善老暌将语谁，听水而在其知之。"其二云："老如待决囚，死期固必至。勇哉子曾子，得正斯可毙。石遗独大言，阎罗方我畏。入川且登华，八十又加二。诸郎虽蚤逝，晚子还几辈。忽然作长别，盖世信豪气。平生喜说诗，扬抑穷一世。所言或甚隽，所作苦不逮。乃知诗有骨，惟俗为难避。牧斋才非弱，无解骨之秽。"②此二诗在当年风行一时。听水，指陈宝琛。何振岱晚年有诗《杂书五言绝句》十一首，其五云："已矣无所遗，骨秽终难湔。汲汲夫奚为？高高上有天。"③"所遗""骨秽"二词来自郑诗，此诗受到郑孝胥诗的影响是很明显的，为陈衍而发也是一看就知的。至此，何振岱不满陈衍的原因就大为明白了，他和郑孝胥一样认为陈衍"骨秽"，意即为人太俗。郑孝胥只是说"何所遗"，何振岱干脆说"无所遗"，是彻底地否定了。可能是何振岱受到陈衍大名长期压抑的心理终于爆发了，才如此作诗，当然也不排除受到了郑孝胥作诗的影响而未加深思便写了这首诗。须说明的是，陈衍并非"无所遗"，他留下了一系列重要的学术著作。

民国27年（1938），何振岱《觉庐诗存》付刻，收70岁以前诗作。《觉庐诗存》仅收谢章铤、陈宝琛、沈瑜庆等人赠诗及龚葆銮、许承尧题

---

① 《郑孝胥日记》，第2682页。
② 《海藏楼诗集》，第478~479页。
③ 《何振岱集》，第341页。

诗以为诗序，未收陈衍《何心与诗叙》，且涉及陈衍之诗文均不录，在卷首声明"鄙作不欲干人作序"。据何振岱弟子邵季慈所言，"有为心与师作诗序者，经师却后，竟刊所作诗序于其文集中"。① 此指陈衍《何心与诗叙》，此《叙》今见《陈石遗集》。可以说，至 1938 年，何振岱不愿意再与陈衍有任何瓜葛了。

民国 13 年（1924），郭则沄多与何振岱、三六桥谈诗宴聚。郭则沄说："梅生孤狷寡合，独与山人（指郭则沄）契。"② 何振岱的个性，郭则沄认为"孤狷寡合"，而陈衍是非常喜欢与人交往的，郑孝胥说他"靡不为"。何与陈断交的原因，当与二人个性不同颇有关系。

陈衍、何振岱二人有数十年的交往，至于交往的细节只有陈、何二人知道。据推考，陈、何二人晚年断交的原因，主要是陈、何二人个性不同所致，何对陈的贬辞确有过分之处，而陈对何是大度的，未见陈对何有贬辞。古人有云"君子交绝，不出恶声"，何振岱似未做到这一点。陈、何二人晚年断交，对福建文化建设是有影响的，比如说，《福建通志》的编纂，如何振岱用全力合作，质量当会有提升。学者间如能和睦交往，不计前嫌，着眼未来，应是良好学术生态的体现，其重要作用不言而喻。

第二节　何振岱郑元昭的词作

关于词的创作，何振岱虽认为词乃小道，生前不欲刊行词集。其实，他词的创作一如其诗文创作一般严谨，只是不愿轻易示人罢了。其《鹧鸪天》词云"新词一卷托心肝"③，可见即被看作小道的词，他的创作也是呕心沥血了。其《〈蕙愔阁词〉序》说："窃谓此事（指填词）须聪明、学力兼具无缺，乃可成一家言。"④ 亦可见其知难愈进之心。非仅如此，他还集合同道，倾力填词，步其师谢章铤结聚红树之后尘，结莲社、寿香

---

① 连天雄：《南华老人二三事》，《坊巷雅韵》，第 134 页。
② 郭则沄著，马忠文、张求会整理《郭则沄自订年谱》，凤凰出版社，2018，第 58 页。
③ 《何振岱集》，第 377 页。
④ 《何振岱集》，第 30 页。

社，对闽词创作功不可没。莲社乃何振岱青年时代所举，社员已难详考。其《翠楼吟》序云："乌石山寺新结词社，示同社者。"词云："莲社迎人。"至于寿香社，乃其青年时期所举晚年复重举，其中著名女弟子有叶可羲、王德愔、刘蘅、王闲、薛念娟、张苏铮、施秉庄、何曦共8人，诸生词作经何振岱删定，成《寿香社词钞》8卷。另有一些男性、女性弟子。何振岱的夫人郑元昭，师从夫君学习诗词创作，著有《天香室诗集》附词89阕。

一 何振岱的词作

（一）纪游词："飘泊江湖甘独往"

何振岱以布衣终其一生，主要职业是教书，兼卖文卖画。中国近代社会的剧变未能在其诗文词中得到鲜明的反映①，一方面当与其文学创作的美学追求有关，另一方面当与其无仕途经历有关。他足迹遍及北京、上海、南昌、杭州等地，虽多为生计奔走，但江山风物开阔其心襟，困顿牢愁锻炼其诗心，文字交往提升其创作能力，羁旅行役陡增其思乡情绪。何振岱《〈蕙愔阁诗集〉序》曾说："惟吾平生结习恒在诗篇，恨不能尽抒所见，若鸟之春、虫之秋，自鸣自止，有合于天者，郁然之情庶借此一宣乎！"② 所以二十余年的异乡生活深深地影响了他的创作。于词来说，纪游词就是他词中最有价值的部分。

滞留南昌期间，江西布政使沈瑜庆礼遇甚厚。何振岱《感旧》（其二）云："公其范石湖，待我犹姜陆。宽袍亲我座，众客不属目。就凉共藤床，天低星如沐。忧时托一诗，恻恻宁忍读？"③ 宾主相得，其乐融融。这一时期的创作以《高阳台·南昌夜闻大风》最为突出。词云：

---

① 吴家琼《故友何振岱生平事略》说："以他是个诗人，亲自经历两次城陷之痛，又目击敌寇暴行和官军腐败无能，原应有悲愤之音，但于遗文中竟寻不出只字，此何振岱之所以谓何振岱欤？"何振岱诗虽未反映福州城陷之事，但其诗歌还是稍涉时事的，如《瑞岩》、《春感》四首。又如何振岱有《题陈君尺山〈麻疯女传奇〉》，关注麻风病。诗载佚名主编《中华妇女界》，民国5年（1916）第2卷第2期，上海中华书局印行，民国5年2月25日出版。又如《何振岱日记》有议论时政的文字多则。

② 《何振岱集》，第30页。

③ 《何振岱集》，第348页。

旋树才喧，排窗更厉，天公一噎难平。万窍同号，不知何处先鸣。凄钲怨铎都沉响，近深宵、瓦击垣倾，梦频惊、铁骑边驰，百万军声。　平生浩荡江湖兴，记飞涛千顷，孤舶曾听。快意长风，犹疑鼓楫堪乘。几时短发催人老，看飘花、春晚江城。漫销凝、招鹤扶摇，梦绕青冥。

此词所表现出的开阔气象、豪迈气概在《我春室词集》中殊不多见。[①] 上片写景，写天公"噎"状，万窍同号有如铁骑驰边，读之令人气壮。下片抒情，写自己快意之豪兴，直可扶摇九万里，读之令人飞举。此词易使人想起"频年刀镮紧"（《渡江云·送浣桐之兰州》）的苦难现实，词人虽未能表现出"欲挽雕弓如满月，射天狼"的壮志，但也曾"孤舶曾听"，意欲有所作为。这或许是词中的"言外之旨"吧。

上海三年时间，何振岱不甚作词，今集中可确定在上海期间所作，仅寥寥数首。以《南乡子·海上歌筵，时将赴章门》最可见出其漂泊异乡的心态。词曰：

剑影夜凄迷。匣底龙吟尔许悲。飘泊江湖甘独往，更迟。雨打车檐露湿衣。　被酒倚青眉。残烛心销醉不知。明月云帆江上去，休嗤。几见杨花惜别离。

词中所云"飘泊江湖甘独往"，正是词人一生洁身自好的写照。壮年以前有"平生浩荡江湖兴"的气魄，历尽困顿牢愁之后，"堪叹，年年旅驿，几番雨雪里，游兴都倦"（《绿意·扬子江舟行，雪中见雁》），表现出浓浓倦意，而此词所说的"甘独往"正是壮年转入晚年的特定时期的思想状态。

旅居北京的十四年，是何振岱文学创作的成熟期，共创作了 500 首诗

① 卓揆《惜青斋笔记·词话》说："梅生晚年之作，转多细腻风光。此词作于宣元以前，特觉雄杰，是亦年龄意境为之也。"（《惜青斋笔记》，第 4 页）

歌，"清新、淡远、平和的诗歌意象明显增多，幽僻、峭厉的诗歌意象相对减少"①。作词亦然。这与诗人生活安定，心态渐趋平和有关。就词的创作而言，一是写北国风光，二是写与陈宝琛的交游。《琐窗寒·北地秋深，月光如雪，凭栏寄咏，聊抒夜思》云：

> 撼笛吟边，停灯酒后，月高烟净。疏林水色，衬出空青天影。近二更、霜气棱棱，绝无过雁虚檐静。尽心怜夜好，翠帘欲启，画栏难平。　微莹。思持赠。念碧海秋深，素娥孤映。虫魂摇曳，怨傍衰梧金井。遍人间、离思萧凉，梦游也怯郊原迥。待暗香、暖动梅梢，倚翠亲瑶镜。

深秋的北京，月高林疏，静谧安详。词人掀帘远望，离思绵绵，虫声相伴，一切显得平和淡远。陈衍《近代诗钞》评其诗云："实则君诗语能自造，而出以自然，无艰涩之态。"② 可移评此词。《梦芙蓉·弢公招同八里台晓泛》云：

> 扁舟陪谢傅。折荷盘裹饭，葛巾容与。岸灯孤焰，明灭带渔户。采香红歇处。凄凄残夜风露。小枕兰舷，看低昂远嶂，青过小桥去。　几转芦湾蓼淑。晓色前头，雪点斜行鹭。绿尽波宽，人隔凉烟语。柳丝贪瘦舞。寸心谁识花苦。漫怨横流，买水村结夏，应胜江南住。

弢公指陈宝琛，是与何振岱交往时间最长、过从最密的诗人。宝琛卒后，何振岱屡有诗文寄托哀思。何振岱的纪游词占词作的比重并不大，却是最值得重视的。这部分词作反映出他奔走江湖的艰辛和清虚自守的情怀。

（二）佛禅词："何曾仙佛无凭准"

何振岱《我春室词集》中有多首词写到他笃信佛事，坐耽禅悦的修行。如《鹧鸪天》云："何曾仙佛无凭准，但惜人间解意难"；《醉桃源·

---

① 刘建萍：《何振岱评传》，人民出版社，2017，第152页。
② 《近代诗钞》，第1933页。

申江秋晚》云："兀兀坐耽禅"；《蝶恋花》云："修到灵仙，犹有伤离苦"；
《高阳台·懒》云："幽人可是耽禅悦"；《齐天乐·画屏和内子岚屏》云：
"净绝禅心"；等等。《觉庐诗草》《我春室文集》《我春室诗集》中有不少
关于何振岱诵经礼佛、弘扬佛法的记述。即举其诗，如《鼓山达摩洞同九
鹤、虞孙、鲁斋》云："跏趺学安禅，冥心求静理"；《慧明别三日矣，适
有海舶书寄》云："驿灯清影犹孤馆，佛座新香入净缘"；《江阁楞根上人
夜谈》云："水阁玄言疑佛见，世尘苦趣岂公知"；《病夜》云："移心古
法良堪试，持熟《金刚》一卷经"。不胜枚举。

　　早在青年时代，何振岱就笃信佛教，其学佛的因缘，与父母的直接影
响有关。何振岱《四月廿四日供佛感昔》诗云："慈母恒言佛有灵，梦中
亲见准提形（注云：母尝以先姊病祷佛，梦见佛母而愈）。……花果玉盘
商作供，弟兄罗袷侍听经。每逢此日思何极，顶礼筵前一涕零。"由于自
小受到父母的影响，成年后一直奉佛不辍，晚年尤笃信不已，他是个虔诚
的佛教居士。

　　何振岱最为心仪的是西禅寺主持楞根上人，诗集中有多首写到他与楞
根上人的往还，如《于山香坛怀楞公》《披陶隐居集赋寄楞公》《楞公以
佛像及志录诸品见惠志谢》《初秋二十日怡山明远阁怀僧楞公》《四月初五
夜，鼓山寺畔右楼上楞公过谈，既返寺门已键，独趺坐东际楼，予闻之自
往邀回，未四更又鸣上殿矣》等。楞公圆寂后，何振岱作《楞公大师祭
文》，有云："方谓自今，尘事初休。从公葺茅，永矢玄修。心有一悦，事
无纤忧。公心皎月，照我如秋。"《琐窗寒·湖上为迦陵题慧明遗照》云：

　　　　小院灯深，空廊月黯，笛声风外。寻踪觅影，踏遍苍苔双履。问
　　怎生、参尽枯禅，悲来一昔柔肠碎。只庄严法相，瓶枝相对，凄凉灵
　　几。　　长是。伤离意。共摇荡平湖，旧时烟水。西归乘苇，汝自轻抛
　　尘滓。忍教他、孤姝病中，炉香永蒸心头泪。怕芳魂、化鹤归来，愁
　　绪仍难理。

周衍巺（1881~1922）字绎言，号雏蝉，法号慧明，楞根弟子，又从何振
岱学诗，何振岱之女何敦良曾执经其门。周衍巺去世时，何振岱作《二月

十三日杨庄奠慧明》《九月初十日理慧明遗稿始毕，是日君初度》《谛华兰路寓宅见所供慧明小影》诗哀悼。

何振岱笃信佛理，自求解脱尘世之心，不失为苦难人世的求乐之一途。自知"人间解意难"，所以鼓励学生研究佛经，在《与王生德愔二则》其二中说："若能抽裁诗之暇，为研究佛学之事，大家并探讨一种佛经意义，于身心必有所益。"① 他的一生，知行合一，乐于行善，与信佛深有关系。

（三）花卉词："修到梅花愁独自"

何振岱诗文集中不断写到他对梅、菊、兰、松的钟爱，以歌咏梅花的诗篇居多，其在杭州西湖所作的系列咏梅诗尤为时人称赏。词集中写到的花草有梅、兰、菊、荷、木樨等，也以写梅词最多。郑孝胥《题何眉（梅）生〈梅村岁寒图〉》云："岁不我与寒始来，何以娱君梅正开。村中有君梅有主，知君耐寒心似梅。寒入枝头春又入，坐阅人间岁华急。对梅无言三叹息，梅不能言对以臆。庾岭归来君未老，十年村居惜怀抱。雪中觅路影应孤，月下扣门衣自缟。相从沪渎足清欢，世外吾侪尽往还。诵我诗中元有画，朱霞白鹤满空山。"② "知君耐寒心似梅"，可谓知言。何氏人品似梅品，梅凌寒傲雪，君子则百折不挠。何氏一生写梅、画梅、种梅、正是欲寄托他孤洁的人格。

何振岱旧居南三官堂庭院植有两株梅，每逢佳日，弟子具杯盘于梅花前，唱姜夔《暗香》《疏影》为先生寿。《东风第一枝·忆家中二梅》云：

> 绿鬟斜敧，红心暗沁，娉娉忆傍檐甃。寻惊翠觳芳尘，炫目玉虬晴昼。虚廊笼袖，看啼雀、因风飞骤。正向晚、月丽风柔，一搦春愁微逗。　归梦好、南枝衮遍，离绪积、北溟寒又。年方腊底江鱼，客趣雪中蓟酒。销魂依旧，算此际、新开时候。甚绿窗、消息来迟，可怜咏花人瘦。

---

① 《何振岱集》，第58页。
② 《海藏楼诗集》，第77～78页。

即使客居异乡，他也惦念家中红、白两梅，尤其在新开时候，令他怀想不已。"看啅雀，因风飞骤。正向晚、月丽风柔，一掬春愁微逗"，既说往日家居赏梅所见，又是回忆中设想，情致亲切动人，丝毫不着力，就隐隐传出渴望早日回到梅边的心情。其妻郑氏颇解夫君忆梅之苦，有寄梅之举。何振岱有词述及此事，《扫花游·岚君以家中梅花两朵封寄，题曰"家园春色"，为拈此解》云：

> 一般春色，甚苦爱家园，手栽偏好。信风恁早。料芳心也念，爱花人老。细裹亲开，却讶题封字小。是纤手，自摘取树梢，闲起清晓。　　寒悄乡梦杳。忆竹外斜枝，酒阑千绕。远香暗裛。算心情未减，樽前年少。迢递风光，与子拈来微笑。庭月皎。约依然、碧栏双照。

何振岱的咏梅词以《江城子·孤山梅花》最见其人品。词曰：

> 段家桥下载轻舫。水去乡。野天长。才近孤山，吹袂是风香。修到梅花愁独自，教淡月，伴黄昏。　　夜阑峰影写迷茫。好风光。苦难尝。闲忆年时，轻折为新妆。莫与湖波贪照影，人瘦也，怕花伤。

孤山是宋人林逋种梅养鹤处，林逋恬淡好古，不趋名利，是风节孤标的真隐士。何振岱对这位真隐士是极为追慕的。其诗《别孤山梅花》诗云："乱堆残雪尚墙根，转眼南枝作蕊繁。花近水边知更好，日斜独映易消魂。微吟自爱闲风味，未老终谋数过存。别后梦魂应到此，山翁莫为掩篱门。"[1] 表达了愿在孤山隐居的心愿。又，《自杭州孤山归上海舟中读〈和靖集〉》云："归舟正载吴天月，隔岸犹分浙水寒。千种风光行处恋，孤山花树卷中看。心闲我亦耽玄墨，诗澹公能写肺肝。赘叟散人何处是？船灯照影对微叹。"[2] 人品如梅品者，百不一见，即如人品确如梅品者，如"赘叟散人"林逋之甘愿隐居者，又殊难再见。即如他自己来说，勤加修炼，

---

① 《何振岱集》，第 147～148 页。
② 《何振岱集》，第 148 页。

有梅花之风标高节，又有林逋隐居之志，可是百事萦心，尘途奔走，又难以真正择一佳处过上隐居生活，是为"愁独"之缘由。"问世外、灵根花中，高韵几人知汝"（《转调二郎神·梅花》），叹世无赏音。"无聊只有梅花我"（《醉花阴》），自己赏音，却又十分的无可奈何。这些又可补充对"愁独"的理解。

菊花，于诸花中最晚开放，质性耐寒，经霜弥盛。屈原《离骚》云："朝饮木兰之坠露兮，岁餐秋菊之落英。"自此，志士修洁，常与菊花为伴。陶渊明《饮酒》其二云："采菊东篱下，悠然见南山。"自此，菊花成为隐士冲淡人格美的象征。何振岱一生爱菊，诗集中多有对菊花的礼赞，如《祀陶杂言》其二云："我生亦秋士，载菊能满畦"①；《晚菊》云："数枝野篱旁，娉娉隔疏筱"②；《再赋晚菊》云："能于瘦素出清新。……可言惟有晋时人。……独自悠然是性真"③；《冬夜得菊数十枝，室人为具酒同赋》云："君谓兹花抱幽致，留待岁寒天有意"④；等等。《金菊对芙蓉·对菊》云：

> 丛菊花黄，词人发白，风前相映分明。道不嫌老丑，知汝伶俜。迟开至竟还能久，管世间、飞絮浮萍。帽檐斜插，端应未改，少日心情。 小掬盏水清冷。荐义熙一叟，聊替方棋。恁天阴雁过，秋气峥嵘。自将热泪□□洒，耿忘言、淡守孤馨。金釭夜静，更扶香影，画上绡屏。

词人对菊一诉衷肠，异常亲切，菊花不嫌我老丑，我觉菊花有姿态，快乐得像回到少年时代，甘愿淡守孤馨，并图写香影。

何振岱诗集中有多篇咏兰花，如《忆兰花》云："独有素兰思不见，如幽人隔天之涯"⑤；《阿羲觊兰花》云："三两枝花便作春，渊渊兰德是

---

① 《何振岱集》，第307页。
② 《何振岱集》，第138页。
③ 《何振岱集》，第142页。
④ 《何振岱集》，第171页。
⑤ 《何振岱集》，第220页。

吾邻"①；《嘉琼馈盆兰》云："百卉皆逞姿，兰独以品贵"②；等等。兰花雅洁高贵，象征君子品行端正、素行有守。《意难忘·盆兰为虫所伤，未几复苗，喜赋》云：

> 瑶苑仙真。度人天小劫，还苗灵根。映窗依旧月，倚石续前云。千种意，耿无言。相对越温存。费梦思，茎边叶底，几次逡巡。　　闲苔绿遍瓷盆。愧抛离十载，一溉无恩。恨多偏不怨，啼湿却留痕。湘水晓，楚烟昏。辛苦返香魂。忍负他，风寒酒醒，暗泽微闻。

盆兰为虫所伤，耐词人精心护理，又叶苗灵根。词人觉得兰花是"辛苦返香魂"，而自己的浇灌并非是有恩于它，反添愧意，但他的心情是喜悦的、温存的。惜花之心爱花之情曲曲道来，一篇之中三致意焉。

自屈原开创花草象征人品的文学传统以来，对于文人来说，栽花种草不是单纯的风雅之举，而是寄意品格的修炼。何振岱的花草赏爱，与中国人文传统中的"香草配忠贞"的寄托并无二致，他同样也是借栽花赏花来陶铸自己的高洁傲岸的情怀。他的咏花词将自己的情感投注到花草之上，花具备他赋予的正直品格，读其咏花词是对心灵的净化。

何振岱词颇多"惨淡生新"语，"生新"是指其词一语不肯犹人。何振岱《〈延晖楼诗草〉序》总结诗歌创作经验说："俯仰天地，万象毕罗，莫不共闻见也。而所以然之故，则惟有独觉者焉。然一觉无余不能留为己有，与无觉同。本此意，以求慧心人有如所闻见写之甚肖而无遗。能写其所觉，一篇之中第有一二精语能令读者若同其闻见，即为妙手，诗道所以贵也。"③ 他特别强调的是一篇之中必有令读者同其闻见的"精语"，这一点在他词作之中得到充分的体现，是最能体现他惨淡创作之后的生新之处。词中的"精语"确是别开生面的。如"泉岭星情""霞思眼候"（《齐天乐·茶声》)、"蛩烟雁月"（《买陂塘》)、"烟思星情"（《玉漏迟》)、"萧

---

① 《何振岱集》，第 304 页。
② 《何振岱集》，第 340 页。
③ 《何振岱集》，第 30~31 页。

风槭雨"（《太常引·古愁分赋示诸同慨者》）、"烟萧月瑟"（《买陂塘·浣桐书来赋答》）等皆可称"警句"。其造句格式皆是名词状名词，较宋人"柳昏花暝"之类更令人神思。又如"雨入斜阳红外密，秋回孤堞碧边长"（《浣溪沙·乌石山房秋日》）、"起树鸦猜翻湿叶，横无雁锐划新蓝"（《浣溪沙·雨余见月》）等皆是极工整的对句，既准确传神地状景写物，又极炼如不炼，妥帖自然，似信手拈来。

二 郑元昭的词作

郑元昭（1867～1943），字岚屏，林则徐曾外孙女。父郑弼（子远），为林则徐小女林金銮与郑葆中之子。林金銮之女嫁沈瑜庆。光绪二十年（1894）与何振岱结为连理，从何振岱学诗词，称何为"吾师"，何则称其为"岚弟"，夫妻感情甚笃。生有五男一女。郑元昭去世后，何振岱极为悲痛，有多首诗写他的哀痛之情。《曙色》云："残梦犹堪理，幽魂只不来。"《送先室入窆，二月廿二》云："一匮埋嘉玉，焉能不泪垂。麻衣儿捧土，樽酒我浇碑。"《清明》云："泪湿黄昏微雨后，魂消寒食暗风前。"《望庐》云："今夜月明魂返否？伤心忍傍旧栏杆。"《沣儿书叙金陵别母情形，黯然赋此》云："几家离乱能团聚，错是当初轻别离。"《至夜悼怀》云："来生结发曾私誓，向后家居譬远游。孤烛夜曾同晓梦，廿年前宿楚江楼。"《离恨》云："同心凤是红窗友，离恨今成白发天。"《病怀》云："镜泪红销人往后，梨云白损燕来前。"《烧灯节遣悲怀》云："肠断殡宫今夜雨，梨花云冷梦无凭。"《黄昏》云："黄昏忽尔生归思，犹记灯前念我人。"《悲怀》云："细缯匪华见子御，微虫有馨见子尝。益花盒果子按挈，小园近墅子翱翔。但欣形影同朝暮，不厌淡泊轻寻常。只今何处时一遇，子不我共空彷徨。诚知生前一欢笑，胜于身后千思量。孤栖心绪分无告，咽泪吞声潜断肠。"[①] 极尽哀泣之痛。

郑元昭擅长作诗。陈声聪《何门女弟子》评其诗曰："梅叟室郑岚屏夫人，固亦工吟咏，有《天香室诗词》，如《秋夜对菊》云：'去秋菊花结秋蕊，思君迢迢隔秋水。今年未霜菊又花，花时难得君在家。削梨剥枣

---

① 《何振岱集》，第 315～318 页。

唤小饮，夜夜街鼓过三挝。有时君吟我亦和，追写秋心作秋课。人生如此情自佳，何须买棹行天涯。'《心与以瓶中残花置净土，得'摘来'二句命予足之》云：'摘来良有情，弃去殊无恩。世人类澹漠，孰是崇本源。敛拾入净土，小酌倾芳尊。香消意不泯，迹往情自存。'《得芭蕉月下种之》云：'添得芭蕉荫，幽窗更可怜。劚开明月地，补作绿阴天。得意清宵半，招凉盛夏前。莫嫌新叶少，转瞬展风烟。'《二月一日雪》云：'南州二月花开时，京华雨雪方霏霏。披裘袖手凭长几，人静飞花扑窗纸。片云展缝敷微明，似有晨曦催薄晴。阿儿劝我进杯酒，麦饼鸡黄钉春韭。微醺添暖意自佳，携儿去踏长安街。'心与为梅叟号，曾客北京，主柯家多年，夫人间亦往小住，然聚少而别多，中间多相与之作，有和鸣之乐，非剪彩为花，但以娱目者，才调足以空闺襜百辈。"[1] 陈氏已将郑元昭诗佳句摘出，颇堪诵读。

陈兼与《闽词谈屑》选郑元昭《醉太平·夜坐赋》、《卖花声》（檐雨滴宵寒），并评曰"风神极似饮水"[2]，谓其词风似纳兰性德。《天香室词集》大部分词篇是抒写对夫君的思念之情，大多写得真挚缠绵，"情动于中而形于言"，有足可感人者。《渡江云·夜雨寄怀心与南昌》云：

　　潺潺长夜雨，愁怀似旧，极目向遥天。锦衾薰不暖，更深睡浅，忘卸却花钿。千山绕梦，这离愁、依旧牵缠。问邻鸡、底须催晓，我是不曾眠。　帘前。云痕烟色，晴未还疑，向遥空猜遍。人远也、微吟浅咏，只剩凄然。深情欲写怎生写，捏柔毫、辜负瑶笺。闲坐久、参来可是真禅。

修禅务在去欲，却难去刻骨相思之情，不觉自嘲："参来可是真禅？"与何振岱"怎生学得枯禅"皆是极至情之语。

郑氏的望夫词亦多警句，与其善于锤炼分不开。如《清平乐》云："料得幽人未睡，罗衫也应憎凉"；《南乡子·和心与公车北上》云："离

————————

① 《兼于阁诗话全编》，第359～360页。
② 《近现代词话丛编》，第147页。

思裊灯檠，欹枕春寒倍"；《喝火令·秋夜寄外》云："转瞬秋将老，含情夜似年"；《陌上花·正月十五日》云："强半柔丝，偏缩愁丝紧"；《卖花声·寄心与》："怪是夭桃红未减，瘦了栏杆"；《鹧鸪天》："却看素影聪明甚，可向西风忆别离"；等等。

郑氏爱花，与夫君同好。词集中有歌咏梅、菊、海棠的词篇，以写梅见长。《八声甘州·忆家园梅花》云：

> 倚东风遥忆旧家园，双树粉墙低。尽深寒浅暖，将开还领，消息心知。侵晓冻禽软语，衔梦上苔枝。初日曈曈里，鞞影檐西。　堪叹频年羁旅，算人孤花好，花盼人归。慰春愁一半，盆盎古胭脂。恁天涯、离怀耿耿，望故乡、芳信寄来迟。清宵梦、梦吟看处，香泻闲阶。

此词深得咏物词之作法：咏物而不留滞于物，借咏梅写离愁。郑氏词还写到了她自己的家居生活，《烛影摇红·橘灯，与怡儿同作》云：

> 丹影吹香，洞庭风味闲边领。纱窗佳夕学儿嬉，剖出新灯莹。添与兰膏炯炯。爱绛珠、玲珑摇影。玉荷吐焰，金粟含晶，一般齐整。　曼衍鱼龙，邻坊箫鼓酣游兴。何如朱实结钉花，檀几春魂凝。消受年时好景，傍砚屏、晕红低映。冰盘更喜，还剩琼浆，酒余替茗。

福州籍现代作家冰心有著名散文《小橘灯》，广为传诵。文中所说制作小橘灯的过程，此词已先陈一二。制作橘灯是福州人家的一大风俗，词中所写殊少见。此词可为风俗添一证。

第三节　何振岱早期弟子的词作

在何振岱早期弟子中，有两位著名的女弟子张清扬和周演巽，这是一对有太多相似之处的异姓姐妹。她们是好友，有交游和诗词唱和，彼此很欣赏；她们多愁善感，年寿不永，享年均为42岁；她们晚年都信佛，但都坚持诗词创作；她们都在同一年拜何振岱为师，都与何振岱夫人郑岚屏关系很好。所不同的是：张清扬偏重作词，周演巽偏重作诗。甲子年（1924）仲冬，福州名画家周愈作《于山万岁寺记事》，曾比较过她们。有云：

> 吾宗女子山阴周绛言，丙辰年（1916）至闽授经林氏，才行昭闻，穆然师资也。文词书法尤美。不鄙谫陋，时以画事叩余，为言皴石钩树诸法，言下多悟。予绘古松于所居斋壁，女士为作长歌纪之。太姥山瑞云寺楞根师者，高僧也，适驻锡于山之万岁寺，女士凤耽白业，予为介于楞根师，师开堂说法，女士洁斋和南，欢喜听受。师为锡法号曰慧明，灵山香火，一日净缘，解缆分程，未尝忘念。其后七年，慧明自杭州归西，盖后清安居士一年云。清安者，亦修持佛法，与慧明雅故，卒于苏州。莲天聚影各证净，因五浊凡尘，知无余恋也。楞根师今岁自山中来，闻慧明化去，为合掌诵佛。而予记忆前事，如见法鼓声中香云静袅时也。甲子（1924）仲冬，东越佛弟子周愈谨记。[①]

张清扬（1880~1921），字凝若，一字巧先，号宜悦，一号清安道人，福建侯官（今福州）人。张秉铨第三女。母邱琼姿，字伯馨，有《绮兰阁诗》。"知文，多所匡佐，暇则弹琴赋诗，具有雅人清致"[②]，其诗收入何振岱纂《榕南梦影录》。张清扬少即解吟咏，于倚声之学用力尤专。年二十二岁，适林则徐曾孙林兰岑（梵宣），后随夫客食异乡。她曾在江西南昌师范学堂任教员，遇同里何振岱，遂与绍兴女子周演巽一同受业学词，研习日益精进。辛亥革命后，辗转居上海，不久返乡里居。1920年，随夫兄词人林黻桢（霜杰）官江苏南翔县。民国10年（1921）病逝于苏州，年仅42岁。著有《清安室词》《潜玉集》《清安室诗补遗》。周演巽（1881~1922），字绎言，号雏蝉，法号慧明，会稽（今浙江绍兴）人，周榕倩女。

---

① 周演巽：《慧明居士遗稿》，民国13年（1924）刊本，卷末。
② 何振岱：《邱琼姿小传》，何振岱辑《榕南梦影录》卷下，民国31年（1942）福州刊本，第66页。

在闽时皈依太姥山楞根大师为弟子，何振岱之女何曦曾执经于周演巽之门。周演巽凤慧，十岁能诗，画山水楚楚有致，多饶逸气。性耽内典。著有《慧明居士遗稿》《雏蝉剩稿》。① 其诗收入《榕南梦影录》。目前，张清扬已有人研究②，而周演巽尚无人问津，更没有人把张、周二人结合起来研究。张、周二人是生死不渝的朋友，她们有很多交往，如不合起来研究，其研究是不充分的。

一　深具锐感之心的张清扬

张清扬生前有《清安室词》及《潜玉集》各 1 卷，民国 10 年（1921）由何振岱序而刊之，身后尚有《清安室诗补遗》行世。《清安室诗补遗》收入《文藻遗芬集》，林鲽桢为《文藻遗芬集》作跋云："凝若工词，尝学诗于同里何梅生孝廉，吐属稍清婉。"③ 张清扬另有《双星室主人词稿》，光绪三十二年（1906）何振岱抄本，收词 37 首，乃张清扬早年所作，为《清安室词》所未收。④ 另可从福建美术出版社 2013 年版《福州坊巷志——林家溱文史丛稿》所收林家溱撰《观稼轩笔记》补辑 1 首。《全闽词》收张清扬词 140 首。

光绪三十三年（1907）张清扬至南昌，从何振岱受业，称弟子。⑤ 张清扬曾点检平日词稿，请何振岱作序，何振岱序云："予昔居章门，与君论倚声之学，以为浚源风骚，无囤令、慢，含洁吐芳可以昭真性焉。君深然斯旨。后三年，君避地海壖，病况萧寥，词境一进。逾年南归时复有作，繁愁弥襟，益以幽咽。君性绝机敏，万趣希微，先物而感，亦触物而悟，大心飚发，潜照内晶。"⑥ "繁愁""幽咽""潜照"云云，可为张清扬

---

① 周演巽《慧明居士遗稿》《雏蝉剩稿》，笔者求之有年，今承中国人民大学研究生王璐瑾的帮助，始获得此二书复印件，谨致谢！

② 研究张清扬的论文有：连天雄：《"销魂笛里斜阳"——记词人张清扬》，《福建文史》2007 年第 3 期；吴尧：《试论张清扬寒凉词风及成因》，《中国诗学研究》第十四辑，安徽师范大学出版社，2017。

③ 李秋君辑《文藻遗芬集》，民国铅印本，第 2 页。

④ 刘荣平：《何振岱钞本〈双星室主人词稿〉的文献价值》，《闽学研究》2021 年第 1 期。

⑤ 叶可羲：《张潜玉传》，《竹韵轩集》，第 27 页。

⑥ 何振岱：《〈清安室词〉序》，《何振岱集》，第 28 页。

词定评。叶可羲《张潜玉传》曰："吾闽女子善倚声之学者不多其人，南宗一派，实至清安转手。然而才高命蹇，以清安之禀，所业仅至于是，是为未尽其才，天为之也。虽然，才命相妨，独清安一人已哉！噫。"① 词中有南北派之分，北派词风豪放，以辛弃疾为代表，南派词风婉约，以李清照为代表。叶可羲此言如王闲一样（详下），是把张清扬和李清照并论，可谓知人之论。张清扬卒后，何振岱有词《长亭怨慢·哭清安》《满庭芳·题清安小影》《凤凰台上忆吹箫·胥门奠清安》《八声甘州·清安殁已经年，归骨无期，怅触旧事，书此志哀》悼之，有云："撇断尘缘，朵莲孤往、合依佛。百缄红泪，看字字、啼鹃血。老去不胜悲，苦劝我、莫因悲切。"（《长亭怨慢》）"早晚消兵故里，待杯酒、浇汝青山。"（《凤凰台上忆吹箫》）"留得伤心句，欢处都愁。……凭孤负、长笺哀墨，烛泪空留。"（《八声甘州》）等句，极尽哀痛。②

在何振岱女弟子中，张清扬倚声称冠自可无争议，如求闽地女词人如宋之李清照者，除张清扬外似无人能当之。1967 年，何振岱弟子王闲旧藏《佩文诗韵》下册为洪水淹失，两年后，王闲于书肆得此书下册，并与前所失版本相符，而原书的主人正是张清扬，卷首署有"张凝若日用"数字。王闲喜极而赋诗《怡姊以〈榕南梦影录〉见赠》云："学业同师承，倚声君称冠。清照疑前身，生晚难一面。颜子偏夭寿，自古留余恨。……得书如得宝，笔迹容细认。君魂虽云汉，助我诗猛进。积思能尽倾，造诣窃自奋。"③ 何振岱女弟子，以作词著称的有《寿香社词钞》所收八才女，中有刘蘅、叶可羲等人，王闲没有把她们看作李清照，而把张清扬比作李清照，可见是如何地推重她了。事实上，张清扬词的影响在闽籍女词人中也是首屈一指。林葆恒纂《闽词征》收录晚清民国闽人词数量前 5 位是：王允晳 35 首、陈宝琛 16 首、谢章铤 14 首、张清扬 13 首、林纾 8 首，此显示出她与晚清民国闽籍著名男性词人并驾齐驱的地位。1940 年 8 月 25 日，何振岱特意把他撰写的《张清扬女士〈清安室词稿〉序》发表在

---

① 《竹韵轩集》，第 28 页。
② 以上见《何振岱集》，第 395～397 页。
③ 王闲：《王闲诗词书画集》，福建美术出版社，2012，第 45 页。

《国艺》第 2 卷第 2 期上，以示褒奖。①

张清扬对词的格律有神解，词句间有一种声响的流动，一首词就是一支曲子，是凄凉的夕阳笛音。她是深谙依字声行腔、文辞决定音乐的妙谛。依字声行腔本是旧时文人的创作习惯，而她是刻意地把握得精妙。如《渔家傲·写怀》，即可见一斑。词云：

> 向晚灯魂凝翠箔。春阴小院花初落。一片冰心何处着。深领略。焚香煮茗闲中乐。　流水空山寻采药。平生意绪邻云壑。欲写仙经调素鹤。难忘却。灵洲旧有青琴约。

读此词，很容易让人想起李清照《渔家傲》（天接云涛连晓雾），二词都是女性词中言志之作。李清照《渔家傲》词所言志趣明显高昂一些，张清扬《渔家傲》词中的志趣平和实际。此词一句一转，句句用韵，因写自己平日的生活，所以不需多用力构思，行文自然流动，而字字都合格律的要求。词人大约是平日极熟此调，吟诵过此调的许多名篇，存格律于口舌之间，一旦作此调，故能无需多管词面，词面把握好了，词底（词中之意）也就有了很好的基础。且此调格律与律诗颇多相通之处，能作律诗也就能较容易作此调。

张清扬是深具锐感之心的忧伤的行吟者，她总是在说愁，愁凝结得化不开。固然，她像一般女词人一样受到日常生活的限制，词的内容不免有些狭窄，但是她特别能把她内心深细的体验传达出来，自有感人至深的一面。如《清平乐·遣意》云：

> 晓阴楼畔。览镜凝妆懒。深浅眉痕愁压断。遣恨莫凭霜管。　销魂笛里残阳。黄昏来写红墙。寂寞有谁相慰，而今悔着思量。

愁压断眉痕，古人似未这样说过。黄昏写红墙，也可谓是神来之笔。"销魂笛里残阳"，意境颇凄凉，此句可状其词境。凡此，都能看出她的内心

----

① 《国艺》，中华民国 20 年（1931）八月二十五日出版，中国文艺协会发行。

体验是深刻细腻的。何振岱所云"先物而感"不太好理解，大约是指张清扬平日多感悟，一旦作词，思绪纷至沓来。观此词信然。词人过于悲伤，或因此导致年寿不永。

张清扬词语言清新流转，一点都不艰涩，完全不用典故，明白如话，多有天生好语言。如《十二时·孟夏积雨书怀》云：

> 可怜宵、打窗幽雨，并入离人新泪。况误许、明蟾圆美。伴我吟边愁思。翠幄玲珑，红缸黯澹，恁漏深无寐。知没个、梦境追寻，坐彻晓风，浑是酸辛滋味。　听断魂、孤鸿唳悄，历尽重重云水。玉札难凭，遥空缥缈，念往成憔悴。数卖珠补屋，生涯怨抑未已。　纵柳条、柔情不死，倦对东风眠起。病过残春，浓阴遮径，润绿枝如洗。问画梁软燕，明日嫩晴来未。

柳永有《十二时》词，明白如话，流转自如。张清扬《十二时》词深得此法。柳永《十二时》词语有轻狂恣肆之意，张清扬《十二时》词则细诉诸多愁情。张氏赋才在这首长调词中得到很好的展现。

张清扬的悼亡词，或可与纳兰性德的悼亡词并论。张清扬有《蝶恋花·追怀吴玉如》云："庭院深深深几许，百折红阑，小立无人处。残月三更来梦语。苔蚕暗答音如缕。　鸿爪前尘留不住。洒泪无聊，悔识惺惺侣。蚕茧空抽成断绪。催花可奈风和雨。"纳兰性德《蝶恋花》云："辛苦最怜天上月，一昔如环，昔昔长如玦。但似月轮终皎洁，不辞冰雪为卿热。无奈钟情容易绝，燕子依然，软踏帘钩说。唱罢秋坟愁未歇，春丛认取双栖蝶。"[①] 张氏《蝶恋花》词境之凄苦或已过纳兰性德《蝶恋花》词。吴玉如，事迹不详，张清扬另有《声声慢·秋日忆亡友玉如女子》。周演巽有《蝶恋花》词，序云："女伴有拈欧阳公《蝶恋花》词首句分题者，予亦得两阕。"[②] 可知周词所云"女伴"即是张清扬。周演巽《蝶恋花》所言"难觅伤心侣"，说的应是吴玉如，她也是周演巽的友人。

---

① 张草纫笺注《纳兰词笺注》，上海古籍出版社，2003，第227页。
② 《慧明居士遗稿·湖影词》，第2页。以下引周演巽诗词均据此书，不一一指明页码。

前引何振岱《清安室词序》论作词要"浚源风骚"，张清扬词不怎么取法风骚，倒是真性情流露得多，她的后期词更是如此。因生活不幸，后期词作渐入凄境，如《百字令·病中作》云：

> 药炉经卷，苦晨昏尝尽，病中滋味。三字贪嗔痴解脱，始信临头非易。四十年光，千般里碍，欲住应无计。心心皈佛，为闻前謦消未。　　人闲恩怨都平，幽冥独往，只痛儿无恃。寒月啼乌灯半黑，影入楼窗无睡。小厄消除，慈云救护，香袅长生字。梅边春在，从新参悟禅事。

她也如周演巽一样，希求学佛以化解人生的苦闷，终究也未能化掉，只能在词中呻吟不已。尽管佛家不提倡写诗词，她照样写点诗词，原因是一来学佛时间短，二来积习难改。无论学佛，还是写诗词，都是出自她的真性情。

张清扬的诗远不及其词，伤于直露，形象不足。其律诗较好一些，擅长对仗。如《过帆》云："林霏初散乱鸦啼，红日潮头一线低。翼翼过帆风上下，悠悠离恨水东西。秋江影落霜枫冷，晓岸人稀烟草齐。独立苍茫动归思，严城何日息征鼙。"[1] 此诗学杜甫七律，略有心得之处。

二　性根颖异的周演巽

周演巽《慧明居士遗稿》存诗146首，《雏蝉剩稿》存诗75首，《雏蝉剩稿》有31首诗不见《慧明居士遗稿》，周演巽实际存诗177首。《慧明居士遗稿》附《湖影词》存词22首，《雏蝉剩稿》附《湖影词》存词23首，《雏蝉剩稿》附《湖影词》删去《慧明居士遗稿》附《湖影词》的《氐州第一·主曹宅题赠敦钿》，另增《祝英台近·忆迦陵》《金缕曲·柬迦陵》2首，周演巽实际存词24首。《雏蝉剩稿》附《湖影词》与《慧明居士遗稿》附《湖影词》相较，相同词作的词序略有修改，如《慧明居士遗稿》有《西江月·奎垣巷女校病中作》，《雏蝉剩稿》改成《西江月·

---

[1] 张清扬：《清安室诗补遗》，民国铅印本，第3页。

职业女校病中作》，所以两本互参，可获得更多信息。

周演巽有诗述及与张清扬共同苦学的情景，《辛亥季秋晦日送别凝若姊》有云："忆昔同嗜好，唐诗兼宋词。寒灯耿昏夜，暗风入罘罳。恋子须臾留，瘦影搴虚帷。子行我长叹，垂泪空霑衣。槲院冷月魄，菊圃孤霜枝。念子去心急，不能为我迟。苦彼柳条倦，咽此寒蝉哀。素志郁何托，踯躅觅所贻。聊以致拳拳，奉子双琼瑰。行矣勉自爱，共保黄发期。"据此诗之作年"辛亥"，所述及的情景很可能发生在何振岱门下学习之时，因为辛亥年他们同拜何振岱为师。正是有当年的共同学习，才有他们今后的诗词成就，以及历久弥坚的感情。

民国 13 年（1924），《慧明居士遗稿》刊行，已是周演巽卒后两年之事。集中涉及何振岱、郑元昭夫妇的诗有《述怀呈梅生师》《次韵答岚师》等 8 篇，涉及张清扬（凝若）的诗有《和凝若姊》《答凝若》等 9 篇。可见，郑岚屏、张清扬是周演巽最重要的诗友。周演巽卒后，何振岱作《九月初十日，理慧明遗稿始毕，是日君初度》云："残稿零星半手书，客中为尔拾琼琚。留名何补飘零恨，成帙聊存忏悔余。"① 《谛华兰路寓宅，见所供慧明小影》云："何悲忏后肠仍断，一恸神存质已亡。"② 《琐窗寒·湖上为迦陵题慧明遗照》云："问怎生、参尽枯禅，悲来一昔柔肠碎？只庄严法相，瓶枝相对，凄凉灵几。"③ 另作有诗《二月十三日杨庄奠慧明》。何振岱之女何曦有《西湖杨庄拜周先生殡所诗二首》，其二云："湖湾行处草萋萋，回首林园黯旧题。怕读零篇思往事，乌山楼外暮云低。"④ 皆寓痛悼之情。

周演巽与何振岱夫人郑元昭交往甚多，郑元昭为《慧明居士遗稿》作《序》，述与周演巽交往事迹亦甚详，有云："君性灵敏谨重，好为诗词，其于天机默寓，皆得攫而写之，以寄其骛远之趣，然而哀音凄韵，时亦流露不能自抑。虽栖心禅悦，殆尚有未能忘者耶？……集中所作在闽为多，

---

① 《何振岱集》，第 203 页。
② 《何振岱集》，第 203 页。
③ 《何振岱集》，第 396 页。
④ 《榕南梦影录》卷下，第 71 页。

尤多与予唱答之作。回念前踪，不堪重读。"① 癸亥年（1923）九月，何振岱为《雏蝉剩稿》作序，为其一生定评，有云："君性根颖异，克承家学，辛亥岁（1911）始问业于予，而体道希真则得于太姥上人为多。夫释家离语言文字而君乃结习犹存，予为编次诗稿，正以其悟心究彻非余所知，而慧性之流宣则于斯可见，庶得与知君者共见之也。"② 两序皆赞周演巽天赋甚佳，"天机""慧性"云云当为诗人之最重要质素。两序也提及周演巽学佛而不能忘情于语言文字，此点与张清扬同。我觉得学佛之人也是可以作点诗的，不一定完全绝于诗，历代诗僧不是有很多吗？

周演巽诗胜于词，这一点与张清扬相反，盖才情志趣不同所致。张清扬更专注自我，情感明显细腻一些，故以词胜；周演巽尚关注世局，多有人生感受，故多明心见性之作，因而诗胜于词。据《雏蝉剩稿》载诸宗元《雏蝉居士别传》，周演巽自小关心国事，有云："余之识居士于江西，岁为有清光绪甲午（1894），时国祸方棘，兵燹于日，余方研讨域外情势，居士年甫十二，每叩所知，辄能了了……丁酉（1897）之春，义宁陈丈三立归自湖南，喜结后进，与言国故，曾属居士进谒，亦深许之……"③ 且周演巽性情有"谨重"的一面，因此她作诗比作词更适合。周演巽的五言律诗《初秋》是较好的一首，诗云：

> 庭柯凄落叶，病骨怯秋深。山堞悲孤角，江楼急暮砧。劲风初雁影，凉露晚蝉心。别有陵苕感，哀音入素琴。

此诗与杜甫七言诗《秋兴》（八首其一）有相通之处，诗人是乱世中的一个漂泊者，孤苦、衰病、悲凉与乱离中的杜甫正同，杜诗引起她的共鸣，非偶然也。五律多写实，但讲究言外之意、诗外之味，如王维《山居秋暝》即是。《初秋》每句都是写实，但引起读者的悲感确是持续而长久的。周演巽也长于七律，于起承转合皆甚措意，非苟作，如《园中饯春》云：

---

① 《慧明居士遗稿》卷首。
② 周演巽：《雏蝉剩稿》，民国间刊本，卷首。此序署作年"辛亥季秋"。辛亥，应为癸亥（1923）。
③ 《雏蝉剩稿》卷首。

韶光九十只匆匆，百种芳情黯淡中。珠箔贪看飞絮白，锦鞋愁蹴落花红。天涯归去宁无侣，胜会重来可得同。别有离愁消未得，夕阳烟外小阑东。

一、二句是起承，七、八句是转合，单看这四句已是一首不错的诗，但还不能给读者以圆满之感，故有中间二联的铺陈渲染。三四句对仗精稳，是写景；五六句虽不是严对，但也稳当，是写人事。观此诗，周演巽深得七律创作之法。此诗可见其性之孤寂，诗中有一个对春光太过敏感的愁人在。《湖楼晚成》（其二）也可证明周演巽的七律所达到的高度，诗云：

高楼向晚漫登临，极目天涯黯寸心。斜日含辉衔远岫，飞禽翻影入深林。十年华鬓青铜觉，一夕离愁画角深。无限幽情成寂趣，人间未是不能禁。

此诗的中间二联极为成功，极炼如不炼，就对仗的自然精稳来说，虽唐诗名家似难过之。周演巽一生在辛酸中度过，卒之年，作《拟古绝笔》诗，读来至痛，诗云：

有泪不堪掬，咽作心上酸。有意不可宣，迸为双泪泉。泪干眼欲枯，意结心自煎。郁伊复何事，凄怆摧肺肝。恨铸九州铁，悲化重泉烟。悲恨诚如何，坠落伤芳妍。芳妍徒自伤，断茧休缠绵。

此诗乃人生谢幕之作，《雏蝉剩稿》题作"绝笔"并有跋云："右诗为姊撄疾前三日作，时姊固无恙也，而诗意凄苦已了无生气，岂姊自知其不寿，抑亦诗谶耶？后之人读此诗者，即可知其心之苦、境之厄矣。迦陵和泪识。"[1]"自知其不寿"，乃作此诗，此言可信。

周演巽的五律、七律、五古都把自己的诗思明白说出，绝不隐晦，绝

---

① 《雏蝉剩稿》，第32页。

不艰深，诗中分明有一个性格鲜明的诗人在，所以我们说她的诗是明心见性之作。

周演巽亦能作词，词中与张清扬交游唱和之作，是较好的作品，情深意切，读之可增风谊之重。《声声慢·题凝若影片即送之赴申》词云：

> 丝魂黯尽，小影空留，清愁几许堆积。为问甚时相对，偿人凄寂。行行远程底处，怕从今、水遥山隔。长亭畔，只千条衰柳，数声残笛。　目断荒江飞燹，秋风紧扆梦，苦难寻觅。泪泫凉花，可省暗眶啼涩。天涯片云惨澹，照黄昏、无绪伫立。凭写我，断肠句、神亡剩质。

张清扬《摸鱼儿·自题小照》云：

> 黯销凝、早蟾初夕，花阴深处闲立。春光如梦只轻过，手把一枝空忆。谁解惜。对露泫、残红顿触飘零迹。盈盈脉脉。正翠袖生寒，银釭摇影，烟际闻邻笛。　云痕碧，目送飞鸿影疾。缄愁欲寄争得。新来不为耽吟瘦，眉黛任教愁积。情莫适。只证透、玄关个里寻消息。红窗寂历。待蒸尽炉香，划成短句，此意有谁识。

两词可并读，词中张清扬的形象清瘦柔弱，无助孤寂多愁。两词都提到了"笛"字，张清扬词有名句"销魂笛里残阳"（《清平乐·遣意》），周演巽无疑知道这名句。然两词高下也是一眼可见的。周词中"飞燹""暗眶""神亡剩质"（前引何振岱诗有"一恸神存质已亡"句），皆是词家不常用字面，较生硬，用在诗中是可以的，用在词中则失却自然，她作词时不免把她的作诗之法带进来了。张炎《词源》云，"词中一个生硬字用不得"[①]，张清扬此词完全没有生硬字面，她的全部词作也难以找到生硬字面。

---

① 《词话丛编》，第259页。

三　民国闽地吟坛的双葩

天地英灵之气，往往不钟于男子而钟于女子。民国闽地能诗能词之女子较多，其中有盛名者当推福州"八才女"或"十才女"，她们都是何振岱的弟子。1942 年，何振岱八位女弟子王德愔、刘蘅、何曦、薛念娟、张苏铮、施秉庄、叶可羲、王真合出《寿香社词钞》，一时盛传省内外，词集中八词人被誉为"福州八才女"。如陈侣白《此恨绵绵无绝期》认为："何振岱弟子盈门。当时母亲与何的其他七位女弟子结拜为姐妹（我称她们为姨），按年龄排序为：王德愔（珊芷）、刘蘅（修明）、何曦（健怡）、薛念娟（我的母亲）、张苏铮（浣桐）、施秉庄（浣秋）、叶可羲（超农）、王真（道之）。在何振岱的主持下成立寿香社。一九四二年八人合出大十六开本、木版、线装的《寿香社词钞》……作者被誉为'福州八才女'。后来从外地回榕的王闲（坚庐，何振岱的儿媳）和洪璞（守真）也参加为结拜姐妹，尊何振岱为师，合称'十姐妹'（也有称'十才女'的）。"①这十才女几乎成了民国福州才女的代名词，今天的福州人都很能知道。

其实，不应忘记何振岱早期所带的两位女弟子张清扬和周演巽，她们的诗词成就不见得弱于十才女。林怡女士慧眼识珠，所编《依然明月照高秋——福州近现代才女十二家诗词选》②将薛绍徽、沈鹊应及福州十才女的诗词作品精华选出，一编在手，令人雒诵不已。不知什么原因，未选张清扬和周演巽的作品。张清扬是侯官人，其词的成就，十才女中的王闲就很钦佩，《闽词征》就选了 13 首，如前所云，与闽地杰出男性词家并驾齐驱，如不选张清扬的词，则有不充分之感。周演巽虽不是福州人，但是在福州生活过，其诗词大部分作品作于福州，且其律诗成就颇可观，若不拘泥于她的籍贯，也是可以选她的一些诗作的。

张清扬专力作词，诗只是其余事。其词是典型的词人之词，不是诗人之词。何谓词人之词？如民国福州王允皙的词即是词人之词，其词《水龙吟·甲午十月，辽沈边报日急，偶过琴南冷红斋闲话，感时忆旧，同

---

① 薛念娟：《今如楼诗词》，福建省文史研究馆 2014 年版（内印本），第 72～73 页。
② 林怡编选《依然明月照高秋——福州近现代才女十二家诗词选》，海峡书局，2021。

赋》云：

> 高斋不闭空寒，何人问取垂杨意。清霜未落，北风渐紧，丛丛荒翠。地冷无花，城空多雁，斜阳千里。只故人此际，萧然语罢，将丝鬓，临流水。　何限闲愁待寄，有繁华、旧时尘世。斜阶拥叶，危亭欹树，秋来如此。病后逢杯，梦中听角，沉吟暗起。算十年心事，江湖醉约，倦鸥能记。

此词写与林纾的交游，涉及甲午中日间战事，于一派衰世景象的描写中吐露隐忧。郭则沄《清词玉屑》卷六评曰："不著干戈戎马语，而托感更深，是真词人之词也。"① 大凡专力作词，格律精稳纯熟，无生硬字面而又使人觉得丝毫不着力，且托感遥深的词可称词人之词。用诗法作词，走"诗言志"一路的词作，当称诗人之词。柳永、李清照、周邦彦、吴文英、纳兰性德等人的词可称词人之词，苏轼、辛弃疾、姜夔等人的词可称诗人之词。张清扬的词无疑是词人之词，一般来说，词人之词较诗人之词要本色当行。

十才女中无一人是专力作词，其中成就较高者刘蘅、叶可羲作词较多。刘蘅有《蕙愔阁集》《续集》，存词 137 首，所收词作最晚纪年是 1981 年。陈宝琛为《蕙愔阁集》作序云："开卷一片清光，写景言情，皆能出以酝藉……所为诗有山水之音，无脂粉之味也。"② 刘蘅短调佳作如《蝶恋花·送秋》云："帘幕新寒笼薄雾。怕检吴棉，镇日烘兰炷。篱菊欲留秋小住。霜风不肯容庭树。　秋去应知何处去。啼雁声中，黯黯云边路。无限芦花江水暮。愁多莫向衡阳度。"《闽词征》《广箧中词》选此词，是对这首词的肯定。此词犹是用诗法作词，词虽是词，然说是诗也是可以的。叶可羲有《竹韵轩词》，存词 106 首，多中华人民共和国成立之后的作品。其词似不经意就能唱出，确有才思。如《蝶恋花·鹭江客次，寄示里中旧

---

① 《词话丛编二编》，第 1450 页。
② 刘蘅：《蕙愔阁集》（李宣龚题签），福建逸仙艺苑诗辑之五（上），1983 年铅印本（内印本），第 1 页。

友》云："鹧鸪声声啼绿树。昨夜东风，零落花无数。盼得天晴偏又雨。从今闲煞游春履。　流水人家幽绝处。日暖波平，且住休归去。煮茗添香修静趣。门前莺燕迷飞絮。"何振岱《〈竹韵轩词〉序》评其词曰："学北宋而去其嚣，近南宋而濯其腻，益以深刻之思、幽窅之趣……"① 此词也是在用诗法作词。十才女中似无人能像张清扬一样用寻常话语度入声律，表达细腻复杂的心绪而丝毫不以为难，好语流转，自然切情。这是张清扬词的特别成功之处。

张清扬的词是白话词的典范，似可昭示作词的一种方向。词发展到民国，该如何取径？张清扬的词至少说明用白话作词完全可行，她的做法是不损伤词的古典美，词虽是白话，但词的意境却是古典的。另有一重要因素，即词中有作者心襟、品格、志趣、怀抱的流露，也就是通常所说的词中有人、笔下有人。民国学吴文英一派词人的词风密丽深隐，词不好懂，其兴发感动的力量严重不足；另有一些人用白话作词，也不算成功，主要原因是损伤了词的古典元素，特别是词的古典意境美；至如一些人只是偶然作词，词中自然无人，笔下自然无人。

张清扬的词风似影响到周演巽作词。周演巽有《虞美人·喜晤凝若》词，述其与张清扬别后重逢之感，有少见的快乐。词云："分明携手翻疑梦。别后惊还共。花前语笑总天真。恰比那回相见更相亲。　朔风吹落萧萧雪。似惜人离别。闲情愿作影和衣。随汝画眉窗下日依依。"张清扬有《虞美人·晤周绎言女士》述及与周演巽的别后重逢，也有短暂的快乐。词云："离愁积作经年梦。是梦将愁共。得看总似梦中真。众里片时欢笑独心亲。　与君冷抱怜冰雪。别也何曾别。风香犹似近罗衣。长记一声珍重语依依。"不知谁是原唱，谁是和作，二词词风已相近，功力已相当。

周演巽的诗，影响不及薛绍徽，这点是可以肯定的。薛绍徽②学力深厚，以诗写史，自是第一流女诗人。其诗的影响也不及沈鹊应③，也是可

---

① 《何振岱集》，第 32 页。
② 关于薛绍徽的诗词创作，可参林怡《在旧道德与新知识之间——论晚清著名女文人薛绍徽》，《薛绍徽集》，第 160 ~ 188 页。
③ 关于沈鹊应的诗词创作，可参刘建萍《论沈鹊应的诗词创作》，《福建师范大学学报》2003 年第 6 期。

以肯定的，沈鹊应是林旭的妻子，其诗倍写林旭殉命后凄苦之情，有令人不忍卒读之处，特殊的经历铸造了她的诗心。若与十才女的诗歌创作相较，周演巽自有其成功之处，可用那句老话来说，即"国家不幸诗家幸"，她诗中的悲苦心境远过十才女，故动人之处常常超过她们。十才女大多出自书香门第，受过良好教育，生活总体来说大多不错（少数例外），且享年都在70岁以上（少数例外），有的过百岁。她们的诗说愁说苦，不产生太重的感觉；她们的诗炼字炼句，是艺术上的刻意追求。周演巽的诗因反映苦难的现实及自己独特的体验，可在民国旧体诗坛上占有一席之地。

张清扬、周演巽这一对情同手足的姐妹，在诗坛词坛上呕心沥血地耕耘，奉献出不少优质诗词作品。她们是民国诗词百花园中的双葩，打个比喻说吧，她们是一支荷秆上的双头莲，盛开过，鲜艳过，而经无情风雨摧折，她们逝去了。然而"留得枯荷听雨声"，我们还能听得到她们心灵的颤动。今天，做晚清民国闽地女性诗词选的学者，实在应该提到她们。

第四节　寿香社考

何振岱主盟的寿香社，是继晚清谢章铤主盟聚红榭后闽地又一重要词社，特色鲜明，成就突出，影响深远，为晚清民国福建文学创作增色不少。近十多年来，何振岱及寿香社社员的著述不断被发掘整理，为我们重新考察这一词社提供了资料来源。兹根据新整理资料及笔者与友人搜集的未刊资料，拟对寿香社重新考证，希望能为研究寿香社创作的学者提供一些参考资料。

一　命名考

何振岱是晚清民国福州大儒，诗、词、书法、绘画、古琴造诣很高，一生广收门徒，晚年回到福州主持开设寿香社，培养了一批古典诗词、绘画、古琴方面的人才。何氏门徒中像吴石将军、刘蘅、叶可羲这样著名的人物达数十人之多。何振岱师生的作品有着相当高的文学和艺术价值，对于了解晚清民国福建文界有着重要意义。

青年时期的何振岱①、龚葆銮②、郑容③、陈紫澜④在乌石山结寿香社，以读书相砥砺。光绪二十二年（1896），何振岱作《寿香社序》，言明立社缘由，"寿香社者，同人祀陶所由名也"，并立有社仪、社规。何振岱晚年时作《与田生古序书》，犹念当年与挚友结社之事："回忆年时旧侣，若九鹤、无辨辈结社祀陶之乐，不胜惘惘。乌石双峰，芜榛塞道，崖石崩坠，非复旧观。"⑤

刘建萍、陈叔侗点校《何振岱集》未收《寿香社序》，录如次：

予曩者尝与龚九鹤、郑无辨（原作辩）、陈荃庵结祀陶社，每年菊花开时，必洁室荐馨，既立为仪约，复序其意旨。旧稿犹存，不忍抛弃，存之以纪旧游、永旧欢，是所志也。

寿香社者，同人祀陶所由名也。始丁亥（1887），至今凡九年。为会者六，其人则四。岁序如流，重阳复届，社中人谋修前约，使予序之。时维商飙拂宇，燕鸿代飞；霜气弥于丛阜，云阴亘于古阁。万根靡节，索居孰与永趣；一花自馨，秋士于焉托命。爰集朋侪，与谋社事，言洁静室。乌石双峰，上祀前贤，义熙一老。夫人无孤心，不

---

① 本节提到的寿香社社员，除郑容、陈紫澜外，其他人的生平事迹均见《全闽词》。

② 龚葆銮（1871~1898），字子鸣，号九鹤，又称碧琴子，名所居曰改庵，闽县附学生员。著有《碧琴遗稿》，今不存。何振岱编《榕南梦影录》录其笔记七则、诗45首，另有陈紫澜、郑容《序》，何振岱《行略》。龚葆銮有诗《梅生、荃庵同读书平远山堂，秋日访不值，留题斋壁》述及与何振岱、陈紫澜交游事。

③ 郑容（1868~1920），字国容，号无辨，闽县（今福州）人，著有《无辨斋诗》，陈衍、何振岱作《序》，有民国2年（1913）铅印本。出身寒微，性情耿介，少年时期曾从事体力劳动等"贱役"，后发愤读书，教读终身。同何振岱、龚葆銮、陈紫澜等人在青少年时结交，多有唱和之作，作品收入《榕南梦影录》卷上，凡63首，有陈紫澜《跋》、何振岱《后序》。陈衍为《无辨斋诗》作序，言其诗"甚清真"、"恨其老守乡里，不肯出游，诗境为眼界所局"。按，郑容"号无辨"之"辨"，《石遗诗话》等著作有作"辩"者，今据《榕南梦影录》（上卷第51页）郑容小传统一写作"辨"。

④ 陈紫澜（？~1939），字荃庵，闽县人，光绪丁酉（1897）科举人，清末署长兴县知县，卒年六十余。为何振岱青年时好友。何振岱有《鼓山灵源洞同荃庵、公望坐月至旦》《梦荃庵》《展故箧得荃庵书，有"他日山中同研数学"之语，感作》等诗。诗见《何振岱集》第145、284、301页。陈紫澜《秋尽登城西楼寄心与》云："论诗枕上汀茫易，揽臂街头酩酊多。"诗见《榕南梦影录》卷下，第39~40页。陈紫澜有诗千余篇，何振岱编《榕南梦影录》时无从抄录，仅就所存录入7篇。今陈紫澜诗稿已不见。

⑤ 《何振岱集》，第80页。

足与之体素；士惟高韵，乃可使之乐闲。公眷眷旧主，蜚遁自芳。以羲皇上人视浇世，心则孤矣；以箕颍高风望同爱，韵又高矣。诗则周情孔思，本源出乎鲁论；人则淡薄宁静，风流比乎隆中。弃官归隐，浮烟视名，赋诗抒怀，停云望友。采菊忽通乎道妙，剪桑有慨乎高原。然而志俪易水，节通展禽，介无伤和，忧不妨乐，诚百代高隐之师，而吾侪处时之轨也。兹者位公遗像，并陈大集，式瞻威仪，凝思丰采，盥花表馨，斗酒荐诚，肸蚃可通，庶几来享。虽下士寡学，敢云尚友？而闻风兴起，庶几无尤。惟我同人，夙约既申，为欢斯永。鸡鸣之谊，在风雨而不谈；乌声之求，隔云山而无替。谨序。

是日，会主人扫净室，中设渊明先生画像，前一几，供瓶一、炉一，尊酒碗箸荐菊、蟹。室左右分列四几，几各一瓶、一炉、一茶杯、一爵，及诗韵、笔砚、楮墨。宾既集，序齿为先后，对像荐瓣香，一拜一揖，然后入座。宾三人以次就左右坐，主人下坐，随意拈诗，或一章数章不等，诗未成勿许离座。诗毕成，相质证讹，计若干首，主人收贮。宾主人各以次入座，陈酒肴，爵无算，不及乱。酒罢，主人分所荐菊为五分，各受一分，仍对像如前拜揖而散。右仪。

一曰无后至，二曰无先归，三曰无卮言，四曰饮酒有节，五曰无体韵为诗，六曰整以永趣。右规。①

据此《序》，寿香社最早开办于 1887 年，共有 4 人参加，聚会共 6 次，历时 9 年。民国 10 年（1921）九月，福州王德愔等人集于刘蘅蕙愔园中祀陶。周愈润色诸人之画，何振岱作《祀陶图题跋》，此篇收于王真辑录何振岱杂文《我春室杂稿摭存》中，未刊稿，录如次：

予年弱冠时，与龚九鹤、郑无辩诸君诵陶诗而慕其为人，每岁秋花盛开，陈陶公像，荐以菊酒而拜献如礼。至九鹤既逝，此会遂散。其后三十余年，里中诸生王德愔、刘蕙愔等复有祀陶之举，是岁辛酉（1921）九月，诸子集于藤山蕙愔园中，各写树石楼阁成图。周丈雨

---

① 福州连天雄先生抄自书肆藏《何氏笔记》稿本，谨致谢！

渔以善画名，为润色大半，属予记之，因书大略如此。①

此文说明寿香社未能持续举办的原因是龚葆銮之死。从上引《寿香社序》和《祀陶图题跋》中可知：何振岱等人开寿香社的缘由是为了祭祀陶渊明。刘建萍教授认为：民国 25 年（1936），70 岁高龄的何振岱返回福州，开寿香社私塾，教授诗、词、文、书法、绘画、古琴，一时从师者甚众。叶可羲、王德愔、刘蘅先入何门学诗、作画、弹琴，后又介同好王真、王闲、薛念娟、张苏铮、施秉庄、洪守真拜何氏为师，加上何振岱爱女何曦，何氏共有女弟子十人。② 但寿香社的创办及活动时间、社集情况，仍需细辨。郭毓麟《三十年代的寿香诗社》说："一九三五年我在魁岐协和大学中文系念三年级时，曾在校内组织一'七七吟社'，专作折枝诗。不久又与同班友王劭在福州成立'寿香诗社'。'寿香'二字的取义，是因为有几位老人参加，故以'寿'字为标志，又有好几个妇女参加，故以'香'字为标志，其余则都是二十多岁至三十岁的男青年。'寿香诗社'简称'寿香社'，不设社长，每月例集一次，轮流作东，地点多在东道家，从晨至晚，设一餐或两餐，另加点心。例集临场拈题，限时限韵，作七绝（二首），或词（一阕），然后轮流评取发唱。余兴亦偶作折枝诗（每人三首），有时各随意朗诵古人名作，作为文娱。自一九三五年维持至一九三七年抗战后结束。'寿香社'可算是福州唯一有妇女参加并现场作诗词的诗社。"又云："当时王劭、梁孝瀚，游叔有和我都在协大肄业，还有一个在银行界工作的苏禾龛③，这些人都学有根柢，能作诗词，温文尔雅，同气相聚，同类相求，因而不期然地以利亚药房方声沸夫妇住宅为集中所，成立了'寿香社'。"又云："我在协和大学主编中文系刊物时，曾选寿香

---

① 《道真室随笔》卷一，第 32 页。
② 刘建萍：《诗人何振岱评传》，海潮摄影出版社，2004，第 67 页。修订本《何振岱评传》将"寿香社私塾"改成"私塾"。（《何振岱评传》，第 92 页）
③ 苏禾龛，一作苏禾庵，未见其有著述存世。何振岱《心与斋诗话》云："君（柯鸿年）嗜觅句，与其族人补庐及所亲苏禾龛倡和，每一篇成，必就予磨之，得意处喜见颜色。"（何振岱编《榕南梦影录》卷下，第 12 页。）薛念娟有诗《甲辰花朝竹韵轩小集，同德愔、竹韵、禾庵、守真、惇畸联句》，中有苏禾庵两句诗："筼轩招胜侣""旧闻传锁院"。（薛念娟《今如楼诗词》第 22~23 页）

社诗词若干首，发表在《协大艺文》某卷某期。"① 郭毓麟《鼓楼区传统诗社纪要》又说："寿香诗社成立前后仅及两年，由于抗战时期省会各机关学校陆续内迁、社友星散而告结束，然而寿香社名称则沿用至今，洵为创社诸君始料所不及。"② 李可蕃《秀出天南的女吟社》则说："由何氏主铎政，成立了纯粹由闺媛参加的女吟社——寿香社，取永葆兰蕙之香的意义……何氏另有一批男弟子，也经常集吟。但清规甚严，女弟子可自愿参加男弟子的吟会，而男弟子则不能随意参加寿香社的吟会。"又说："《寿香社诗钞》亦经何氏预为题签，未及手辑，何氏遽于 1953 年逝世，即由其大公子维刚代辑，是为手抄本，各人分存。"③ 三位作者各有表述，各有侧重。

郭毓麟自认为是寿香社的发起人之一和组织者，并对寿香社的命名涵义作出了解释。寿香社之命名缘起，笔者曾百思不得其解，幸好何振岱《寿香社序》尚存民间，寿香社的命名之义，乃可明了，其命名之义自如何振岱本人所说是为了祭祀陶渊明而取名。郭毓麟对社名的解释只是望文生义，绝不可信。他把他组织的"七七吟社"与"寿香社"混为一谈，不免贪功之嫌。他认为寿香社"一九三五年维持至一九三七年抗战后结束"，这样说是把他发起的"七七吟社"的时间算到寿香社活动时间中了，因为何振岱是 1936 年回到福州④，寿香社的再度开办不可能始于 1935 年。但他提到的协和大学的几位男生参加寿香社，以及他主编的《协大艺文》刊发寿香社社员词作一事，则是可信的（详下文）。李可蕃对社名的解释是"永葆兰蕙之香"之义，也是他的主观解释，与寿香社取名最初之义不合。

---

① 郭毓麟：《三十年代的寿香诗社》，中国人民政治协商会议福州市鼓楼区委员会文史组：《鼓楼文史》第 1 辑，1988 年版内印本，第 31～35 页。

② 郭毓麟：《鼓楼区传统诗社纪要》，张传兴主编《鼓楼文史》第 4 辑，鼓楼区政协文史资料委员会编委，1992 年版内印本，第 40 页。

③ 李可蕃：《秀出天南的女吟社》，陈虹、吴修秉主编，福建省文史研究馆编《闽海过帆》，上海书店出版社，1992，第 80～81 页。

④ 吴家琼：《故友何振岱生平事略》。1932 年秋，何振岱同夫人郑元昭返回福州。何振岱《壬申秋回里，寄怡儿北京》："有约与儿重聚处，休怜数月小分离。"本次，何振岱回乡只有数月时间。（《何振岱集》第 489 页）1933 年何振岱回乡小住，同刘敬、高向瀛亦有聚会，有诗词唱和。（连天雄《闽中诗坛三生会》，《坊巷雅韵》第 117～124 页）1932 年，何振岱回乡，因时间短暂不可能开寿香社。

他所提到《寿香社诗钞》，何振岱曾题签，何维刚辑成，有手抄本，笔者多方寻访不得，是一遗憾。

徐燕婷《民国女性词文化生态中的"传统范式"及其新变》说："1936 年何振岱从北京返回福州，参与寿香社，因其文名之盛，故成为寿香社的主心骨。以后由于其女弟子的加入，逐渐成为一个影响力较为广泛的社会性旧体诗社。"① 刘建萍《何振岱评传》说："徐燕婷对寿香社存续时间和人员组成的考证消除了学界对这一问题存在的一些误解。"② 二说皆有不尽如人意之处。

二　活动考

郭毓麟认为寿香社的活动时间"自一九三五年维持至一九三七年抗战后结束"，未考虑到寿香社初创时间，以及 1921 年再度开办时间，只是据第三度开办来判断。刘大治《寿香诗社女诗人》说："何氏逝世后不久，寿香诗社便逐渐减少活动，以致解体。"③ 寿香社的活动，持续时间很长，因为寿香社八才女以及王闲、洪璞的诗词唱和持续到他们生命的最后阶段，诗词创作是他们联系的纽带，也是他们对尊师何振岱最好的告慰。

寿香社的活动应分为五个阶段。第一阶段时间是 1887～1896 年，社员有何振岱、龚葆銮、郑容、陈紫澜。第二阶段时间是 1921 年，王德愔、刘蘅等女性社员参加的聚会，虽未明言是寿香社再起，但与寿香社初办时祭祀陶渊明是同一性质，或可视为寿香社的一次活动，但规模较小。第三阶段时间是 1935～1937 年，郭毓麟、王劭等男性社员为主要社员，另有女性社员，男女社员均可参加诗社，但分开活动，何振岱参加寿香社并主持吟政。抗日战争爆发后，协和大学的学生必须随校迁移到闽西，男社员就基本离开不参加社事了。第四阶段时间是 1938～1953 年，何振岱及部分女弟子并不因抗战爆发而离开福州，而是留下了，参加吟社的就基本是女弟子

---

① 徐燕婷：《民国女性词文化生态中的"传统范式"及其新变》，《福建论坛》，2016 年第 3 期。
② 《何振岱评传》，第 95 页。
③ 刘大治：《寿香诗社女诗人》，《福州掌故》编写组《福州掌故》，福建人民出版社，1998，第 276 页。

了，所以就有了寿香社"纯粹由闺媛参加"的说法。1942年刊行的《寿香社词钞》只收女弟子的词作，就更加深了人们的这一印象。应该说，直到何振岱逝世，寿香社一直在活动，因为不少女弟子视何振岱为父辈，总是去看望他，也有诗词和书信的往还，师生间诗词的研讨一直持续到何振岱辞世。寿香社的活动进入第四阶段后，对社名的取义有了新的理解也是有可能的，因之就有了"永葆兰蕙之香"的解释。第五阶段时间是1953年至1980年代，寿香社社员多有自发唱和活动。寿香社的活动断断续续，持续了约一个世纪，堪称奇迹。

第四阶段是寿香社活动的兴盛期，师生、同学唱和频繁。王德愔有诗《题上巳竹韵轩小集摄影》云："人生所乐有同趣，声气相求岂偶遇。相携壶榼趁良辰，酒后题诗多妙句。"[①]《寄坚庐八妹》云："见说筠轩开小宴，终宵不睡亦何妨。"[②] 对寿香社的唱和表达惬意之情。她的丈夫方声涛是名医，家庭环境好，寿香社活动多在她家举行。王德愔女儿方文《〈琴寄室诗词〉后记》说："母亲参加了何振岱先生组织的'寿香诗社'。记得小时候，妈妈的这些文学姐妹刘蘅、何曦、薛念娟、张苏铮、施秉庄、叶可羲、王真，还有王劭表哥和他的几位协和大学同学，经常在我家大厅上聚会，由何老师当场命题，大家即兴创作，相继吟诵，当场点录，谁的那首诗词录取率最高，这首诗词即称为'元'。"[③] 薛念娟之子陈侣白《此恨绵绵无绝期》说："抗战时期中断已久的诗词写作、吟诵集会，这时喜告恢复。当集会在王真家举行时，我便又领略到那迷人的气氛、情调。何振岱素来有个'偏心'的规定：女弟子可以随意参加男弟子的集会，男弟子则不能参加女弟子的集会（我猜测，太老师可能是考虑纯粹的女声吟诵效果特佳）。于是，吟诵会上皆是诸姐妹曼声长吟。大家来时各贡献花果，满桌粲然，红烛高烧，茶香缭绕，各人轮番吟诵，我在旁欣赏，如入仙境。"[④] 优雅的吟唱聚会，对于诗人情怀的培育，对于诗意处世态度的养成皆有显见的效果。因而可以说，寿香社推行诗词吟唱极具典型意义。

---

① 王德愔：《琴寄室诗词》，福建省文史研究馆2012年版（内印本），第20页。
② 《琴寄室诗词》，第36页。
③ 《琴寄室诗词》，第165页。
④ 薛念娟：《今如楼诗词》，第85页。

1942 年，何振岱八位女弟子王德愔、刘蘅、何曦、薛念娟、张苏铮、施秉庄、叶可羲、王真合出大十六开本木版线装《寿香社词钞》，收王德愔《琴寄室词》35 阕、刘蘅《蕙愔阁词》93 阕、何曦《晴赏楼词》37 阕、薛念娟《小懒真室词》12 阕、张苏铮《浣桐书室词》36 阕、施秉庄《延晖楼词》20 阕、叶可羲《竹韵轩词》89 阕、王真《道真室词》40 阕。全部《寿香社词钞》共收词 362 阕，何振岱为之题签并作《小引》，云："闽词盛于宋，衰于元、明。清季梅崖、聚红两榭其杰然也。迩者，然脂词垒，盟且敦槃。篸丝好音，协如笙磬。微觉九曲延安，余风未远；是亦三山左海，粹气攸钟者矣。慰予发白，见此汗青。虽小道有足观，斯大雅所不废。用彰嘉会，为属弁言。"① 一时《词钞》盛传省内外，词集中八词人被誉为"福州八才女"。至于各女弟子除社集作词外，另有不同时期的其他词作，衡量每位女弟子的词作成就和词史地位，当看其全部词作。《全闽词》已辑录了十才女的全部词作。

《寿香社词钞》的社题有 11 目，它们的名称是：灯魂、新寒、新（初）阳、烟江、汉双鱼洗、酒醒见月、艺兰、罗衫、菜畦、冰花、荷兰池上。八位社员共作投赠词 111 首，占全部《寿香社词钞》作品总数的 1/3 弱。作为老师的何振岱受赠最多，达 24 首，高于其他社员。这与他是受人尊敬的指导老师又具有高超创作水平的艺术家的双重身份有关。何振岱夫人郑元昭擅长诗词创作，故诸生亦喜作词赠给她。②

1944 年 7 月 7 日，何振岱与寿香社同学八人在何振岱院中合拍一影，后又同至店中八人合拍一帧。③

民国 37 年（1948）五月，何振岱率弟子在福州城东寿补斋雅集并合影。参与者有：何振岱、方声涛、田毕公、林星赓、林心恪、郑傥、吴成淇、张苏铮、王真、郭昭华、刘蘅、王德愔、叶可羲、何曦、王闲、陈人哲、薛念娟、何知平、何敦仁、张子仲、苏和龛、邵振绥、吴石、王碧奎（吴石妻）。④ 这是何门弟子的一次盛会（不全是何门弟子），也可看作是

① 《何振岱集》，第 29 页。
② 刘荣平：《何振岱寿香社词作评论》，《闽江学院学报》2007 年第 6 期。
③ 《晴赏楼日记稿》，第 190 页。
④ 郑傥：《容楼诗集》，福建省文史研究馆，2013 年（内印本），卷首。

寿香社的一次盛会。

第五阶段的活动，是属于寿香社自发活动的时期，老师何振岱不再主盟，他们的聚会唱和可以看作是寿香社活动的余波，每多见于载籍，我们把此阶段寿香社社员三人（包含少数人数不明的活动）以上的唱和活动做了清理，归总如下：

1954 年 6 月 14 夜，田古序、邵季慈、郑惕如、张子仲、苏禾庵、何维刚、何敦仁在福州西湖小集，田古序有诗，何维刚和作。何维刚作诗《甲午六月十四夜，田古序、邵季慈、郑惕如、张子仲、苏禾庵、舍弟何敦仁招西湖小集，古序有诗索和，即用原韵》，田古序和作《甲午六月十四夜，同人集湖上小酌，呈惇畴师兄》。①

1955 年 1 月 21 日，郑傥、王德愔、刘蘅、王闲福州西湖观梅。郑傥有诗《乙未大寒，同蕙因、坚庐西湖雨中观梅，越数日梅盛开，又同琴寄、蕙因、晴赏、坚庐作半日游。余生平爱看月下梅花，归后又独往徘徊数匝，不知身在梅边耶？抑月边耶？成古意十二韵》。

1955 年 2 月 4 日（据林心恪《序》），何振岱众弟子辑录《我春室集》，分赋、论说、序跋、启、书、赠序、传记、铭箴、碑志、赞颂、哀祭、诗、词十六类，共七百八十余篇，分四卷，请先生长子何维刚缮印，有何振岱受业表侄林心恪乙未立春序。② 另有《师友诗代序》收谢章铤等人诗 6 首。

1962 年 3 月 3 日，邵季慈、苏禾庵、何维刚、王德愔、薛念娟、洪璞、叶可羲小集竹韵轩，摄影留念。③ 叶可羲作诗《壬寅三月三日，同学七人竹韵轩小集，摄影》。何维刚作诗《竹韵轩小集摄影呈诸学长并序》。

1962 年 10 月 7 日，王真组织诗社，参加者有王德愔、刘蘅、洪璞、王闲。王真《壬寅秋日，招琴寄、蕙愔、璞庐及闲妹小集道真室，并组诗社，喜赋》云："结社月一集，希踪前贤后。"④

1964 年 2 月 2 日，王闲、何曦、洪璞聚会赏春。王闲作词《鹧鸪天·

---

① 何维刚：《竹间集》甲稿，1970 年代油印本，第 6～7 页。
② 《何振岱集》，第 452～453 页。
③ 何维刚：《竹韵轩小集摄影呈诸学长并序》，《竹间集》乙稿，1970 年代油印本，第 17 页。
④ 王真：《道真室诗集》，1970 年代油印本，第 18 页。

甲辰二月二日，同怡姊、璞庐湖畔赏春，临水桃花数株已不见矣》。①

1964 年 3 月 25 日，王德愔等集叶可羲竹韵轩联句。王德愔等《甲辰花朝竹韵轩小集，同德愔、竹韵、禾庵、守真、惇畴联句》云："久雨逢新霁，德。林阴散晚烟。乍晴修竹翠，竹。微暖晚花妍。良辰当今日，娟。耆龄亦年少。筠轩招胜侣，禾。玉座礼金仙。始信朋簪乐，真。端凭翰墨缘。神交期永契，畴。美意本无边。妙境披名画，德。清音韵素弦。谐游常论艺，竹。阐理偶通玄。领略闲中趣，娟。逍遥物外天。旧闻传锁院，禾。逸事话屯田。酒酽春长在，真。云消月更圆。诗心如沉濯，畴。好语喜珠联，德。"② 此诗由年长者王德愔发唱，叶可羲定韵，依次薛念娟、苏禾庵、王真、何维刚赓续，最后王德愔收韵。

1964 年秋，王闲、王真等在西园聚会。王闲作诗《甲辰秋日，诸友约同道真姊西园赏菊撮影，并寄云回北京》。③

1964 年 10 月 15 日，叶可羲等为惇畴祝寿。叶可羲作诗《甲辰十月望日，同学数子小集竹韵轩，为惇畴寿》。④

1965 年 10 月 3 日，刘蘅、王真、王闲登乌石山。刘蘅作诗《乙巳重九，同耐轩、坚庐乌石山登高，回忆三十六年前与其姐妹初相见于此……身世独感悲凉，赋此示之》。⑤

1972 年 3 月，王闲、叶可羲、洪璞同游福州小西湖。王闲作诗《壬子暮春，超农、守真同游小西湖》。⑥

1972 年 10 月 14 日，王闲、何曦、何维沣同游小西湖。王闲作诗《壬子重九前一日，同怡姊、谨之小西湖大梦山登高》。⑦ 按：何曦，字健怡。何维沣，字敦敏，又字谨之。

1975 年 4 月 14 日，王闲等修禊，人数不详。王闲作诗《乙卯上巳湖

---

①　《王闲诗词书画集》，第 76 页。

②　《今如楼诗词》，第 22～23 页。

③　《王闲诗词书画集》，第 40 页。

④　《竹韵轩集》，第 190 页。

⑤　刘蘅：《蕙愔阁集》（陈琴趣题签），福建逸仙艺苑诗辑之五下，1983 年铅印本（内印本），第 23 页。

⑥　《王闲诗词书画集》，第 49 页。

⑦　《王闲诗词书画集》，第 52 页。

上修禊，并访琴寄室作长日游，刘、王二君未至，修明有诗索和》。①

1975 年 8 月 13 日，叶可羲竹韵轩有小集，人数不详。王闲作诗《乙卯七夕竹韵轩小集》。②

1977 年秋，王闲、叶可羲、洪璞小西湖赏菊。王闲作诗《丁巳秋西湖菊展，同叶、洪二君共赏，赋此并寄苏铮》。③

1980 年 2 月，叶可羲赠诸友合影一张。张苏铮作词《洞仙歌·庚申春，竹韵赠诸友合影一帧，花朝已近，离绪万千，倚声寄怀，聊当晤对》。

1982 年 3 月 7 日，叶可羲竹韵轩雅集，人数不详。王闲作诗《壬戌花朝，原约雅集璞庐，因璞君沾恙，移樽筠轩，作诗纪之》。④

第五节　何门十才女词作论

寿香社八才女，因《寿香社词钞》的刊行而广为人知，又有"十才女"的称呼，其中包含了寿香社八才女，另增王闲、洪璞二人，她们都是何振岱的女弟子。今天的福州三坊七巷一带的居民对"十才女"还有清晰的记忆。

一　十才女词作分论

（一）王德愔

王德愔（1894~1978），福建长乐人。王允皙女。何振岱、林纾弟子。王德愔童年即追随周愈学画，曾有诗《予早岁及见先辈诸君，赋得十首，以示景仰》（其九）评周愈云："四香画笔启迷津，忠厚温和更可亲。晚岁修持勤内典，一生峻节不言贫。"⑤ 王允皙是王德愔之父，对德愔诗词创作影响大。德愔词《忆旧游·先严碧栖公，与陈太傅共宿听水斋，有"同为

---

① 《王闲诗词书画集》，第 57 页。
② 《王闲诗词书画集》，第 57 页。
③ 《王闲诗词书画集》，第 61 页。
④ 《王闲诗词书画集》，第 93 页。
⑤ 《琴寄室诗词》，第 4 页。

山秋割半床"之句。今日登临，慨然感赋，亦聊寄风木之思耳》云："入扶云深径，隐日危峰，石峭藤悬。半塔斜阳影，照霜衣竹粉，滑步苔钱。欲寻擘窠岩字，攀葛上灵源。看听水斋存，诗人尽去，月冷床闲。　怎堪？凭栏处，更鼓籁无休，风木凄酸。记得垂髫年，正铜街灯好，良夜随肩。转眼雾消冰散，空剩旧词篇。任丝泪千行，魂兮唤不回九原。"① 词追忆其父王允皙（字碧栖）与陈宝琛的唱和，抚今追昔，寄慨良深。"良夜随肩"云云，可见乃父对她的影响。王德愔有诗《予早岁及见先辈诸君，赋得十首，以示景仰》（其十）为其父作，注云："先严碧栖公，词崇碧山、白石，江南名士极为称赏。"诗云："趋庭忆昔客京华，诗酒追随故老家。倾耳文坛评艺事，碧山词笔世争夸。"② 王德愔著有《琴寄室词》，何振岱编入《寿香社词钞》中。今有王德愔之女方文女士编自印本《琴寄室诗词》，附收画作 22 幅。《寿香社词钞》本《琴寄室词》选录王德愔 35 首词，《寿香社词钞》未收而见于《琴寄室诗词》的词有 44 首。另《协大艺文》1935 年第 3 期可补辑 1 首。王德愔存词计有 80 首。

王德愔在寿香社女弟子中年龄最长，风范为学妹们所仰慕。刘蘅《德愔生日题赠》云："亭江有词女，风雅夙所敦。闻声笃寄慕，晚觌欢忘言。"③ 叶可羲《琴寄室诗词序》以"雍容闲雅，蔼蔼仁言"④ 赞其为人品格。王闲《哭德愔》有云"贤德人共仰，岂独文艺传"⑤，为其一生定评。

王德愔词，前期胜于后期。前期词中，有一些词篇反映了她希望能驱除倭寇重振乾坤的心愿，这类词分量最重，于闺阁女子来说尤为不易。如：《莺啼序·题怀兄子沅遗影》云："清游散后，悲笳声里，桑田沧海惊暗换，念金瓯、残缺何时补。凄然今日神州，遍地哀鸿，问兄痛否。"又如：《夺锦标·寄怀浣桐》云："满目桑田换泪，烽讯惊晨，角声凄夕。问元戎妙略，可重整、关河南北。祝阳和、蓦地春回，细把乾坤收拾。"另有一些词篇，表现出她对于人生的参悟，分量亦重，如《蝶恋花·有悟即

---

① 《琴寄室诗词》，第 99～100 页。
② 《琴寄室诗词》，第 5 页。
③ 刘蘅：《蕙愔阁集》（李宣龚题签），第 15 页。
④ 叶可羲：《琴寄室词序》，《琴寄室诗词》，第 1 页。
⑤ 王闲：《哭德愔》，《琴寄室诗词》，第 155 页。

寄道之》云："千劫浮生无定数。怕转风轮，又被浮生误。死里重生生复去。生生死死谁为主。"诸如此类的词篇，在她全部的词作中所占比重不大，大量的词篇是写游览、寄怀、悼亡、送别之作，分量不算重。有首词，写出她与丈夫方声沛生活的片段，琴瑟和谐，笙箫同奏。《忆旧游·同声沛郊外寻梅》云：

> 乍沿堤照影，隔岸闻香，人意翛然。引得看花兴，指前村一树，笼水凝烟。恰逢试花时候，数点傍荒田。爱陡出孤枝，斜依翠竹，春意娟娟。 娉婷并行处，有古藓黏寒，嵌石增妍。那日成偕隐，便移根锄圃，接笕通泉。与子尽消尘虑，捧罨荐癯仙。更细诉前游，孤山不营当眼前。

方声沛与王德愔结婚后，王德愔觉得方声沛为人耿直，不善交际，就鼓励他学医。方声沛到日本长崎医院学习，后成为福州颇有名气的儿科医生。方医生的成就，固有王德愔之力也。王德愔与方声沛育有五女一男，长女方丽清、子方贤毅、次女方顺清、三女方敏清、四女方意修、五女方文。[1]王德愔生前整理有《琴寄室诗词》，长子为其抄写装订成册。王德愔去世后，王闲补充，刻蜡版油印。王德愔逝世前一日，王闲得其手札。王闲有《哭德愔》《观菊展追念珊芷》诗。《哭德愔》有云："寻常一寸楮，已成绝笔笺。……相知五十载，踪迹有万千。故乡原多友，爱我似有偏。……唱和诗不少，偶读便怆然。为君理遗稿，魂兮休挂牵。贤德人共仰，岂独文艺传。"[2]此诗有注："得君手札于逝世前一日。"

王德愔诗词颇得好评。叶可羲《〈琴寄室诗词〉序》说她能"得诗教温柔敦厚之旨"，"其诗词抒情蕴藉，吐音清婉，不求工而自然超妙，非世之雕章琢句、务华忘实者可同日语也"。[3]郭毓麟《重读〈琴寄室词〉书后》说："尤长于词，词风流丽清婉，真挚感人，读之令人神往，克绍其

---

① 《琴寄室诗词》，第166页。
② 《王闲诗词书画集》，第87页。
③ 《琴寄室诗词》，第1~2页。

父师余绪。"① 陈兼与《闽词谈屑》选其《瑶花·咏帘》一首，并评曰："学漱玉，得其神似。"②

（二）刘蘅

刘蘅（1895～1998），字蕙愔，号修明（一作秀明），别署蕙愔阁主。原籍长乐，生于福州。幼失怙恃，得其兄黄花岗烈士刘元栋爱怜及教诲。1924 年从陈衍学习古文，1931 年起从何振岱学习诗词及古琴。1955 被聘为福建省文史研究馆馆员。1987 年任逸仙诗社社长。工诗词、书法、绘画。著有《蕙愔阁集》诗集 2 卷词 1 卷。词名《蕙愔阁词》，何振岱编入《寿香社词钞》中。

民国 37 年（1948）刊本《蕙愔阁集》收词 87 首，《蕙愔阁集》未收而见于《寿香社词钞》有 11 首。另有《蕙愔阁集》，1983 年铅印本，两册，分别收入：福建逸仙艺苑诗辑之五（上），中有《蕙愔阁词》，李宣龚题签；福建逸仙艺苑诗辑之五（下），中有《蕙愔阁词续集》，陈琴趣题签。笔者所见两册封面都有刘蘅亲笔书写："马宁副馆长指正，刘蘅敬赠，一九八四年五月。"《蕙愔阁词续集》收词 61 首。另据《协大艺文》1935 年第 3 期可补辑 1 首。《全闽词》均收。以《蕙愔阁集》与《寿香社词钞》对勘，有一些异文，知刘蘅将《寿香社词钞》之词移入《蕙愔阁集》时，曾作了认真的修改。1993 年，福州美术出版社出版福建省文史研究馆选编刘蘅《蕙愔阁诗词》，收录诗歌 460 首、词 137 首，附录陈宝琛、许承尧、陈增寿、何振岱原序。卷首《百岁老人刘蘅传略》云："所著《蕙愔阁集》，曾先后刊行两集，前者见于四十年代，后者梓于八十年代。今复增辑其近作，汇编为《蕙愔阁诗词》一卷。清声雅韵，指事摛情，足见其积学之厚，蕴藉之深也。"此著词作仅增 4 首，即《清平乐·看云》《西江月·皈佛宿愿未酬，寄玉林诗老》《清平乐·应楠园征稿》《清平乐·听陈炳铮朗诵古名家词曲》。③ 所云"前者见于四十年代"指民国 37 年刊《蕙愔阁集》诗集二卷词一卷，"后者梓于八十年代"指福建逸仙艺苑诗辑之五

① 《琴寄室诗词》，第 156 页。
② 《近现代词话丛编》，第 141 页。
③ 《全闽词》失收此 4 首词作，谨致歉。

《蕙愔阁集》（上、下）。

陈宝琛为《蕙愔阁集》作序云："开卷一片清光，写景言情，皆能出以酝藉……所为诗有山水之音，无脂粉之味也。"[1] 何振岱在《〈蕙愔阁词〉序》论其词云："词笔清妙，较所撰古今体诗尤近自然。"[2] 李宣龚在寄予何振岱的信中称："蕙愔女士曾寄一诗，淹博丽密，令人不敢逼视，大江南北名人皆诵之矣。"（《与刘生蕙愔二则》其一）[3] 陈兼与《闽词谈屑》选其《瑞鹤仙·石鼓怀旧》《西江月》（华屋悬珠不夜），并评曰："好语如珠，女词人尤宜于小令，长调亦多以小令之法为之。"[4] 郑觉有词《沁园春·寿蕙愔》，中云："何等胸襟，者般身世，不著愁痕偏又难。""何修到，这梅花性格，江雪明边。"诸家好评纷纷。

1931 年，刘蕙从何振岱学习诗词及古琴。[5] 何振岱对刘蕙颇为赏识，寄予很大的期望，往来书信，谈诗论画，多有劝勉。《答刘生蕙愔》云："词人乃有清趣，不为骇俗之事，必当有殊俗之心。天机清妙者，定不我迁。"[6]《与刘生蕙愔》云："画笔全是天地灵气，洁净精微。由此守之，勿他趋，可到南田，再上可窥衡山，非浅学者所能知。吾尽放心不画。画之一事，吾弟成之，即我之成，欢喜快慰，不可言喻。要知老人不妄赞，妄赞害人。进境是好，不说亦是误人。假如弟之工夫未至，老人妄言已至，是大罪也。今能到此境，惟望精益求精。一艺之长无止境也，自满则止。有美不自知，亦无以守。吾弟一艺之美，于为师者有极大之光荣，弟其勉之。"[7]《答刘生蕙愔二则》其一云："天道人事时时转变，我想如是如是。他变了出来，又是一番境界。所靠得住而不转变者，惟自己寸心。立定主意，要做何等功夫，到何等境界，可以按年月时辰成就某种功效，中间虽有世事阻碍，而我做得一分，就算一分。日计不足，岁计有余，此

---

① 刘蕙：《蕙愔阁集》（李宣龚题签），第 1 页。
② 《何振岱集》，第 30 页。
③ 《何振岱集》，第 60 页。
④ 《近现代词话丛编》，第 142 页。
⑤ 卢美松主编《刘蕙馆员诞辰 115 周年纪念展作品集·后跋》，福建省文史研究馆 2011 年内印本。
⑥ 《何振岱集》，第 59～60 页。
⑦ 《何振岱集》，第 59 页。

是一种忍耐积成之事。"① 《与刘生蕙愔八则》其四云："君体弱不可久坐，约一小时之久即须绕室徐步数分钟，再来伏案。"② 其五云："岱今年诗比去年多，亦比去年好些。看弟之诗，亦极进步，上海南京诸名人览弟诗皆极称许，以为无上妙品也。……诗文字必须苦心细改，不可提笔即成，即成，无深味也。"③ 自诗文、人生以至于日常生活，何氏均言辞恳切，细致入微。④

刘蘅兼善词之短调长调。女词人一般善作短调，长调写得好的少见。盖女词人的生活时空较有限制，词作内容较局限于心里情思和日常生活，作长调时易于把短调之词衍为长调，遂有枝蔓之病。刘蘅短调佳作如《蝶恋花·送秋》云："帘幕新寒笼薄雾。怕检吴棉，镇日烘兰炷。篱菊欲留秋小住。霜风不肯容庭树。　秋去应知何处去。啼雁声中，黯黯云边路。无限芦花江水暮。愁多莫向衡阳度。"《闽词征》《广箧中词》选此词，是对这首词的肯定。长调佳作如：

> 寺门侧。远水寒光弄白。涵虚处、无数乱沙，残石闲鸥梦清适。风云任变色。松柏。霜余更碧。浓阴里，遥望断岩，斜立奇礓似欹帻。　山中旧踪迹。念捌月团烟，情绪消寂。凄然好景回头失。剩宿云犹懒，洞花争艳，阑珊岁月尽过隙。零诗未收拾。　此日。甚消息。但屐底筇端，岚气清泯。吟怀迥与红尘隔。写胜趣闲淡，梵缘亲密。堆襟云缕，认几度，游劳崗。（《兰陵王·冬日游石鼓山》）

《兰陵王》词三叠，第一叠写鼓山冬景，第二叠写回忆曾游鼓山，未能作诗写之。第三叠写回到目前，对冬景的鼓山有一种体认。词写得舒卷自如，当得力于对长调结构的驾驭。

新中国成立后，刘蘅继续从事诗词创作，是福建古典文学作家中的常青树，然词多应酬之作。有两首词，追怀其胞兄著名黄花岗起义烈士刘元

---

① 《何振岱集》，第 60 ~ 61 页。
② 《何振岱集》，第 62 页。
③ 《何振岱集》，第 63 页。
④ 郭毓麟：《三十年代的寿香诗社》，《鼓楼文史》第 1 辑，第 31 ~ 35 页。

栋，情真意切，文辞喷涌而出。

　　苦唤无应可奈何。瞻碑抚石泪滂沱。男儿报国忠心壮，弱妹虚生恨事多。　兴鼎革，振山河。黄花岗上我哥哥。英名永在千秋史，血染粤山百丈高。（《鹧鸪天·丙辰初秋，来粤吊黄花岗七十二烈士坟墓，追念先兄元栋》）

　　小阁新词旌烈士。俯仰沉吟，咄咄难为语。离合悲欢多少事。思兄泪落晴天雨。　革命胸怀深几许。一触风云，起作鱼龙舞。就义扶颠流血处。粤山有幸名千古。（《蝶恋花·纪念辛亥革命七十周年，追念先兄元栋，会上即席写怀》）

　　刘蘅词，陈兼与先生许为"有仙心"，其《读词枝语》云："刘蕙愔女士为南华老人何梅生高第弟子，近重印其诗词，陈弢庵、陈苍虬、许疑庵、金松岑诸老昔皆深许之。词经疑庵评点，多隽语。如'自写溪桥暝色图'《浣溪沙》云：'闲挑暝色过溪桥'，'挑'字好。'石鼓山岁寒寮寄梅叟师'《苏幕遮》云：'树婆娑，山迤逦。绿带钟声，流到帘波底。'绿而能流，且带钟声而流到帘波，词心周匝，细而不纤。'题竹韵观书小影'《临江仙》云：'旁人欲问几芳龄，镜中无岁月，但见鬓云青。'又'宿竹韵轩题赠'《减兰》云：'意旧轩新，如月窗儿着俊人。'绵邈而又凝重，词之有仙心者。"① 何振岱论作诗以是否有诗心为最重要，艺术修养尚在其次。刘蘅非仅有诗心，还有"仙心"，可见她完全达到了老师的要求。

　　1994 年，刘蘅百岁大寿，诸人作诗词致贺。陈鸿铿《菩萨蛮·和刘老蕙愔乙丑春日座上作》云："早钦健妇丹青手，居尊谦对徒称友。附骥丽名家，喜开心里花。　春光无限好，优渥林泉老。晚节尚余豪，骚坛清望高。"② 郑振麟《祝刘蘅馆老百寿大庆》云："期颐欣矍铄，清趣寄瑶琴。画擅名家韵，诗吟盛世音。襟怀如月霁，学问比山深。巾帼须眉气，

---

①　《读词枝语》，《近现代词话丛编》，第 110～111 页。
②　王闲等：《耆献集》，海峡文艺出版社，1995，第 27～28 页。

宁惟齿德钦。"① 陈建英《刘蘅馆姥百寿志庆，和陈虹馆长贺诗原韵》其一云："巾帼多奇志，高怀托抚琴。毫端工写韵，弦外契知音。岁月消磨易，沧桑阅世深。期颐仍示健，品学众咸钦。"其二云："兰蕙超然质，才华冠艺林。励精怀负笈，扢雅羡题襟。拓景山供画，扬声瀑助吟。养恬臻百岁，介寿德惟愔。"② 林家钟《癸酉秋刘蕙愔馆姥期颐大庆二首》其一云："身心闲且适，怡悦在书琴。落笔多新意，抚弦有雅音。才名喧已久，德范仰尤深。自古期颐罕，艺高倍足钦。"其二云："蕙兰君子德，懿行播山林。健步时抛杖，长歌每整襟。千人齐上寿，一馆共联吟。还祝添筹再，康庄乐且愔。"③ 张觭生《敬祝蕙愔阁主人期颐大寿，并步陈虹馆长祝颂律诗原韵》云："螺江才听雨，桂阁又横琴。锦水传清韵，寒山递梵音。声名重海噪，忧患半生深。万籁心头寂，能安举世钦。"④ 刘蘅诗词、绘画成就突出，又享年过百，古有云"仁者寿"，岂不然哉！

（三）何曦

何曦（1897～1982），字健怡，闽县（今福州）人。何振岱女，林则徐之曾外孙女。福建文史馆馆员，长于诗词。何振岱对女儿极为疼爱，有诗句云："一颗掌中珠，明于天上月。穷愁何所慰，见汝生微悦。汝饥我肠搅，汝病我心结。"（《感示怡儿》）⑤ 亦有"喜儿诗比兄才郁"（《怡儿五十生辰》）之句赞其才华。⑥ 著有《晴赏楼词》，何振岱编入《寿香室词钞》中。2006 年，浙江文艺出版社出版其所著《晴赏楼诗词稿》《晴赏楼日记稿》。

《寿香社词钞》录何曦词 39 首，《晴赏楼诗词稿》另增 17 首，以《寿香社词钞》与《晴赏楼诗词稿》对勘，每见词句有不同之处，知何曦手编《晴赏楼词》时，对《寿香社词钞》所收词作有修改，体现出严谨的创作态度。陈兼与《闽词谈屑》选其《临江仙·剑意》，评曰："道心侠骨，足

---

① 《耆献集》，第 37 页。
② 《耆献集》，第 90 页。
③ 《耆献集》，第 109 页。
④ 《耆献集》，第 141 页。
⑤ 《何振岱集》，第 301 页。
⑥ 《何振岱集》，第 347 页。

为天下女子一洗脂粉香泽之气。"①

何曦词，善炼句，每见警句，令人诵读不厌。如《木兰花慢·湖上晓望》云："闲听寺钟过水，带北山画意到南屏。"《齐天乐·乙丑八月廿三日，旧京陶然亭即目》云："树老垂髯，城低见齿，堞外遥窥层巘。"《齐天乐·赋案头水仙花》云："记过湘水，听曲罢峰青，人骑鱼背。"《八声甘州·壬辰秋日忆先父母作》云："昔日堂前雏燕，风雨不成愁。"《临江仙》（腊鼓声中春已到）云："曲终隐约数峰青。神游宜小卧，猜梦试闲听。"等等。何曦词，多明白直露，隽永之味稍乏。有首《临江仙·剑意》词，与其全部词作的风格显得不同，盖词人虽女子，也有阳刚之气，遇时而发之。一如李清照多婉约之词，但其《夏日绝句》则是少见的有丈夫气。录词如下：

　　愿铲妖氛消众魅，至刚原属多情。人间悍怯苦相凌。好凭三尺，万恨为君平。　记昔秋霜飞夜月，寒锋照胆晶莹。剑光人影两分明。云山千叠，来往一身轻。

（四）薛念娟

薛念娟（1901～1972），字念萱、见真，号小懒真室主人，晚号松姑，福州人。少从父学易理六壬及国学，中年从何振岱攻诗词，是福州"八才女"之一。长期担任中学语文教师，著有《今如楼诗词》。词集《小懒真室词》，何振岱编入《寿香社词钞》中。《小懒真室词》收词 12 首，2014年福建文史研究馆内印本薛念娟撰《今如楼诗词》另收 15 首词。

薛念娟父薛伯垂（1863～1926），原名裕昆，以字行，精通文学、易经，家传六壬卜算之学；姑薛绍徽（1866～1911），字秀玉，又字男姒，为福州著名才女，陈寿彭之妻，有《黛韵楼遗集》。1921 年薛裕昆携家人在北京任职，福州同乡铨叙局秘书陈叔厚前来提亲，说服薛裕昆将爱女薛念娟嫁与其子陈星卫。陈星卫庸碌无能，思想封建，毫无文学气质，令薛

---

① 《近现代词话丛编》，第 142 页。

念娟大失所望。薛裕昆是著名女词人薛绍徽的胞兄，曾给薛绍徽《黛韵楼词集》作序，颇具法眼。1925 年，薛念娟与陈星卫之子陈侣白在北平出生。是时陈星卫之父（陈叔厚）对待这一房子孙颇为冷酷，薛念娟性格倔强自尊，难以忍受。1927 年，陈叔厚带领其妻妾迁回福州。1928 年，陈星卫只身前往外地任职，从此后二十年间，陈星卫未回福州，也几乎从未向家中汇款。薛念娟独自抚养一女二子，长女读至高等师范，长子及次子读至大学。1938 年夏，薛念娟携次子离开福州迁往闽西，何振岱亲到台江码头相送，薛念娟有诗《予寄呈梅师信中语，师节为诗句》云："江干相送处，波明晚烟湿。泪眼更回头，吾师犹伫立。"经过沙县时，在施秉庄家留宿十日。抗战期间，薛念娟先后担任战时省会永安贡川中心小学、省银行福利小学教员，南平中学、文山女子中学、邵武中学、建阳师范学校职员。是年秋，在南平省立女子家事职业学校担任国文教员。是时施秉庄、张苏铮同在这一学校，假期刘蘅亦来小聚。1945 年，薛念娟等人随学校迁回福州，薛念娟同长子租住在王真家中。是时薛念娟、王真均担任福州女子中学国文教员。1948 年年底，薛念娟之夫陈星卫在离家二十年后提前退休回到福州，薛念娟及子女与陈星卫极为不和，以至分居。1949 年上半年，薛念娟调任至福州三中任语文教员。1952 年，发生镇反运动，薛念娟因其夫陈星卫曾任国民党区分部书记而受到牵连，被划为"历史反革命家属"，长期郁郁寡欢。1958 年，薛念娟自福州三中退休。①

　　薛念娟因在外地任教，不能经常参加福州的寿香社活动。叶可羲《〈小懒真室词〉序》说："时以担负儿女教养之责，出任教职。又值抗日战争，随校迁徙，惟寒暑假归，始得侍座聆诲，常引为憾。"② 然薛氏诗词创作成绩不俗。叶可羲在《序》中以"意旨高洁，辞藻雅丽"评薛氏诗词。陈兼与《闽词谈屑》选其《齐天乐·客感》词，并评曰："何、薛、施三人词，意致清迥，音节婉转，功力可相伯仲。"③ 薛氏词的压卷之作当是其绝笔词《临江仙·辛亥浴佛日作》。词曰：

---

① 以上参陈侣白《此恨绵绵无绝期》，薛念娟：《今如楼诗词》，第 65～97 页。
② 叶可羲：《〈小懒真室词〉序》，薛念娟：《今如楼诗词》，第 1 页。
③ 《近现代词话丛编》，第 144 页。

薄暮投林倦鸟，幻缘过眼空花。意存方外茁灵葩。真修居市镇，多事着袈裟。　彼岸渺冥何许，细参禅理休嗟。心头即佛路非赊。三生因果了，无债客还家。

其长子陈侣白《先母薛念娟诗词读后感》对此词创作情景有说明，录如次：

母亲常在浴佛节写诗词，一次给我看过她的几首七绝，当时的印象是艺术性特强，韵味十足。可惜"文革"中被红卫兵所毁，我也忘了诗的内容，实在太可惜了！留存下来的浴佛节时的作品只有这首《临江仙》。母亲逝世于旧历辛亥年十二月二十一日（即新历1972年2月5日），而此词作于辛亥年四月初八日，相距不过半年余，无异为自己的离去作了预言。叶可羲论此事时说："盖君早窥玄理，晚奉佛教，潜修默契，似能前知，非偶然耳。"外祖父薛裕昆精于易理和六壬之术，母亲得其真传。"文革"后期我被囚入"牛棚"生死未卜之时，母亲忧虑重重，为我占了一课，结论为"终吉"，即卦象当前是凶，终结是吉。于是母亲断然告诉我的妻子："不必担忧了！"果然后来我出了"牛棚"下放闽北，总算平安；及至改革开放，彻底否极泰来，完全应验了母亲的卜辞。母亲去世那年，我不在福州，不知她有无为自己占课，只知这首《临江仙》全词充满了禅机：上片以倦鸟投林自比，认为尘世一切都是幻缘，她是住在闹市里的真正的修行人。下片写彼岸不远，佛在心头，待到三生因果了结，无债的过客便可回家了。这首词实际上可说是母亲的"绝笔词"，等于给自己的一生作了概括。是的，母亲磊落的一生中只有奉献，没有索取，只有人负她，没有她负人，她不欠任何人的债，自能无愧于心，从容回归大自然。母亲的伟大、可敬正在于此！①

薛氏对自己一生的评价或是"无债客"三字，人生若要做到无债，是多么的不易。此词读来虽觉沉痛，但足可给人反省。薛氏本自幼受到家庭

---

①　陈侣白：《寄梦楼诗词——创作与吟诵》，海峡文艺出版社，2016，第305～306页。

文学氛围的浸染，应该有不错的未来，可是遇人不淑，一生孤苦，独力抚养三个孩子成人，至为不易。有子陈侣白，以诗词名家，曾任福建诗词吟诵协会会长。薛氏有知，当可含笑九泉。1983 年 10 月，《中国民间歌曲集成（福建卷）》收录陈炳铮整理的 15 首薛念娟等传腔的福州方言吟诵调。①陈炳铮乃薛念娟之子。今福州方言吟诵调能流传于世，薛念娟母子之功不可没。

（五）张苏铮

张苏铮（1901 ~ 1985），字浣桐，福建福州人。其父张恭彝是前清进士。适梁氏，民国间曾在福建盐运使署任课员。1936 年始入何振岱门，入门虽然较迟，却极有才气，诗心词境，殊清妙可喜。晚年迁居内蒙古，作有《读词鼓琴图》，陈海瀛为作骈文序。著有《浣桐书室词》，何振岱编入《寿香社词钞》中。

《寿香社词钞》本《浣桐书室词》收词 36 首，张氏有稿本《浣桐轩诗词集》另收词 16 首。另可从民国 19 年至 27 年（1930 ~ 1938）刊本林石庐等主编《华报》1935 年 4 月 21 日《词苑》、《闽江金山志》卷首、福州连天雄先生藏本张苏铮词稿（一帧）各补辑 1 首。张氏共存词 55 首。

张氏虽中年入寿香社从何振岱学词，然入门第一天就写出《踏莎行》（裛露凌寒），可知她平日涵养较深，入何门也算是带艺投师。《浣桐书室词》多收她在寿香社的社集之作，选调拈韵，自费一番功夫，又加上她已有较深阅历，故作词呈现出用思力组织文辞的特点，读者需用思考力去解读她的词作。这类社集之作，以《意难忘》为佳，词序云："梅叟师盆兰新苗，遽伤于虫，未几复发，而仍其故枝。师喜，选韵志奇，予亦奉和。"词云：

> 疑梦还真。道劫余无恙，重缵孤根。啼妆凝楚水，归佩带湘云。情自永，喜忘言。此意两心存。好慰人，竹廊苔砌，一日千巡。　滋花更看盈盆。记荍香分碧，怎说非恩。回镫扶素影，调玉补芳痕。风

---

① 陈炳铮：《中国古典诗歌译写集及吟诵论文》，第 295 页。

院晓，雨窗昏。长此伴吟魂。一任他，蛩凄叶苦，荒角频闻。

一旦词人不选调拈韵按社集要求作词，反能写出明快之作，给人不隔之感。如《东风第一枝》记一次车祸，信手写来，可谓善叙事。词序云："仲冬上浣，车至沙坪，以让道不慎，轮支危岩，岌岌欲坠。时近昏黑，十里以内寂无人烟，山既多狼，复有伏莽之戒。力趁星光，急行十余里，夜过午，始得宿食，而神魂交瘁矣。"词云：

> 仄径绳悬，飞车互击，迢迢万里如此。何须轴折辕摧，早是意疲梦瘁。重山午夜，正深黑、寒林无际。猛一声、骖缪颠崖，几逐月轮西坠。　荒冢畔、魍魉恣肆。丛薄里、虎狼窥伺。蓼虫怎惯相安，宇宙谩猜甚世。瞢眊前路，但几点、星光微示。喜渐近、野火前村，似有故人相慰。

《浣桐轩诗词集》多收中华人民共和国成立之后的词作，词人的创作坚持到20世纪80年代。《鹧鸪天·祝中国共产党建党六十周年》堪称其晚年的代表作，词云：

> 郁馥青松六十年。几经霜雪几栖蝉。气道骨劲终穿石，藤缕金针誓补天。　招鸾鹤，斥云烟。点染江山万里妍。待看四化烘霞采，兀立晴空展笑颜。

词乃祝寿之作，却写来形象生动，文气弥漫，风神俊朗，颇堪吟诵。词人《洞仙歌》（朱颜镜里）说："叹人世、滔滔水东流，这身后微名，欲留无据。"今观其所作，闽词史固有其一席之地。

（六）叶可羲

叶可羲（1902～1985），字超农，号竹韵轩主人，福州人。家住塔巷，叶伯銮侄女。幼失怙恃，得伯母施氏怜爱，终身不嫁。早年毕业于北京艺术学校，后在厦门集美女中、福州文山女中、省立福州一中、福州女中、华南学院附中等校任教。1983 年 9 月受聘为福建文史研究馆馆员。为何振岱女弟子，精绘事，擅古琴，诗文造诣颇深，深得其师真传，书法亦酷似之，为当时"福州八才女"之一。著作有《竹韵轩诗集》《竹韵轩词》《竹韵轩文集》等。2017 年福建文史研究馆出版内印本《竹韵轩集》。

叶可羲词，有民国 31 年（1942）何振岱编《寿香社词钞》本《竹韵轩词》、20 世纪六七十年代油印本《竹韵轩词》、80 年代其弟子李可蕃誊写影印本《竹韵轩词》。影印本收词最全，存词 195 首。诸本文字间有异同，可以互校。

叶可羲的一生是孤独的，她的词写出了这一点。如《金缕曲·台江舟次》云："学画学书终何用，堪笑微名见妒。应自叹、劳人如故。客馆从今伤孤寄，好宵来、独写思乡句。"又如《风入松·遣怀》云："卷帘日日惜窗阴。尘事苦相侵。柴扉启闭都非计，怪多时、失却初心。只有灯边雨夜，檐声遥答孤吟。"她的行迹似不出福州、厦门两地，而词的内容多游览、听雨、客思、感怀、唱和、寄赠、社集之作，词境较狭。然清词丽句，似不经意就能唱出，确有才思。如《蝶恋花·鹭江客次，寄示里中旧友》云：

> 鹈鸪声声啼绿树。昨夜东风，零落花无数。盼得天晴偏又雨。从今闲煞游春屐。　流水人家幽绝处。日暖波平，且住休归去。煮茗添香修静趣。门前莺燕迷飞絮。

叶可羲与其师何振岱有很深的感情，情同父女，达三十年。何振岱《〈竹韵轩词〉序》评其词曰："学北宋而去其器，近南宋而濯其腻，益以深刻之思、幽窅之趣，远追济南，近驾长洲，无多让也。"[①] 何振岱卒时，叶可羲写了一首情真意切的悼亡词，对何振岱的人品文章作了很高的评价，寄托自己茫茫的思念。《金缕曲·壬辰二月初四，谊父何梅叟师逝世，追念旧恩，凄然感赋》云：

---

① 《何振岱集》，第 32 页。

跨鹤归何处。恁霎时、神山望断，惨云愁雾。一室春风惊骤冷，顾砚雷琴谁主。只剩有、文章千古。雅抱灵襟无可拟，返梅魂、俪结孤山侣。人世事，若尘土。　景光那得教长驻。记卅载、追陪杖屦，视同儿女。盈箧缄书遗训在，入眼空催泪雨。叹忙里、光阴虚度。煮药图中凭想像，对慈颜、彷佛闻慈语。修旧业，力须努。

叶可羲诗文颇得何振岱真传，王闲有《读〈竹韵轩诗集〉题后二首》诗，其一有云："南华衣钵传君久，多少知音喜问津。"其二有云："高怀直与云霄接，未许毫端着点尘。"① 1985 年，王闲作《哭叶超农》，中云："知君有前修，超脱能无累。病久眉仍舒，临终颜和蔼。卅载同乡居，唱酬多乐事。相亲复相勉，骨肉情何异。"② 其为人亦与其师有几分相似之处。

叶可羲长于咏物词。陈兼与《闽词谈屑》选其《减兰》（夹溪垂绿）、《鹊桥仙》（拗崖丛树）、《齐天乐·和梅叟师》，评曰："风情细腻，为咏物词中之高格者。"③ 叶可羲又长于作诗，陈声聪（兼与）《何门女弟子》录其数诗，评曰："幽怀孤赏，无物可偶。"④

（七）施秉庄

施秉庄（1902～1986），字浣秋，福州人。父亲施景琛办学、参政、保护古迹，有功于桑梓甚多。施秉庄早年毕业于国立艺术专门学校，善写意山水，1924 年与姐秉端、妹秉雅合刊《泉山甲子元旦画册》，先后在福建省立女子职业学校、福建省立福州中学、华南女子学校等校任教职，何振岱谓其"夙典教席，生徒千数"⑤。施秉庄是闽侯县党部执行委员，又是福建妇女解放协会、福建省妇女提倡国货委员会的成员。后从何振岱学诗，年四十余始嫁人，1947 年随夫金树人迁居台湾。著有《延晖楼词》，

---

① 《王闲诗词书画集》，第 94 页。
② 《王闲诗词书画集》，第 101 页。
③ 《近现代词话丛编》，第 145 页。
④ 《兼于阁诗话全编》，第 358 页。
⑤ 何振岱：《延晖楼诗草序》，《何振岱集》，第 31 页。

存词 20 首，何振岱编入《寿香社词钞》中。施秉庄迁居台湾后是否继续作词，不得而知。《何振岱集》中有诗《施生浣秋自海外寄食物书谢》，可见其迁居台湾后仍不忘恩师。

《延晖楼词》多纪游之作。有《忆旧游》词云："甚年年作客，昔昔怀人，寸迹难忘。"盖人在旅途中，有锐感之心的词人鲜有不触动心绪者。作者的行迹以来往福州、南平间为多，有 4 首词写到了南平的延津。其中《满庭芳·延津客夜，霜月交辉，孤坐至明，有作》云：

> 叶落庭宽，秋高月大，绕屋霜气棱棱。直疑苍宰，移昼作深更。道睡如何睡着，回栏上、百遍间凭。凝眸处，前江尽白，星火闪渔灯。　姈婷。天际影，飞过只雁，略不留声。早金釭焰灭，檀鼎香轻。身在琼瑶世界，看上下、一片空明。忘怀也，孤游已惯，谁道是萧清。

此词虽稍觉浅白直露一些，然不失为一首好词。词中有人，词中有感慨。一只孤雁飞不留声，词中少见如此静极之境，可谓体物细腻。

（八）王真

王真（1904～1971），字耐轩，号道真，又号道元，闽县（今福州）人。师从何振岱、陈衍问学，多才艺，工诗文词，擅长书法、山水画，尤善操琴，为民国时期"福州八才女"之一。著有《道真室诗词》《道真室随笔》等。词名《道真室词》，何振岱编入《寿香社词钞》中。陈兼与《闽词谈屑》选其《梁州令》（帘外花无数）、《更漏子》（碧栏前）。

20 世纪 70 年代油印本《道真室集》所收词，悉从《寿香社词钞》移录，仅多出《清平乐·茉莉》1 首，共 41 首词。另见民国 21 年至 26 年（1932～1937）青鹤杂志社编《青鹤》第四卷第 20 期收其词 1 首、民国 19 年至 27 年（1930～1938）林石庐等主编《华报》1934 年 5 月 15 日《道真室随笔》收其词 1 首、1970 年代油印本《道真室随笔》收词 1 首。王真计存词 44 首。

王真有《道真室随笔》卷一辑录何振岱讲学之语为《觉庐侍谈录》，

"余及南华老人之门，觉庐侍谈，受益靡鲜，每退而记之，积久成帙。"①《觉庐侍谈录》分为读书、谈文、谈诗、谈词、谈书、谈画（琴附）、杂谈七类。另有何振岱《读书举要》及何振岱门人所存教学笔记一篇，分类辑为《梅师读书举要》；另有《我春室杂稿摭存》，多存何振岱未刻之稿；另有《梅师手批〈两当轩诗〉》）。

《侯官陈石遗先生年谱》共八卷，第一卷至第五卷前半卷，即自陈衍诞生至 53 岁（1856～1908 年 3 月），由陈衍之子陈声暨编撰。第五卷后半卷至第七卷，由王真于 1929 年续编，至陈衍 75 岁（1930）。陈衍门人叶长青对第一卷至第七卷作补订，后付刻。② 1960 年 6 月，王真完成《侯官陈石遗先生年谱》第八卷编纂，《侯官陈石遗先生年谱》遂成全稿。今人陈步编《陈石遗集》收《年谱》全稿。

1948 年夏福州大水，何振岱所居文儒坊三官堂被水所淹，何困于其中。王真雇小舟将其救出，迎往己家，何振岱卧病数日方还。何振岱《洪水行》序云："合家聚一廊隙，予则盘坐柴盆中，饿两日不粒食，被救乃出，至王耐轩家。"③ 1951 年初春，何振岱为王真《道真室诗集》作序，评王真诗云："所撰别有独领之趣，钩深探邃，有渊源陶、韦，又有逼肖韩、孟者。集中有《龙述》一篇，备极才思，衍牺经潜龙之旨，而复圣门进取之学，莹揭耀映，罔绌于时，益邃乎古，非寻常之见所可蠡测而隙窥者也。"④《龙述》确是王真诗歌的代表作。

王真、王闲皆从小志向高远、嗜好诗书，王寿昌有《书真闲二女》云："吾家真与闲，赋性颇奇特。从不理针线，而乃耽文墨。偶论乃婚嫁，愤怒形于色。谓父既爱女，驱遣何太亟。嫁女未成才，无异手自贼。……倘嫁好色徒，色衰便弃掷。倘嫁富豪人，姬妾绕盈侧。倘嫁贫穷子，手不离纺织。世间为妇者，若个不凄恻。儿今欲反古，谋自食其力。女红殊戋戋，不堪供朝夕。要能擅高艺，凌霄长劲翮。不至闭樊笼，戢戢受抑迫。真言有余慨，矢日志不易。闲也与同心，遥指南山石。……我愿生女愚，

---

① 《道真室随笔》卷一，第 1 页。
② 陈步：《侯官陈石遗先生年谱·题解》，《陈石遗集》，第 1936 页。
③ 《何振岱集》，第 350 页。
④ 《道真室诗集》，第 16～17 页。

无病良已得。父母惟疾忧，真闲汝应识。"① 王真终生未婚。

陈衍《石遗室诗话》卷三十一云："耐轩根柢陶、韦、王、孟，下逮阆仙、四灵，而绝句有极似荆公、后山处，意笔能力避直致也。"② 直致就是不含蓄，王真却能避之。同卷评王真、王闲诗词云："王子仁（即王寿昌）予姻娅也。两少女娟秀嗜书史，行七者名真号耐轩；行八者名闲号坚庐，皆能画能诗文词，幼从郑无辩、何梅生学，梅生并海之琴。子仁官福建外交司长，所居崇楼临台江，为置书万卷实焉。满园高树幽花，皆诗料也。二女每自恨作诗不脱儿女子口吻，所游仅吾乡石鼓、杭州西子湖、都门诸名胜，无名山大川荡其胸次。然梅生诗词幽远精深，一时罕有其匹，真诗人之诗也。二女经其陶铸，所作杂置梅生集中几不能辨。"③ 此说何振岱对王真、王闲的影响。陈声聪《何门女弟子》云："王真为王子仁（寿昌）先生女，孝事其亲，老而未嫁。有《道真室诗》。《倚阑》云：'秋削群峰瘦，云流一水寒。诗情无限好，只在倚阑干。'《雨中杂作四首》云：'除却烦忙性自灵，恍如沉醉得初醒。小斋夜雨三更后，不打残荷也好听。''劳生只合作丹青，漫与闲人较醉醒。此意相深惟夜雨，空阶点滴似丁宁。''一窗凉雨一书灯，四室愔愔百念澄。手展楞严香在案，只余鬓发未成僧。''平生长是爱花开，花好惟憎风雨来。今日一花都不见，任他风雨逼春来。'其妹王闲有《养源室诗》④，句如《秋夕偶成》云：'喧檐落叶如泉响，照壁秋灯乱月明。谁说人天情思异，素娥此夕亦凄清。'"⑤ 所摘诗句耐读。

王真词在一定的程度上突破了闺阁女子之言的范围，有游览、悼亡、送别、感怀、节序、赏花、题咏、时事等词作，涉猎较广泛。有首长调《莺啼序·秋夕，过德愔琴寄楼话旧》，足见其创作才能。词云：

　　　　残云渐归远浦，望山容似洗。正秋晚、凉入疏窗，碧月初引林

① 《榕南梦影录》卷下，第 4 页。
② 《石遗室诗话》，第 443 页。
③ 《石遗室诗话》，第 443 页。
④ 《养源室诗》，非王闲著，乃王闲之夫何维沣著。
⑤ 《兼于阁诗话全编》，第 358 页。

际。素心在、尘氛自远，闲居不厌城南市。恁朝昏，风雨阴晴，惯寻君至。　展谱温琴，遴韵组句，爱茶香酒旨。更谁识、翠幄联襟，语芳如纫兰芷。算从来、推长护短，却为我、暗分悲喜。且漫论，两世深交，缔情如此。　亭江寄迹，旧雨留连，泛舟夕照里。最记忆、寺岩栏畔，渺渺钟外，一笛西风，万峰凝紫。攀花岸嘴，呼鸥水尾，俊游多少成欢趣，甚如今、没个埋忧地。楼高易感，关河目极遥天，戍笳向晚声起。　低回往事，百念消沉，叹韶华逝水。只着望、升平重见，息影蓬蒿，静掩柴门，细参禅理。凉蛩咽苦，篝灯闲对，依依当日如梦寐，受深怜、针艾相投似。镂心怎肯遗忘，二十年中，共同故里。

词写她与王德愔的交谊，细细道来，温婉动人。此调最忌章法杂乱，功力稍逊者往往不能驾驭，而王真此词却能不见针缕缝合之迹，好像作对句而使人不觉得是对句一样。

王真撰《道真室随笔》①三卷，因未刊行，今人多不知此著，其实考察何振岱、陈衍的教学实践，此著是第一手资料。今之研究寿香社者，也应细读此著。王真曾参加《华报》的编撰工作，其《道真室随笔》曾分载《华报》各期，中有对闽籍著名诗人词家如陈衍、何振岱、王允晳等人的评介，对闽词的传播起到一定的作用。不过，《华报》所载《道真室随笔》与1970年代油印本《道真室随笔》，内容上有很大的不同，油印本更有价值。

王真有弟曰王迈，英年早逝。王迈（1905～1934），字乔倩，一字达之，王寿昌之季嗣。性富情感，善愁多病，眷念一婢。游汴久之，抑郁而死。卒年二十九岁。王真辑其诗词成《乔倩遗稿》，附刊于王寿昌《晓斋遗稿》后，收词4阕，另可从《华报》1932年5月6日《词苑》辑录1首。《华报》1935年1月24日刊出王真《二十年来同怀回忆录》，为悼念王迈而作，读来令人悲恸。

---

① 福州连天雄先生惠赠，谨致谢！

（九）王闲

王闲（1906～1999），字翼之，号坚庐，福州人。王寿昌之女。王真之妹。少从郑容、何振岱攻读经史，兼习诗词、书法、古琴，又从画家周愈学画，尤擅山水。1929 年，何振岱之子何维沨（何知平）留法归国，与王闲在上海结婚，随后旅居京华近廿载。[①] 同年，王闲在北京中山公园展出国画作品，颇得社会知名人士好评。[②] 1948 年，何维沨、王闲夫妇携全家返回福州，居住在文儒坊三官堂（今大光里）老宅。[③] 1959 年，王闲在福州市美术工厂绘图谋生。[④] 1982 年受聘福建省文史研究馆馆员。著有《味闲楼诗词》《心印草稿》《翼斋诗草》等。2012 年福建美术出版社出版何琇编《王闲诗词书画集》，存词 68 首。

如上陈衍所说王闲诗学陶、韦，《石遗室诗话》中多有摘句。陈曾寿在《味闲楼诗词序》中评价王闲之诗词说："才学兼到者，求之闺阁中，尤不易得。……何坚庐夫人，为梅生先生次子知平之室，以诗词两卷见示，殆非寻常闺阁之作所能限也。其天性纯厚，兴感哀乐，不出人伦日用之间，皆得其正而协于风人之旨。古体尤趣博味永，风骨遒上。其长短句无纤巧轻倩之语，亦无近人堆砌晦涩之习，有白石之清雅、易安之本色，词中可贵之品也。盖不徒以才华见长，非笃于学而资之深者不能也。夫人躬操井臼，抚育子女而终不废学，兼善鼓琴，精绘事，余服其多能而尤敬其锲而不舍，学之日进而未有已也。"[⑤] 陈兼与《闽词谈屑》选其《高阳台·吊冯小青墓》一词。王闲词作，短调、长调兼善。短调精粹，长调不拖沓，短调比长调要好。她词作内容的不足是显而易见的，即多写女子的闲情逸致，无阔大的内容。

（十）洪璞

洪璞（1906～1993），字守贞，福州人。何振岱弟子。未有职业，其

---

① 《王闲诗词书画集》，第 199 页。
② 卢美松主编《福建省文史研究馆馆志》，福建省文史研究馆，2008 年（内印本），第 173 页。
③ 《王闲诗词书画集》，第 199 页。
④ 《王闲诗词书画集》，第 200 页。
⑤ 《王闲诗词书画集》，第 6 页。

夫李氏在海关工作。其二弟洪履和是瞿秋白的女婿。洪璞有璞园，在仓山，曾是红军活动的据点。著有《璞园诗词》，今有福建文史研究馆 2015 年内印本，存诗 108 首词 49 首。另纂有笔记《暑窗杂录》，今不传。

洪璞诗风恬淡，善写景。《小立》云："小立池塘看晚霞，迷濛野渡噪昏鸦。梧边好月穿云出，清露无声润落花。"[①] 此诗可比肩唐人田园诗。词多小令，少长调，主要写其日常生活情趣，以及与寿香社诸多女词人的交往。叶可羲、刘蘅、张苏铮、王闲、王德愔等，都是她的词友和酬唱的对象。洪璞特别爱福州西湖，那是她与同伴流连觞咏之地，一共有 7 首词写到西湖。如《临江仙·西湖泛月，与诸同学同赋》就是其中有代表性的一篇，词云：

> 禅语柳梢迎月上，远山初映斜阳。飞虹桥畔赏湖光。水中浮倒影，天际起微凉。　暑气都消人已静，轻舟微绕莲塘。莲花香里泛壶觞。此时情更好，扶醉共徜徉。

《璞园词稿》有一首《虞美人》词特别有价值，它涉及中共早期在福州的活动，有词史价值。词云：

> 璞园昔筑仓山下。风景常如画。高楼曾是护红军。多少英雄来去蛰于中。　后移城内闽山里。往事谁提起。依然故我鬓成霜。荣辱无争一味饱书香。

洪璞有一首词《满江红·孙中山先生百二十年诞辰纪念》，作于 1985 年。《风入松·寄浣桐》有云："吾侪垂老惜韶光。依旧为诗狂。"此句正是其一生的写照。

二　十才女的典型意义

十才女一生中最重要的事情是遇到了良师何振岱并参加了他主盟的寿

---

① 洪璞：《璞园诗词》，福建文史研究馆，2015 年（内印本），第 5 页。

香社唱和，何振岱编纂的《寿香社词钞》收录了十才女中的八人的词作，确立了她们八人才女的地位。民国 25 年（1936），70 岁高龄的何振岱返回福州，主持寿香社，教授诗、词、文、书法、绘画、古琴，一时从师者甚众。寿香社除刊行《寿香社词钞》外，另有手抄本《寿香社诗钞》，《诗钞》当存于私人之手，一时访求不得。

寿香社的唱和深刻地影响了才女们的一生。何振岱《与王生德愔二则》其二云："诗社祁济多才，足以永雅道。"① 此言可证寿香社取得了很大的成功。何振岱《次夕，德愔同诸友集小斋宴饮唱词》云："灯明酒熟唱诗余，海宇新讴总不如。记得圣湖春欲暮，黄鹂声漾白芙蕖。"注云："凡唱诗余，以吾乡音为最。"② 福州方言保存了许多古音的元素，所以何振岱这么说。王德愔女儿方文《〈琴寄室诗词〉后记》说："母亲参加了何振岱先生组织的'寿香诗社'。记得小时候，妈妈的这些文学姐妹刘蘅、何曦、薛念娟、张苏铮、施秉庄、叶可羲、王真，还有王劢表哥和他的几位协和大学同学，经常在我家大厅上聚会，由何老师当场命题，大家即兴创作，相继吟诵，当场点录，谁的那首诗词录取率最高，这首诗词即称为'元'。"③ 叶可羲《何梅叟先生传》说："（何振岱）归里后修葺老屋，位置山石，种植花树。负墙红梅两株，花时吹香满庭，诸弟子恒具杯盘于花前，唱白石道人之《暗香》《疏影》词，为先生寿，泂韵事，亦盛事也。"④ 叶可羲、方文所述皆为亲见，完全可信。

寿香社推行诗词吟唱，这对于当下古典诗词作者来说，是应该重新拾起的。诗词是声音的艺术，用声音传达出诗词的情感、美感，其熏染人心的效果不言而喻。优雅的吟唱聚会，对于诗人情怀的培育，对于诗意处世态度的养成皆有显见的作用。因而可以说，寿香社推行诗词吟唱极具典型意义。

何振岱是个艺术全才，也是出色的老师。他指导教学的思想在他给众弟子的书信或序言中多有明确的表述。何振岱《与刘生蕙愔八则》其六

---

① 《何振岱集》，第 58 页。
② 《何振岱集》，第 346 页。
③ 《琴寄室诗词》，第 165 页。
④ 《竹韵轩集》，第 25 页。

云："诗、文、字三事最忌俗，一俗虽千好万好都算不好。何以谓之俗？无灵气耳。灵气是先天带来的，惟慧心人喻之。"① 何振岱《题〈浣桐诗词〉》云："桐也于文辞，浚源自嘉行。龙吟瀛为深，玉光崖乃莹。灵芬之所钟，此士实渊令。"② 说的也是作诗要有灵气。何振岱《〈延晖楼诗草〉序》云："今欲谓君之诗肖古人某家某家，犹是得人之所得，不若谓其自写慧心，师造化之自然，为得其真耳。吾非谓诗境必限于一端而无所事学也。学焉得其性之所近，而更广其才之所未及，斯益贵矣。若学而徒效千人之所为，则又奚贵其为学哉？昔唐僧贯休诗为韦公所赏，既而力摹韦体，韦见之曰：'子失其故步也，绝不足观矣！'盖亦恶其自失故步也。"③ 说的是作诗要有创造性。王真《道真室随笔》卷一有《觉庐侍谈录》，《侍谈录》有"谈读书""谈文""谈诗""谈词""谈书""谈画""杂谈"诸名目，各记当时何振岱之言论，集中反映了他的教学思想、学问旨趣。大抵说来，重视天分与学力，重视灵性与真挚，是何振岱最基本的指导思想。他希望培养的人才能恪守传统的道德，从事传统艺术创新，并通过毕生锲而不舍的努力，终能获得一定的成就。

福州十才女旧体诗词创作取得巨大成功的原因，让人冥然思考。她们诗心的葆有无疑是最重要的因素，其次是她们处于诗体新旧交替之际而敏于选择旧体，再次是十才女群体相互学习与切磋，还有福州地域文化的深刻影响。

王闲《庆春泽·读〈寿香社词钞〉并怀里中诸友》评寿香社八才女词作有云："龙颔明珠，花间妙笔，修来绝世心灵。翰墨工深，未曾虚负平生。宫调徵协仙音合，写梦痕巾泪常冰。记当年，秉烛西窗，检韵三更。"④ "绝世心灵"之评不可谓不高，不管是否得当，却无疑给我们论定八才女甚至十才女的创作成就提供了一种新思路，即词人的心灵本质力量是最重要的。从十才女一生的创作来看，"绝世心灵"之评非仅适用于《寿香社词钞》刊行前的八人诗词创作，也适用于《词钞》刊行后的十人

---

① 《何振岱集》，第 63 页。
② 《何振岱集》，第 312~313 页。
③ 《何振岱集》，第 31 页。
④ 《王闲诗词书画集》，第 68 页。

诗词创作。

　　所谓"修来绝世心灵"首先体现在她们对品格的修炼上，终生恪守儒家传统道德，做到人文双修。王德愔在寿香社女弟子中年龄最长，风范为学妹们所仰慕。叶可羲《〈琴寄室诗〉序》云："予与君缔交卅载，每于春秋佳日，文酒之会，座无君不欢，盖君之品学固所心折，而其雍容闲雅，蔼蔼仁言，尤所企慕而深愧莫及。如君者，能得诗教温柔敦厚之旨，真不愧为诗人者矣。"① 其中所言"雍容闲雅，蔼蔼仁言"乃赞其为人品格。方声沨与王德愔结婚后，王德愔觉得方声沨为人耿直，不善交际，就鼓励他学医。后来方声沨到日本长崎医院学习，成为福州颇有名气的儿科医生。方医生的成就，固有王德愔之力也。叶可羲《〈今如楼诗〉序》评薛念娟说："君为人耿介，多才艺，工琴善弈，自奉薄而施人厚，拯穷困尤所不吝，岂独以诗词见称于世耶？"② 薛绍徽本自幼受到文学氛围的浸染，应该有不错的未来，可是遇人不淑，一生孤苦，独力抚养三个孩子成人，至为不易。有子陈侣白，以诗词名家，曾为福建诗词吟诵协会会长。薛氏有知，当可含笑九泉。叶可羲《〈琴寄室诗〉序》云："人之所贵于学诗者，学诗教温柔敦厚之旨。苟得其旨，虽不为诗而流露于处世待人接物之间，尤不失为诗人，况其篇什琳琅者乎。"③ 这种对儒家诗教信仰的崇拜是十才女的共同特点。陈曾寿《〈味闲楼诗〉序》评王闲说："其天性纯厚，兴感哀乐，不出人伦日用之间，皆得其正而协于风人之旨。"④ 风人之旨也即是儒家诗教的温柔敦厚之旨。十才女的修身之道，是人文双修之道，她们做到了人文合一，此点极具典型意义。

　　其次体现在她们对诗心的葆有上，始终有锐感之心。诗人自有不同于常人的一面，她既有善心，也有慧性，善心使得她与人和睦相处，慧性使得她能与万物交感并自具一种观物后的感性体验。何曦《与刘若洲论诗作》云："不同厌恶不同怜，雅淡真精共一天。欲把金丹换凡骨，莫将世故入中年。候虫时鸟俱关念，瘦石疏花可作缘。随处会心随分寄，寻常窗

---

① 《竹韵轩集》，第30页。
② 《竹韵轩集》，第32页。
③ 《竹韵轩集》，第30页。
④ 《王闲诗词书画集》，第6页。

几得深禅。"① 诗人关念世间万物，敏于会心，却拒绝世故。此诗真能说尽诗人的特质。陈衍《石遗室诗话》卷三十一论王闲诗有云："坚庐诗闲适自喜，专学陶、韦。《晓月》云：'高楼旷野气，凭栏好时节。何以慰寂寥，爱此下弦月。素星已半落，清辉犹未绝。悬岭疑有无，依云欲明灭。曙色正相催，佳景幽难说。'往尝论少陵工诗，首在写景逼肖，'风林纤月落'，未上弦月也，'残夜水明楼'，下弦月也。'悬岭'十字，实下弦以后之月，五更始出者。"② 陈衍是很能揭示王闲敏于观物的诗人眼光的。十才女在她们的暮年，还能写出佳作，还能热情地参加聚会唱和，她们的诗心一直是敏感的。

十才女的"绝世心灵"还体现在她们淡泊处世的态度上，这点也至为不易。十才女虽毕生致力于诗词、书画、古琴的修炼，却不用之于博取功名利禄。她们大多是中学教师，有的是家庭主妇，地位不能说高。十才女中有一些人，只是在晚年才把自己的文集以油印本的形式刻成，分送少数亲友保存；有些人连油印本也没有而是以稿本的形式存在后代手中；只有刘蘅、叶可羲生前出版过著作，但不是全集；现在十才女中也只是半数作者的文集得到整理出版，而且散失不在少数。她们的著述，相对于现在的作者来说，是不多的，但她们的著述方式确有十分优长之处，即经过毕生的锤炼、汰存、交流而得以保存精品，较少失败之作，这种以少胜多的诗词创作方式，无疑是极为成功的，因之也极具典型意义。

1920 年国民政府教育部规定小学教科书从第二年开始必须用白话，此年十才女年龄最长者王德愔 26 岁，最小者王闲、洪璞 15 岁，她们已接受过相当长的旧体诗词写作的训练，已经习惯并熟练掌握旧体诗词的写作技巧。一个人少年时代所受的教育对他来说具有终身影响的作用，这种影响也是较难改变的。况且，1920 年代旧体诗词的创作数量和质量，比起新体诗词来说占有压倒性的优势，此种优势应该说一直持续到中华人民共和国成立以前。新体诗词创作的名家在新中国成立前是很少的，所知如郭沫若、徐志摩、闻一多、戴望舒、李叔同等人，指不能多屈。何振岱所云

---

① 何曦：《晴赏楼诗词稿》，浙江文艺出版社，2006，第 69 页。
② 《石遗室诗话》，第 445～446 页。

"海宇新讴总不如"不能说没有道理。十才女只写旧体诗词，没有写过一篇新体诗，实际上有逻辑的必然。韩胜《论民国时期旧体诗词变体与创体的创作实践》说："民国以来，一些创作者深感诗词文体束缚了创作，即使有经验的作者也自称为律法所累。诗词文体需要变革以适应吟咏需求，于是陈柱、夏承焘、叶恭绰、弘一法师等人都有变体或创体的创作尝试，这些作品或仅为游戏之作，或文学成就不高，都未能为诗词革新开辟出一个可操作可持续的方向。"① 此言说出了新诗的缺憾。新体不成熟反不如旧体更受欢迎，所以十才女坚持旧体诗词创作，应该是合理的选择。旧体诗词格律确有束缚力，但是敏于把握如十才女者，格律对她们不见得有多大的束缚。

不能因为她们没有进行过新体诗词的创作，而否定她们所取得的成就。提倡白话文创作的胡适说："语言文字都是人类达意表情的工具；达意达得好，表情表得妙，便是文学。"② 他所说的语言文字当然包括白话和文言两种。钱锺书说："他学定义均主内容（subject-matter），文学定义独言功用——外则人事，内则心事，均可著为文章，只须移情动魄。——斯已歧矣。他学定义，仅树是非之分；文学定义，更严美丑之别，雅郑之殊。"③ 钱先生的看法很切实，文学的魅力在于感动人，美的雅的能感人动人，而不是新的能感动人旧的就不能感动人。旧体诗词经千百年锤炼，在形式上已趋于美感之极，十才女乐于接受她，用她表达动人的情感，是无可厚非的事情。

十才女以姐妹相称，经常聚会作诗，以求切磋技艺，共同提高，展现出群体创作的巨大优势。诗可以群是中国的诗学传统，说的是诗可以把一批人团聚在一起。诗可以群的现象更多的是出现在男性作者群中，至于诗把如此多的女性团聚在一起，以至于彼此终生结下生死不渝的情意如十才女者，在中国诗歌史上是少有的事情。除了寿香社不定期举行诗词群体创作活动外，十才女之间也经常自由聚首创作诗词，除了唱和之外，还有一

---

① 韩胜：《论民国时期旧体诗词变体与创体的创作实践》，《文艺评论》2018 年第 1 期。
② 胡适：《什么是文学》，《胡适全集》第 1 卷，安徽教育出版社，2003，第 206 页。
③ 钱锺书：《中国文学小史序论》，《钱锺书集·人生边上的边上》，生活·读书·新知三联书店，2001，第 92 页。

种联句的创作方式也是值得注意的。如多人共同创作的《甲辰花朝竹韵轩
小集，同德愔、竹韵、禾庵、守真、惇畴联句》，此诗由年长者王德愔发
唱，叶可羲定韵，依次薛念娟、苏禾庵、王真、何维刚赓续，最后王德愔
收韵。这种联句，不但考验与会者才思是否敏捷，而且众人作诗还得如出
一首，各位作者还得考虑意境是否和谐，确实是一种极好的训练方式。

　　十才女是福州地域文化孕育的奇丽之花。民国时期的福州相对安定，
日军虽两次占领福州，但盘踞时间都不长，除此之外似未受到战争的更多
破坏，因而民国时期的福州生活环境相对稳定。此地较少轻视女性，女性
地位相对较高，男女同上学堂同受教育的风气出现较早。福州文化底蕴深
厚，有两千多年的历史，其方言有独特的元素，虽与中原语音差异较大，但
诗词平仄押韵大抵不差，有些语音竟能暗合古音，反有一种先天的优势。一
方水土养一方人，一方语音养一方文学，理之然也。此外，福州风景名胜的
陶铸也是重要因素，如果没有福州三山、西湖这样的名胜，十才女的创作会
褪色很多。十才女有大量的诗词写到鼓山、西湖，一方面鼓山、西湖给她们
的创作提供了素材，另一方面她们的诗词创作为鼓山、西湖增色不少。《寿
香社词钞》中有七首词作写到了鼓山。叶可羲的一首鼓山纪游词《鹊桥仙·
灵源洞独坐》云："拗崖丛树，窥天一角，人在绿阴深处。钟声隔水过来迟，
又趁着、寒云流去。　几分禅悦，片时诗意，不抵山禽朝暮。脉泉肯与浣
灵犀，愿来傍、寻源初祖。"词写得仙气飘飘，显然是鼓山灵秀风景的荡
涤所致。《寿香社词钞》中有五首写到了福州西南永泰县葛岭的名胜方广
岩，是除鼓山、西湖外，词人们瞩目的另一佳处。[①]

第六节　何振岱其他弟子的词作

　　何振岱弟子众多，其中有多少人作词，今天还不能有确切的统计。今
仅就所知者论及。在他的弟子中，有其夫人郑岚屏以及女儿何曦，因在前
面已论及，此处不再讨论。何振岱的儿子何维刚、何维深师事乃父，此处
论其词。

---

①　参刘荣平《何振岱寿香社词作评论》。

郑倜（1881～1966），字倜余，号天虞，福州人。少从郑容攻读经史，后为何振岱入室弟子。全闽师范学堂、福建私立法政专门学校毕业。从事律师职业，善诗词，工篆隶。1956 年 10 月，受聘为福建省文史研究馆馆员。著有《容楼诗集》《中楷习字帖》《小楷习字帖》等。2013 年闽新出内书第五十号福建省文史研究馆编《容楼诗集》据原稿本影印，存词15 首。

郑倜是作词的老手，炼字炼句，一笔不肯轻下，故能以少胜多。其词学宋末的一派，与张炎词风最近。张炎《词源》说作词难莫难于寿词，而郑堂有词《沁园春·寿蕙因》堪称寿词中的上乘之作，词云：

> 小谪尘寰，似果疑因，欲说万千。念螺川春悄，停灯闻雁，灵岩雨暝，戴笠听泉。何等胸襟，者般身世，不着愁痕偏又难。心头事，向琴丝细写，花影栏干。　　耽书未减髫年，任秋叶、纷纷情自闲。正试霜时节，卷帘人瘦，黄昏庭院，倚竹天寒。添几炉香，坐多窗月，有寂无喧参画禅。何修到，这梅花性格，江雪明边。

此词完全摆脱寿词写松椿鸾鹤的窠臼，着力进行形象的构造和意境的锤炼，塑造一位澄明澹泊、风神俊朗女词人刘蕙的形象，笔法迥异。

刘明水，上海人。民国闽侯行政公署专员王伯秋妻。在福州期间，由王真介绍入何振岱之门。抗战胜利后返沪。著有《雪香楼诗词》，今不见。海风出版社 2004 年出版福建省文史研究馆编《百年闽诗（1901～2000）》录其《江城子·雨中白芙蓉盛开》词。

邵英戬，字小珍，侯官（今福州）人。邵继辉女。何振岱弟子。与叶可羲（1902～1985）同讲学于鹭江集美学校一年。为人忠事悦学，公余手不释卷。后游国外。[①] 林葆恒辑《闽词征》卷六录存其词 1 首。

田毕公（1881～1960），又名则恒，字谷士，又字古序，福州人。何振岱高足，历任中学教员。《百年闽诗（1901～2000）》存其词 1 首。陈声聪《兼于阁诗话》卷四谓其有《四有堂诗草》，今不传。《兼于阁诗话》

---

① 叶可羲：《竹韵轩笔记七则》，《竹韵轩集》，第 44 页。

卷四录其诗作 4 首。

邵振绥（1890～?），字季慈，福州人。少师陈香雪，后师何振岱。享年 73 岁以上。著有《慈园诗词稿》。何振岱《〈慈园诗稿〉序》评其诗云："所为诗淳朴而挚，意趣高远；且抒景言情俱极清真，足以追契宋儒。"[1] 1980 年代油印本《慈园诗词稿》所收《慈园词稿》存词 17 首。

邵氏存词不多，写得太尽，少含蓄，因而不能引人悠远之思，缺少一种兴发的力量。《壶中天·贺念娟乔迁》祝贺寿香社女词人薛念娟置办新居，是其词中较好的一篇，词云：

> 旧居城北，怅逍遥堂庑，迎多朝旭。隔院檐牙垂幕荫，遮却斜阳炎燠。座接薰风，庭培嘉树，何用君平卜。殷勤择处，莺迁犹有乔木。　况是别墅珠还，吾庐可爱，息影三椽足。文藻名山风雅地，室满图书卷轴。静养灵根，勤修净业，人淡真如菊。层楼高爽，妙香烧伴吟读。

何维刚（1895～1970），字敦畴，闽县（今福州）人。何振岱长子。在北京从事中医行业，长于古诗词。著有《春明集》《竹间集》。词名《薏珠词》。1970 年代油印本《薏珠词》存词 94 首，林葆恒辑《闽词征》卷六另存词 3 首，《何振岱家藏杂稿》另存词 1 首。

《薏珠词》甲稿收何维刚寓居北京之作，乙稿则收晚年回福州定居所作。离开北京回福州前，何维刚作有《南乡子·感怀寄竺僧》词，对自己北京三十年的行医生涯作了总结，有云："书剑两无成。衫鬓蹉跎失旧青。一客京华三十载，堪惊。风雨天涯失死生。　幽恨总难平。倚杵何人识醉醒。老去填词凭好手，怡情。花底樽前且倚声。"回福州后，有词《卖花声·秋晚感怀，寄北居儿女》写对北居儿女的思念和挂怀，词曰："烟霭暗遥空。惨淡秋容。书稀漫自怨鳞鸿。五载乡关成底事，病里贫中。　离绪只无悰。酒倦诗慵。北居短褐苦西风。九月寒衣裁剪未，转眼新冬。"这一类词是他情感比较外露的词篇，读来觉得真切感人，而多数词篇情感

---

① 《何振岱集》，第 29 页。

不太外露，是用思力在组织文辞。《忆旧游·友人客居西湖，以海棠、杏花见寄，湖上春光宛然在目，对花念远，渺渺兮予怀也》词，可说是他的代表作，词云：

> 正深阴掩昼，闷雨敲春，愁绪难消。锦盒初开处，讶徐熙画本，妙手新描。粉痕淡融晕，和露浥轻绡。想烧烛无眠，出墙试剪，闲里昏朝。 迢迢。却疑梦，记旧约宣南，孤负莺娇。未识清游减，问黄柑绿醑，谁与招邀。照眼圣湖春色，千里慰魂销。笑驿寄梅花，暗香怎免风雨飘。

何维刚长于诗。陈声聪《荷塘诗话》云："梅生丈哲嗣何惇畴（维刚）诗，克绍箕裘者。"谓其能继承父亲何振岱的诗风，并录存维刚诗《晚泊秦皇岛》《客夜书感》《夜坐有感》《秋草》《夜坐对水仙》，评曰："其揽物兴怀之沉静细腻处，深得乃翁衣钵。"另录《九月九日风雪，时贤多为诗纪异，予亦赋此》，评曰："亦颇骀荡可喜。"[1] 薛念娟曾为何维刚《薏珠词》作序，中云："予读《薏珠词》，觉其雅思清声，辞情兼至，非寻常言倚声者所可拟。大抵君早岁之作，多婉约浓挚。近年乡居多病，偶有吟咏，则伤感多而闲适少，岂兴趣有异，抑亦处境使然？若以词论，可谓净洗铅华，独具风格者矣。夫诗与词虽体制不同，宽隘各别，及其至处，则哀乐感人一也。君于词自谓惬意者少，随手散置，予甚惜之，爰为搜辑写存，以资吟赏，识璞知珠，讵所敢云？"[2] 此评能揭示何维刚词风变化的原因。在何振岱诸子[3]中，以何维刚文学成就最大。

何维深（1910～1980），字敦仁，闽县（今福州）人。何振岱第五子。国画家，解放后任福建省博物馆特邀鉴赏员，著有《静娱楼观画录》《静娱楼诗词》。存词41首。林葆恒纂《词综补遗》卷三十四录存其《风入松·

---

① 《兼于阁诗话全编》，第 355～356 页。

② 《今如楼诗词》，第 44 页。

③ 何维澄（1905～1986），字敦诚，能诗，擅书，何振岱第四子，曾是民国艺术大师吴昌硕的入室弟子，从吴昌硕学习书法、国画。留学日本，归国后在国民党政府任职。曾任吴石副官，定居台湾。著有《敦诚诗稿》。《敦诚诗稿》，笔者未见全稿，不知是否收词。

春游》1 首，此词《何振岱家藏杂稿》署名何振岱作，今据《静娱楼诗词》①，知是何维深作。词写得风致翩翩，清远可诵。录如次：

> 东风池馆柳鬖鬖。初试绿罗衫。莺飞燕拂清明近，阑干外、芳讯谁探。云敛梨花绽白，冰澌水色拖蓝。　寻常斗酒更双柑，春兴自清酣。钿车日日横塘路，芳游惯、晴雨心谙。惆怅兰成妙笔，不堪重赋江南。

王闲《悼敦仁五弟》诗云："早慕夏珪笔法新，晚年词境入清真。漫言画友同嗟悼，从此吟坛少一人。"② 夏珪是南宋绘画大家，"清真"指周邦彦。

游叔有（1910～？），福州人。严叔夏（严复次子）得意弟子，曾任福建师范大学中文系教师多年。《协大艺文》1937 年第 6 期刊其词 3 首、1941 年第 12—13 期合刊刊其词 2 首。《念奴娇·用苏长公韵》关涉时事，词云：

> 高楼梦醒，问烟江眼底、鱼龙何物。千古风流都寂寞，剩得残阳山壁。燕子来时，棠花谢了，几处飘春雪。茫茫天壤，暗中多少奇杰。　谁识虏马窥边，胡尘卷漠，万里宵烽发。芳草无情歌舞地，依旧春生秋灭。金粉销沉，豪华旦暮，忍见伊川发。东山又上，六朝同此明月。

郭毓麟（1913～1996），字浴菱，福安（今福州）人，民盟盟员。福建协和大学中文系毕业。民国时，曾任福州英华中学、晋江中学教员，福安县立中学校长，协和大学讲师。中华人民共和国成立后，任福州师范学校教员，参加编写《汉语大词典》。郭毓麟曾参与何振岱主盟的寿香社唱

---

① 何维深：《静娱楼诗词》，福州画院编：《福州画院》总第一○八期（上），2022 年（闽）内资准字 A 第 026 号（内部资料）。
② 《王闲诗词书画集》，第 90 页。

和，后为中华诗词学会会员、福州三山诗社理事、福州市鼓楼区政协委员。1986 年 4 月受聘为福建文史研究馆馆员。著有《蛰庐诗稿》、《耆献集》（合著）、《选析唐诗 220 首》。另在《福建文化》《协大艺文》等刊发表论文和诗词。林葆恒纂《词综补遗》存其词 1 首，《协大艺文》录存其词 3 首（1936 年第 4 期《协大艺文》刊其词 2 首，1944 年第 16—17 期合刊《协大艺文》刊其词 1 首）。《全闽词》均收录。《长亭怨慢·和王劭原韵》是其最好的词，录如次：

> 近寒食、飞花时节。细雨帘纤，助人凄咽。孤负春宵，尊前谁与、共明月。相看肠断，浑不待、骊歌阕。从此叹分张，算恰似、辞林秋叶。　愁绝。便相思种种，肯向别人轻说。他乡莫恋，早归赏、家园梅雪。纵京华、冠盖如云，也还怕、新交难结。身离岂便情离，一片冰心长接。

王劭，侯官（今福州）人。王允晢孙，协和大学文学士。林葆恒纂《词综补遗》卷三十八存其词 3 首，《协大艺文》刊其词 11 首（1935 年第 2 期刊其词 6 首，1936 年第 4 期刊其词 3 首，1940 年第 11 期刊其词 2 首）。《词综补遗》所收均见《协大艺文》。《长亭怨慢·别意》是其最佳之作，词云：

> 又桐叶、飘黄时节。黯黯离云，暮潮低咽。芦苇萧骚，可怜今夜、楚江月。吟风蛩语，都解唱、阳关阕。即我亦飘蓬，君莫怨、秋山红叶。　销歇。问年华似水，往事可堪重说。者番别也，算辜负、庭梅香雪。纵樽中、有酒如刀，也难断、离肠千结。输他天际双鸿，犹得呼声相接。

梁孝瀚，字俣苏，闽县（今福州）人。协和大学文学士。林葆恒纂《词综补遗》卷五十二存其词 1 首。

第十五章　菽庄词人群

清末民初，由于日军侵占台湾，一批有识之士纷纷内渡，以示抱节守志，不受日人欺凌，其中有著名实业家兼诗人林尔嘉（1875～1951）先生。林先生雅好吟咏，颇热衷于诗钟唱和，曾在厦门鼓浪屿结成菽庄吟社，成一声势浩大的文学社团，从事诗文词赋的创作，广征题咏，参与者达数千人之多。其中为吟社核心吟侣并有词作传世且词作产生一定影响的有：许南英、施士洁、沈瑜莹、吴锺善、江煕、贺仲禹等。我们称这一批词人为菽庄词人群。他们不但为厦门词坛带来极大活力，且为整个民国词坛带来光彩。

据黄乃江《菽庄吟社活动年表》①：光绪二十一年（1895）三月二十三（4月17日），清廷割让台湾予日本，五月十三日（6月5日），林维源、林尔嘉父子与林鹤年、林辂存父子相偕内渡。林维源内渡后，初归祖籍地漳州府龙溪县二十九都白石堡上社（今福建龙海市角美镇），随后迁居厦门鼓浪屿并兴建林氏府。九月初三日（10月20日），台湾南团练局统领许南英离台内渡，辗转到广东为官。同年，施士洁内渡，初归祖籍地泉州府晋江县西岑里（今福建石狮市永宁乡西岑村），随后迁居厦门。宣统三年辛亥（1911）春，湘人王闿运弟子沈瑜莹在广州听秋声馆结识许南英，谈艺甚欢。民国2年癸丑（1913）三月，许南英任龙溪县知事，聘沈瑜莹来漳纂修《龙溪县志》，林尔嘉闻沈瑜莹侨居漳州，亟延之入吟社商略金石文字，暇则相与酬唱，至相得也。民国4年乙卯（1915），林尔嘉

① 黄乃江：《东南坛坫第一家——菽庄吟社研究》，第512～533页。

聘许南英为菽庄钟社诗友，月给津贴。民国 5 年（1916）重阳日，许南英经林尔嘉介绍赴印尼苏门答腊为侨领张鸿南编辑生平事略，林尔嘉在菽庄花园为其饯行。民国 5 年（1916）十一月十一日（12 月 30 日），许南英客死印尼棉兰。民国 9 年庚申（1920）二月十五日（4 月 3 日）花朝节，林尔嘉及从弟林鹤寿在菽庄花园创立碧山词社，施士洁、沈琇莹、吴锺善、江煦参与其中，所作词课有"氐州第一·帆影"等。秋，菽庄吟社以碧山词社社课题目"氐州第一·帆影"为题，向海内外吟侣广征词作，共收到投稿逾千件，得奖词稿由林尔嘉辑为《帆影词》刊行。民国 11 年（1922）五月二十三日（6 月 18 日），施士洁病逝于鼓浪屿，林尔嘉为其经理丧事。民国 13 年（1924）六月六日（7 月 7 日），林尔嘉游历欧洲七载，又寓沪十余年，其间由沈琇莹主持吟社。民国 15 年（1926），贺仲禹著《绣铁庵丛集》刊行，收词 24 首。民国 29 年庚辰（1940）五月，"菽庄丛刻"八种由上海聚珍馆印行，其中有《帆影词》。仲冬，"菽庄丛书"第三种——沈琇莹《寄傲山馆词稿》十四卷刊成。民国 33 年（1944）九月初一日（10 月 17 日），沈琇莹病逝于鼓浪屿林氏府壶天园之玉兰室。民国 37 年（1948）孟秋，"菽庄丛书"第六种——江煦所辑《鹭江名胜诗钞》刊成。庚寅年（1951），林尔嘉病逝于台北稻江亦小壶天别业，享年七十七岁。1954 年仲春，江煦《草堂别集》在岭南（澳门）刊行，内含《无尽藏庐词存》一卷。

《帆影词》所收是以《氐州第一》为调以"帆影"为题的征词之作，凡 20 首。《氐州第一》调首见周邦彦词（首句"波落寒汀"），黄苏《蓼园词评》评周邦彦此词云："词旨凄清，情怀暗淡，其境地，可于笔墨外思之。"[1] 读《帆影词》亦当于笔墨外思之。氐州是边地之州，泛指氐族所居之地，在今甘肃省。用此调作词，暗指内渡到鼓浪屿之人身处东南偏地，有被弃之感。以"帆影"为题，寓漂泊无依之意甚明。陈世焜《云韶集》卷四评周邦彦此词云："语极悲婉，一波三折，曲尽其妙。"[2] 可以看出，《帆影词》的作者在作词前大多心存周邦彦此词，有学习模仿痕迹，

---

[1]　孙虹校注《清真集校注》，中华书局，2002，第 268 页。
[2]　《清真集校注》，第 268 页。

成就自然不及周词。《帆影词》流露的情绪总体来说是悲婉的，词中不少片段颇可诵读，如缩鄘词下阕："见说经年离思杳。遍游目、海门昏晓。雁破墙偏，雅翻影乱，总不禁残照。盼天涯、芳草尽，关心是、听潮客到。却喜征帆，送人归、相看未老。"[1] 此段确可称"一波三折"了。

以下分别讨论菽庄词人的创作成就与创作特色，以及词史地位。

第一节　许南英

许南英[2]（1855～1917）号允白，一作蕴白、韫白，又号窥园主人、留发头陀、龙马书生、毘舍耶客、春江泠宦。台湾台南人。为中国近代史上与丘逢甲齐名的著名爱国诗人。生平事迹见自著《窥园先生自定年谱》及其哲嗣、现代著名作家许地山《窥园先生诗传》。著有《窥园留草》，系许地山于 1933 年编定刊行，今有《台湾文献史料丛刊》本，收诗 1039 首，《窥园词》59 首附后。[3] 据《诗传》，许南英作于日本占领台湾以前的诗歌多半散失，后凭记忆重写出来，词则是民国元年（1912）以后许南英从旧日记或草稿中选录。诗词的编辑次序是许地山比较诗词内容和原稿先后编成，大致可反映创作时间。

1915 年，许南英参加林尔嘉主盟的菽庄吟社，他的诗集中多有参加吟社唱和的诗篇，词有《烛摇红影·菽庄修禊》一首，可见他曾在吟社中作词。1916 年，他因林尔嘉的推荐，赴苏门答腊为棉兰市市长张鸿南先生编写为官事迹。1917 年 12 月 30 日许氏卒于棉兰，林尔嘉嘱咐长子林景仁为其买地安葬。许氏存词虽不多，但有鲜明的时代内容和一定的艺术成就，因而在晚清词史上占有不容忽视的地位。其词按内容可分为抗战词、纪游词、恋情词三个部分。

---

① 林尔嘉选《帆影词》，林尔嘉编《菽庄丛刻》，民国 29 年（1940）上海聚珍馆排印本，第 6 页。
② 许南英与下节论述的施士洁，他们的词大多作于晚清，因他们均是菽庄吟社的成员，词作主旨乃在寄望台湾的收复与思乡的心情，为主题集中，将他们的词作安排在本节讨论。
③ 周宪文主编《台湾文献史料丛刊》本《窥园留草》，台湾大通书局，1987。除另指明出处外，下引同此本。

（一）抗战词：鲲身鹿耳愁绝

虽然作家的创作在不同的时期以不同的面目出现，因而呈现题材与风格的多样性。但若能把握作家心灵的本质特征，我们在不同的题材与风格之中仍可找到一以贯之的东西。通观许氏一生，对他的生活与创作产生最重要影响的是 1895 年日本侵占台湾事件。他在日军侵占台湾的过程中，曾与丘逢甲协力抵抗，终因寡不敌众、力量悬殊而被迫逃回大陆，这一特殊经历长期占据其创作心灵的中心位置，因而形成难以割舍的心结。

1894 年中日甲午战争以清廷海军覆没而告终，中日签订《马关条约》，被迫割让台湾。但此前日本的势力早已渗透台湾。据《年谱》，咸丰七年（1857），"日本动讨略台湾之议"；同治十一年（1872），"日本桦山资纪着手入台湾内地探险"；同治十三年（1874），"日本西乡从道率征台军攻台湾，清政府承认赔偿日本损失，始遣归"；光绪二十一年（1895），"清遣李经方与日本台湾总督桦山资纪会见于基隆港外，授受台澎诸岛"。日本的进攻可谓步步深入，《马关条约》使其蓄谋已久的目的得逞。台湾被割弃之时，人心惶惶，民众希望政府不放弃台湾，而一些土棍乘着官吏与地权交代的机会从中取利，甚至有人觉得归华归日都可以。对此，许氏是有绝对清醒意识的，他深知日本的野心与狠毒，认为绝对不能归附。《如梦令·别台湾》说"彼族大难相与"，什么原因"难相与"呢？其亡我之心蓄积深且久。从以后长达半个世纪之久的日本侵华历史来看，许氏的见解是何等的深邃！

为了抵抗日本的侵略，台湾人民被迫筹建"台湾民主国"，推举台湾巡抚唐景崧为总统，军民诸政由刘永福、丘逢甲担任。但形势仓促，民主国殆同虚设，能有效抵抗日军猖狂进攻的只有丘逢甲和许南英所部。丘逢甲任台湾义军统领，在台中领导军民与日寇血战 20 昼夜，失败后内渡广东镇平（今蕉岭）。至于许氏抗战的详细情况，《诗传》有记载，引录如次：

> 七月，基隆失守，唐大伯理玺天德乘德轮船逃厦门，日人遂入台
> 北。当基隆告急时，先生率台南防兵北行，到阿里关，听见台北已
> 失，乃赶回台南。刘永福自己到安平港去布防，令先生守城。先生所

领底兵本来不多，攻守都难操胜算。当时人心张皇，意见不一，故城终未关，任人逃避。先生也有意等城内人民避到乡间以后，再请兵固守。八月，嘉义失守，刘永福不愿死战，致书日军求和，且令台南解严，先生只得听命。和议未成，打狗、凤山相继陷，刘永福遂挟兵饷官帑数十万乘德船逃回中国。旧历九月初二日，安平炮台被占，大局已去，丘逢甲也弃职，民主国在实际上已经消灭，城中绅商都不以死守为然，力劝先生解甲。因为兵饷被刘提走，先生便将私蓄现金尽数散给部下。几个弁目把他送出城外。九月初三日，日人入台南。

对于这一段难忘的经历，许氏用词从不同的侧面进行过描述与反思。他以词反映自己抗敌御侮的历史，堪与道光年间林则徐、邓廷桢用词反映鸦片战争的经历相提并论。

许氏清楚地看到，正是清廷的割地求安，才导致台湾被遗弃的屈辱。《东风齐着力·防海》云：

> 刁斗严城。元戎小队，驻节江滨。满天星斗，兵气动钩陈。方冀文章报国，谁知戎马劳身。难道是，轻裘暖带，主将斯文。　海外起妖云。挤转战、浪撼鹿耳沙鲲。登陴子弟，愤温勉从军。翻恨庸臣割地，盟城下、何处鸣冤。九州铁，问谁铸错，成败休论。

词人本来像中国传统读书人一样，希望通过科考做官来实现自己的报国宏愿。为此，他于1885年参加福州乡试，中了第41名举人；又于1886年和1889年两次到北京参加会试，均因在试卷中陈述国家危机、评论时政得失而落榜，终于在1890年"恩科"考试中成了一名进士，官拜兵部主事。但他无意在京做官，遂于年底回台，积极参与"垦土化番"的事务，希望用平生所学为台湾民众谋福祉。1894年春，许氏受聘台湾通志局协修，负责《通志》中台南部分的编撰工作。中日开战，台湾省府改台南采访局为团练局，许氏任统领，领两营兵。1895年3月日军进犯台湾，许氏在"民主国"帮办军务刘永福指挥下奋勇抗敌，9月台湾沦陷。词人发出沉重的追问："九州铁、问谁铸错？"导致战争失败的最主要原因，他认为是"庸臣割地"。在诗歌中，也是这么反思的。《己亥春日感兴》云："雄心尽付水东流，莽莽河山抱杞忧。宰相经纶挥麈尾，将军事业换羊头。屏藩谁复维危局，带砺何堪失上游！依旧文章官样派，尚云圣主是怀柔。"正是宰相空谈不作为，将军卖官求逸乐，致使东南危局不可收拾，可是官样文章里照旧把割让台湾说成是"圣主"的怀柔之术。诗与词道出了一个道理：正是清廷的腐败无能才导致国土的沦丧。

在抗日保台战争中，失败的主要原因应是敌我力量的悬殊，但负责全台军事指挥的刘永福临阵脱逃并鲸吞大量钱款，确实加速了台湾陷落的进程。许氏于1906年所作《无题》诗6首，是回忆和咏叹当年抗日之战的，其二云："出走亏他计不粗，遗黎今尚有周余。纵然一战遭屠戮，此罪仍难罄竹书。"其四云："缠腰有客号知机，官帑搜罗十万归。太息蓬门贫女命，为他人作嫁时衣。"都是直接谴责刘永福的。词中则表达得比较隐晦，《瑶台聚八仙·自寿》云："回忆治兵鲲岛日，问何人危局撑持？残棋只差一着，全局皆非。"就是指主帅刘永福无坚决抗敌之决心，竟致遣使求和，被拒后不积极抵抗，反令许氏不得死守台南，最终自己潜逃，导致局势不可收拾。可知许氏在台湾陷落后，一直对刘永福弃台事铭刻在心，难以释怀。

关于自己最后诀别故土的情况，许氏的几首词写得颇为动情。《霜天晓角·忆旧》云："已无生气，进退真狼狈。半壁东南已去，忍不住、牛山泪。　汐社杜鹃拜，河山悲破碎。多谢安平渔父，荡双桨、来相济。"日本占领台南后，曾致信许南英，令其为日军效劳，遭拒后又悬像索捕，9月5日许氏得乡人帮助，在安平港乘筏上船离台抵厦门。词中除表达对安平渔父感激外，还写了自己难以抑制地失声恸哭。汐社，宋遗民谢翱等人所结诗社，谢翱至死不忘故国，坚决不肯归附蒙元统治者。此处汐社隐指自己在台湾所结的诗社。许氏24岁时在自家"窥园"内设"闻樨学舍"，开馆授徒，与塾师、学者、名流相往还，后与好友丘逢甲等人结"崇正社"，以崇尚正义为宗旨，时时集会吟诗。所谓"杜鹃拜"，就是泣血诀别同道诗友。对于日本占领台湾，词人并非只是一般的失去故园之痛，而是上升到亡国灭种的高度上来看待的。其词《如梦令·自题小照》云："已矣旧邦社屋，不死犹存面目。蒙耻作遗民，有泪何从恸哭。从俗、从俗，以是头颅濯濯。"词人虽然迸着热泪喊："从俗、从俗"，好像可以减少自己的痛苦一样，因为俗人不会想得那么多，自然痛苦也不会那么多。但他显然做不到，因为他觉得自己是"蒙耻作遗民"。一般来说，"遗民"这一概念是指一个主权国家完全或部分被占领之后，继续活着而不肯归附新朝的人。台湾虽是中国的一部分，但相对来说与大陆有隔离，不仅是地理上的隔离，亦有文化心理上的隔离。以当时清廷之腐败无能和日本之强大霸道，台湾的被占领，意味着有可能被彻底地遗弃，况且他还是"民主国"一位得力的干将，所以许氏把自己看成遗民是不难理解的。1908 年，许氏作有《和易实甫观察原韵》二律，其一曰："四百万人黄种里，头衔特别署遗民"。即使在大陆生活多年，还是以遗民自居，而且特别地予以强调，以示自己毕生不忘台湾。1916 年，许氏有机会回台湾与族人团聚，其间有亲友劝他让一两个儿子加入日本籍，以便领回属于自己的一大片土地，许氏坚决回绝，不向日本人低头，保持了遗民的品节。

许氏的抗战词，读来沉痛悲凉，万感横生。他用浅显明白的语言毫不掩饰地坦陈自己的心迹，是晚清台湾词坛最具词史意义的篇章。词人一生的心路历程中，故土的沦丧使他伤痛不已，只要一想起来，"鲲身鹿耳愁绝"（《摸鱼子·再入都有感》），他是带着旷世的忧愁走完他的一生的。

（二）纪游词：栒触乡心如乱絮

民主国最后根据地台南被日军占领后，许氏内渡厦门，旋转投汕头同宗许子荣昆弟，在他们的劝说下，到新加坡、曼谷等地漫游，花去两年多的时间。回国后，自请卸去兵部职务，降用广东知县。先后在广州、潮州、佛山等地任乡试阅卷官、税务总办，后在徐闻（1901）、阳春（1903）、阳江（1904～1906）、三水（1907～1909）等地任知县。会授电白县，辛亥革命爆发，闽粤响应，得漳州友人电召回漳，被推举为革命政府民事局长。不久南北共和，退居海澄县。台湾亲友请他回故乡，其间与台湾诗社诸友联吟。回厦门后任民国龙溪县知事，因豪绅劣民动辄以共和名义牵制行政，捏词控告他侵吞公款，便决计不再做官，退居漳州。民国 5 年（1916）四月曾回台参与台湾劝业共进会，又因林尔嘉推荐，赴苏门答拉棉兰城为华侨市长张鸿南编辑生平事略，希望获取些酬金，翌年旧历十一月十一日

（12 月 30 日）因染疟疾卒于寓所。

许氏词集存有十余首纪游词，这些词都是他回大陆后所作，很能反映他从政及退隐后的心态。与他的抗战词消息相通，词中有对民族正气的颂扬，有对奸臣误国的愤恨，有对自尊自强的激励，都是他心灵本质的外现。

　　　　赤手擎天，是明室、独钟间气。想当日、横师海上，孤忠无二。誓死不从关外虏，故藩拥戴朱术桂。看金厦、两岛抗全师，伸敌忾。

　　　　亡国恨，遗臣泪。存国脉，回天意。剩庙宇空山，古梅憔悴。故国尚存禾黍感，荒祠不忘蘋蘩祭。听怒潮、鸣咽草鸡亡，神鲸逝。

（《满江红·谒延平郡王祠》）

从词中"亡国""遗臣""古梅憔悴""禾黍感"等用词来看，此词当作于民国元年许氏回台湾之时。《诗传》云："在故乡时，日与诗社诸友联吟，住在亲戚吴筱霞先生园中。马公庙窥园前曾赁给日本某会社为宿舍，家人仍住前院，这时因为修筑大道定须折让。先生还乡，眼见他最爱底梅花被移，旧居被夷为平地，窥园一部分让与他人，那又何等伤心呢！"许氏爱梅，诗集中多有咏梅诗。故园梅花被日人移走，他作诗《窥园梅花二株被日人移植四春园，闻亦枯椊而死，以诗吊之》，寄托自己的禾黍之悲。更令他难以释怀的是，马公庙旁有祭祀民族英雄郑成功的延平郡王祠，许氏自 6 岁时即定居于此，而如今竟成了一座"荒祠"，怎不令他悲感横生。词的上片是热烈地赞颂郑成功的历史功绩，几乎是冲口而出，笔势酣畅淋漓。正是郑氏之孤忠无二，才延续了明朝国脉，而如今在日本铁蹄蹂躏下的台湾，有谁能像当年郑成功一样抗敌呢？许氏孤愤之情借重游故园先烈之祠喷涌而出。

　　　　矫矫虎臣，为国除奸，的是可人。喜清漳道上，炎阳酷烈，木棉庵外，剑影生寒。辛苦瘴乡，郎当遣戍，私意君恩奉赦还。西湖上，怅笙歌散尽，梦冷湖山。　　兰亭玉枕谁观。与金笼蟋蟀一律残。叹平章误国，养奸纵敌，弥天罪案，有口难分。一世称雄，六州铸错，

聚铁添如铸佞臣。停萧寺，看将军断碣，苔藓生斑。（《沁园春·过木棉庵》）

此词作于辛亥革命后许氏任漳州民事局长之时。据《宋史·奸臣传》，南宋权奸贾似道襄阳兵败罢相后，贬为高州团练使，循州安置。行至漳州木棉庵，县尉郑虎臣屡讽其自杀谢罪，不听，遂杀之。此词赞扬郑虎臣为国除奸，斥贾似道误国为弥天大罪，即使聚六州之铁也难铸其错。在许氏的内心里，签订《马关条约》之庸臣，抗敌守台战争中之逃将，皆是误国之罪人，其罪通天，致使台湾陷入日人之手。此词虽咏叹宋朝之罪人，实是暗讽当今之罪人。虽然历史已翻开了新的一页，清帝逊位民国肇兴，但许氏心底里的隐痛，一旦遇到触媒还是爆发出来。

登楼作赋，怅美人迟暮。怅触乡心如乱絮。过拉武汉外，笔底沙边，问碑碣、累累草缠荒墓。　予心悲逝者，为甚勾留，何故栖迟不归去。且待过青春，作计还乡，吟杜句、故人梓里。应准备、击钵催诗，海南香微熏炷炷。（《洞仙歌·过日里棉兰福建义冢》）

诗人因为贫穷的原因，垂暮之年只身远行印度尼西亚之棉兰，希望筹办些佣金回来，结果因二战爆发被迫滞留他乡，最后客死异域。词曰"怅触乡心如乱絮"，正是此一时期心境的真实写照。一方面时念乡里，心情郁闷，只得以诗酒自遣；另一方面为筹集儿子学费女儿嫁资而发愁，致使精神大为沮丧。从这里我们看到了英雄迟暮之年令人心酸的晚景。他在词中说到借吟杜诗排遣忧愁，希望有杜甫安史之乱平定后盼望还乡的快乐，还奢望能回乡与故人击钵吟诗。此词吟咏的是福建义冢，对义冢只用"累累草缠荒墓"一笔带过，并不措意，而着力抒发怀乡愁绪。词题与词的内容可相互补充，给人留下足够回想的空间。

在棉兰的两年时间里，诗人的心始终在大陆，他的诗较能反映这一点。如作于逝世之年的《人日杂感》云："人海蠕蠕一倮虫，静横老眼看英雄。维新志士群而党，守旧迂儒泥鲜通。仗马不鸣开国会，沐猴自诩开天工。小朝廷又争门户，未卜何时气始融？"对北洋军阀你争我夺的混乱局面予以辛辣的嘲讽。他在棉兰曾遇到二儿子许赞元当年黄埔陆军小学的同学张杜鹃，曾感慨万分，欣然作诗数十首。其中《和杜鹃旅南杂感》云："扫清胡虏仗雄豪，革命更翻志不挠。研地悲歌时看剑，向天谈笑自横刀。心中义利分俄顷，天下兴亡属我曹。阅历沧桑余老矣，填胸热血涌如涛。"可见英雄虽迟暮，虽身滞他乡，雄心仍不减当年，且欣然向往革命。他的怀乡愁绪中国愁仍占据主要的地位。

（三）恋情词：秋宵只为一人长

词集里有 10 余首恋情词，写得缠绵悱恻，绮丽温柔，似出另一人之手，让人略有意外之感，其实侠骨柔情本英雄常事。只是囿于诗言志词言情的传统，他的儿女柔情于诗中不多见，却在词中充分抒发，使我们得以全面地了解词人丰富的内心世界。

这些恋情词其实是因一名歌妓而作。许氏本聘同乡前辈吴樵山之女，夫妇感情融洽。《诗传》云："在三十三岁左右，偶然认识台南一个歌妓吴湘玉，由怜生爱，屡想为她脱籍。两年后，经过许多困难，至终商定纳她为妾。湘玉喜过度，不久便得病。她底母亲要等她痊愈才肯嫁她。在抑郁着急底心境中，使她病加剧，因而夭折。她死后，先生将遗骸葬在荔枝宅。湘玉底母亲感激他底情谊，便将死者婢女吴逊送给他。他并不爱恋那女子，只为湘玉底缘故而收留她。本集里底情词多半是怀念湘玉底作品。"对于一名歌妓，许氏并不像普通狎客一样只抱玩赏姿态，而是真诚去爱她。生为其脱籍，死为其安葬，古今少见。可见许氏之深情体现在抗敌卫国上，也体现在呵护市井细民上，及其爱家爱子女，更不待言。许氏有词写到她与吴湘玉欢会的情景。《菩萨蛮·即景》云：

晓暾初射纱窗里。美人中酒朝慵起。拥被姿酣眠。金钗坠枕边。
海棠春欲睡。况是前宵醉。一笑捻腰肢。朦胧问是谁。

此词比吴湘玉为"醉海棠"，极写其妮态，对他们的遇合出于真情作了极力渲染。

又有词写到他们别后的相互思念。《上行杯·无题》是写吴湘玉对他

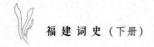

寝食难安、彻夜不眠的思念。词云：

> 别后芳心忽痒。食时恍惚眠时想。试卜灯花花不放。　况是柳梢
> 月上。谯鼓五更天又朗。惆惆。为欢爱，泪痕两。

难怪许氏欲聘她为妾，竟欢喜过度而卒，可见吴湘玉对许氏感情的深挚。《南楼令·闺怨》词也是写湘玉对许氏的思念的。词曰：

> 冰簟冷银床。残灯暗不光。秋宵只为一人长。十二栏杆都倚遍，
> 心忐忑，怯空房。　明月照流黄。清宵泪数行。酷相思、滋味偏
> 尝。记曲欲拈红豆子，懒搜索，紫罗囊。

许氏以女子的口吻写怀人之情。"秋宵只为一人长"，极言时间之慢，胜过千言万语。此词写得温柔缠绵，若杂于唐宋人同类题材之作中，实难以分辨。湘玉卒后，许氏有词痛悼之。《柳梢青·无题》云：

> 今年相见。依稀不减，桃花人面。眉黛春山，眼波秋水，障羞团
> 扇。　酒边脉脉深情，临别去、回波一转。好事多磨，佳人难再，梦
> 魂空幻。

在词人的记忆中，那秋波一转，似分外地真切，然而佳人逝去，不觉生出人生如梦之感。《探春令·忆旧》云：

> 撕磨耳鬓，深情脉脉，两心相印。似赤绳、绾住鸳鸯牒，信道
> 是、前生定。　记同花径手同携，药栏肩同凭。怨罡风、吹梦一齐
> 空，水底月、镜中映。

词人对前尘往事的回忆，觉得如水中月镜中花，但他还是肯定自己与湘玉的相爱是前生注定，空幻的感觉之中仍不乏执着的深情。

　　许氏一生用力作诗，词乃其余技，却在近代词坛留下沉重的足迹。其

词皆出于深情，语言浅显明白，不事藻饰雕琢。总的看来，抗战词，是他抗日御侮的实录，是实实在在的纪史之作；纪游词，怒斥奸臣误国，把遗民心态写尽；恋情词，展现真挚的爱情，是英雄人格的补充体现。凡此，都源于他那颗至真至淳的心灵。黄典权《窥园留草·后记》说："《留草》和《窥园词》本身，是一个台湾名进士家破国危幽思凄切的心声，交织着很多地方掌故以及当时文人风雅际会的纪录，所以《留草》的文献价值，好像比同时代的一些诗文集更高得多。"① 此是公正之论。

许氏在菽庄吟社中常作诗不常作词，《烛摇红影·菽庄修禊》是在菽庄吟社中所作，仅此一首。他资格老、名气大，自1913年参加菽庄吟社后，该社才得以迅猛发展，他被视为菽庄吟社"三老"之一。②

第二节　施士洁

施士洁（1856～1922），台南安平人，字应嘉，号云舫，又号耐公，与丘逢甲、许南英合称"台湾诗坛三巨擘"。光绪三年（1877），举人、进士连捷，官至内阁中书，无意仕途，辞官回乡主讲台湾彰化白沙书院、台南崇文书院、海东书院。甲午（1894）前夕，入台湾巡抚刘铭传幕，参赞议事。1895年台湾沦陷日内渡。1905年前后，入时任厦门保商局总办兼厦门商务总会总理林尔嘉幕府"襄理厦商政局"，并帮助他维持"骚坛衣钵"。1911年任福建同安县马巷厅通判，不久因福建光复清帝退位，即挂冠离去。1917年入福建修志局。曾参与主持菽庄吟社，被尊为"祭酒"。民国11年五月二十三日（1922年6月18日），病逝于鼓浪屿寓寓。著有《后苏庵合集》，计《诗钞》12卷、《诗钞补编》1卷、《词草》1卷、《文稿》2卷、《文稿补编》不分卷。

施士洁担任海东书院山长期间，丘逢甲、许南英、汪春源、郑鹏云皆就读书院中。海东书院是台湾首善书院，施士洁父施琼芳、叔父施昭澄都

---

① 许南英：《窥园留草》，台北台湾银行经济研究室，1965，第249页。
② 汪毅夫：《台湾近代文学丛稿》："菽庄吟社社友有施士洁、许南英、汪春源为社中三老。此三人者，台南乡贤也。"海峡文艺出版社，1990，第5页。

曾担任海东书院的山长。施琼芳（1815～1868），初名龙文，字见田，一字昭德，又字星阶，号珠垣，道光乙巳（1845）恩科进士，久滞京曹，寻任海东书院山长，以引掖后进为己任。著有《石兰山馆遗稿》22卷。

施士洁是著名诗人，连横《台湾诗乘》说："光绪以来，台湾诗界群推施沄舫、邱仙根二公，各成家数。"① 苏镜潭悼施士洁一绝云："文心六代称丽都，诗律三唐有正宗。直把心肝都呕尽，万篇太富一身穷。"② 施氏古今体皆擅长，尤擅作律诗。如《登赤嵌楼望安平口》其三云："鹿耳鲲身水一方，草鸡仙去霸图荒。茫茫天地此烟景，寂寂江山空夕阳。不觉目随高鸟远，悠然心引片云长。园林到处供诗料，谁吊瀛南古战场。"③ 此诗有杜甫诗《秋兴》的苍老。他喜欢参加诗社，这使得他作诗一直处于交流和探索之中，诗艺得到锤炼和提升。光绪四年（1878），台南崇正社创立，许南英发起，施士洁、丘逢甲、汪春源等先后入社，时假竹溪寺，击钵吟诗。光绪十二年（1886）台南斐亭吟社创立，唐景崧发起，施士洁、许南英、丘逢甲、汪春源、林启东先后入社，施士洁被推为阅卷词宗。该社是台湾第一个由赴台宦游之士与台湾本土诗人合组的诗社，以诗钟创作相号召。光绪十九年（1893）正月，台北牡丹诗社成立，唐景崧发起，施士洁、丘逢甲、林启东、林鹤年、林景商为社友，该社是台湾第一个影响全台的诗社。民国元年（1912），因门人之请，施士洁在厦门鼓浪屿成立"婆娑仙籁吟社"。民国3年（1914），施士洁应聘入菽庄吟社，与林尔嘉、林小眉父子唱和。④ 另曾参加海天吟社，作《海天吟社和周墨史韵，兼视钝坚》诗。⑤

光绪二十年（1894）八月，中日战争爆发，台湾军民积极备战，施士洁、许南英、丘逢甲等全力以赴参加台湾义勇的招募、编练和统领工作。施士洁《窥园留草序》所云"枕戈泣血，连结豪帅，敌忾同仇"⑥，即指

---

① 连横：《台湾诗乘》，台湾银行经济研究室编印，1960，第215页。
② 厦门图书馆编《厦门轶事》，厦门大学出版社，2004，第22页。
③ 施士洁撰、孟建煌点校《后苏庵合集》，《台湾古籍丛编》（第十辑），第84页。
④ 孟建煌：《施士洁年谱简编》，《后苏庵合集》，《台湾古籍丛编》（第十辑），第399页。
⑤ 《后苏庵合集》，《台湾古籍丛编》（第十辑）第269页。以下凡引此书中诗词，仅括注页码。
⑥ 《窥园留草》卷首，《台湾文献史料丛刊》本。

当日备战之情状。施士洁作《同许蕴白兵部募军感叠前韵》，另作《感时示诸将和陈仲英廉访韵》四首，其一有"尚方愿赐微臣剑，先斩和戎老桧头"①句，直指签订《马关条约》的李鸿章。光绪二十一年，施士洁作《别台作》三首，其三有云："逐臣不死悬双眼，再见英雄缚草鸡。"②"草鸡"原指郑芝龙，他曾"以天启甲子起海中为群盗也"③。此指日本侵略者。九月，离台内渡，避居厦门。作《避地鹭门，骨肉离逖数月，岁暮始复团聚。举家乘小轮船赴梅林澳，风逆浪恶，不得渡，晚宿吴堡，感事抒怀》，有云："夕阳帆影如飞梭，前山一抹呈青螺。眼底故乡今再过，依然带发憨头陀，来唱山中招隐歌。"④

如果不是日本侵占台湾，施士洁可以继续当他的山长，或许能在诗酒悠游中度过他的一生。他对科举功名是不太感兴趣的，《礼闱联捷》其二云："莫嗤舞袖太郎当，还算春婆梦一场。绝倒曲江唐进士，不禁忍俊少年狂。"⑤可见他对考进士是有清醒认识的，不过是春梦一场。抵抗日本入侵失败后，他和其他志士一样只得内渡，由此他的生活被改变了。《六月三日移寓鹭门》其一云："志和奴婢半樵渔，鹭水浮家六月初。悬磬室中真自在，立锥地上已无余。赁春我且依皋庑，近市人皆陋晏居。门外热尘千万丈，夜深私读短长书。"⑥这是初到厦门的艰难生活的描述。在大陆漂泊二十年后，他依然落魄，除短暂担任马巷厅通判入福建修志局外，其余时光多半依人过活，有诗《六十初度，允白以诗寿我，如韵答之》述其窘况，其一云："梗泛蓬飘二十霜，宝刀无焰笔无芒。酒徒落魄刘三雅，词客消魂楚九章。抱叶雌蝉犹耐冷，含芦旅雁不成行。爨余留得顽躯在，拌卧沙场醉夜光。"⑦幸好有他的好友林尔嘉接济他。

他的词作今存56首，不算多，大多是牢骚之言，且时以口语作词，成就有限。他在词中总结过他的大半生。《虞美人》云："少年作客燕京市，

---

① 《台湾古籍丛编》（第十辑），第101页。
② 《台湾古籍丛编》（第十辑），第103页。
③ 连横：《台湾漫录·草鸡》，《台湾诗荟》第二号，《连雅堂先生全集·台湾诗荟》，第111页。
④ 《台湾古籍丛编》（第十辑），第108~109页。
⑤ 《台湾古籍丛编》（第十辑），第56页。
⑥ 《台湾古籍丛编》（第十辑），第171页。
⑦ 《台湾古籍丛编》（第十辑），第229页。

春梦随流水。中年作客鹭江城，小劫桑田沧海可怜生。　如今作客龙溪县，白发危于线。况堪忧病更忧贫，舞榭歌楼惘惘过来人。"这和他在《耐公六十自祭文》所言是一个意思，此文说："回思少壮，吐气如虹，二十登第，三十从戎。不图转眴，万念皆空，桑田沧海，历劫重重！四十避地，五十飘蓬。不仕不隐，不商不工。不樵不牧，不钓不农。……一生磨蚁，到处泥鸿。骈枝赘拇，朽秃成翁。"①

他在词中多与沈琇莹（傲樵）唱和。《金缕曲》序云："傲樵以十叠赠行，予谓填词和韵至于十叠，千古所未有也。然东捈西扯，贻笑大方，弃甲曳兵，在所不免，十一叠勉强塞责。明日岁除，从此阁笔，乞降而已。"《金缕曲》"七叠韵"云：

> 同辈今离索。小轮回、毗耶佛海，天亲无著。鹿耳鲲身何处也，梦断云限水曲。且解衣、相从裸俗。十丈长鲸吹黑沫，莽妖氛、满地腥膻恶。欃星指，枢星落。　陆沉那有还魂药。廿年前、等闲瓯脱，江山绣错。大好家居撞坏了，使我摧肝荡魄。问何事、马关空约。城郭已非华表在，盍归来、化作辽东鹤。杜陵老，吞声哭。②

从词中可以看到：施氏痛定思痛，不觉失声痛哭，他认为是自己国家的事情搞坏了，他人才得以乘虚而入，所以说如何谈论《马关条约》，都只是一场空言。《买陂塘·乙卯三月三日，菽庄修禊，用禊序字分韵得此字》云：

> 莽神州，沧桑劫后，不期簪盍于此。此间况是腥膻地，蛟市蜃楼而已。重三禊。借曲水、流觞祓尽金银气。主人谁是。是世外逋仙，山中谢傅，吟社执牛耳。　千秋事，为问芳园隽侣。何如春宴桃李。而今也有兰亭会，肯让右军专美。群贤至。更童冠、联翩风浴咏归矣。文豪诗史。把浪屿林泉，洞天图画，收拾管城里。③

---

① 《台湾古籍丛编》（第十辑），第348页。
② 《台湾古籍丛编》（第十辑），第322页。
③ 《台湾古籍丛编》（第十辑），第323页。

此词写他在鼓浪屿菽庄唱和事，菽庄这个世外桃源，也不能平复他的劫后之痛。

第三节 沈瑶莹

沈瑶莹（1870～1944），字琛笙，号傲樵、南岳傲樵，又号栗坪拙叟，别署拙叟、壶天醉客，湖南衡阳清泉县（今湖南衡阳衡南县三塘镇）人。曾就读于衡阳岳屏、石鼓、船山书院，船山书院山长王闿运门下弟子。光绪壬寅（1902）举人。1904年考取官费留学日本，入东京法政大学，先后参加华兴会、同盟会。1907年归国后赴京谒选，拣选知县，嗣后任广州候补两广盐运使，兼任广东法政大学堂教授。1913年初应龙溪县知事许南英之聘，主修《龙溪县志》，经许南英引荐，结识寓居厦门的台湾名士林尔嘉，入菽庄吟社，移居鼓浪屿，成为吟社核心吟侣和后期主持人。除主持吟社日常唱和事务外，主要操持《菽庄丛书》《菽庄丛刻》的刊印。晚年在林尔嘉为其所建"玉兰轩"别墅内专事写作，直至谢世。著作总集名《寄傲山馆丛书》。沈瑶莹精通古文、诗词、音律等，著述颇多，其中词集《寄傲山馆词稿》、诗集《壶天吟》由菽庄刊行。

一 沈瑶莹其人

沈瑶莹与林尔嘉关系极佳，宾主相得，为艺林文士交往罕见之契合者，令人艳羡。沈瑶莹之子沈骥晚年在《〈菽庄诗稿〉序——为纪念爱国诗人林叔臧老伯百年诞辰而作》一文中曾记述尊父对二人交情的描述，有云："《易》曰：'二人同心，其利断金。'《诗》曰：'虽有兄弟，不如友生。'菽庄先生与余为莫逆交，向不以余简傲而拒余，更不以余老拙而弃余，此菽庄先生知余之深也。春秋佳日，风月良会，涉园寻趣，杖策同游，饮真长之酒，说吴均之饼，持江蟹之螯，餐秋菊之英。颜怡花木，心托豪素；梁园词赋，西昆酬唱；奇文欣赏，险韵推敲；刻烛题襟，焚香读画；兴往情来，形骸相忘。即当远适异国，消夏名区，古迹新闻，长笺短札，邮筒往复，殆无虚日。至于仁义纂组，道德琢磨，音不辍于骤雨，色不渝于严霜；虽鲍叔之于管仲，庞公之于司马，勤勤恳恳，无以复加。"①
林尔嘉亦倚重沈琇莹。林尔嘉《庚申菽庄咏菊八首》之一云："每逢菽庄
征诗，海内名流投稿恒逾千数，由沈傲樵评审次第，多得吾心。"②《己丑
上巳静胜楼修禊》小序云："余欧游七载，及归国，又寓沪十余年，乃由
壶天醉客沈琛笙主持吟社，修禊事蝉联无间。"③

　　沈琇莹个性简傲。民国《厦门市志》卷三十三《流寓传》沈琇莹传
云："琇莹为古文，疏宕有奇气，骈文渊博而出以沉雄，长短句亦工，颇
为王湘绮所许。性嗜酒。其为诗文也，率成腹稿，枕上得句，辄起就灯下
狂草，非其徒不识也。惟性简傲，非所心契，虽社友不能得其只字。人以
是多之。能度昆曲，姬人解音律。莆田黄文清为绘《荔音图》。著述颇多，
菽庄为刊《寄傲山馆词稿》《壶天吟》行世。"④ 他对词的创作态度极为严
谨。林尔嘉《〈寄傲山馆词稿〉序》云："菽庄吟社肇自甲寅（1914），闻
南岳傲樵侨居霞中，亟延之入社商略金石文字，暇时则与社侣即景唱和，
至相得也。傲樵尤喜倚声，每有所作，辄以示予。予于此道素未研求，然
读其所作，未尝不为之起舞也。泊索其行箧所有之稿，读之若饮醇醪，心
有醉焉。时予方有《菽庄丛书》之刻，约刻其词稿为《菽庄丛书》之一
种，傲樵自谦，以为未敢自信，弗应也。甲子（1924）予游海外，勾留七
载，庚午（1930）归来，社侣云散，韵事赓续，独傲樵一人如旧耳。所幸
吕西村先生《古今文字通释》、陈铁香先生《闽中金石略》二书先后刻成，
乃与傲樵复申前约，傲樵自谦，以为未敢与先哲并列。予曰：'不然。昔
周密撰《绝妙好词》、谭献撰《箧中词》均以自作附后，未尝以与先哲并
列为嫌，况各自为书，又何嫌于与先哲并列乎？'顾傲樵自谦，仍弗应也。
无何，时局日益幻，傲樵词心日益苦，而年亦已七十矣。己卯（1939）予
自沪上寓书傲樵，三申前约，敦促再四，傲樵始以《词稿》十四卷寄予，
犹惴惴焉，以祸枣殃梨为虑，何其慎与。湘绮老人《日记》有言：'沈琇

　① 沈骥：《〈菽庄诗稿〉序——为纪念爱国诗人林叔臧老伯百年诞辰而作》，林尔嘉：《林菽
　　庄先生诗稿》，台北林氏家属 1973 年刊本，沈序，第 2 页。
　② 《林菽庄先生诗稿》，第 5 页。
　③ 《林菽庄先生诗稿》，第 71 页。
　④ 厦门市地方志编纂委员会办公室整理《民国厦门市志》，方志出版社，1999，第 693 页。

莹，石鼓高等生也。亦欲借其才华以张吾军，予心识之久矣。'以傲樵
《词稿》刻入《菽庄丛书》，犹湘绮老人意也。至于词之佳处，读者自知，
无庸予一词之赞为。"① 是林尔嘉亦有倚重沈琇莹之意。

沈琇莹词虽在其去世前数年才刊行，然其词名早著，曾有数家想刻其
词，沈氏均婉拒。江煦《〈寄傲山馆词稿〉编后记》云："《寄傲山馆词稿》
十四卷，吾师傲樵先生三十以后所作也。师著述甚夥，词特其一耳……煦
生长海澨，前无师承，瞻仰山斗，执贽憾晚。公余多暇，载酒问奇，得闻
绪余，亦云幸矣。抑又闻之：师在都时有贳郎欲为刻前后《燕游词稿》，
在粤时有新闻社友欲为刻《泡影词稿》，入闽后有东宁公子欲为刻《鲛珠
词稿》，师皆未之许也。菽庄主人以世乱未已，恐师之词稿久而散佚，再
四索取全稿，刊之鹭江。校雠之役，则煦请任之。"② 可见沈琇莹对词集刊
行是极为慎重的。

沈琇莹曾参加过碧山词社。碧山词社是菽庄吟社的一个分支社团，
以作词为己任。王沂孙，字碧山，宋末元初著名遗民词人。碧山词社创
立于庚申花朝（1920 年 4 月 3 日），活动地点在菽庄花园，主要成员有
林尔嘉、林鹤寿、施士洁、沈琇莹、吴锺善、江煦等。沈琇莹《菽庄林
先生暨德配云环龚夫人结婚三十年诗》云："庚申碧山结社时，花朝商
略帆影词。"③ 沈琇莹《蝶恋花·题〈花朝结社图〉》云："沉醉东风春不
语。人在花前，蝶在花间舞。花外夕阳流水去。阿谁解唱黄金缕。　难得
逋仙坛坫主。白鹭江头，词客如萍聚。料理碧山新乐府。天涯芳草销魂
处。"④ 此词可证碧山词社盛极一时。沈琇莹《〈红兰馆诗钞〉序》云：
"往者，啸侣命俦，更唱迭和，月以十数，岁以百数，体或近或古，韵或
竞或病，晷或分或寸，急就之章，雷同之句，可则存之，否则焚之，何者

① 沈琇莹：《寄傲山馆词稿　壶天吟》，《菽庄丛书》第三种，《同文书库·厦门文献系列》（第
　一辑）影印民国 29 年（1940）刊本，厦门大学出版社，2016，第 1～2 页。下引同此书。
② 《寄傲山馆词稿　壶天吟》，第 269～271 页。
③ 林尔嘉辑《菽庄林先生暨德配云环龚夫人结婚三十年帐词》，民国 10 年（1921）刊本，
　第 12～13 页。
④ 《寄傲山馆词稿　壶天吟》，第 178 页。

为副墨之子，何者为雒诵之孙，无暇过而询焉。"① 可见，沈瑶莹主持社团事是十分用力的。

沈瑶莹最后三十年都在鼓浪屿度过，绝少外出。1927 年初，沈瑶莹与菽庄吟社另一位核心吟侣苏大山应菽庄之子林小眉、林希庄兄弟之邀，游台湾二十余天，与台湾诗家文士进行广泛交流。

二 沈瑶莹词的创作

《寄傲山馆词稿》十四卷，包括《泡影词》甲乙丙丁稿、《前燕游词稿》、《后燕游词稿》、《鲛珠词》甲乙丙丁稿、《忏绮词》甲乙丙丁稿，"菽庄丛书"第三种，1940 年铅印本。凡收词 348 首（另有 1 首《浪淘沙》词未收，见江煦《〈寄傲山馆词稿〉编后记》）。《泡影词稿》甲乙丙丁四稿，收光绪二十七年至三十年（1901~1904）间游历之作，1911 年在广州寓舍删定。《前燕游词稿》，收 1905 年游历之作，本年 8 月编于长沙孝廉精舍，有同里李遂圃序。《后燕游词稿》收 1907 年赴京谒选期间所作词，有王闿运丁未年（1907）9 月所作序、作者 1911 年夏所作跋。《鲛珠词稿》甲乙丙丁四稿，为二十年来所作词之删存，1929 年春日编于鹭江寓楼。《忏绮词稿》甲乙丙丁四稿，收 1929 年春之后所作词，1940 年编于鹭江壶天园之玉兰堂。②

《泡影词》甲稿 21 首、乙稿 24 首、丙稿 19 首、丁稿 20 首，计存词 85 首。甲稿词作于辛丑、壬寅间（1901~1902），此二年间，沈瑶莹作词极多，"存者仅十之二"③，则其两年间曾作词或达 800 多首，真可谓高产词人。就词的内容来说，多是杜牧江湖载酒之憾、白居易商妇琵琶之感，"一半是空中传憾"④，旅途牢愁居多。此二年，沈氏忙于科考，并于 1902 年"秋闱战艺获捷"⑤，考中举人，其行迹是由湘入鄂再返湘，游览洞庭

① 沈瑶莹：《红兰馆诗钞序》，苏大山：《红兰馆诗钞》卷首，《同文书库·厦门文献系列》（第一辑）影印民国 17 年（1928）红兰馆铅印本，厦门大学出版社，2016。序，第 1 页。
② 洪峻峰：《寄傲山馆词稿·前言》，《寄傲山馆词稿》卷首。
③ 《寄傲山馆词稿 壶天吟》，第 29 页。
④ 《寄傲山馆词稿 壶天吟》，第 28 页。
⑤ 《寄傲山馆词稿 壶天吟》，第 28 页。

湖、大别山、黄鹤楼、鹦鹉洲、古琴台等地。《贺新郎·洞庭湖》一词境界阔大，感慨万千，盖江山荡涤心襟所致。录如次：

> 八百重湖里。到秋残、二分尘土，一分流水。偏我来时天欲暮，魂断夕阳鸦背。风不定、鱼龙惊起。只有君山青一角，倚湘灵、砥柱中流地。瑶瑟怨，四千岁。　平生落拓长卿似。莽苍苍、气吞云梦，胸无芥蒂。玉界琼田皆幻境，明月前身谁是。醉一杯、湖神同醉。见说南来青琐客，吸西江、欲尽真奇事。愁万斛，可消矣。①

《泡影词》乙稿作于癸卯年（1903）。就词的内容来说，仍是写羁旅之愁，"醉则为李青莲之狂，觉则为杜樊川之薄悻"②，此年沈氏"礼闱报罢"③，故愁极重，有过于前二年。其《望江南》词序盛赞吴梅村《江南词》十八首"嬉戏之具、市肆之盛、声色之娱"之词皆诗史之作，故"旅鄂数月，目有所触，辄以长短句写之，意内言外犹梅村也"④，他重视词的寄托，把词当作史来写，故创作了八首《望江南》词记声色之好，其中有寓意在焉。沈氏的词学观固有常州词派的影响在。此年词作以《摸鱼儿·黄鹤楼感赋》为最佳，感怆特重。词云：

> 怪仙人、偷乘黄鹤，危楼空倚江水。灰寒前度红羊劫，又被东风吹起。多少事。算只许、闲鸥闲鹭闲闲记。何年战垒。便南望芳洲，西看大别，都是断肠地。　江城笛、五月梅花落矣。乡关回首千里。牢骚剩有惊人句，白也一拳撞碎。君且醉。君不见鸾飘，凤泊斜阳里。断碑残字。怕此后重来，前朝认取，折戟费磨洗。

《泡影词》丙稿，皆作于甲辰年（1904）。此年，沈氏重游汴梁，试春官不第，词多志飘零之感。《如此江山·桂林寇警》述及时事，词量充沛。

---

① 《寄傲山馆词稿 壶天吟》，第15～16页。以下凡引此书之词作，不再指明页码。
② 《寄傲山馆词稿 壶天吟》，第44～45页。
③ 《寄傲山馆词稿 壶天吟》，第30页。
④ 《寄傲山馆词稿 壶天吟》，第30页。

词云：

　　桂林千里军书急，纷纷赤眉蜂起。犹草风翻，蛮花雾卷，都被蚩尤驱使。将军战死。怕筹笔楼空，受降城圮。血染征袍，拔刀惊断霄云指。　邯郸为谁坐困。算书生误国，从古如此。画策帷中，骚除灶上，衮衮诸公休矣。书空怪事。甚赌墅多才，请缨无士。鼓角愁听，楚歌声变徵。

《泡影词》丁稿，"湘得其五，苏得其六，东瀛得其九，皆羁旅发愤之所为作也"①，1904年沈氏考取官费留学日本，有《望海潮·渡太平洋》述及渡海所见所感。词云：

　　尾闾何处，东飘西泊，将军跋扈飞扬。击碎蜃楼，掀翻贝阙，摧残万丈灶梁。水战日昏黄。似屠龙血点，宝剑寒芒。屈杀冤禽，仙乎引去憾茫茫。　古今无限沧桑。想波臣老矣，海若云亡。厚可负舟，弱还沉羽，谁教亥步章量。柏翳不能详。且掉头天外，一醉霞觞。休问奇奇怪怪，百谷是何王。

《燕游词》前稿41首，如沈氏所云"绮语冶辞，绘苍苍之正色；曼歌促调，写渺渺兮余怀"②，多绮丽之词。王闿运《后燕游词稿序》云："余老矣，颇以绮语为戒。沈生方壮年，感均玩艳，亦固其所行矣。岭南风物宜词者众，盐荚闲曹，咏叹必及。将以引商刻羽，一变株离之土音，不亦善乎？"③序当作于沈氏赴任候补两广盐运使之时，对沈氏作词多绮语似有微词。《甘州·书愤》一词，颇可见其用世之心。词云：

　　似五陵豪侠少年场，弄剑玉骢嘶。伴清游万里，燕云蓟月，一片

---

① 《寄傲山馆词稿 壶天吟》，第73页。
② 《寄傲山馆词稿 壶天吟》，第81页。
③ 《寄傲山馆词稿 壶天吟》，第105页。

相思。多少秦书祢刺，风卷落花飞。慷慨悲歌者，同是天涯。　不笑曳裾弹铗，笑朱门静锁，午梦醒时。趁冰盘乍荐，进酒有吴姬。觅神仙、白云乡里，奈传言、青鸟误归期。谁知道、锦囊佳句，待绣弓衣。

欧阳修《六一诗话》云："苏子瞻学士，蜀人也。尝于渘井监得西南夷人所卖蛮布弓衣，其文织成梅圣俞《春雪》诗。"[①] 弓衣，装弓的袋子。所云"待绣弓衣"，是祈己作流传之意。

《燕游词》后稿25首，皆作于丁未年（1907），此年沈氏从东瀛归都入选，又捧檄入粤。词多与道州何翼云唱和之作。

《鲛珠词》甲稿26首、乙稿33首、丙稿30首、丁稿28首，计存词117首。甲稿在粤作，自乙稿后多入菽庄吟社后所作。沈氏1929年跋云："检视再三，乃删其淫以哇者，存其哀以思者，不禁喟然而叹曰：浪游二十余年，奈何不一变楚声，美人迟暮，湘兰怨我矣！……题以《鲛珠》，声与泪俱。"[②] 虽入吟社，其词"美人迟暮、湘兰怨我"之主调未有多大改变，可谓仍存本色。作于粤中的词以《高阳台·辛亥三月二十九日羊城纪事》写黄花岗起义事，最有价值。词云：

幕燕闲愁，池鱼暗泣，蛮天色变风云。炮辇红衣，声声画角销魂。越王台下呼鸾道，碧模糊、血染王孙。夜沉沉、深闭荆扉，花落镫昏。　传闻巷战兵相接，有田横死士，仓海神君。榮戟灰飞，朝来劫火犹温。焦头烂额将军客，又联翩、捧袂龙门。倚危城、十万人家，大索黄巾。

作于吟社的词，也有可诵者。如《金缕曲·乙卯三月三日菽庄修禊分韵得地字》，词云：

---

① 明《津逮秘书》本。
② 《寄傲山馆词稿 壶天吟》，第213页。

雨洗屏山翠。鹭江阴、镜涵鸥影，楼空屋气。春色三分何处所，断送二分流水。一分在、杜鹃声里。鸟换提壶人荷锸，任东风、撼得花铃碎。金谷酒，兰亭会。　洞天别有神仙尉。邑幽情、前觞后咏，主醒宾醉。如画须麋三十六，南国词人老矣。美王谢、翩翩公子。粗服乱头狂似我，问柳枝、可解燕台意。双蝶舞，消魂地。

《忏绮词》甲稿 29 首、乙稿 20 首、丙稿 18 首、丁稿 13 首，计存词 80 首。沈瑞莹《〈忏绮词稿〉跋》云："幼学填词，好为绮语……厥后有作，结习未忘，绮语之戒，数数犯之。老犹好事，自写闲情，东涂西抹，亦不复似三五少年时。若夫哀思之音，时有令人不能卒读者。"① 有词《八声甘州·庚午三月三日菽庄小兰亭修禊，列坐凡十有八人，纪以是解》，对了解菽庄吟社很有帮助。词云：

又东风吹老鹭江春，天气雨初晴。喜乌衣吟侣，片帆飞渡，水熟潮生。四十四桥湾处，渔弟与樵兄。见惯龙头客，杖策登亭。　莫问江南江北，怕风云变色，草木皆兵。任杜鹃啼血，时节近清明。算人生、赏心乐事，只一觞、一咏叙幽情。谁知道、瀛洲十八，学士齐名。

沈瑞莹把十八位吟侣比作"瀛洲十八学士"，"瀛洲十八学士"本指唐高祖武德四年（621），李世民任天策上将军时，建"文学馆"，招十八人为学士，时人谓之"登瀛洲"。十八人聚会，隐喻菽庄吟社人才鼎盛。

林尔嘉虽不擅长作词，但他颇具鉴赏家的眼光，对沈瑞莹词的精神内涵有精准的把握。稿本林尔嘉《〈寄傲山房词稿〉序》云："余读竟曰：'沈子湘产也，湘古多词人，文藻孕于山川，骚愁发乎情性，灵均、景差远矣，近代壬秋王先生与沈子实振其绪而传其业。'沈子其志洁，其行廉，其词茂以渊，可以歌颂升平，藻饰万汇而有余；顾令其引商刻羽，度曲终老，仅以词自见乎？抑今者乾坤何世，文章误我，沈子志既

---

① 《寄傲山馆词稿 壶天吟》，第 268 页。

洁，行既廉，词既茂以渊，不以引商刻羽，度曲终老，以词自见，奚以自聊乎？"①沈琇莹有屈子的忧愁忧思，并有屈子的志洁行芳，可谓是湖湘文化的传承者。林尔嘉《〈壶天吟〉序》云："隶事遣言，雄奇要眇，风雨争飞，鱼龙百变，犹之长爪郎百锦囊中物。杜少陵云：'读书破万卷，下笔如有神。'元遗山云：'诗家只爱西昆好，独恨无人作郑笺。'四语不啻为《壶天吟》题也。"②沈琇莹词也有隶事用典的癖好，与其诗实有相通之处。

第四节　吴锺善

　　吴锺善（1879~1935），字符甫，号顽陀，又号荷华生，晚别署守砚庵主、桐南居士。晋江（今属福建）人。状元吴鲁之子。十七岁补诸生，光绪壬寅（1902）恩正并科中式副举人，癸卯（1903）中经济特科二甲第五名，仅以原职铨叙。丙午（1906）侍父游日本。宣统庚戌（1910）以州判分发广东，寻奉檄司榷石门。民国甲寅（1914）应邻邑学校之聘。戊午（1918）课经台湾，其间刊父《正气砚斋汇稿》《百哀诗》。晚年以图史自娱，以微疾致殒。性喜临帖，间画山水，好篆刻。著有《守砚庵诗稿》14卷、《荷华生词》2卷、《守砚庵文集》4卷。事迹详其子吴普霖《清诰授奉政大夫同知衔、广东试用州判经济特科二等第五名、壬寅科副举人、郡廪生、先考顽陀府君行状》。《郑孝胥日记》1903年六月初六日（7月29日）载："奉上谕：'此次经济特科复试取列一等之袁嘉谷、张一麟、方履中……吴锺善……陈曾寿，著于十（六）月初十日带领引见。钦此。'"③吴锺善曾受到溥仪召见。民国成立后，吴锺善绝意仕途。

　　吴锺善是名父之子，尊人吴鲁（1845~1912）登同治十二年（1873）拔萃科，是科举时代福建最后一名状元。历任陕西典试，安徽、云南督

---

① 陈支平主编《台湾文献汇刊》第七辑第四册，九州出版社、厦门大学出版社，2004，第236~237页。
② 林尔嘉：《壶天吟序》，沈琇莹：《寄傲山馆词稿·壶天吟》卷首。
③ 《郑孝胥日记》，第894页。

学，云南主考，吉林提学使，资政大夫。雅善书画，是书法大家。吴锺善自幼受到良好的传统教育影响，其擅长书法，也是父亲的熏陶所致。吴锺善曾参加过碧山词社。碧山词社曾以《氐州第一》调征词，吴锺善共写了6首词应征，有两首林尔嘉选入所编《帆影词》中，"宫锦隋堤"一首署名"梦梦者"，"容易明朝"一首署名"梦秋吟榭"。词社取名碧山（王沂孙字碧山），有奉王沂孙为赤帜，寄托如宋遗民般的亡国哀思之意。

吴锺善在词集《自序》中说："余素不解倚声，戊午（1918）渡台，二三朋好，花间酒边，行谣坐啸，导扬幽痗，藻畅襟灵，时一为之，用以自遣。岁月既多，简牍遂繁，律乎否也，所不计焉，亦犹今之诗人之拟古乐府也。"[1] 但他论词是很重视格律的，他专集周邦彦、吴文英同调之作为《词比》一卷，并在《〈词比〉自序》中指出所云"七音"为两宋名家词"独得之奥，不传之秘"。"七音"指除四声中上声之外，平、去、入皆分阴阳。[2] 又在《〈词比〉例言》中云："上何以能代平？上声字重读之，即成平音。去之于平，中隔上声一音，虽重读之亦可得平音，然不能一呼即至。古之歌者，当筵竞声，脱口而出，流利可喜，若待沉吟而后得之，则不能应弦赴拍矣。入之于平，中隔二音，去平益远，何以转能作平？平为发音，入为收音，返本还原，确有其理。大约南方口音，就入求平，恒不能得；北方口音，重读入声即成平音，一如上之于平也。"[3] 论声律者一般讲四声分明，此论四声之转，于填词唱词都有意义。

吴锺善存词97首，纪游词所占比重最大，每到一地，词人喜欢作词纪游抒感，特别是有厚重文化积淀的地方，能引起他创作的欲望。《荷华生词》中写到的游历之地有：厦门、闽江、申江、姑苏、金陵、徐州、都门、济南、青岛、泰山等，其纪游词似按游踪排序，以游京城词稍多，其中可看出吴锺善的处世态度。《二郎神·吊思陵》云：

朔边旧国，只剩得、一抔干土。算绝胜徽钦，无论怀愍，悲煞牵

---

① 吴锺善：《〈荷华生词〉自序》，《守砚庵文集》卷三，《台湾古籍丛编》（第十辑），第735页。
② 吴锺善：《〈词比〉自序》，《守砚庵文集》卷三，《台湾古籍丛编》（第十辑），第762页。
③ 吴锺善：《〈词比〉例言》，《守砚庵文集》卷三，《台湾古籍丛编》（第十辑），第763页。

机后主。自古兴亡寻常事，几踬碎、居庸关路。休再问故宫，秋风还起，夕阳难驻。　空负。北来岁岁，遗臣皋羽。怕未老冬青，血痕长凝，啼彻归魂杜宇。白下日沉，太行天老，回首凤阳何处。应更托、殉节中涓，毅魄镇长呵护。①

思陵位于北京昌平区天寿山，是亡国之君明思宗朱由检与周皇后及田贵妃之合葬墓。此词上阕提到了宋徽宗、宋钦宗、晋怀帝、晋愍帝、李后主这些亡国之君，并没有谴责之意，而是以"兴亡寻常事"来作宽慰；词的下阕写到宋遗民谢翱作诗赞义士唐珏收埋宋帝妃骸骨植以冬青作标识事，有自喻宋遗民之意。明朝的开国皇帝朱元璋是安徽凤阳人，"回首凤阳"表示他的向往之意。"中涓"指太监王承恩，吴锺善希望他在地下好好呵护明思宗。此词所显示出的政治取向与一般的清遗民忠于大清有别，他是忠于汉族的皇帝，故特别值得一提。

吴锺善词风清雅。他是学南宋词的名家，词集中屡有和南宋名家词韵之作，如和范成大、姜夔、吴文英、王沂孙的词。脱去蹊径神似宋末雅词，当推《摸鱼儿》一阕。词云：

　　甚秋风、惯招人怨，今年犹自来早。断红已没相思字，何况绿阴都扫。天不老。还怕是、九重天上春长好。能消几到。便冉冉蘅皋，采芳人去，黄遍短亭道。　伤高泪，满渍登楼旧稿。多应愁被花恼。银床珀沉惊双鬓，情竭紫霞凄调。休远眺。君不见、月过二八光辉少。南楼信杳。莫更卷重帘，孤怀向尽，拼与掩寒峭。

宋末王沂孙《踏莎行·题草窗词卷》云："白石飞仙，紫霞凄调，断歌人听知音少。"此词学王沂孙可谓神似者。吴锺善的短调明快，读来不费思力，是其词风的另面。如：

①　吴锺善：《荷华生词》卷上，《守砚庵诗文集》，《台湾古籍丛编》（第十辑），第675页。下引吴锺善词作同此书。

芳草无情绿到船。塔铃语断一江烟。西风故国又今年。　鸥病乞将秋作药，雁书苦借水为笺。青山与客共愁眠。（《浣溪沙·闽江舟次》）

"将秋作药""借水为笺"，真可谓善于炼句，为古今词人所未能道，且能做到明白如话。吴氏于词一首都不苟作。

吴锺善参与菽庄吟社，只是应征唱和，偶然参加罢了，所以他的词并没有涉及菽庄唱和的日常事务。他的作词取径，和菽庄吟侣却是大同小异的，即学宋末一路。

第五节　江熙

江熙（1894～?），字仲春，号晴庵，晚年自署松山农。福建海澄县三都乡贞庵村（今厦门海沧区）人。1923 年寓居厦门鼓浪屿，供职于厦门海关，其间加入菽庄吟社，并成为该社核心吟侣。时沈琇莹主持菽庄吟社，江熙拜其为师。1943 年，江熙南渡，由广州转至澳门定居。撰有《草堂别集》《圭海集》，辑有《鹭江名胜诗钞》《岭南见闻录》。《见闻录》或已散失。

《草堂别集》是江熙在菽庄吟社期间所作诗词文稿专辑，内含《读我书室文存》《风月平分草堂诗存》《无尽藏庐词存》各一卷，分别录文 30 篇、诗 136 首、词 44 阕，并附沈琇莹、金鞠逸等名家对各作之点评。1954 年仲春在岭南（澳门）刊行。林尔嘉序曰："江子仲春好学不倦，生平所为诗文词甚多，皆为匡时济世、有益于人心者。是得古人为诗文之旨，殊非庸俗游戏虚泛之论，摹写风花雪月淫靡之辞。夫如是，其不蝇笑鳖咳、磔鼠遣猫、巫觋优泣，动天地、感鬼神，变郑卫之风者乎？至其工拙，固有名师宿儒评定之，毋须余之喋喋也。"[①] 此言颇肯定《草堂别集》为有益之作。江熙《〈草堂别集〉自序》曰："余自知不文，固以作诗文为一大快事，所以于花前月下，因风云、山川、虫鱼、鸟兽、草木以及世事、人

---

① 江熙：《草堂别集》，《同文书库·厦门文献系列》（第四辑）影印 1954 年岭南（澳门）刊本，厦门大学出版社，2019，第 5～6 页。

情，每有感于怀，辄于诗文词出之，然是否有益世道人心，有无惊人句，明眼人自能辨之。惟所作甚多，不愿多存，盖亦毋令人厌恶，乃以师友见许者录存一二。"① 江煦把有益之言看得重要，不然不如是说。

江煦诗多有与菽庄吟侣的酬唱，词只有数篇与菽庄吟社有关。酬唱诗如《丙子闰三月上巳菽庄小兰亭修禊率尔成篇》云：

> 暮春生意好，茂林树扶疏。耕烟闻啼鸟，临渊莫羡鱼。欣欣此佳节，知闰桐叶殊。流觞观清泚，揽胜穷崎岖。花影映重阶，时珍甘园蔬。斗韵落云藻，射覆探骊珠。泛论齐万物，贵足不愿余。怡情在丘壑，孰云吾道孤。②

沈琇莹评此诗曰："兰亭集诗但写景而已，不沾沾于修禊也。古今体之辨在此，世俗诗人知此者希矣，作者神与古会，特佳。"③ 酬唱词如《貂裘换酒·壬午上巳小兰亭修禊，即景倚声，效傲樵先生体》云：

> 雨后苔痕绿。恁东风、飞扬跋扈，朝寒暮燠。开到荼䕷春欲尽，零乱一襟怅触。又却换、称身春服。令节重三修禊事，小兰亭、引水流觞曲。情畅叙，当丝竹。　踏青底处留芳躅。想丽人、联翩扑蝶，蛾眉双蹙。回首当年弦管盛，惹得流莺出谷。指香海、熙春亭北。射虎将军今老矣，祝升平、海上归帆速。商韵事，好赓续。

沈琇莹评点此词曰："写景如绘，颇近玉田。"④ 沈琇莹另评点江煦《蝶恋花·百花生日即景》曰："风格似梦窗。"⑤ 江煦词学宋末词人。

有所谓鼓浪八景，词中绝少咏及。江煦刻意用词写之，每词各用一调。八景是晃岩朝旭、田尾晚凉、延平战垒、拂净井泉、升旗观海、打球

---

① 《草堂别集》，第 8~9 页。
② 《草堂别集》，第 76 页。下引江煦词作均见此书。
③ 《草堂别集》，第 76 页。
④ 《草堂别集》，第 129 页。
⑤ 《草堂别集》，第 117 页。

开场、藏海明月、补山黄花。刘熙载《艺概·词曲概》云："词贵得本地风光。"① 江煦这八首词无疑强化了这些景点的知名度。写得较好的有两篇，其余一般。《摊破浣溪沙·晃岩朝旭》云："突兀云根压梵宫，老僧空打五更钟。隔岸金鸡惊报晓，海天红。 昨日鲁戈三舍反，今朝羲驭一鞭雄，织鸟迟迟飞不起，影瞳昽。"晃岩即日光岩，日光岩观日出是厦门人一大嗜好，用典"鲁戈""羲驭"状日出之力度，贴切。《菩萨蛮·延平战垒》云："草鸡一唱人惊晓，东南半壁妖氛扫。鹿耳怒潮来，英雄安在哉。

河山悲故国，海外鹃啼血。谁为护储胥，风云知有无。""草鸡"本指郑芝龙，此指郑成功。"储胥"，汉宫馆名，代指朝廷。此词说希望有郑成功那样的英雄，把台湾从日寇手中收复。江煦另有《浪淘沙》云："金带昔沉江，回首茫茫，潮来汐去逐馀舲。一角虎头无王气，谁扫欃枪。 柳絮自飞扬。夕照昏黄。渔樵何事说兴亡。燕雀处堂浑不觉，几度沧桑。"金带沉江事，指宋端宗赵昰逃难到鼓浪屿港仔，欲从港仔过渡到嵩屿再逃到广东，适逢大浪龙船颠簸，赵昰解下金腰带投入波涛中，霎时风平浪静。此词借用事典说鼓浪屿早晚会被他国占领，因为"燕雀处堂浑不觉"。日本人1938年5月13日占领厦门，此词或作于1938年5月之前。

一般来说，应社之作难以产生好词。此于江煦亦然。江煦的一首令词《江南春·端午鹭江竞渡》云："云似海，雨如油。江干人戏水，箫鼓斗龙舟。湘累终古空凭吊，金带萦回潮自流。"沈琇莹评曰："一结余音绕梁"。此词不是菽庄吟社唱和中所作，自然流畅，颇堪诵读。

江煦定居澳门后，不大作词，以耕种为业，亦不愿再谈国事，可能是年老力衰，心力交瘁所致。《望海潮·澳门怀古》云：

> 苍松笼翠，红莲衣落，清风淡月疏星。濠镜浪翻，萧墙祸起，新仇旧恨难平。独自感飘零。正雁飞鹤唳，秋思凄清。月下徘徊，愿倾东海醉还醒。 横琴一奏潮生。有龙翔凤翥，虎跳猿鸣。仙乐洞庭，霓裳桂殿，离人更不胜情。从此莫谈兵。任何人击楫，国事休评。惟念孤臣，望洋暗自叹伶仃。

---

① 《艺概注稿》，第568页。

澳门别称濠镜。他在澳门的心境是孤独、凄凉的，他虽不谈国事，但以"孤臣"自称，还是很有气骨的。

参加菽庄吟社的词人还有贺仲禹（1890～?），字仙舫，惠安螺阳人，曾在鼓浪屿澄碧书院读书，后被英华书院聘为国文教授，复任《东南日报》总编，著有《绣铁庵丛集》，存词24首。[①] 词作明白如话，不耐读。

---

① 贺仲禹：《绣铁庵丛集·绣铁庵联话》，《同文书库·厦门文献系列》（第二辑）影印民国 15 年（1926）、民国 17 年（1928）厦门新民书社、鼓浪屿圣教书局、闽南职业学校刊本，厦门大学出版社，2017。

第十六章　民国其他闽籍词人

辛亥革命是近代中国历史的一个转折点，它带来的共和思想深入人心，由此深刻地影响了文学创作。民国闽籍词人的创作，深受革命思想的熏染，一个突出的现象就是，闽籍词人中多同盟会员，他们的最终归宿很不一样，但他们相对于传统词家来说，表现出了大量革新的气象。1937年，日本全面侵华，这是影响文学创作的另一重要事件，闽籍词人高举抗日的大旗，写出一些爱国主义词篇。民国开办新式教育，公办民办学校兴起，许多人投身教育事业，一些教师仍然喜好旧体文学创作，其中闽籍词人的创作成绩不俗。中华人民共和国成立前夕，有年轻词人崛起，他们即将进入新的时代，给闽地词坛带来新的变化，成为中华人民共和国成立后第一批闽籍词人。

第一节　民国闽籍革命词人的词作

“革命”是民国时代的流行语，其基本涵义当指事物发生根本变革，从旧质到新质的飞跃。本节取此基本涵义。所谓民国闽籍革命词人既指国民党革命阵营的闽籍词人，也指共产党革命阵营的闽籍词人。我们通过编纂《全闽词》所得，搜寻到民国闽籍革命词人中有较突出成就者凡十人，兹分别论其词创作特色与意义。

一　郑祖荫词：多伤痛语

郑祖荫（1872~1944），字兰荪，福建闽县（今福州）人。光绪三十一年（1905），秘密组织"汉族独立会"，被举为会长。次年夏，同盟会福建支会成立，任会长。宣统三年（1911）九月十八日（11 月 9 日）晚，福州发动武装起义。次日，获得成功。郑祖荫被推为参事员，组成全省最高议事机关参事会。民国元年（1912），成立福建政务院，郑祖荫任副院长。同年 10 月，改任中央参议院参议员。次年 4 月，任闽都督府秘书长。民国 9 年（1920）12 月，受林森之请，参加广州国会非常会议，任秘书厅秘书。民国 11 年（1922），被聘为福建省长公署秘书。北伐胜利后，就任福建省建设厅秘书，历任国民党福建省党部设计委员、执行委员、监察委员等职。民国 26 年（1937），兼任福建省社会军事训练委员会指导员、福建省临时参议会参议长。后病逝于永泰。著有《种竹山房诗钞》上下册，词存下册。

郑祖荫今存词 35 首。其词明白如话，可称白话词，虽缺少悠远的回味，但不失自家面目。大多数词篇都是他从事革命活动的曲折反映。如《满江红·用康与之体并步原韵》云：

> 潦倒残生，销磨尽、腔热中血①。怅风流云散、繁华销歇。江上频年悲旧雨，海滨几度看秋月。莽天涯、芳草碧无情，伤离别。　乡关远，愁肠结。昨宵梦，归南陌。见手栽杨柳，几经攀折。生意婆婆惊欲尽，客怀侘傺凭谁说。把平安、两字做家书，多凄切。

此词可见长期从事革命活动带给他的伤痛，结句格外沉痛。另有词悼念黄花岗起义的烈士，《满江红·吊黄花岗》云：

> 十载滔滔，经眼事、都增叹息。空首义、追维先烈，感深今昔。俯仰前尘浑似梦，英雄隐痛谁曾识。怅中原、景色尚悲凉，风云急。　怀旧雨，愁如织。吊高冈，空陈迹。溯龙潭秋水，马江春日。金石誓盟回首在，死生离别伤心泣。况天涯、芳草倍凄魂，无情碧。

---

① "腔热中血"，应为"腔中热血"。

此首又见林森编《碧血黄花二集》，在民国的时代，当具有典型意义。黄曾樾《〈种竹山房诗钞〉题词》云："一片伤心谁画得，流民端合倩君家。"① 其词多伤痛语。

二 邱炜萲词：新加坡风情的多面书写

邱炜萲（1874～1941），字菽园，一作叔元，别号星洲寓公，福建海澄（今属福建龙海）人。光绪十九年（1893）举人，曾创办《天南新报》，为同盟会南洋分会会员。著有《啸虹生诗钞》4 卷、《啸虹生诗续钞》3 卷。

邱菽园是新加坡唯一的举人，诗文成就很高，在东南亚享有盛名。金进《新加坡侨寓文人邱菽园南洋汉诗主题研究》说："邱菽园从 1898 年开始长居新加坡，随着他在地活动的不断增加，侨民意识和本土意识之间的纠结也在其文学活动中有所体现。邱菽园的知识体系发生了巨大的变化，体现出他与时俱进的学习精神，也使得我们得以一窥晚清知识分子的才识。"② 邱菽园虽有同盟会会员身份，然长期居住海外，并没有多少激进的主张。他的诗文对新加坡风土人情多有再现，词乃其余事。《啸虹生诗钞》《续钞》诗词混编，存词只有 23 首，以写新加坡风土人情的词较有特色。有十首《望江南·星洲谣》词，录如次：

> 星洲好，玉笛听清吹。飞动水风云月露，狃游鲸鳄蜃蛟螭。终爱老龙痴。
>
> 星洲好，蛮语答娵隅。如此江山谁主客，偶然游戏视枌榆。未许忆莼鲈。
>
> 星洲好，夜夜月当头。倒喝冰轮成闰夕，愿倾海水注更筹。新曲奏无愁。
>
> 星洲好，大道绝尘驱。持踵翠盘留赵姊，驻轮芳陌媚罗敷。是我夜游图。

---

① 《荫亭遗稿》，第 121 页。
② 金进：《新加坡侨寓文人邱菽园南洋汉诗主题研究》，《东南亚研究》2016 年第 5 期。

星洲好，列队按笙簧。风引神山童女舶，春移南国粤姝乡。妒煞
竹枝娘。

星洲好，未信土风微。偶厌名香焚皂角，闲凭魔女舞红衣。乐府
叶妃豨。

星洲好，明月照流霞。万斛酒船千丈锦，十重雾阁四围花。扶醉
稳回车。

星洲好，花叶竞娥猫。烘被余馨堆茉莉，溜钗新泽濯香茅。沉梦
暖莺巢。

星洲好，长昼占清秋。买夏园开多近水，照春屏曲隐迷楼。随处
任勾留。

星洲好，浊酒且中贤。身后是非谁管得，眼前卿辈足流连。寓趣
可无弦。

词人多有用《忆江南》《望江南》调歌咏本地或异域风情的传统，一般是
用 10 首联章体。此《星洲谣》，类似民歌，写新加坡风情的各面，有作者
的深切感悟，非一般流连山水之作。结句多点明词旨，是这类组词的一般
写法。词人把握得很好。

三　徐蕴华词：有侠骨柔情

徐蕴华（1884～1962），字小淑，一字双韵，浙江石门语溪（今桐乡
崇福镇）人。同盟会、光复会会员，南社女诗人。宣统元年（1909），与
福建闽侯（今福州）林寒碧结缡。① 曾师事秋瑾，参加反清革命活动。在
江浙任教职近三十年。新中国成立后受聘任上海文史馆馆员。著有《双韵
轩诗词稿》《秋瑾烈士史略》《记忏慧词人徐寄尘》等。1999 年，周永珍
编《徐蕴华林寒碧诗文合集》由社会科学文献出版社出版。

徐蕴华本为浙江人，秋瑾弟子，与其姊徐自华（1873～1935）一起以
协助秋瑾发动起义而名扬近代史。徐蕴华嫁给了福建人林寒碧，与福建著
名革命人物林寒碧堂兄林长民有词唱和，林长民是著名女建筑学家林徽因

---

① 据《全闽词》编纂凡例，嫁给闽籍男人的福建省外女性词人，其词予以收录。

的父亲。徐蕴华的女儿林北丽后来嫁给了福建著名诗人林庚白。

徐蕴华的词，有革命者的气质，有侠骨，有柔情。这可能与她受到秋瑾的影响有关，如她写给夫君林寒碧的一首词：

> 云淡长天，虫吟小院，月华浸入回廊。离愁怅触，今夜漏何长。病起自怜袖薄，凭栏处、不耐风凉。更何况，频年在客，憔悴为谁忙。　思量堪自笑，劝游京国，懒整行装。非吴侬自弃，奈恋高堂。更有连枝花萼，忍分离、诗赋河梁。君莫笑，壮怀感也，儿女未情长。（《满庭芳·寄亮奇》）

词一面说劝夫君出游，鼓励他为革命奔走，一面却说自己懒整行装，即不欲其出行，其缠绵情意立现。词化用了汉李陵《与苏武》诗："携手上河梁，游子暮何之？徘徊蹊路侧，悢悢不得辞。"结末故意说"儿女未情长"，是情长而欲遮掩。

她有词送给林寒碧的堂兄林长民。林宗孟（1876～1925），幼名则泽，名长民，自称苣苳、苣苳子，又号桂林一枝室主，晚年号双栝庐主人。福建闽侯（今福州）人。曾任临时参议院秘书长，参与草拟《中华民国临时约法》。1923年9月反对直系军阀首领曹锟贿选总统，南下上海参与反直运动。1925年11月24日，参与反奉时兵败身亡。徐蕴华赠给林长民的词，虽不如写给林寒碧那样充满柔情，但惜别之时也是充满愁意，并鼓励他建立千秋事业，不搞个人的封侯。词云：

> 风笛飞声，骊歌欲唱，绿波又向东流。萍踪吹散，送别动吟愁。纵有长亭弱柳，奈丝丝、不系行舟。雄心感，江山万里，已是缺金瓯。　休忧长路远，东瀛胜地，两度豪游。好展须眉志，不为封侯。此去乘风破浪，卜他日、事业千秋。望南浦，片帆挂矣，云树两悠悠。（《满庭芳·送别宗孟词人》）

词写得甚是明快，直觉得从心底流出，盖她平时所想，与林长民所想，本就差不多，故作词如风行水上，自然成文。

徐自华《忏慧词》有光绪三十四年（1908）铅印本。徐蕴华有词题其上，词云：

> 漱玉清音歇。可颉颃、女儿溪畔，犹留词笔。慧业忏除焚稿矣，黄鹄歌成凄绝。更又是、掌珠坠失。身世茫茫多感慨，抱愁怀、天地为之窄。谁解得，词人郁。　残山剩水悲家国。最伤心、秋风秋雨，西泠埋骨。风雪山阴劳往返，今日只留残碣。叹一载、空喷热血。造物忌才艰际遇，剩裁云缝月金荃集。恐谱入，哀弦裂。（《金缕曲·题〈忏慧词〉》）

词的上阕叹息世人不解姐姐的弥天之愁，下阕伤悼秋瑾起义的失败，革命前途多艰。《忏慧词》，在徐蕴华看来，直觉得其声可裂琴弦。此词用入声韵，声情激越遒峭，很好地抒写了词人内心的悲愤。

四　郑翘松词：抒情力度很强

郑翘松（1876～1955），字奕向，号苍亭，晚号卧云老人。福建永春城关大鹏村人。光绪壬寅（1902）举人。同盟会会员。曾赴浙江任知县，后归任永春州中学堂教习。辛亥年（1911）11 月，负责光复永春县。民国 4 年（1915）秋返乡，任县立中学校长。民国 20 年（1931）出任诗山图书馆馆长。日寇全面侵华后，郑翘松悲大陆之沉沦，著有《陆沉集》。他曾多次赴马来西亚、新加坡募资兴学，在永春华侨中颇有影响。民国 21 年（1932）为泉州昭昧国学讲师，民国 23 年（1934）出任永春县立图书馆长，并到马来西亚与"天南吟社"诸诗友唱和，对日寇侵华罪行进行口诛笔伐。民国 28 年（1939）任私立集美高中教员。1951 年，被选为永春县各界代表大会特邀代表。1955 年 6 月受聘为福建文史研究馆馆员。著有《卧云山房诗草》11 卷。郑氏卒后，门人编有《卧云书楼诗存》，1958 年出版。

福建师范大学图书馆藏原稿本《卧云山房诗草》存词 142 首，1921 年刊本《卧云山房诗草》存词 32 首，均见原稿本《卧云山房诗草》。以原稿本与刊本对勘，可知词的小序和词作正文略有修改。据修改处可考察词的作年，如原稿本《贺新郎》序"谒岳王墓敬题"，刊本作"岳王墓下作，庚戌"；可以帮助理解词作，如原稿本《八声甘州》序"读史有感"，刊本作"读《南史》有感，效稼轩"；等等。《卧云书楼诗存》，笔者未能访获，不知存词多少。《建言》1937 年第 1 卷第 3 期有署名"苍亭"作《水调歌头·郊居杂兴》词 6 首①，词风与郑翘松词很相似，不知是否为郑翘松所作。郑翘松存词数量不低，可见他对词曾倾注过热情。他的词知道的人不多，词的成就却不低，至少可称民国词坛一作手。《全闽词》已收其词，算是弥补了这一缺憾。

郑翘松在《〈卧云山房诗草〉序》中说："民国光复，余以家有老亲，绝意仕进。"② 可见他虽是同盟会员，并不激进，不能算是官场中一员，而是多从事教育工作，这使得他创作诗词的时间会多一些。他在《序》中又说："余性粗率不耐拘束，故诗主郙州，而词主迦陵，其大较也。"③ 观其词风，一看即知学陈维崧。关于陈维崧词风，有一个发展变化的过程。其弟宗石序其词集云："方伯兄少时，值家门鼎盛，意气横逸，谢郎捉鼻，麈尾时挥，不无声华裙屐之好，故其词多作旖旎语。迨中更颠沛，饥驱四方；或驴背清霜，孤篷夜雨；或河梁送别，千里怀人；或酒旗歌板，须髯奋张；或月榭风廊，肝肠掩抑；一切诙谐狂啸，细泣幽吟，无不寓之于词。甚至里语巷谈，一经点化，居然典雅，真有意到笔随，春风物化之妙。"④ 郑翘松学迦陵，主要是学迦陵后期词风。

郑翘松词一共用了 27 个长调、20 个短调，可见他用调的丰富性。他的长调远胜于短调。关注时事，发抒感慨，是他词作的主要内容。长调抒情力度强，短调清新可喜。《水调歌头·庚戌都门感赋》词云：

> 谁挽银河水，洗出蓟门秋。短衣匹马，无事结伴纵豪游。漫想黄金市骏，权把黑貂赏酒，凭醉陟高丘。看龙蟠虎踞，形胜帝王州。

---

① 华东师范大学朱惠国教授提供《水调歌头·郊居杂兴》6 首词图片，谨致谢！

② 《卧云山房诗草》卷首，福建师范大学图书馆藏稿本。

③ 《卧云山房诗草》卷首。

④ 陈宗石：《湖海楼词序》，《湖海楼词》卷首，陈乃乾辑《清名家词》（第二册），上海书店，1982，第 3 页。

天垂幕，山横黛，月如钩。尧轩舜扴十世，歌舞几曾休。遗恨长鲸跋浪，忙杀鸡筹晓唱，画角起边愁。安得补天手，重整旧金瓯。

庚戌（1910）年，正是辛亥革命的前夜，此词简直就是一篇直呼变革的宣言书，有预见性，次年他即领导了永春县的独立，在一定程度上说，他做到了"重整旧金瓯"。《贺新郎·谒岳王墓敬题》，有很强的针对性。词云：

三字成冤谳。最伤心、朔尘未扫，南枝先折。十万健儿摝甲俟，抵掌气吞辽碣。待直捣、黄龙报捷。双胜金环挂脑后，竟君臣、低首事戎羯。头可断，恨难灭。　北风几度燕山雪。看汴州、杭州一例，胡笳吹彻。万树千山啼望帝，叫断钱塘夜月。料抔土、难灰碧血。谁唤九原毅魄起，驱背嵬、重建中兴烈。填恨海，补天缺。

从词的内容看，词应作于黄花岗起义失败不久，词中的决绝语气，真乃立懦起顽。又有《高阳台》曰：

万壑藏烟，千林缩雾，宾鸿唤醒秋魂。月到天心，星河淡欲无痕。玉楼上何人吹笛，倩西风、翦断愁根。最销凝、古寺香消，小院灯昏。　黄金台畔丁年梦，记敲冰煮茗，喝月移樽。华发萧萧，如今梦也无因。衰颜懒对姮娥镜，幸归来、松径犹存。动愁吟、露冷鸦巢，云掩蓬门。

辛亥以后，词人渐入老境，已退出革命前沿，词中不免叹老伤悲，词风也变得低沉。

五　黄展云词：词风轻柔

黄展云（1876～1938），字鲁贻，永福（今属福建）白云人。光绪三十二年（1906）秋，考入日本早稻田大学师范系。宣统三年（1911），任同盟会福建支部文书。后任福建都督府教育部长，创办《福建民报》。民国8年（1919），任国民党福建支部长，创办《福建新报》。民国18年

（1929）秋，回闽任营前村村长，次年写出《营前模范村概况》一书，宣扬乡村自治。民国21年（1932）10月，前往南京任全国侨务委员会委员。民国26年（1937）撤往重庆，后病逝于汉口。

1939年3月16日，重庆国民政府明令褒扬黄展云的革命功绩。令云："侨务委员会委员黄展云，早岁集会结社，创办学校，赞助革命，不遗余力。辛亥光复及护法北伐诸役，奔走联络，筹募饷糈，备历艰险，始终弗渝。迩年襄理侨务，尤著勋勤。乃以积劳成疾，逝世汉皋，追怀遗绩，悼惜殊深！应予明令褒扬，交考试院转饬铨叙部，依例议恤，用彰勋尽而励来兹。此令。"①

黄展云著作未有整理本，其后人藏手稿本《展云词稿》，存37首，《全闽词》据以录入。佳作有：

> 丹桂飘香，碧梧印月。匆匆过了中秋节。村僮不解慰征人，频挥纱网擒寒蝶。　夜角如笙，晨霜似雪。素心不是轻离别。欃枪未扫怎归来，此情怕向妻孥说。（《踏莎行·秋感》）

黄氏词风轻柔，词多写其柔情的一面，即使写到革命生涯的艰难，也写得较轻，不给人以重压，这可能是基于他对词体婉约乃本色的认知。但不可否认，黄展云有很好的感知能力，也有很好的写作才能。"欃枪未扫怎归来，此情怕向妻孥说"一句，令人低回。

六　陈遵统词：壮气干云

陈遵统（1878~1969），字易园，福建闽县（今福州）人。早年毕业于日本早稻田大学政治经济系。1912年民国成立，任国会秘书。1923年，曹锟贿选总统，舆论大哗，遵统愤而辞职，回榕任全闽高等学堂教习。后受聘为协和大学中文系主任兼教授，同时在法政专门学校和华南女子文理学院兼课。1953年2月，受聘为福建文史研究馆馆员。著有《福建编年史》《国学概论》《中国文学史大纲》《中国教育行政法》等。

---

① 《中央日报》，民国37年（1948）8月29日。

陈遵统任教协和大学期间，有5篇词作发表在协大艺文社主办的《协大艺文》，时间跨度是1935年至1944年，正是日寇疯狂侵略时期，故陈遵统的词作只有一个主题，即救亡图存。5篇词作中以《满江红·救国歌》最佳，词云：

> 枫鼓冬冬，五千载、催开大国。念曩昔、轩辕神武，荡平南北。整顿家居非易事，艰难来日频相逼。展陈编、雒诵汉唐明，添颜色。
>
> 民权立，资群策。边氛亟，须群力。有先民遗烈，国人矜式。砥柱中流须共矢，神州沉陆知谁责。看吾曹、赤手挽狂澜，摧坚敌。

词有注云："黄帝有枫鼓之曲十章，其命名如《熊罴吼》《雷震惊》等雄壮绝伦，足征我民族初建国时代之尚武精神。"所云"整顿家居非易事，艰难来日频相逼"，说的是抗战的艰苦程度，另一首《满江红》亦云："整顿家居非易事，艰难来日期群策。"然"看吾曹、赤手挽狂澜，摧坚敌"之语，则可谓豪气干云。这种豪气是建立在对民族文化的自信上。

七　何遂词：柔语纯净、壮语精悍

何遂（1888～1968），字叙圃，福建闽侯（今福州）人。曾师从何振岱学习诗词。19岁加入中国同盟会，先后任国民军第三军参谋长、国民军空军司令、北京政府航空署长、黄埔军校"代校务"、国民政府立法委员、立法院军事委员会委员长。新中国成立后，先后任华东军政委员会委员、司法部长、政法委员会副主任。著有《叙圃诗》《叙圃词》《叙圃书画》等。

《叙圃词》有民国36年（1947）刊本，收词256阕，错讹太多，有不能卒读处。幸好笔者见到一墨笔校本，但也有未能校正干净处，《全闽词》据此校本录入并进一步校正，《叙圃词》始有完善之本。《何遂遗踪——从辛亥走进新中国》收入何遂抗战时期词作，计171多首，其中民国刊本的错讹之处并未改正。

民国著名诗人林庚白曾为《叙圃词》作序，《序》写于1940年中秋。《序》云："叙圃天分甚高，不屑屑以兵家自限，旁通六艺，兼能敏捷。其词于平易之中壹存其真，以性情之人宜有性情之词，此其所以迥殊凡响欤?"① 可为确评。何遂多方尝试作词，题材丰富。不论哪种题材，都有一个共同的基点，就是词中有人——一个性情坦然、作风平易的革命军人在。

何遂多方学习作词，这可从其步韵词中看出。其词共步晏几道、黄庭坚、秦观、陆游、张孝祥、史达祖、吴文英、潘希白、岳飞、朱淑真十位词人的词韵。他正是多方学习，豪放婉约兼善，词风不拘一格。柔语纯净、壮语精悍。

柔语如："雨后秦淮，渡头桃叶，十里柔波如拭。素面不烦妆点，蹙处双蛾，盈盈凝碧。"（《夺锦标》）"水漾平沙，天黏远树。麓山寺外湘江渡。"（《踏莎行》）"涟漪水，莲叶自田田。十里藕花香不断，遥山如画更如烟。"（《忆江南·题画》）"怕离忧。剩离忧。他若无心我亦休。云外忍归舟。"（《长相思》）等等，皆极有情致且灵动。

壮语如："正纵横胡骑，谁堪乘障。半着已教全局误，大言不自今朝诳。"（《满江红·与虞琴同离南京》）"万古经纶雷雨，卅载功名尘土，野旷月朦胧。手有横磨剑，行矣破黄龙。"（《水调歌头·以许君武诗意作图并题》）"还剩闲愁清兴，付与画心词笔，怀抱豁然开。豪气冲牛斗，泱泱逼人来。"（《水调歌头·将之桂林》）"伊犁水，祁连雪。旗常绩，谁能灭。扩版图万里，金瓯无缺。胡虏重灾三世运，汉儿遍喋中原血。"（《满江红·用岳武穆韵题左季高手札》）等等，皆极为警动有锐气。

何达《这本书的故事（代后记）》说："（《叙圃词》）其中不乏饱含爱国激情的豪放之篇，也确有不少懊恼柔愦之音。"② 今天看来，何遂的词篇还是他的抗战词更有价值，如《金缕曲·壬午岁除，中宵不寐，纸窗大明，则已新正元旦矣，枕上作》云：

今夕今何夕。匣中锋、化龙飞去，斗牛应识。容易中年匆匆过，

① 何遂：《叙圃词》，民国36年（1947）刊本，第2页。
② 何遂著，何达、王苗主编《何遂遗踪——从辛亥走进新中国》，人民出版社，2012，第375页。

又过今年今日。曾记得、汴梁筹笔。八百横流倾巨野，定中原、独树平戎策。天地变，鬼神泣。　此身不是诸侯客。几转战、危城敌后，太行山侧。亲舍白云孤飞感，遽尔音容长隔。只此恨、绵绵难毕。誓扫倭奴清区宇，告幽阡、泪尽继之血。笳鼓竞，朔风急。

壬午（1942），何遂 54 岁，壮声英概，念念不忘驱除日寇。何遂母亲于辛巳年（1941）去世，词中乃表示要扫清倭寇后祭祀母亲亡灵。此词直说开去，以力量震撼读者，若无军旅生涯的历练，是难以有如此魄力的。

八　林庚白词：意深而语浅，辞美而旨明

林庚白（1897～1941），初名学衡，字浚南，别署众难，晚乃以庚白行，福建闽侯（今福州）人。少有神童之目。十四岁入北平京师大学堂，十五岁与梁漱溟等创京津同盟会。十六岁与陈勒生创黄花碧血社。民国 6 年（1917），任众议院秘书长。"九一八"变起，任国民政府立法院立法委员。民国 30 年（1941），走香港，被日寇杀害，卒年四十五岁。工诗词，与柳亚子相唱和。著有《丽白楼遗集》。

1996 年中国人民大学出版社出版《丽白楼遗集》录林庚白 75 首词。另民国 13 年（1924）上海国学社铅印本胡韫玉辑《南社丛选》存其词 1 首，独立出版社民国 27 年至 34 年（1938～1945）印行卢冀野主编《民族诗坛》录其词 4 首，书目文献出版社 1992 年影印民国 36 年（1947）稿本林葆恒纂《词综补遗》录其词 1 首，1962 年油印本苏南纂《河园兄妹诗合订》录其词 1 首，皆可作为补辑《丽白楼遗集》之用。

林庚白是南社著名诗人，其诗与政论文颇得柳亚子赏识。柳亚子《林庚白家传》认为："顾庚白诗自佳，与其论政之文，实为双璧，皆足以推倒一世智勇，开拓万古心胸，如陈亮所言者。"[①] 林庚白颇以作诗自负，1940 年在《丽白楼诗话》中尝有言曰：

囊余尝语人，十年前郑孝胥诗今人第一，余居第二，若近数年，

---

① 林庚白：《丽白楼遗集》，中国人民大学出版社，1996，第 1228 页。

则尚论今古之诗，当推余第一，杜甫第二，孝胥不足道矣。浅薄少年，哗以为夸，不知余诗实"尽得古今之体势，兼人人之所独专"，如元稹之誉杜甫，而余之处境，杜甫所无，时与世皆为余所独擅，杜甫不可得而见也，余之胜杜甫以此，非必才力凌铄之也，余五七言古体诗，奄有三百篇、魏、晋、唐、宋人之长，五七言绝句，则古今惟余可与荆公抗手，五七言律诗，则古今惟余可与子美齐肩，盖皆以方面多，才气与功力，又能并行，故涵盖一切。世有知诗者乎，当信余之所言非妄矣。①

林庚白在《孑楼随笔》曾论作词云：

> 词之以白描胜，乃至不论阴、阳、平、上、去、入，而只须协律，在唐、五代、北宋词人中，故是寻常事，沾沾然于四声者，南渡以后之词匠所为尔！此说胡适之、柳亚子与余，夙皆演绎之……尝睹坊间选本，颇有摈斥雄浑与奇丽之词，以为是粗豪也，淫亵也，抑知词以"回肠荡气"为主，以"铁板钢琶"为变，二者咸不可少，诋为粗豪、淫亵，则何必填词，读《礼记》、《语录》，宁不甚佳？②

> 凡诗、词，皆以意深而语浅，辞美而旨明者，为上上乘，于文亦然。试读李、杜之诗，二主之词，便知此中之真谛。③

林庚白认为，古典诗词必须写出"新生活与现实之意境"④。林庚白词确实以白描见长，读其词丝毫不觉得费力，语语如在目前而又耐人寻味，完全做到了"意深而语浅、辞美而旨明"，可知林庚白的词论与词的创作高度契合，或者说，他的词论是对自己创作的一种理论总结。他对词律演变历程寥寥数语的说明，亦足见他是一位对词学有精到了解的词人。

---

① 《丽白楼遗集》，第983页。
② 《丽白楼遗集》，第788页。
③ 《丽白楼遗集》，第814页。
④ 《丽白楼遗集》，第788页。

林庚白的词主要是两个方面的内容：一是反映现实苦难，其中以涉及抗日战争的几首词作最为可贵；二是反映他个人情感生活，其中有写他思念璧妹的 11 首词作。第一类词作，当以《水调歌头·闻近事有感》最为杰出，词云：

> 河北不堪问，日骑又纵横。强颜犹说和战，处士盗虚声。挤却金瓯破碎，长葆功名富贵，草草失承平。岂独岳韩少，秦桧亦难能。
>
> 尊国联，亲北美，总求成。横磨十万城下，依旧小朝廷。古有卧薪尝胆，今有金迷纸醉，上下尚交征。安得倚长剑，一蹴奠幽并。

此词是写实，并未有任何不切实际的虚构。日军进攻华北，南京国民政府坐等国联调停，致使日寇无比骄横，国土再次不保。词说不但缺少岳飞、韩世忠一类的抗战人物，就连办成和议的秦桧一类的人物也缺少，这是何等辛辣的讽刺。

1937 年 7 月，国民政府发出全面抗战动员令，林庚白当即由上海迁入南京，以示与政府共患难的决心。南京是国民政府的首都，词人笔下的首都是何情景，他的《满江红·秣陵感怀》云：

> 水剩山残，伤心地、南都似弈。看几许、乱烟残照，旌旗如织。金粉池台虚点缀，管弦巷陌闲抛掷。又神鸦、社鼓赛新祠，江流急。　人事换，今非昔。英雄梦，谁能觅。只东风铜雀，小乔颜色。瀚海飞书犹作健，晴川战血空凝碧。猛思量、陇亩一戎衣，销兵革。

此词署写作时地"九月廿二日，南京"。大约是"九一八"事变纪念日刚过去几天，词人还在抚今追昔，故有此沉痛之作。"神鸦、社鼓"本是辛弃疾词中语，写北方被占领区的民众忘了国仇家恨，今用来写南京的民情，可见在长期不抵抗政策误导下民众易养成苟安心理。

林庚白最后死在香港。1941 年底，经爱国华侨资助，林庚白拟在香港办报和筹组中国诗人协会，以团结在港的文化人共同抗日。他的国民政府立法院立法委员身份引起了日军的怀疑，在九龙街头，日军射杀了他。他

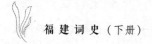

在香港一共待了十九天，其间仍作词，《扬州慢·香港湾仔楼望》读来感受很是低沉，词云：

> 表海全非，殖民犹是，倚楼信美山川。共风帆过鸟，绿净远浮天。念文物、中原渐尽，丧邦无日，互市何年。看奔流东下，只应留命桑田。　用夷变夏，更偏安、江左堪怜。算素月流辉，黄花竞爽，知为谁妍。向晚万家灯火，纵横处、岚影如眠。剩雄心难遣，排愁还擘吴笺。

"用夷变夏"云云，当是暗指汪伪集团的投敌，其行为遭到词人鄙弃。他与汪精卫本是挚友，汪出走法国时，他写有《兰陵王·送精卫赴法兼讯璧君夫人》为其送行。汪投敌后，他断然割断了与汪的一切关系，表现出浩然正气。

林庚白的个人情感词，情真意切，读来饶有兴味。他本是一个有真情实感的人，无多掩饰，信笔写来，都成感人的词作。他的 11 首思念璧妹的词作，以《念奴娇·寄怀璧妹》最佳。璧妹即张璧——一名铁道部工作人员，1929 年 12 月林庚白开始与她热恋，三年后张璧还是弃他而去。词云：

> 轻盈吴语，记相逢、恰是寒梅时节。一剪秋波浑昨梦，炉畔灯光如雪。病榻深杯，车窗密吻，往事温馨绝。荷香依旧，后湖曾几圆月。　已自孤负花期，愿花开处，珍重体①轻折。检点心头多少恨，不共斜阳明灭。海誓云情，锁磨难尽，此意诗能说。团圞双影，画楼沉醉何夕。

林庚白五岁前失去父母，由胞姐和姨母养育成人，八岁时离开家乡，随在河南做官的堂伯父生活。这样的人生最需要感情的慰藉，他容易把各种美好的想望投射到他钟情的一个异性身上，尽管那个异性事实上不如他想象的那么好。更兼他与首任夫人许氏没有感情，又长期宦游各地，所以

---

① "体"，应为"休"。

也容易婚外寻找寄托。

林庚白有四首《浣溪沙·有忆》词，写对某个异性的回忆，不知是不是回忆他的璧妹，录其一、其二：

> 曾见抛书午睡时。横斜枕簟腿凝脂。小楼风细又星期。　隐约乳头纱乱颤，惺忪眼角发微披。至今犹惹梦魂痴。

> 乍觉中间湿一些。撩人情绪裤痕斜。昵谈曾记傍窗纱。　悄问怎生浑不语，莫教相识定无邪。几回镜槛脸堆霞。

徐晋如先生评曰："林庚白氏为人英风侠慨，磊落无俦。至其描摹闺房之乐，则有'隐约乳头纱乱颤，惺忪眼角发微披''乍觉中间湿一些。撩人情绪裤痕斜'之语，是真名士本色，不滞于物。英雄胆略，至今无匹。"①此词较五代欧阳炯《浣溪沙》所言"兰麝细香闻喘息，绮罗纤缕见肌肤，此时还恨薄情无"有过之而无不及。似未见古今词人中有如此坦率之作，真令人再三叹息。

对林庚白颇有研究的林怡女士在《略论文人日记随笔的文学史料价值——以〈郑孝胥日记〉和林庚白〈孑楼随笔〉为例》一文中说："上述林庚白《孑楼随笔》的记载，使我们看到，在一个世纪前文言白话之争的风潮中，有一部分士子学人努力包容古今中外，努力推陈出新，既保存古典诗词的生命力，又积极探索新兴的白话语体文如何不失汉语固有的美。长期以来，我们多将那个时代的文人截然分为非旧即新两相对立的两派，忽视了像林庚白这样亦旧亦新的文人的存在。《孑楼随笔》提醒我们对文学史中文学现象兴衰衍变的研究还有值得更为深入细致考察的对象和空间。"②是的，林庚白的意义正在于此。他的词作紧贴现实，使我们看到民国一段艰难的历史，虽然他的词在这方面远不如他的诗。他的词既有古典的美感，

---

① 徐晋如：《忏慧堂集》，海南出版社，2010，第126页。
② 林怡：《略论文人日记随笔的文学史料价值——以〈郑孝胥日记〉和林庚白〈孑楼随笔〉为例》，《中共福建省委党校学报》2016年第6期。

又基本用白话作词，清新自然，明白晓畅，他把古典与现代做了相当成功的融合，这在他的那个时代是为数不多的。相较而言，他的词比他的朋友胡适的词要好得多，胡适的词不太注意保存古典美的质素。可以说，林庚白的词应在民国词坛占有重要的一席，林庚白是新旧文学交锋碰撞时期的一位成功实践者。这对一位自小受到陈宝琛、郑孝胥、陈衍等"同光体"诗风熏染的人来说，是不容易做到的。

陈声聪《兼于阁诗话》卷四《林庚白》说："《十九日》云：'中流砥柱尖沙嘴，艇子鱼雷各有攻。转战倭夷飘忽甚，偾兴皙种劫持同。声如爆竹疑需震，势是惊雷欲困蒙。得水蛟龙应一奋，余生岂但幸民终。'此诗全是写实，予可以作见证。是役予亦陷在港，战初起，住九龙饭店，后饭店征用，则逃入上海公司之经理唐家山林道，囊无一钱，依人食宿。一座二层楼，十数人席地而卧，炮弹轰天穿地，并无地下室与复道可匿，坐以待毙而已。而庚白犹好整以暇，排日作诗，写日记，临危精神，实为可佩。庚白初自渝到港时，犹得一面，衣服破敝，皮鞋一只已脱后跟，不数日，战事起，不能往来，而庚白死矣。死在十九日，是日尚有诗与日记，出事当在是日下午。其原因说者不一，柳亚子所撰《林庚白家传》中所述，亦不免稍有渲染。"① 可以说，林庚白对文学创作，是至死仍在深爱的。他心中的定力，又令人感佩。

九　陈国柱词：紧扣时事而作

陈国柱（1898～1969），曾用名陈继周，福建莆田人。陈国桢孪生弟。1921 年考入厦门大学。1927 年任中共福建省委常委。1931 年回到上海中央工作。1937 年任鄂豫皖游击队司令部政治秘书。1941 年在延安军政大学学习。1946 年任辽北省教育厅长。1948 年任福建省政府委员兼教育厅副厅长。1954 年任国务院参事。与陈国桢合著《碧血丹心集》，词名《延安词存》。

陈国柱存词 10 首，明白如话，艺术性虽弱一些，然政治思想性高。词的内容涉及苏联反攻，八路军大捷，香港、吉隆坡、新加坡沦陷事，皆紧扣时事而作。《念奴娇·苏联冬季反攻》其一云：

---

① 《兼于阁诗话全编》，第 254～255 页。

法西强盗，扰全球、掀起腥风妖浪。西陆东方兴战乱，四海血波荡漾。同里成墟，生灵涂炭，遍地迷烟瘴。保存疆土，动员全国坚抗。　堪佩英勇红军，保持前线，阵势犹雄壮。冬季反攻谈笑间，给那匪徒奇创。逐北追奔，歼诛俘获，使彼全师丧。笑他强盗，自寻坟墓埋葬。

词中写苏联红军反攻德国事，殊少见，故应在词史上留下印记。此用散文化笔法作词，与词之体性讲求含蓄蕴藉不侔，然浩气淋漓，读来令人气壮。

十　潘受词：词句流转，格律精稳

潘受（1911～1999），原名国渠，字虚之，号虚舟，福建南安人。民国 19 年（1930）南渡新加坡，任《叻报》编辑。民国 24 年（1935）起，任新加坡道南学校校长六年。抗战军兴，兼任陈嘉庚主持的"南洋华侨筹赈祖国难民总会"主任秘书。民国 29 年（1940）任"南洋华侨回国慰问团"团长。1953 年参加筹办南洋大学，任南大执行委员。1955 年任南大秘书长，主持校政达五年。退休后，专事文化艺术研究及创作。著有《海外庐诗》《云南园诗集》《潘受诗选》。《海外庐诗》所附《海外庐诗余偶录》收词 33 首。

潘受是诗人、书法家、教育家，在新加坡享有国际声望。抗战时期是他诗词创作的收获期，他的一些重要词作主要作于这个时期。1940 年，他出任"南洋华侨回国慰问团"的团长，由新加坡经缅甸、云南、贵州到战时首都重庆，又率分团团员沿四川入陕西、河南、安徽，转湖北，然后折返四川。1942 年，南洋各地被日军占领，他再次由新加坡到重庆。1946 年移居上海，1948 年到香港。这九年非同寻常的生活经历，给他诗词创作带来巨大的创获。

1942 年，潘受率团来到贵州时，写下了《鹊踏枝·避寇归国，小住黔中花溪，听雨赋此》，留下了战乱时代漂泊者的心声。词云：

锦瑟华年弹指去。无计留春，鹈鴂声声误。身世因风全似絮。他乡况又闻秋雨。　几日花溪聊小住。行遍花溪，认遍花溪树。谁解秋人心独苦。江关检点兰成赋。

花溪在今天的贵阳市。此词可见潘受青年时代词作含蓄温厚的风格，词句流转，格律精稳，颇能引起吟诵的兴致。

1949 年，词人有《满江红·己丑》词，词序云："新嘉坡东海岸勿洛，为一九四二年日占领军大屠杀华人之一处，今成歌台舞榭、呼卢喝雉之场所，月夜过此茗坐，感赋。"词云：

东虏南窥，闻曾此、狂屠吾族。千义士、血添波浪，海翻红哭。何处鹃来凭吊骨，当时鱼避横飞肉。渐夜深、渔鬼火交明，悲风作。

尘劫换，笙歌续。沿废垒，驰香毂。满月台花榭，酒春人玉。拂镜翩翩狐步舞，绕梁隐隐乌栖曲。尽坐间、呼喝助寒潮，喧幺六。

时间仅仅过去七年，勿洛惨案就被吾族忘记了，这引起潘受何等的悲伤！他用词给了我们足够的反省。

潘受是民国闽南词人的代表，他一生主要生活在新加坡，闽南本来就与南洋诸国有密切的联系，大量华侨都是闽南人，闽南人提升了南洋新加坡等国的古典诗词的创作水平。潘受的词给新加坡词坛添注了活力。

《文心雕龙·时序》云："文变染乎世情，兴废系乎时序。"相对传统守旧的词家来说，民国革命词人的创作所带来的变化是空前的，不仅仅是词作内容上的耳目一新，创作方法的变革也是巨大的。这一点，当下的词学研究尚未能引起重视。以上十家仅为民国闽籍革命词人的代表，而本节也只是稍论其创作特色与创作意义。他省数量不少的革命词人的词作亟须研究，这有赖各省词学研究者的共同努力了。

第二节　民国教育界闽籍词人的词作

民国是新旧文学交织并行的时代，新文学占据主流，但是旧体文学依然具有强大的生命力。闽地有不少教师从事旧体诗词的创作，且取得一定的成就。本节选取数位擅长词体创作的闽地教师之词论之。

一　陈守治词

陈守治（1897～1990），笔名瘦愚，号乐观词客，晚号乐观翁。福建南平人。21 岁考入燕京大学，因家贫辍学，回乡以教书为业。后担任多种报刊编辑、记者。提倡词学革新，主张在"婉约""豪放"之外另立"平易"一格。曾任南社闽集理事。1957 年受聘为福建文史研究馆馆员。出版《神交唱和集》《乐天安命室词删》《愚窝诗词话》等著作 30 多种。

陈守治词集，我曾多方访求，仅获 1980 年代油印本《陈瘦愚词选》（上卷）。①《陈瘦愚词选》（上卷）收词 323 首，另据《虞社》《民族诗坛》《兰心》《稗园癸卯吟集未定稿》可补词 15 首。陈守治另有词见于《徐陈唱和词》，1979 年油印本，凡收词 51 首，中有 42 首不见于陈守治上述诸书。② 据政协南平市文史资料委员会编《南平文史资料》第十二辑载其孙陈用苏所撰《先祖陈守治先生往事闻见录》，陈守治一生填词不辍，"积稿近万首"，曾自编《陈瘦愚编年词稿》64 卷，惜陈守治著作散失严重，其一生作有多少词篇目前暂无法统计。陈守治作于 1964 年的《向湖边·述怀兼柬诸同仁》词云："昔号诗痴，今称词隐，积稿五千余首。"揆其意，当是指此年他的诗词作品已达 5000 多首，其中词作应不在少数。

陈守治词风独特，是彻底的散文化创作，似乎完全不考虑词体是我国韵文最高级的形式，不讲究词体"要眇宜修"的美感特点，不遵照词句平仄有规定性的要求，他作词只是按照词体句式字数、押韵的规范大致去

---

① 福州连天雄先生赠阅油印本《陈瘦愚词选》（上卷）复印件，谨致谢！连先生致笔者函说："《陈瘦愚词集》，生前只刻了上卷，好像没有下卷，不过前两年在书贾处见他手抄词集 30 余册，第一册是民国时毛笔手抄，其他多建国后词作，多钢笔、圆珠笔书写，或在复写纸书写订成。天价难求。"（2020 年 1 月 11 日函）又说："见过陈瘦愚师友唱和的油印小册（六十年代）十来册，叫价太贵。"（2020 年 1 月 15 日函）连先生近又赠阅一册油印本《陈瘦愚词选》（上卷），扉页上有钢笔用蓝色墨水书写"校正"二字，疑是陈守治亲笔。书内有少数校改文字。所收词作同于扉页未写"校正"二字的《陈瘦愚词选》（上卷）。

② 《全闽词》失收此 42 首词，谨致歉。

作。有时他会选择某些适合散文句法的词调去作词，如《西平乐·又自题〈乐安楼词隐图〉》注云："本调仅押七韵，适合散文化入词。"他对自己的词风有清醒的认识，如《西平乐·又自题〈乐安楼词隐图〉》云："纵蚓唱蛙鸣不止，终欠审音协律，枉抛心力何为，苏豪柳腻殊难。"《金缕曲·文革述怀》云："词气须豪放。念平生、愿师青兕，何妨粗犷。也爱迦陵终不似，却似渔歌樵唱。"他的词风无疑带来极大的冲击力量，在他笔下作词确实变得容易了，但终归在一定程度上损害了词的美感，如《红娘子·咏西红柿》云："在明清之际入中华，来从英吉利。"这完全是散文的句法，不是词的句法。词体毕竟与散文有别，有自己的文体审美规范，似不宜轻易改变它。

陈守治词的创作历程达 70 余年，词的创作兴趣长盛不衰，举凡游历、聚会、唱和、入社、开会、祝寿、酬赠、悼亡、观剧等等，只要动了词兴，他都能很快作词。但陈守治一生，沉潜文案和教书，接触社会生活面较窄，虽然主持过南社闽集，也不算什么大事，故其词较少触及重大时事，因之词作的分量总体来说明显不够，但也有少数词篇写到了较大的事情，如《西平乐·社友张鼎丞出使尼泊尔王国，授以上将军刀并一等宝鼎章，礼成回国》云：

> 国府抡才，特膺专使，发自金陵。诗咏皇华，正逢春暖，轺车载俪偕行。想汉代、君家博望，凿空身临西域，形单影只，不如后裔，鸾凤和鸣。追忆前清末叶，尼泊尔、职贡尚来廷。　中央多故，边陲背叛，二十年来，相率寒盟。凭口舌、折冲樽俎，消弭干戈，授予宝刀宝鼎，重睦邻交，星使风流夙有名。（原注：君曾任爪哇、印度总领事。）归自异邦，经携贝叶，酒挈葡萄，息影梅溪，（原注：山庄名，在南京。）赋遂初衣，依然一介书生。

此词作于 1932 年，所述中华民国与尼泊尔"重睦邻交"的外交事件今天已为人所淡忘，词中有民国一段外交史，有词史价值。另有词写到抗日战争事，《满江红·永定名进士张蟹庐先生令郎效桓（若翼）为航空驱逐机少尉驾驶员，在武汉大战之役受伤，作壮烈牺牲，赋此吊之》云：

抗战时期，张公子、心般救国。身本是、金枝玉叶，年华念一。曾慕鲁连甘蹈海，恰如夸父能追日。战天空、迭次奏勋猷，摧强敌。　天方蹶，堪叹息。时不利，终无益。竟星沉鄂渚，军民怜惜。移孝作忠酬素志，舍生取义真难得。慰尊君、战史定留名，悲何必。

此词作于 1938 年。1938 年 1 月 4 日，日机 32 架空袭汉口，我方战斗机只有 8 架。张若翼与友机接连击落敌机数架，敌机疯狂群集反扑，若翼毫不畏惧，越战越勇。鏖战中，机翼被伤，不久人亦连中数弹，飞机堕毁于汉阳小军山侧，若翼壮烈牺牲，年 21 岁。

中华人民共和国成立后，陈守治的生活境遇好了很多，他游历了新中国的很多地方，每游一地，照例作词。《高阳台·首都观光》写到他见到新中国首都的欢喜心情，一改以往作词的黯淡心境。词云：

才别江南，又来河北，今朝喜至燕京。五载新邦，万般气象升平。中苏友好如兄弟，仰中央、领袖英明。话当年、革命群公，都是豪英。　黄金台废犹怀古，忆昭王好士，郭隗成名。无恙皇宫，黄墙碧瓦丹楹。许多古物供观览，自殷周、数至明清。更西山、古刹寻碑，屡问残僧。

陈守治有明确的作词主张，力创词中"平易"一格，且终生守之不渝。他的这一追求，得到前辈词人的鼓励。何振岱《评陈瘦愚词选》（笔者拟题）云："大作词笔尤胜于诗，后生可畏，必传也。老朽方避暑城东静娱楼，暇时盼来谈艺为快。福州林子有曰：'大作纯任自然，锲而不舍，必可入辛、刘之室。不必改弦更张，转趋窘步。'卓见当以为然。"[1] 他自称"南平第五词人"，意谓南平词人除北宋状元黄裳，南宋冯取洽、冯伟寿，南宋探花潘方之后，就应该提到他了。这个说法不夸张。

---

① 陈守治：《陈瘦愚词选》（上卷）卷首（封面页有"校正"二字），1980 年代油印本。

二 何适词

何适（1898～1967），字访仙，号抱素、梅隐、禾中逋客、方言山人，初名琼字瑶岩，继名刚字卓吾，螺阳（今属福建惠安）人。曾在厦门英华书院、厦门大学求学，获文学学士学位。民国20年（1931）夏辞故邑党委职，赁居厦门嘉禾，授徒厦门中校。课余填词，积三年成《官梅阁诗余》。

《官梅阁诗余》有1935年厦门自印本，录词147首，除2首外，均是和唐宋名家词之作，其编纂体例是先录唐宋词人小传和唐宋人词，再录己作。何氏另有1961年5月新加坡宏文印务有限公司出版《官梅阁诗词集》，中有《官梅阁诗余》未收之词，凡63首。

《官梅阁诗余》是作者学习填词的一个结集。汪煌辉《序》称："访仙但从兰泉王氏《词综》，茝阶姚氏《词雅》，子宣蒋氏、惠言张氏《词选》所标正法藏者为之鹄。选言务雅，命意务深。"可知，何适是从王昶《国朝词综》、蒋重光《昭代词选》、姚阶《国朝词雅》、张惠言《词选》中选取务雅务深的词作，作为自己学习填词的范本。

和韵之作，为词家不取。邹祗谟《远志斋词衷》云："张玉田谓词不宜和韵，盖词语句参错，复格以成韵，支分驱染，欲合得离。能如李长沙所谓善用韵者，虽和犹如自作，乃为妙协。……但不可如方千里之和《片玉》、张杞之和《花间》，首首强叶，纵极意求肖，能如新丰鸡犬，尽得故处乎？"[1] 所言主要是和韵之作的创造性问题，因受到诸多限制，和作鲜有超过原作。就何适来说，他的和作确有不成功之处，如《鹧鸪天·次小山韵》云："一曲娇歌酒一钟。消魂尽在醉颜红。歌残玉树帘沉月，舞罢山云袖有风。 伤易散，恨难逢。锦衾香梦几时同。曲翻新谱当年事，雨暗巫山此夜中。"此词受到晏几道《鹧鸪天》（彩袖殷勤捧玉钟）影响太大，缺乏创造性是显见的。但在初学填词时，学习唐宋名家词是必不可少的，学其风格、意境、笔法、格律、用韵等均是重要环节。虽有《词律》《词谱》这样的填词工具书在，但在一调多体的情况下，有时反觉得无所适从。这个时候选定某一首唐宋名词学习，就有了一个准度，并可避开《词

---

① 《词话丛编》，第652页。

律》《词谱》的失误之处。邹祗谟《远志斋词衷》主张谱无定例，用某体于题下注明即可。何适正是这样做的，从他所取得的成绩来看，何适学习填词的方法，应该具有推广的意义。

曾心影《校阅〈官梅阁诗词集〉后》说："至于诗余，慷慨则大风卷水，绮丽则红杏在林。"[1] 谓何适词豪放婉约兼胜。何适1947年作《自传》云："余诗宗玉溪，而僻典力避，以薪符于随园性灵；词祖耆卿，而鄙语不涉，以求近乎淮海婉约。今虽管中窥豹，然心向往焉，待屏俗累，而耽玩之，或庶几乎！"[2] 这是夫子自道作词门径。何适的词主要写自己漂泊的心路历程，词中写功名事业和生活享受不能兼得的矛盾，但不如柳永那样强烈；他的词风接近秦观，如诉心曲，款款道来，多淡淡忧伤，但意境构造有欠缺之处。

何适的和韵词，有的完全依照原词用韵顺序且韵字相同，有的则只用原词韵字并不依照原词用韵顺序，而于词中小韵处则自由处理。小韵本来就是可押可不押，不按原词用韵顺序，有一定的自由度，所以他的这类词写得好一些。蔡伸《南歌子》词云："远水澄明绿，孤云暗淡愁。白蘋红蓼满汀洲。肠断圆蟾空照、木兰舟。　节物伤羁旅，归程叹滞留。佳期已误小红楼。赖得今年犹有、闰中秋。"何适《南歌子·马江归舟上，依友古韵》云："雨态吹窗急，波声拍枕愁。一群沙鸟去悠悠。甚事年来客邸、惯勾留。　两岸丹枫晚，一江红蓼秋。乡心似水向东流。好是西风替我、送归舟。"二词相较，确有神似之处。若将此词杂入蔡伸《友古词》中，断难分别。

何适在《自传》中说，他有感于孙中山民族主义，遂加入国民党，后感到"党争相寻，民祸孔棘"，遂淡出政党。他以温婉之笔，含而不露地写出他入、出惠安县党部的心态，深得比兴之法，耐人寻味。词云：

> 春暮。春暮。十日九番风雨。落红纷点香泥。空叹寻芳去迟。迟去。迟去。蜂蝶休生猜妒。（《调笑令·到惠安县党部时作》）

---

[1]　何适：《官梅阁诗词集》，新加坡自治邦宏文印务有限公司，1961，第205页。
[2]　《官梅阁诗词集》，第6页。

烛烬香灰人散后，独登楼。风凛冽。斜月。挂帘钩。欲睡晓光浮。休休。屏山相对愁。懒梳头。（《诉衷情·辞县党部委员及常委职时作》）

何适的"慷慨"之作，较能展现他的性情，读来令人生感发之情，如《沁园春》云：

物则无乖，影衾不愧，堪慰平生。忍轻随末俗，扬波与浊，啜醨同醉，自没清醒。干禄无心，安贫有志，饮水何妨枕曲肱。须归去，料故园松菊，将次凋零。　无端。廿载鸡鹜。浪博得、方冠学士名。彼扬雄口吃，嵇康疏懒，嗣宗狂放，我则俱并。且具陶腰，难期偶世，聊就长沮学耦耕。知何日，得溪山放屐，鸥鹭寻盟。

何适一生大部分时间从事教职，有充分的时间从事诗词创作，所以取得的成绩较大。他的词作是民国厦门词坛的一个亮点，略能显示民国厦门词坛的创作实绩，从这一点来说，他在民国福建词史上应占一席之地。

三　包树棠词

包树棠（1900～1981），字伯苇，号笠山，福建上杭人。早年毕业于厦门大学国学系代办之集美国学专门学校。民国时期，历任集美中学、福建省立晋江中学、私立泉州昭昧国学讲习所等校教员，福建省立音乐专科学校国文教师，福建省立师范专科学校副教授，国立海疆学校教授。1949年以后任福建师范学院（今福建师范大学）教授直至退休。著有《汀州艺文志》《笠山诗钞》《笠山文钞》《史记会注考证校读》《四家诗传授表证》《雷翠庭先生年谱》等。词集《笠山倚声初稿》附《笠山诗钞》后。

包树棠在厦门大学求学期间，曾受到著名词曲家周岸登的指导，为入室弟子。周岸登（1878～1942），字癸叔，号二窗词客、北梦翁，成都人。十六岁中秀才，十九岁中举人，历任广西阳朔、苍梧等县知县及全州知州。辛亥革命后任四川会理、蓬溪等县知事，后任宁都、清江、吉安等县知事及庐陵道尹。又弃官从教，先后任教于厦门大学、安徽大学、重庆大学、四川大学，主词曲讲席。1931 年，包树棠等整理周岸登著作出版，名《二窗词客全集》。

周岸登序张秀民《宋椠经籍编年录》有云："岁丁卯（1927），余教授厦门大学，诸生之潜心朴学者得二人焉，于文本科则嵊张秀民涤瞻，于国学专修科则上杭包树棠伯苆。二人者，日埋头于图书馆，暝晨写，矻矻不休，视其状若泰山隤于前而不知，震雷发于后而不觉，世间万事万物，举无足以当其一属目一萦心者然。呜呼，何其专也！伯苆兼工诗文词曲，涤瞻间一为考据之文，他则不甚措意，而皆好为目录之学。伯苆所为《汀郡艺文志》，余既序而传之矣。"① 包氏苦学，终能在厦门大学求学三年时间内完成 60 余万字的《汀州艺文志》，为其一生代表作，时年仅 30 岁。2010 年，连天雄先生将此著整理出版，学界颇致好评。然包氏其他著作尚未出版，其后人藏有稿本《笠山倚声初稿》，存词 33 首，《全闽词》据以录入。

从包氏词作内容看，其词多作于中华人民共和国成立以前，多写闽南海边生活图景。如《念奴娇·秋思》"曲岸人家炊正起，隔水声喧争渡"，《水调歌头》"数点晚山碧，渔唱起波心"，《望海潮》"东郁岫云，西沉峤日，稽天大浸南溟"，《水龙吟》"可惜闽南形势。剩风樯、依稀牙旆"，皆清词丽句，颇耐人寻味。其词以写登临怀古为胜，这类词与宋人周密最近。《木兰花慢·鼓浪屿》云：

> 正波澄海镜，满斜照，木兰舟。转曲岸风微，明沙汐退，浴鹭翔鸥。凝眸。霁林暮色，有摩空、片石峙山陬。留作天南砥柱，几人挥泪神州。　悠悠。白绕青浮云。树杪出朱楼。自倚阑无语，画眉带恨，鹦鹉前头。帘钩。是歌舞地，听琵琶、此日总生愁。台榭前王不见，国魂付与东流。

---

① 闵定庆：《胡先骕佚文〈蜀雅序〉考释——兼论胡先骕词学观念的文化守成主义倾向》，《华南师范大学学报》2011 年第 4 期。

此词尊郑成功为"砥柱""国魂"，正是闽南人固有的看法。词对鼓浪屿风景的描写曲尽其妙，兼发思古幽情，自有一种诗人姿态在。包氏另有词写到泉州的洛阳桥，《八声甘州·洛阳桥怀古，用柳耆卿均》云：

> 满西风残照洛阳桥，雁声早惊秋。有人家渔网，江天贾舶，纵目高楼。踏遍南州山水，行役几时休。问百川东走，谁挽狂流。 双碣书留太守，郁江山灵气，笔阵能收。拜祠堂遗像，古郡最淹留。感苍茫、晴波翻碧，满天涯、归思一扁舟。匆匆去、眷然云物，总惹闲愁。

此词把北宋蔡襄建洛阳桥与蔡襄书法联系起来写，蔡襄书法能收"江山灵气"，与其所建洛阳桥"挽狂流"，堪称二妙。此种构思，自不同凡响。

四 黄兰波词

黄兰波（1901~1987），名缘浚，以字行，福建福州人。福建学院教师。十一二岁始学为诗，平生所作仅存十之一二，年81岁整理缮印《兰波诗词剩稿》。1981年油印本《兰波诗词剩稿》录词66首。

《兰波诗词剩稿》是黄兰波晚年整理而成，每首都明确标明写作时间，并加上说明性的文字。如《水调歌头》（抵制东洋货），作者署写作时间"一九二〇年二月"，另有词题"台江惨案"，再有说明性文字："福州日本领事所制造台江惨案，发生于一九一九年十一月十六日，震动全国。各地学生暨爱国工商界奋起抗争，至翌年二月十二日始由日本使馆以公文向我道歉。词以纪之。"这样，读者理解词意不会发生偏差，而作者在原稿上融入他晚年的思想感情，甚或对词作本文也有修改，这一点有可能。

黄兰波词是典型的白话词，是用散文化的句法敷衍成篇，未能很好地考虑词的体性特征，因而缺乏感人的力量。但他确实有自己鲜明的特点，即是把词当作记录自己所经历的重大事情的一种韵文载体，词中略有感叹而已。他的词记录了1919~1953年自己所经历的重大时事，特别是日本两次攻陷福州时他逃难的经历。这样他的词明显有存史目的。《莺啼序》是其中一首较好的词作，作者署写作时间"一九四二年七月"，署词题"北征与南归"，另加说明性文字："一九四一年春，余客闽清，在福建学院附中任教。是年四月二十三日，日寇陷福州，闽清危急。余携眷随校于六月二十日离闽清，迁往闽北浦城。居一岁，翌年六月初旬，日寇犯浙江金华、江山、广丰等地，浦城与接境，可闻炮声。在福州之日寇已于去年九月三日退去，学校因决定迁返闽清，此时沿途舟车交通工具全被国民党军队截留，吾人只得徒步南奔。一家妇孺七口，最幼者仅五龄，于六月十九日离浦城大同乡，风餐露宿，溽暑长征，在途一整月，于一九四二年七月十九日抵福州家中。流亡险艰，纪以此词。"词云：

> 神州陆沉莽荡，染江山血泪。遍烽火、华北东南，叹息吾土余几。等儿戏、降幡次第，关河险塞崇朝弃。在平时，鱼肉人民，狠同鹰鸷。　去岁榕城，不战陷落，望家山雪涕。在梅邑。（原注：闽清，古称梅城。）风鹤频惊，隔江笳鼓盈耳。挈妻孥、仓皇北徙，冒炎暑、流离颠沛。浦城郊，赁得鹪栖，权为萍寄。　经年倦旅，镇日牢愁，峭栏怯徒倚。问眼底、故园何处，梦绕亲舍，目断南鸿，寸心如痏。生徒讲诵，朋侪酬唱，登山临水渔樵话，解烦忧、聊借诗书慰。东涂西抹，挥毫睟睨当筵，醉墨辄换薪米。　危巢警燕，赪尾怜鱼，倏浙中变起。又率眷、千峦徒步，茧足南归，辄阻风飙，复穷帆缆。嵚崎险径，荆扉蓬藋，晨行晡宿凡匝月，幸全家、无恙兼悲喜。依然豺虎磨牙，涂炭公私，黎元殄瘁。

词说官吏贪狠，剽剥人民甚力，而抵抗日寇无能至极。他带着家眷如惊弓之鸟，仓皇逃窜，来到浦城郊外，经年困倦，时刻盼望回家，如梦魂萦绕。等回到福州，依然是官吏如虎、生灵涂炭。此词不失为福州城陷时人民生活的真实记录，确具词史意义。

第三节　民国闽籍女性词人的词作

民国闽籍女性词人，主要指何振岱门下早期女弟子张清扬（包括周演巽）以及何门十大女词人，已在前面章节论述。此外，民国闽籍女性词人有成就者还有黄墨谷、梁璆、王梅，本节予以论述。她们词作主要是在民国时代完成的。

一 黄墨谷词

黄墨谷（1913～1998），原名黄潜，号墨谷，福建厦门人。1931年考入厦门大学中文系，以词受知江山毛夷庚教授。1940年与雕塑家曾竹韶结为夫妇。1945年在重庆中央大学从乔大壮教授学词。1946年任重庆国立女子师范学院副教授，讲授词选、专家词等课程。1951年受聘于中国科学院，担任院长室秘书、办公厅秘书处副处长。1959年由中国科学院院部调往哲学社会科学部文学研究所资料室工作。1962年调出京城任教于河北师范学院中文系。1987年受聘为中央文史研究馆馆员。著有《重辑李清照集》、《李清照研究》、《中国历代游记选》（合撰），发表研究李清照论文多篇，整理《乔大壮手批周邦彦〈片玉集〉》，另有诗词集《谷音集》4卷。

1981年，黄墨谷纂《重辑李清照集》由齐鲁书社刊行。施议对《二十世纪词坛飞将黄墨谷》认为："《重辑》包括词、词论，诗、文，以及年谱三部分。自撰《李清照评论》，置于卷首，可当前言看待。三个部分，以《漱玉词》三卷之真伪考核、作年断定以及《金石录后序》之文本勘校、作年考索，用力最勤，最富参考价值。就李清照研究而言，这部著作，将精密考证与专家独断相结合，为提供一个完善读本，不愧易安功臣；而对于墨谷词人来讲，这部著作，积数十年心血，颇多创新之见，必定成为一部传世之作。"① 1983年，黄墨谷辑《乔大壮手批周邦彦〈片玉集〉》由齐鲁书社刊行。施议对《二十世纪词坛飞将黄墨谷》认为："既发明师说，亦阐述其精辟见解。作为词坛飞将，地位已初步奠定。"所说可供读者参考。

《谷音集》约于1988年后在香港书谱社自印，墨谷词人好友梁披云先

---

① 施议对：《二十世纪词坛飞将黄墨谷》，《今词七家说略》，上海古籍出版社，2020，第694页。黄墨谷的事迹，主要参考了《二十世纪词坛飞将黄墨谷》，特为说明。

生赞成，墨谷词人自写其诗词影印。前三卷收词 63 首，后一卷存诗 45 首。"《谷音集》四卷，第一乃壬午（1942）避太平洋战乱来渝至乙酉（1945）抗战胜利时期之作，卷二乙酉至己丑（1949）渝州解放，其时亲友均先后东下，余因受重庆国立女子师院之聘，独自滞留川中，故卷中多伤离念远之篇什。第一二两卷原已写定，文革时被焚毁，后经鸠集劫灰之余耳。第三四两卷乃七十年代后期及八十年代所作诗词。"① 《全闽词》应收墨谷先生词而未收，系研判失误。

对墨谷词人一生影响最大的事情有两件。一是抗战爆发。她是厦门大学的学生，为避难被迫辗转漂泊东南亚，以教书谋生，达十年之久，故其词多隐痛之感。一是 1962 年由于不明的原因（据说有人将一份材料塞进她的档案中所致），她从中科院文学研究所下放到河北师范学院教书，其间被取消副教授、副处长待遇，参加生产队劳动时不能参加开会。她一生都没有弄明白为什么下放，1987 年受聘中央文史研究馆馆员后略能释怀。

九一八事变爆发，全国高校的校园受到冲击，墨谷词人不得不离开厦门大学。1986 年，她遇到当年主持厦门大学学生会的盛配先生，在《望海潮》词注中，她如是说："丙寅（1986）深秋，盛配学长枉顾寒舍，阔别数十载，忆余于一九三一年入厦门大学中文系以词受知于江山毛夷庚先生，先生于经精通《左传》，许以相授。未几，日寇入侵东北，盛配学长主持学生会，号召罢课，之后余渡海赴马来西亚之槟城执教，不意半世纪后在北京重逢，知盛配学长正在撰写《词调订律》，不胜钦佩，词纪其事。"词有云："风云变幻突然。愤东邻铁骑，大地倾巅。军旅弃甲，黎元涂炭，先生敌忾争先。投笔去征边。喜相逢京国，共话从前。余热犹炽，珠玑万字有宏篇。"② 想起日寇铁骑践踏中华大地，50 多年后墨谷词人的心情仍然是"愤"。《念奴娇·笔架山感旧》下阕云："堪恨倭寇侵凌，匆皇抛别了，故家池阁。从此飘零似散蓬，几番风涛南北。少小离家，老大回返，往事惊如昨。"此词当作于 1980 年代，词人仍然不能忘记当年避难的情景。在海外漂泊十年之后，她回到了当时抗战的中心重庆。《临江仙》

---

① 黄潜：《谷音集跋》，《谷音集》，第 89 页。
② 《谷音集》，第 49 页。以下引黄墨谷诗词，皆见此书，不再注明出处。

词序云："余于'九一八'事变后去国。太平洋战事爆发，壬午除夕由缅甸飞抵渝州，风涛南北，荏苒十载，凄然感赋。"词云：

> 大好山河余半壁，谁云天网恢恢。征程万里赋归来。风雨如晦①，黎民叹劫灰。 残烛半遮屏影静，十年前事堪哀。此生何计可安排。断云浮岭外，流水绕城隈。

回到重庆后，她不知如何安排自己，对自己海外十年飘零的感受是"堪哀"。当其夫曾竹韶 1945 年赴缅甸时，她别有一种牵挂，作《江城子·乙酉冬竹韶有缅甸之行》二首，其一云：

> 沉香亭畔碧阑阶。点冰台。独徘徊。薄雾轻烟，微湿缕金鞋。欲掩画屏风不定，明月影，入帘来。 红尘日日暗妆台。旧钿钗。忍重开。冷艳凝霜，谁折一枝梅。驿路千程山万叠，书不到，雁空回。

此词受李清照词的影响，淡淡的写景中流露出的是不忍别离的心绪和无尽的牵挂。她与夫伉俪情深，在危难中携手度过一生，这对她来说，是多么大的慰藉。

在重庆生活时期，她遇到了两位词学大师乔大壮和唐圭璋先生。乔大壮，中央大学艺术系教授，精通诗词、骈文、书法、篆刻。唐圭璋有《回忆词坛飞将乔壮翁》述其学问、行事。1945 年，经新加坡诗人潘受介绍，墨谷词人成为乔大壮弟子，乔大壮为她讲授周邦彦词，并以朱笔批于《彊村丛书》之《片玉集》以示作词门径。1948 年 7 月，乔大壮自沉于苏州，有《苏幕遮·和谷音》绝笔词。1979 年，墨谷词人有《己未冬读大壮师绝笔诗手稿作二绝句，兼寄师兄维崧君》，其一云："苏台客舍了尘缘，萧寺钟声不记年。迢递巴山魂梦远，遗诗读罢倍凄然。"读此诗令人怅然。唐圭璋是一代词学家，1945 年墨谷词人在乔大壮客馆初识唐先生，后唐先生为墨谷词人《谷音集》题签。墨谷词人有《临江仙·癸亥冬参加华东师

---

① 此句失一字。

大召开之建国以来首次词学讨论会，会后赴宁谒见唐圭璋先生，旋即北返京师，赋此留别》《八声甘州·庆祝词学家唐圭璋先生从事教育六十五周年暨八十五寿辰》《千秋岁·贺祝步唐先生九十四寿辰，时丁卯秋日》诸词，对唐先生极表崇敬之情。《临江仙》词云：

> 四十驹光惊过隙，西窗剪烛何时。嘉陵波咽岭云低。忧时忧国泪，已湿旧征衣。　　重到六朝形胜地，先生宏博雄奇。寻师问字我来迟。今朝酬夙愿，后会有佳期。

四十年的感叹，浓缩在一篇小令中，分量极重。"西窗"句用李商隐《夜雨寄北》，切合她在重庆执教经历；"波咽"可以理解为指其师乔大壮自沉事；泪湿征衣，见出国恨太重；"六朝形胜地"南京是她的老师乔大壮执教之地，又是唐先生执教之地，墨谷词人一定是十分想游历拜访，故曰"夙愿"；"后会有佳期"，虽是平常之语，绝非轻易说出。

　　1962 年的下放事件，墨谷词人终生未弄明白是何原因。在一次生产队会议被拒参加后，有人向她透露是一份材料被人塞进她档案的缘故。1974 年，她回京后曾要求调查此事，并想恢复副教授、副处长的待遇，最终未果。后她被聘为中央文史研究馆馆员，施议对先生《二十世纪词坛飞将黄墨谷》认为："馆员之称，虽属闲职，但就学术角度看，却与教授相当。至于档案中的秘密问题，既较难解决，有此头衔，也就作罢，自己为自己了断。"人生中实有如此这般的问题，难以计较，自我释怀是一种办法。1987 年墨谷词人已 75 岁了，获聘中央文史研究馆馆员，算是有了一个归宿。其词《浪淘沙·丙寅岁不尽三日，中科院旧同人函邀话旧，感赋》云：

> 往事记不真。北海之滨。金鳌玉蝀波粼粼。安步当车来复去，十载文津。　　聚散岂无因。世路艰辛。危机躲尽壮志泯。如许韶光随逝水，有恨难申。

丙寅是 1986 年，这一年的话旧，当在词人心中留下不同寻常之感，故作此词。她称在中科院的工作是"安步当车"，意谓自己并未犯错，下放的经历却使得她产生"危机躲尽"的心理。"有恨难申"之语，是说几十年的重压并非可以忘怀的。这一年，她还没有获得中央文史研究馆馆员资格。墨谷词人有诗《有感二首》，其一云："衡门之下可栖迟，绕树飞乌得一枝。自是中流沉滞久，落帆彼岸尚惊疑。"其二云："忆昔骚坛涉笔初，书生意气志蹒跚。香兰自判前因误，生不当门亦被锄。"第一首写自己惊魂不定。第二首写自己命运不佳，末二句是借用了龚自珍的《己亥杂诗》，非常切合她的经历。"当门"，必被移走，因为挡了别人的路；"不当门"，也被移走，命运真是不可捉摸，此中似有前生注定之感。

　　墨谷词人善良，然经历的苦难实在太多，似难以承受，发而为词，诚能感动读者。读其词，再三叹息。词中有她的生命的跳动、挣扎、搏斗，以及或重或轻的忧愁。她能感之，能写之，有很好的创作才能，天分亦甚佳，给我们留下很好的词篇。小令更能显示她的一流的词感，诵之如饮清泉。如《玉楼春》云："黄昏阵阵廉纤雨。花谢重阶三月暮。陌头柳色上帘波，镜里霜华凝鬓雾。　春江不合离人住。潮水无情来又去。孤帆何日趁东风，长系桥南乌柏树。"又如《清平乐》云："幽居空谷。世味如纱薄。天涯芳草依旧绿。人倚阶前修竹。　春山殢雨含烟。高墙柳絮飞绵。片片落花风里，韶光似水流年。"词句多借用唐宋诗词名句，然经墨谷词人陶铸，已成崭新意象，此中词感不凡。墨谷词人驾驭长调，更见好才华，说她学李清照，说她学周邦彦，都没错，最终她破茧成蝶，形成自家面目。有一首长调《满庭芳》可证：

　　　　倦鸟还林，闲云出岫，黄昏怕赋登楼。寂寞江介，词客独悲秋。芰制兰纫好在，十年事、都付东流。京华梦，空樽起舞，镇日下帘钩。　淹留。当此际，关河暗冷，烽火新收。纵千帆过尽，未是归舟。病里如潮旅绪，泪痕遍、楚尾吴头。徘徊久，斜阳古道，寒水去悠悠。

此词受到秦观《满庭芳》（山抹微云）词的影响。此词如没有"十年事"，没有"京华梦"，没有"烽火"，没有"旅绪"，即没有自身的经历，就没有自家面目了。而能做到精稳流转，于常用意象中构造出深厚的意境，当是经历与才情所致。

客居的心态伴随着墨谷词人的一生，她自称"词客""八闽长安客""京华倦客"，词境有些凄凉是感而可知的。故乡厦门鼓浪屿是她最温馨的回忆，她从小生活在那里，那里有她的少年学友黄萱（后任陈寅恪先生的助手）。1981 年，黄萱回乡定居，墨谷词人作《辛酉萱姊回乡定居感赋》云："踏遍青山七十归，旧时城郭怅皆非。一颗掌上明珠在，他日斓斑戏彩衣。""戏彩衣"大约指少年时期曾有过的快乐情景。她晚年曾回到鼓浪屿，赋《游鼓浪屿名胜》云："宿将保疆土，良医济众生。毓园与故垒，千载有英名。"宿将指郑成功，毓园是名医林巧稚纪念馆。作这首诗时，墨谷词人的心境似有解脱之感。

黄墨谷是民国厦门籍最有成就的女性词人，没有她的词，民国女性词会失去一份亮色，然而我们对她的研究还不够。

二　梁珴词

梁珴（1913～2005），字庸生（一作颂笙），福建闽侯（今福州）人。祖父鸣谦，父孝熊。初未尝学诗词，入大学始习为之，得吴梅、汪辟疆诸教授指导。吴、汪率诸生结潜社、雍社，分课诗词，珴多有参与。吴庠、夏承焘诸公，颇称赏之。吴梅编辑《潜社汇刊》所收《潜社词续刊》存梁珴词 10 首，林葆恒纂《词综补遗》另录存 3 首。

1941 年梁珴与近代著名革命家徐自华的侄儿徐益藩结为连理，徐益藩是潜社的骨干。中华人民共和国成立后，梁珴仍坚持诗词创作。1956年徐益藩病逝，梁珴带着未成年的子女奉调来到连云港古城海州，任教于海州师范学校。次年，梁珴被错划为右派，受不公正待遇二十余年，直至 20 世纪 70 年代末才获平反。梁珴晚年曾编己作成《颂笙诗词集》，似未刊行，访求之不获。从多种报刊中，可以找到其新中国成立后所作诗词数十首。

梁珴的祖父是聚红榭社员梁鸣谦，著名词家。不知是不是自幼受到家风的熏陶，梁珴一登上词坛就不同凡响。《潜社词续刊》第一集刊其《江城梅花引·丙子春褉》，辗转应拍，丝毫不以作词为难，并能做到情文并茂。词云：

> 东风吹柳不胜情。立中庭。等清明。把笔芸窗自起听流莺。却恨近来阴又雨，玉栏畔，意懵懵，怎踏青。　踏青。踏青。几时晴。梦怎成。心忽惊。记也记也，记那日、草木皆兵。前岁春时连辔走长城。此刻故人应忆我，关塞远，一般愁，两地萦。

闽人作《江城梅花引》词，以许赓皞《江城梅花引·夜雨》最为杰出。词云："酒阑灯灺梦初遥。听潇潇。恨潇潇。敲碎春心无赖是芭蕉。花正怯寒人更冷，漏声紧，梦相逢，到画桡。　画桡。画桡。隔红桥。魂自销。首自搔。去也去也，去不见、江水迢迢。怕是落花惊醒转无聊。檐畔风铃犹自语，和雨点，一声低，一声高。"梁璆此词功力稍弱于许氏，然并称双美当无问题。谢章铤《赌棋山庄词话》卷三云："《西江月》《如梦令》之甜庸，《河传》《十六字令》之短促，《江城梅花引》之纠缠，《哨遍》《莺啼序》之繁重，倘非兴至，当勿强填，以其多拗、多俗、多冗也。"① 可见作《江城梅花引》调是一件困难的事情，但梁璆有驾驭难调之才。吴衡照《莲子居词话》卷三云："《频伽词话》云：'词有拗调拗句，须浑然脱口，若不可不用此平仄声字者，方为作手。如未能极工，无难取成语之合者以副之，斯不觉其聱牙耳。'兹言最得拗体之诀。推之，如《江城梅花引》《喝火令》《归田乐》各体，虽未为尽拗，然必极精融妥溜而出之。"② 梁璆此词确实做到了"精融妥溜"。

梁璆在潜社中作词，颇能关注国事，几乎每首词都涉及现实的生存危机，绝不批风弄月，是故其词分量较重，此在女性词中尤为难得。《潜社词续刊》第三集所刊《声声令·拜孝陵》云：

> 连朝风雨，一夕山陵。国愁无处诉幽冥。英雄气概，到今日，已无灵。听塞边、胡马又鸣。　三百年间。黄土路，恨难平。想他犹记

---

① 《赌棋山庄词话校注》，第 71 页。
② 《词话丛编》，第 2453～2454 页。

旧宫庭。繁华去也，两朝更，再称兵。问后生、谁更请缨。

此词作于日寇全面侵华之后，词人似有预感：南京当是朝不保夕了。她抚今追昔，为国愁，恨难平，呼唤有人能请缨杀敌。此词有壮气。

中华人民共和国成立后，梁璆有作品发表在《华夏吟友》《当代巾帼诗词大观》《鹅岭诗词》《连云港日报》《花果山诗讯》《海州文献》等多种书报杂志。就词的创作说，她已很难写出《潜社词续刊》中收录的高水平的词作，人事摧磨，辗转求活，词心因之大减，诚可以理解。有首词仍可见她的好情怀，《忆江南·赞台北〈海州文献〉杂志》云：

> 文献好，台海架金桥。故土乡风勤集萃，沟通两岸付辛劳，世纪涌春潮。①

她是福州人，平日是很难回故乡一次，但她盼望两岸相通，新世纪有和平春潮的涌起。词心甚善！

三　王梅词

王梅，字又真，号梅窗，福建长乐人。黄天任室。著有《梅窗词》不分卷。《梅窗词》有 1949 年厦门铅印本，收词 38 首，另可据林葆恒纂《词综补遗》补辑 2 首。

王梅生平事迹不显，潘受《〈梅窗词〉序》说她曾在四川生活过，大约是在抗战期间迁移到那里去的，又说她 1948 年定居厦门。中华人民共和国成立后，王梅可能继续作词，惜无这方面的材料。著名因明学家、诗人、书法家虞愚（1909～1989）存词 10 首，有 3 首写到了王梅，即《齐天乐·王又真将适新加坡，赋此志别》《西江月·喜王又真词长至京》《浣溪沙·喜梅窗词家至京再酬此阕》。②

----

① 霍松林主编《中国当代诗词联大观》，中国文联出版社，2003，第 951 页。
② 何丙仲辑注《虞愚先生诗词补辑》，虞愚：《虚白楼诗》，《同文书库·厦门文献系列》第二辑，厦门大学出版社，2017，第 189～190 页。

潘受是著名的词人，所作《〈梅窗词〉序》显示出他对填词一道有很深的理解。此《序》评梅窗词曰："梅窗多警句，善布局，停匀紧凑，首尾呼应，故宽不弛、狭不窘；过变不断，最谙古意，而层波叠澜，此伏彼起，使人应接；山外之山，楼外之楼，而不暇写，情往而复，盘折回荡，务扫着迹字，不以涕笑为悲喜；写景不刻不隔，尽其状而有景外趣；写物则直与物相唯、相诺、相歌哭、相魂魄肺腑骨肉，而殷勤之、而觏瞑之、而嘲、而谕、而茹、而吐、而怜、而慕、而不知其为物其为人、而不知其为词、而物与人与词玄冥而相忘矣。"① 于梅窗词布局、过变、抒情、写景、状物皆一一指明其特点。梅窗词颇能流播人口，虞愚《浣溪沙·喜梅窗词家至京再酬此阕》有云："袖中丽句诵而今。"②

先看《误佳期》一词。潘受《序》说他曾将此词转示黄墨谷、王芃生、乔大壮诸前辈，大得称赏。词云：

> 寒食天涯寂寞。风雨满城花落。怕他春去不开门，直憎鹃声恶。
> 挤醉欲忘愁，还被愁寻着。试拈红线绣鸳鸯，又是针针错。

此为伤春词，寂寞风雨中不愿出门，直觉杜鹃声太恶，于是借酒遣愁，反被愁寻扯，又借红线绣鸳鸯，不料针针出错。绣鸳鸯，无非是思念的暗示，偶尔出错可以理解，却说针针出错，是加倍写法。此词是学《花间》词法，词句妥帖，遣情自然，然乏创造性，在《梅窗词》中不得说是上品。

《梅窗词》当以《清平乐·春柳》一词为压卷之作，词云：

> 青青眉眼。愁损何时展。万缕千丝柔欲断。日日燕裁莺翦。　春风春雨阴晴。飞花飞絮平生。却有夜乌多事，替伊细诉飘零。

词心锐感，察物之细，是梅窗词的最大特点。此词上阕集中写柳眼，慵展

---

① 王梅：《梅窗词》卷首，民国 38 年（1949）厦门铅印本。
② 虞愚：《虚白楼诗》，第 190 页。

不开，似皱愁眉，再说到柔肠欲断，不料柔肠反天天受到裁剪。上结极为警动。下阕说风雨阴晴，花絮漫飞，本是常见物候，而夜乌反成多事者，诉说飘零之苦。下结颇为翻新。此词虽不能说完全摆脱《花间》风格，然极大地见出梅窗的创造性。

　　一旦受到生活中的重大刺激，梅窗词的情感就会冲决而出，此时也就没有什么《花间》的影响，显示出梅窗词风的多面。有词《蝶恋花·沪郊视殇女阿瑜葬处》云：

> 草冷烟低郊野路。踏僻穿荒，呼唤娇魂去。血泪未干同两乳。相寻万一还相遇。　当日笑啼浑莫据。瞥眼风花，枉道曾生汝。寂寂纸灰随乱絮。天涯兼又黄昏雨。

一位母亲的最为伤痛之事，莫过失去自己的孩子。女未成年即亡去，伤痛之外还有重责。可能孩子还在吃奶时即亡去，故有"血泪未干同两乳"的状写，现孤葬野处，她一路寻去，明知寻不到，但还抱有万一遇见的奢望，诚可痛也。往日孩子生活的种种情状一一浮现，然只能无可奈何地存在记忆中，深深自责随之而来，做母亲的她只能烧些纸钱求一丝解脱，而风风雨雨还是没完没了。一首短调，如此曲折三致意，一切都从心底流出，意到笔到。

　　梅窗词是《花间》词风千年后在闽地的回响，她以创作实绩显示了这种词风的巨大生命力。然非锐感之人，抱纯真之心，且具一流写作才能，实难以追步《花间》词风。我们不必说，梅窗词在题材上没有突破，但她把传统题材再做深度的开掘，写出自己的个性，也算是成功之路。

第四节　民国闽籍后起词人的词作

　　易代之际的词人，其归属向难以界定。《全宋词》将在宋朝年岁满二十岁的词人一律划归宋朝词人，虽便于操作，但易引起争议。中华民国仅存 38 年，不少词人生于清末，历中华民国并在中华人民共和国继续生存。

《全闽词》将历经中华民国和中华人民共和国的词人，按其词的创作主要
是在中华民国还是在中华人民共和国进行划分，如词的创作主要在中华民
国就予以收录，如词的创作主要在中华人民共和国，则不予收录（个别词
人例外）。有些词人创作发端于中华民国，而主要创作于中华人民共和国，
这些词人应在《福建词史》一书的论述范围。本节检视词的创作横跨中华
民国与中华人民共和国有成就的词人，以见他们承前启后之功，而词史的
流脉方不见中断。至于词的创作完全在中华人民共和国成立之后，则暂不
予以论述。

一 陈声聪词

陈声聪（1897～1987），字兼与，有壶因、荷堂、弱持等笔名，福州
人。五岁父卒。中国大学政治经济科毕业。二十岁参加文官考试及格，签
分财政部。后任各省市秘书、参事等职，后又入财政界。擅长诗词文画。[①]
著有《兼于阁诗话》《荷堂诗话》《填词要略及词评四篇》《兼于阁杂著》
《兼于阁诗》，词集名《壶因词》，今人整理成《兼于阁诗话全编》。

陈声聪诗论中多涉及对何振岱及其弟子诗词的评论。陈声聪有《何梅
生丈挽词》云："盖代文章伯，萧条付痞歌。境深由理至，气肃得秋多。
鱼鸟聊安稳，山林有坎坷。十年抱贞疾，厄闰复如何。"[②]《论诗绝句》评
何振岱云："闭阁焚香自在眠，一琴只合是无弦。论诗谁喻深微旨，细雨
疏花意欲禅。"[③] 所评皆殊切。陈声聪是继何振岱之后闽人诗词创作与研究
兼善的人物。

陈声聪50岁后始作词，成就不俗，今存词98首，只有少数词篇作于中
华人民共和国成立前。新中国成立后，他寓居上海，喜谭艺，是闽籍文士中
坚持作词甚久之人。沈轶刘《繁香榭词札》称其"精研宋诗，尤粹于词"[④]。

陈声聪词中多有述及与诗友词友的过存交往，可见陈氏是一个重情的
人，其之所以成为著名诗家词人，有其自身的这种天性在。词中所见诗友

---

① 包谦六：《诗人陈兼与》，《兼于阁诗话全编》，第 1002～1023 页。
② 《兼于阁诗话全编》，第 862 页。
③ 《兼于阁诗话全编》，第 783 页。
④ 《近现代词话丛编》，第 208 页。

词友有陈海瀛、王彦行、陈泽锽、林岩等，皆闽人。陈声聪《〈琴趣楼诗〉序》云："余五十以后，始于墨巢翁许，获交王子澹顾与陈子琴趣，成为晚年文字骨肉。澹顾已先逝，今惟琴趣，如骖之与靳、蚤之与驱也。"① 陈氏有《法曲献仙音·中秋前三日，太疏楼公饯松峰赴平凉》《贺新郎·题无竞丈〈红烛检书图〉》《采桑子·癸丑三月十三日，同澹顾、松峰市楼展禊》《浣溪沙·澹顾书谓予以耄龄犹能为缠绵婉约之词，以张子野相比，因题是解答之》《浣溪沙·视澹顾疾》《减字木兰花·北山邀予及松峰往西湖观荷花，始还遇雨》等词，写得真情盎然，所言及诸人均是以道义相交之士。这里有必要述及他的诗友词友。

陈海瀛（1883～1973），字说洲，号无竞，福州人。壬寅（1902）中举人。后留学日本早稻田大学法政专业，卒业归国，任福建法政学堂讲席。1920年护法之役，孙中山设广州军政府，陈海瀛任军政府秘书。1922年林森任福建省长时，任秘书；1923年初萨镇冰继任省长，仍任秘书，后升为秘书长。嗣后任华南女子学院、福建学院讲席。著有《希微室家藏文稿》《希微室诗稿》《读〈史记〉管见》《师友感逝录》《希微室折技诗话》等。② 陈声聪《记陈无竞先生的诗与事》说："无竞先生为中山先生得力秘书，知道的人，今日已很少，特为表而出之，亦足以见中山先生用贤爱士之伟大精神与无竞先生个人之感恩知己和对于革命的贡献。"③

林岩（1911～1977），字松峰，福州人。历任银行、海关秘书。著有《松峰词稿》不分卷。存词16首。

王彦行（1903～1979），学名王迶，号隘厂、澹顾，福州人。毕业于福建省立第一中学、福建省立法政专门学校。后历任国立劳动大学注册课主任、商务印书馆编辑、同济大学校长办公室秘书。新中国成立后在万国化学工业社、第四电表厂等工厂任职。其遗作，陈兼与先生编成油印本《澹顾诗录》。④ 陈泽锽为王彦行《澹顾诗录》作跋云："余始至上海，主墨巢翁馆中，时多雅集，诗事甚盛。于宾客中揖澹顾，癯然而清，知为笃

---

① 《兼于阁诗话全编》，第775～776页。此文又见《琴趣楼诗》卷首。
② 《福建省文史研究馆馆志》，第140页。
③ 《兼于阁诗话全编》，第746页。
④ 王彦行：《澹顾诗录》卷首《王彦行先生小传》，福建美术出版社，2002。

学深思人也。泪墨巢下世，见不数数。近数年复于兼与许频获奉手，谈艺说诗以为笑乐，有作必以相示。君记诵精博，见之于诗则隽新典雅，尽去陈言，而神理内敛，蕴蓄无穷。独以晚年多病，时出苦语，兼与每以寒孟目之。"①

陈泽锽（1905～2000），原名权，字琴趣，福州人。早年从陈衍、何振岱学古文。旅居上海从事教育工作。著有《琴趣楼诗》。② 陈海瀛之子，李宣龚女婿，居硕果亭有年。陈声聪《荷堂诗话》评其诗曰："淡中有至味，虚中有实理。"③

陈声聪的交友词以《浣溪沙·视澹颅疾》最能感人，录如次：

> 携册来过一叩扉。今年病发未秋时。为君憔悴念吾衰。 志困力穷从有渐，朋疏辈少若无归。此怀正恐被人知。

人老难以挂怀的事，往往又怕别人得知，"志困力穷""朋疏辈少"，状人生暮年之窘况。王彦行读到此词"朋疏"句时，竟伤心落泪④，可见此词引起的感动。

陈声聪词有谐趣，是其词的一大特点。《卖花声·近目瞖益甚，戏用樊榭韵》云：

> 薄雾罩芳蹊。花影高低。方愁路不辨东西。何限春光红与紫，怅隔重围。 清景乍沉迷。安得金篦。书城封了一丸泥。窗暗窗明浑早晚，听取鸡啼。

"一丸泥"，用《东观汉记》中一丸泥封函谷关典故，状自己目盲之牢不可破，似未见他人如此用典。此中有谐趣。他如《祝英台近·咏熊猫》有云："绮窗翠袖天寒，倚频修竹，却刚被，邻人窥见。"写熊猫憨态，令人

---

① 《澹颅诗录》，第 148 页。
② 《百年闽诗（1901～2000）》，第 499 页。
③ 《兼于阁诗话全编》，第 386 页。
④ 包谦六：《诗人陈兼与》，《兼于阁诗话全编》，第 1020 页。

忍俊不禁。

陈声聪词的分量较重，这得力他不断歌咏新中国的建设成就，可见新时代对他的影响。陈声聪《〈澹庼诗录〉序》云："然时代异，前人之所能至，今或限之；前人之所限，今或越而出之。"① 这样说，无怪乎他的词能与时俱进。这类词有《东风第一枝·颂东方红号卫星上天》《念奴娇·南京长江大桥》《水调歌头·颂珠穆朗玛峰登山队》《翠楼吟·对电视机戏作》，其中以《念奴娇·南京长江大桥》最佳。词云：

> 白门城郭，俯中流人物，潮翻沙卷。自古长江天堑险，南北今谁能限。水底鱼龙，山中狐兔，铁锁新钩绾。寄奴如在，亦知残霸须剪。　蓦地匹练横空，垂虹十里，来去喧舟辇。野阔星低天四幕，宵静明灯遥灿。马粪诸王，乌衣子弟，梦也何曾见。钟山无语，六朝惟有飞雁。

此词热情赞颂祖国建设的伟大成就，历史上煊赫一时的帝王刘裕以及乌衣子弟们何曾能梦见新中国成立后南京建设的成就，面对巨大的成就，钟山也得低头无语。

陈声聪曾说自己喜欢张炎、史达祖的词，谓张炎词可以见才气，史达祖词可以穷状物。② 他的自写怀抱较好的词还有《念奴娇·同人谋为荷花作生日，赋此》，能见到张炎的影响。另有较多题画词，确能状物。

二　虞愚词

虞愚（1909～1989），原名虞德元，字竹园，号北山，祖籍浙江山阴（今绍兴），出生于厦门。著名佛学家、书法家、诗人。虞家奉佛，虞愚从小对佛学产生兴趣。1928 年赴南京支那内学院从欧阳竟无学因明、唯识学。1931 年考取厦门大学教育学院心理学系，得到太虚法师亲炙，得以在闽南佛学院兼课，并入鼓浪屿林尔嘉创立的"菽庄吟社"。1934 年从厦大

---

① 《澹庼诗录》卷首。
② 包谦六：《诗人陈兼与》，《兼于阁诗话全编》第 1020 页。

毕业，留校担任理则学教员。1936 年赴南京任监察院编审。抗战全面爆发后重回厦门。1941 年至贵阳任国立贵州大学理则学讲师、副教授。1943 年任长汀国立厦门大学哲学与文学副教授。抗战胜利后，任教授。1956 年，任中国佛学院教授。1978 年调任中国社会科学院哲学研究所研究员、文学所兼职研究员。1989 年病逝于厦门。著有《因明学》《虚白楼诗》《虞愚文集》《虞愚墨迹》等，参与编纂《佛教大百科全书》。

1949 年刊《虚白楼诗》仅附词 3 首，2017 年刊《虚白楼诗》附录何丙仲先生辑注《虞愚先生诗词补辑》复补词作 7 首，目前可知虞愚先生存词凡 10 首。词于虞愚先生来说仅是余事，然他是极好的诗人，其友陈声聪《虚白室诗序》云：“吾友虞君北山，少喜吟咏，每于攻课之余，手《楚辞》、杜集，日暗诵一二篇以为常，凡数年而卒其业。所作尝为石遗老人所激赏，录其句于《石遗室诗话续编》中，时君年甫逾冠也。……抗战军兴，辗转湖湘岳邑间，举目山河，有神州陆沉之惧，忧生悒世，含毫抽绪。是时所作七律数篇，极似少陵《登高》《登楼》《阁夜》《秋兴》诸作。”“君诗趣隽上，声情发越，尤长于怀往叙事之咏。……千年以后之寝馈于《楚辞》、杜诗者，又见一新其壁垒。君素所标举为诗必‘清、深、真、新’四字者，足以当之矣。”① 诗多写抗战时期所经历的苦难，如《上杭道中并序》就可见他在厦大执教期间辗转漂泊的沉痛之情。序云：“倭寇陷赣州，长汀厦门大学拟疏散上杭开学，愚率眷买舟以先。两岸霜风凄紧，阴雨霏霏，一若国将亡、族将灭者，天胡如此醉耶？率成五言，聊以遣闷耳。”诗云：“舻枕江风接，移家迫岁阑。未须怜寂寞，正欲试饥寒。冻雨沉兵气，惊弓湿羽翰。是非心史在，不写与人看。”② 诗说饥寒、冻馁、惊心诸般感受，还有来自别人的误解。

虞愚先生的词不像其诗那样强烈地关注现实，而是多写他与文人的交往。写与词家王梅（字又真）交往的词就有三首，如《齐天乐·王又真将适新加坡，赋此志别》云：

---

① 《兼于阁诗话全编》，第 755～756 页。
② 虞愚：《虚白楼诗》，第 34 页。

苍茫家国无穷泪，新霜鬓毛如许。乍定吟魂，方亲笑语，又说飞篷南渡。江湖倦旅。记朋饮山楼，坠欢如雾。奄忽风波，水滨凝伫舣舟处。　无情江树一碧，只新词几阕，消得残暑。月色苍凉，山云黯淡，相对浑忘迟暮。骚心最苦。似为我羁留，细商音吕。后会何时，更烦君试数。[①]

此词写得深情邈邈，可见他与词人王梅的风谊之重。另有《西江月·喜王又真词长至京》云："余生未卜复如何。历劫犹存尔我。"《浣溪沙·喜梅窗词家至京再酬此阕》云："酒香茶熟故人心，袖中丽句诵而今。"他们之间的交情长达数十年。王梅事迹多不详，虞愚是 1956 年调任中国佛学院，则王梅此年仍健在。

虞愚先生另有词写他与著名诗评家、诗人陈声聪的交往。《满江红·奉酬壶因见怀之作》云：

一别经年，又将届荷花时节。长记得，茂南倾盖，过从朝夕。更忆西湖闲击艇，掬心相印三潭月。笑此身南北几风霜，还为客。　思俊句，平生折。搜画卷，何人识。信文章当代，诗书双绝。百尺楼中豪气在，三千里外归思切。喜淞江转眼重相亲，吟怀豁。

陈声聪晚年寓居上海，谈文论艺，多与诗人词客往还。所谓"百尺楼中豪气在"应指此。此词写飘零中有好友相慰藉，诚为人生一乐事。

虞愚先生的词当得起他提出的作诗原则"清、深、真、新"之要求，而以"真"字更切合其词。词中有真感情，读来令人生发感慨。

三　黄畬词

黄畬（1912～?），字经笙，号纫兰簃主，福建侯官（今福州）人，黄濬（1891～1937）从弟。祖父黄玉柱是台湾举人，父亲黄彦威也是台湾举人，著名画家，曾参加康有为主导的"公车上书"。黄彦威曾出任山西朔

---

① 何丙仲辑注《虞愚先生诗词补辑》，《虚白楼诗》，第 189 页。下引虞愚词同此书。

州知州，又在夏县、大宁、蒲县、永济、建宁、兰封任知县，在山西北路
高等审判厅任厅长，在北京财政部任科员，留滞北京十多年，后以教书为
生。黄畲幼年随父亲从台湾淡水县来京，1931 年毕业于北平四存中学，
1941 年入北平国学院攻读，拜清末翰林郭则沄为师，专攻古典诗词及辞赋
等，曾参加郭则沄组织的蛰园诗社、瓶花簃词社，关赓麟组织的咫社及张
伯驹组织的庚寅词社。黄畲与张璋合编《全唐五代词》，另著有《欧阳修
词笺注》等。

　　1953 年油印本关赓麟辑《咫社词钞》、1963 年油印本关赓麟编《稊园
癸卯吟集未定稿》都收了黄畲的词作，特别是《咫社词钞》1 ~ 4 卷都有
黄畲的词作，可见他是咫社唱和的活跃词人。黄畲的词社唱和词所表现出
的水平只能算一般，价值也不高，读起来也费解。词社唱和一般是缘题赋
物，多为作词而作词，少不了为文造情的一面，故词家多用思力结撰词
篇，好寻扯典故以展示功力，结果是丽辞密语堆垛，情意不流动，真所谓
"无谓之词以应社"。像黄畲这样师从名师的词人，如不参加词社创作，内
心情意涌动的时候，却能写出好词，如《雅言》庚辰卷十二所刊《一萼红·
连阴未霁，丛梅初放，因念旧雨音尘断绝，遂赋此解，用白石韵》云：

　　　　小帘阴。看丛梅乍放，冻蕊不胜簪。浅醉翻歌，幽香着句，人意
　　渐觉冥沉。画廊外、轻烟似縠，念旧雨、消息断青禽。北海春空，西
　　山木落，谁共登临。　琴绪花惊都倦，剩哀吟楚些，一片骚心。璧月
　　龙楼，绘波凤舸，昔游如梦难寻。客思共、酒怀索漠，悄黄昏、门锁
　　兽镮金。更怕痴云黯天，酿雪寒深。

再看《咫社词钞》卷一所收《霓裳中序第一·用草窗韵》①云：

　　　　云罗幻碎迭。翦得缃蕤和翠叶。苞粟凝珠缀结。看玉树桂秋，金
　　棱撑月。搓酥缕雪。写古香、佳句藏簏。今何夕、月泉旧侣，俊赏向
　　谁说。　清绝。兔寒虬咽。任捣麝、香尘未灭。月中仙种迥别。莫漫

---

① 此词在《咫社词钞》中属"稊园赏桂"一咏。

比琼花，只赋钿块。缥壶敲尽缺。按旧谱、重赓断阕。银河转、一帘香雾，素影照寒蝶。

其师郭则沄抱遗民心境，喜南宋姜、张词风，特别是宋末遗民词的曲折隐晦的表达方式，故他的词也多和宋末词家的用韵。两相对照，一首咏梅，一首咏桂，咏梅词语意明快，情思流动，谢绝典故；咏桂词精心结撰，情思曲折，多用典故。依拙见，咏梅词远胜咏桂词。

黄畬词创作的生命力持久，1983 年他在《词学》第二辑发表《八声甘州·秋月》词，词中清气逼人。词云：

正满天风露洗冰轮，空廓澹无烟。料琼楼玉宇，珠宫贝阙，多贮婵娟。招手素娥欲下，伴我舞翩跹。无奈星河阻，怨掩冰弦。 俯仰乾坤今古，对九霄霜影，罢酒凄然。况山河遥隔，问今夕何年。把金波、半成清泪，剩画阑、丛桂为谁妍。寒又近、莫教横笛，唤起铜仙。

四 黄寿祺词

黄寿祺（1912～1990），字之六，号六庵，福建霞浦人，祖籍宁德石堂。早年入读北平中国大学国学系，师事易学大家尚秉和及礼学名家吴承仕等学者。返闽后，先后执教多所高校，曾任福建师范大学教授、副校长，著名易学专家、"三礼"研究大家。其子黄高宪曾任福州师专副校长。寿祺先生著有《六庵诗选》《六庵文集》《易学群书平议》《六庵论易杂著》《六庵易话》《六庵读礼录》《群经要略》《六庵丛纂》等。

《六庵诗选》存诗 600 首附词 22 首。黄寿祺先生一生好吟诗，绝、律、古诸体皆擅，尤以律诗脍炙人口。其诗能以简明雅洁的语言构造深厚的意境，很少袭用他人成句，化用典故必如已出。如其作于 1932 年燕京求学期间的《游社稷坛》云："玉殿琼楼半改观，天家旧苑几凭阑。龙蛇屯聚春明馆，燕雀争飞社稷坛。照眼榴花红欲滴，经春杨柳绿犹寒。淊雷奋发惊深蛰，聊自婆娑着意看。"此诗格律精稳，章法娴熟，知黄氏于弱冠之年已精于诗道，称其早慧诗人不为过。桂堂《老树当风叶有声——记黄寿祺教授》说其诗"接武前贤，义归雅正，才兼众体"①。

词于寿祺先生来说，仅是余事。黄娴编注《六庵诗余存稿》②收其存世词作计56首，并给部分词作作了注解。寿祺先生作于中华人民共和国成立前的词仅9首，已能写出佳作，如《蝶恋花》云：

> 四面荷塘溶碧水，疏淡秋容，红蓼还如醉。记得香车曾此会，绿罗裙染香山翠。　千种温柔成梦寐，塞雁来时，一掬飘零泪。日暮城头闻角吹，阑干徒倚人憔悴。③

寿祺先生28岁作此词，时寿祺先生在北平中国大学任教。词虽写出沧桑之感，然不失温馨的回忆，乱世飘零徒然使人向往安宁生活。此词写心中之感，能曲折尽意，信作手也。

中华人民共和国成立后，词人空寂沉闷之感一扫而空，词多欢快之语。《临江仙·题吴秋山〈茅青词选〉》云："文运推移随世变，独弹古调谁听。"他主张诗词创作应反映新时代的生活。他有4首《浣溪沙》写三明的今昔巨变，其一《重到三明》云："百厂烟囱云际立，万家灯火夜深明。而今巨变旧山城。"其二《凝紫门远眺》云："溪山风物信多娇。"其三《参观三钢》云："铁水奔流心比赤，钢花怒放产频增。工人挥汗足豪情。"其四《三纺颂歌》云："纺就新棉花似雪，织成素布玉无瑕。"黄娴注云："此组词中，'三钢'指三明钢铁厂，'三纺'指三明纺织厂，均为大型国有企业。"④新时代给他的词注入新的活力，词人对新时代的喜爱之情是发自内心的。

寿祺先生《赴京道中寄怀院中诸老友》有云："及门弟子追洙泗，开国文章迈汉唐。"此语可见寿祺先生执教的豪迈之情。寿祺先生写他从教生活的词作，展现了他作为一个知识分子的"君子之乐"，如作于1961年

---

① 黄寿祺：《六庵诗选》，福建人民出版社，1986，《附录》，第25页。
② 黄娴编注《六庵诗余存稿》，澳门书社，2020。
③ 《六庵诗选》，第259页。下引黄寿祺诗词同此书，不另注页码。
④ 《六庵诗余存稿》，第17页。

的《浣溪沙·辛丑九月题迎新壁报》云：

> 白露初凝龙眼黄，平畴万里稻花香。一年记取好时光。　上舍高才欣入选，八闽新彦庆升堂。长安山麓乐声扬。

他下放到农村改造，心境也无压抑，反而对农事非常关心，如《锦堂春·茶广山居即事》云：

> 春望秋苗早绿，夏期稻穗匀黄。时时农事关心事，祈雨复祈旸。候病常思聚药，访贫首问存粮。采茶初了追肥急，又见打虫忙。

黄娴注此词说：“一九七〇年一月至一九七二年八月，年近六旬的黄寿祺先生，从福州被下放到闽东周宁县咸村公社碧岩大队茶广村。此村在岭路陡峭的高山之上。”① 可见下放生活是艰苦的，于年高之人来说尤为不易，寿祺先生关爱农事的善心就更值得敬佩了。

寿祺先生的词如他的诗一样充分地反映了新时代的巨变，用一种明白浅显的语言缔造出深厚的意境，词中有其人在，词中有其情在。

---

① 《六庵诗余存稿》，第 15～16 页。

附录：闽词年表简编

本表据历年编纂《全闽词》所得增改而成，旨在大体展示闽词的发展历程，为研究闽词者提供线索和资料。本表主要给词作编年，词人毕生所作篇数一一说明。一般据词集刊出年份编年，如词集刊出年份不明则编于卒年，卒年不明则编于生年，生年不明则编于科第年份或主要事迹年份，如以上均不明则编于大体可推测年份。而于词人事迹，仅指明生卒年、科第、建树，其他事迹请参《全闽词》。

本表囿于篇幅所限，不能一一指明文献出处，《全闽词》有资料来源说明，但受惠他人所获资料则予以指明，以不泯灭其劳绩。本表部分吸收了拙作《清代至民国闽词集编年（1644～1949）》的考证成果，并有所增删改正，文载《闽江学院学报》2012年第1期。本表"时事"一项参考了陈遵统等编纂《福建编年史》。本表反映了《全闽词》出版后同行的指正意见，在此敬表谢忱。

唐景福二年癸丑（893）

时事：五月，王潮取福州。

陈金凤生。

唐乾宁三年丙辰（896）

时事：十二月，王潮殁，弟王审知自称福建留后，奉表于朝廷。

闽开平三年己巳（909）

陈金凤年十七，为王审知选入后宫，召为才人。

闽龙启元年癸巳（933）

陈金凤立为皇后，筑长春宫居之。

闽永和元年乙未（935）

李倣作乱，陈金凤被杀。《十国春秋》卷九四引《金凤外传》存陈金凤词2首。

闽天德三年乙巳（945）

时事：八月二十四日，南唐兵克建州，王延政降，南唐掳之以归，闽亡。

宋开宝七年甲戌（974）

杨亿生。

宋雍熙四年丁亥（987）

柳永约生于本年。

宋淳化三年壬辰（992）

李坦然举进士。生卒年不详。《梅苑》卷二存其词1首。
杨亿举进士。

宋大中祥符五年壬子（1012）

蔡襄生。

宋天禧四年庚申（1020）

杨亿卒。《梅苑》卷十存其词1首。

宋天圣七年丁卯（1027）

章楶生。

宋太平十年庚午（1030）

蔡襄举进士。

宋景祐元年甲戌（1034）

柳永举进士。

宋景祐四年丁丑（1037）

蔡确生。许将生。

宋庆历元年辛巳（1041）

郑侠生。

宋庆历四年甲申（1044）

黄裳生。

宋庆历七年丁亥（1047）

蔡京生。

宋皇祐五年癸巳（1053）

柳永约卒于本年。朱孝臧辑校《彊村丛书》本《乐章集》《乐章集续添曲子》存其词206首，《全宋词》另补辑7首（含残句）。明钞本《天机余锦》存其词2首。

陈汝义举进士。生卒年不详。陈元靓撰《岁时广记》卷八引《复雅歌词》存其词1首。

宋嘉祐二年丁酉（1057）

陈瓘生。

宋嘉祐四年己亥（1059）

时事：十二月，泉州洛阳桥落成。
蔡确举进士。

宋嘉祐六年辛丑（1061）

陈睦举进士。生卒年不详。皇都风月主人编《绿窗新话》卷下引《古今词话》存其词2首。

宋嘉祐八年癸卯（1063）

许将举进士第一，签书昭庆军判官。

宋治平二年乙巳（1065）

章楶举进士。
苏庠生。

宋治平四年丁未（1067）

蔡襄卒。陈耀文编《花草粹编》卷三存其词1首。

宋熙宁三年庚戌（1070）

蔡京举进士。

宋熙宁四年辛亥（1071）

廖刚生。

宋熙宁七年甲寅（1074）

时事：久旱不雨，郑侠绘《流民图》上神宗，将灾民之苦归罪于新法。次日，新法罢者十有八事。

宋元丰二年己未（1079）

时事：曾巩作《道山亭记》。道山即福州乌石山。

廖正一举进士。生卒年不详。曾慥辑《乐府雅词》拾遗卷上存其词
1首。

陈瓘举进士。

宋元丰五年壬戌（1082）

蔡确拜尚书右仆射兼中书侍郎。

黄裳举进士第一。

宋元丰七年甲子（1084）

李纲生。

宋元丰八年乙丑（1085）

蔡确进左相。

宋元祐元年丙寅（1086）

蔡确罢相，出知陈州。

宋元祐二年丁卯（1087）

时事：十月六日，诏福建路于泉州置提举市舶司。

宋元祐三年戊辰（1088）

范致虚举进士。

蔡伸生。

宋元祐四年己巳（1089）

许将自翰林学士兼吏部尚书，守尚书右丞。

李弥逊生。

宋元祐六年辛未（1091）

张元幹生。

邓肃生。

宋元祐八年癸酉（1093）

蔡确卒。陈元靓撰《岁时广记》卷二十六存其词残篇 1 则。

宋绍圣四年丁丑（1097）

陆蕴举进士。

宋元符元年戊寅（1098）

胡寅生。

宋建中靖国元年辛巳（1101）

七月，以端明殿学士章楶同知枢密院事。

刘子翚生。

宋崇宁元年壬午（1102）

七月十七日，章楶以年老辞职，未几，卒。《唐宋诸贤绝妙词选》卷五、杨金本《草堂诗余》后集卷上存其词各 1 首。

许将为门下侍郎。

宋崇宁五年丙戌（1106）

廖刚举进士。

宋大观三年己丑（1109）

李弥逊举进士。

黄公度生。

陈善约生于本年。①

宋政和元年辛卯（1111）

许将卒。《梅苑》卷五、《岁时广记》卷三十一引《古今词话》存其词各1首。

宋政和二年壬辰（1112）

李纲举进士。

卢炳举进士。生卒年不详。其《醉蓬莱·上南安太守庚戌正月》作于建炎四年（1130），是其人已入南宋。所著《烘堂词》收词63首。

宋政和四年甲午（1114）

黄裳知福州。

宋政和五年乙未（1115）

李持正举进士。生卒年不详。吴曾撰《能改斋漫录》卷十六存其词2首。

蔡伸举进士。

宋政和六年丙申（1116）

陆蕴擢御史中丞，旋以龙图阁待制知福州，改知建州。

魏掞之生。

宋宣和元年己亥（1119）

郑侠卒。所著《西塘先生文集》卷六《复李君宝知县》存其词1首。

宋宣和二年庚子（1120）

陆蕴卒。《唐宋诸贤绝妙词选》卷八存其词1首。

---

① 陈善生卒年，参孙钒婧、孙友新校注，陈叔侗点评《扪虱新话评注·弁言》（卢美松撰），福建人民出版社，2014。

宋宣和三年辛丑（1121）

胡寅举进士。

宋宣和四年壬寅（1122）

本年至宋靖康二年（1127），吴激使金被留。

陈瓘卒。赵万里辑《校辑宋金元人词》本《了斋词》存其词 24 首（含残篇）。

刘珙生。李吕生。

宋靖康元年丙午（1126）

宋钦宗即位，天下罪蔡京为"六贼"之首，贬衡州安置，死于潭州。王明清辑《挥麈后录》卷八存其词 1 首、蔡绦撰《西清诗话》卷下存其词 4 首。

宋钦宗时，授李纲兵部侍郎、尚书右丞，命为亲征行营使，指挥汴京保卫战，击退金兵。

张元幹为李纲行营属官。

三月，邓肃因李纲等荐，召赴阙，赐进士出身，补承务郎。九月，宋钦宗召对，授鸿胪寺主簿。

宋建炎元年丁未（1127）

五月，邓肃擢左正言。九月，李纲罢相，邓肃抗疏力争，为执政所忌。十月，邓肃罢左正言回乡。

宋建炎二年戊申（1128）

吴叔虎举进士。生卒年不详。佚名编《诗渊》存其词 1 首。

宋建炎三年己酉（1129）

范致虚卒。陈元靓撰《岁时广记》卷十存其词 1 首。

陈居仁生。

宋建炎四年庚戌（1130）

朱熹生。

黄裳卒。所著《演山先生文集》存词 53 首。

宋绍兴元年辛亥（1131）

廖刚除福建路提刑。

黄铢生。

宋绍兴二年壬子（1132）

李纲任湖广宣抚使兼知潭州。

邓肃卒。所著《栟榈先生文集》收词 45 首。

高登举进士。

宋绍兴三年癸丑（1133）

黄定生。卒年不详。刘应李辑《新编事文类聚翰墨大全》丙集卷十三存其词 1 首。

宋绍兴七年丁巳（1137）

廖行之生。

宋绍兴八年戊午（1138）

黄公度举进士第一。

黄童举进士。生卒年不详。有词 1 首附见于黄公度《知稼翁词》内。

宋绍兴十年庚申（1140）

正月十五日，李纲殁于福州。所著《丞相李忠定公长短句》存词 51 首，《全宋词》另补辑 3 首（含残句）。

李弥逊归隐连江西山。

宋绍兴十一年辛酉（1141）

蔡戡生。卒年不详。所著《定斋集》收词3首。

宋绍兴十二年、金皇统二年壬戌（1142）

吴激卒。赵万里辑《校辑宋金元人词》本《东山乐府》录其词10首。

陈知柔举进士。

刘珙举进士。

游九言生。

宋绍兴十三年癸亥（1143）

廖刚卒。所著《高峰文集》收词7首。

宋绍兴十四年甲子（1144）

李讹生。

宋绍兴十五年乙丑（1145）

林仰举进士。生卒年不详。《唐宋诸贤绝妙词选》卷七存其词1首。

宋绍兴十七年丁卯（1147）

苏庠卒。曾慥辑《乐府雅词》卷下收其词23首。

刘子翚卒。所著《屏山集》收词4首。

宋绍兴十八年戊辰（1148）

高登卒。所著《东溪集》收词12首。

朱熹举进士。

宋绍兴二十一年辛未（1151）

张元幹坐作词送胡铨，追赴临安大理，削籍除名。

陈居仁举进士。

王梾生。

宋绍兴二十三年癸酉（1153）

李弥逊卒。所著《筠溪集》收词 94 首。

宋绍兴二十五年乙亥（1155）

曾慥卒。向子𬤖撰《酒边词》、史铸撰《百菊集谱》、陈耀文编《花草粹编》计收其词 8 首。

陈祖安为右通直郎、淮南路转运司干办公事，坐事放罢。生卒年不详。《至元嘉禾志》卷三十存其词 1 首。

郑域生。卒年不详。陈景沂辑《全芳备祖》存其词 7 首、黄昇辑《中兴以来绝妙词选》存其词 4 首。

宋绍兴二十六年丙子（1156）

蔡伸卒。所著《友古居士词》收词 175 首。
胡寅卒。朱熹撰《晦庵题跋》、佚名编《诗渊》计收其词 2 首。
黄公度卒。所著《知稼翁集》收词 15 首。

宋绍兴三十年庚辰（1160）

黄仁荣除直敷文阁知临安府。生卒年不详。周煇撰《清波杂志》卷九存其词残句 1 则。

林外举进士。生卒年不详。叶绍翁撰《四朝闻见录》卷三丙集存其词 1 首。

陈善举进士。

宋绍兴三十一年辛巳（1161）

张元幹卒。所著《芦川词》收词 184 首（《景刊宋金元明本词》景宋本《芦川词》），《全宋词》据《花草粹编》卷一补辑 1 首。文物出版社 2016 年影宋刊本《芦川词》① 收词 184 首，同于《景刊宋金元明本词》

---

① 王兆鹏先生赠阅影宋刊本《芦川词》，谨致谢。

本，但字迹刷印清晰一些，可资考证张元幹词的一些问题。①

宋隆兴元年癸未（1163）

李焕举进士。生卒年不详。佚名编《诗渊》存其词 2 首。

林淳举进士。生卒年不详。周泳先辑《唐宋金元词钩沉》本《定斋诗余》收其词 8 首，《全宋词》据《永乐大典》二万零三百五十三席字韵补辑 3 首。

宋乾道二年丙戌（1166）

蔡戡举进士。

宋乾道四年戊子（1168）

魏掞之以布衣召见，赐同进士出身，为太学录。

宋乾道五年己丑（1169）

熊可量举进士。生卒年不详。刘应李辑《新编事文类聚翰墨大全》丙集卷十四收其词 1 首。

陈善卒。张端义撰《贵耳集》卷上存其残句 1 则。

宋乾道七年辛卯（1171）

陈宓生。

宋乾道八年壬辰（1172）

黄定举进士第一。

欧阳光祖举进士。生卒年不详。刘应李辑《新编事文类聚翰墨大全》丁集卷二存其词 2 首。

邹应龙生。

---

① 笔者编《全闽词》，未能参阅文物出版社 2016 年影宋刊本《芦川词》。

宋乾道九年癸巳（1173）

魏掞之卒。陈元靓撰《岁时广记》二十一存其词 1 首。

范成大帅桂林，游次公参内幕。

宋淳熙二年乙未（1175）

马子严举进士。生卒年不详。赵万里辑《校辑宋金元人词》本《古洲词》存其词 27 首，《全宋词》复补辑 2 首。

宋淳熙四年丁酉（1177）

方信孺生。

宋淳熙五年戊戌（1178）

刘珙卒。佚名纂《新编通用启札截江网》卷六存其词 1 首。

王洧为兴州监押。生卒年不详。刘应李辑《新编事文类聚翰墨大全》丁集卷三存其词 1 首。

刘褒举进士。生卒年不详。黄昇辑《中兴以来绝妙词选》存其词 5 首。

熊以宁举进士。生卒年不详。佚名纂《新编通用启札截江网》存其词 3 首。

詹克爱举进士。生卒年不详。陈元靓撰《岁时广记》存其词残句 3 则。

朱熹知南康军。

真德秀生。

刘学箕生。卒年不详。所著《方是闲居士小稿》收词 38 首。

宋淳熙六年己亥（1179）

留元刚生。卒年不详。赵闻礼辑《阳春白雪》外集存其词 1 首。

宋淳熙七年庚子（1180）

陈铧生。

宋淳熙八年辛丑（1181）

吕胜己知沅州，坐事放罢。生卒年不详。民国吴昌绶、陶湘编《景刊宋金元明本词》景汲古阁钞本《渭川居士词》收词 89 首。

宋淳熙十年癸卯（1183）

黄定以直谟阁知温州。

宋淳熙十一年甲辰（1184）

廖行之举进士。

郑域举进士。

王迈生。

陈知柔卒。魏庆之撰《诗人玉屑》卷六引《休斋》存其词 1 首。

宋淳熙十四年丁未（1187）

吴申举进士。生卒年不详。刘应李辑《新编事文类聚翰墨大全》丙集卷三存其词 1 首。

游次公知汀州。生卒年不详。刘克庄撰《后村先生大全集》、魏庆之撰《诗人玉屑》、黄昇辑《中兴以来绝妙词选》计收其词 5 首。

刘克庄生。

宋淳熙十六年己酉（1189）

廖行之卒。朱孝臧辑校《彊村丛书》本《省斋诗余》收词 41 首。

刘克逊生。赵以夫生。

宋绍熙元年庚戌（1190）

高惟月举进士。生卒年不详。陆增祥撰《八琼室金石补正》卷九十六

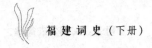

存其词 1 首。

宋绍熙五年甲寅（1194）

辛弃疾罢福建安抚使。宋光宗绍熙三年（1191），辛弃疾起任福建提点刑狱，次年加集英殿修撰，知福州兼福建安抚。绍熙五年（1194）七月、九月，稼轩连续两次因谏官诬其"贪酷"而被罢官降职。邓广铭《稼轩词编年笺注》"七闽之什"收词 36 首。①

葛长庚生。善珍生。

宋庆元二年丙辰（1196）

郑域随张贵谟使金。

邹应龙举进士第一。

宋庆元三年丁巳（1197）

陈居仁卒。吴希孟编《钓台集》卷六存其词 1 首。

宋庆元四年戊午（1198）

李吕卒。所著《澹轩集》收词 17 首，《全宋词》据《永乐大典》卷三千零零五人字韵补辑 1 首。

陈晔为广东提刑。生卒年不详。佚名编《诗渊》存其词 4 首。

宋庆元五年己未（1199）

黄铢卒。黄昇辑《中兴以来绝妙词选》卷四存其词 3 首。

真德秀举进士。

熊节举进士。生卒年不详。刘应李辑《新编事文类聚翰墨大全》丙集卷十四存其词 1 首。

---

① 辛弃疾，山东济南人，故《全闽词》未收其词，但他在仕闽期间所作词有一定数量，且影响大，故本表予以反映。

宋庆元六年庚申（1200）

朱熹卒。所著《晦庵词》收词 18 首，《全宋词》据《方舆胜览》卷五补辑 1 首。

宋嘉泰三年癸亥（1203）

蔡戡为广西经略安抚使兼知静江府。

宋开禧元年乙丑（1205）

游九言为淮西安抚使司机宜文字。

邹应博举进士。真德秀中博学宏词科。

留元刚举博学宏词科，赐同进士出身，授国子监学录。

卓田举进士。生卒年不详。黄昇辑《中兴以来绝妙词选》、谢维新编《古今合璧事类备要》、佚名纂《新编通用启札截江网》、刘应李辑《新编事文类聚翰墨大全》计存其词 7 首。

李仲光举进士。生卒年不详。佚名纂《新编通用启札截江网》存其词 3 首。

陈铧举进士。

潘牥生。

宋开禧三年丁卯（1207）

游九言卒。朱孝臧辑校《彊村丛书》本《默斋词》收其词 4 首。

宋嘉定四年辛未（1211）

王大烈举进士。生卒年不详。佚名纂《新编通用启札截江网》、刘应李辑《新编事文类聚翰墨大全》各存其词 1 首。

李振祖生。卒年不详。《绝妙好词》卷三存其词 1 首。

宋嘉定六年癸酉（1213）

李说知建宁府。

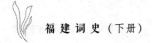

王楙卒。所撰《野客丛书》卷二十九存其词1首。

宋嘉定七年甲戌（1214）

杜东举进士。生卒年不详。刘应李辑《新编事文类聚翰墨大全》丁集卷二存其词1首。

宋嘉定十年丁丑（1217）

王迈举进士。赵以夫举进士。尹焕举进士。

包荣父举进士。生卒年不详。佚名纂《新编通用启札截江网》卷四存其词1首。

刘子寰举进士。生卒年不详。赵万里辑《校辑宋金元人词》本《篁嵊词》存其词19首。

宋嘉定十一年戊寅（1218）

陈人杰生。

宋嘉定十三年庚辰（1220）

李诜卒。葛长庚《白玉蟾全集》、刘过《龙洲词》各收其词1首。

哀长吉举进士。生卒年不详。刘应李辑《新编事文类聚翰墨大全》存其词6首。

黄师参举进士。生卒年不详。黄昇辑《中兴以来绝妙词选》存其词1首。

宋嘉定十五年壬午（1222）

方信孺卒。汪森辑《粤西诗载》存其词1首。

宋嘉定十六年癸未（1223）

戴翼举进士。生卒年不详。佚名纂《新编通用启札截江网》卷五存其词2首。

宋嘉定十七年甲申（1224）

陈宓知漳州。

宋宝庆二年丙戌（1226）

祖吴举进士。生卒年不详。佚名纂《新编通用启札截江网》、刘应李辑《新编事文类聚翰墨大全》存其词各1首。

周申举进士。生卒年不详。刘应李辑《新编事文类聚翰墨大全》存其词2首。

赵汝腾举进士。

赵崇霄举进士。生卒年不详。周密辑《绝妙好词》卷六存其词1首。

宋绍定二年己丑（1229）

葛长庚约卒于本年。朱孝臧辑校《彊村丛书》本《玉蟾先生诗余》《玉蟾先生诗余续》据唐元素校旧钞《玉蟾集》录入，沿袭不少失误。《全宋词》因之又不事校勘，且失收5首，误判2首，共录135首。《全闽词》据国家图书馆藏明正统七年（1442）宁藩朱权刻本配甘世恩抄正统本《海琼玉蟾先生文集》（甘鹏云跋，续集卷二配甘世恩抄本）、《鸣鹤余音》卷一、康熙《罗浮山志会编》卷十九、明天启二年（1622）刻本朱国祯撰《涌幢小品》录词，删其重出，共录葛长庚词160首。

宋绍定三年庚寅（1230）

陈宓卒。所著《复斋先生龙图陈公文集》收词13首。

宋绍定四年辛卯（1231）

邹应博知平江府。生卒年不详。陈直、邹铉编《寿亲养老新书》收其词3首。

宋端平二年乙未（1235）

三月，真德秀自翰林学士除参知政事，五月病卒。陈景沂辑《全芳备祖》前集卷四《红梅门》存其词 1 首。

潘牥举进士。

宋嘉熙元年丁酉（1237）

邹应龙拜端明殿学士，签书枢密院事。

张任国举进士。生卒年不详。佚名撰《新刻古杭杂记诗集》存其词 1 首。

宋嘉熙二年戊戌（1238）

翁合举进士。

宋淳祐元年辛丑（1241）

赵以夫知建宁府。

吴势卿举进士。郑思肖举进士。

宋淳祐三年癸卯（1243）

陈人杰卒。所著《龟峰词》存词 31 首。

宋淳祐四年甲辰（1244）

邹应龙卒。陈直、邹铉编《寿亲养老新书》收其词 6 首。

陈铧为兵部尚书，拜参知政事兼同知枢密院事。

陈合举进士。生卒年不详。周密撰《齐东野语》卷十二存其词 1 首。

宋淳祐六年丙午（1246）

尹焕为两浙转运判官。生卒年不详。周密辑《绝妙好词》卷三存其词 3 首。

刘克逊卒。《永乐大典》卷九千七百六十五岩字韵存其词 1 首。

潘牥卒。赵万里辑《校辑宋金元人词》本《紫岩词》收其词 5 首。

宋淳祐七年丁未（1247）

王迈知邵武军。

熊禾生。

宋淳祐八年戊申（1248）

王迈卒。赵万里辑《校辑宋金元人词》本《臞轩诗余》录其词17首，《全宋词》据《新编通用启札截江网》《新编事文类聚翰墨大全》共补词2首。

宋淳祐九年己酉（1249）

黄昇编成《唐宋诸贤绝妙词选》《中兴以来绝妙词选》各10卷。《中兴以来绝妙词选》收黄昇己作38首，《全宋词》另据《新编事文类聚翰墨大全》丁集卷二补辑其词1首。

宋淳祐十一年辛亥（1251）

彭耜生活在宋宁宗嘉定十年（1217）至宋理宗淳祐十一年（1251）间。明正统道藏本葛长庚、彭耜撰《金华冲碧丹经秘旨》存其词3首、佚名纂《新编通用启札截江网》存其词1首。

韩信同生。

宋宝祐三年乙卯（1255）

陈垲为湖南安抚使兼知潭州。

宋宝祐四年丙辰（1256）

赵以夫卒。民国吴昌绶、陶湘编《景刊宋金元明本词》景宋本《虚斋乐府》收其词68首。

祝穆举进士。生卒年不详。陈景沂辑《全芳备祖》、刘应李辑《新编事文类聚翰墨大全》存其词各1首。

李振祖举进士。

吴季子举进士。生卒年不详。佚名纂《新编通用启札截江网》、刘应李辑《新编事文类聚翰墨大全》各收其词1首。

宋景定元年庚申（1260）

赵汝腾卒。刘应李辑《新编事文类聚翰墨大全》丙集卷十三存己词1首。

宋景定二年辛酉（1261）

陈铧卒。赵闻礼辑《阳春白雪》、刘应李辑《新编事文类聚翰墨大全》计收其词3首。

宋景定三年壬戌（1262）

吴势卿为浙西转运副使。生卒年不详。刘应李辑《新编事文类聚翰墨大全》丙集卷十三存其词1首。

宋咸淳元年乙丑（1265）

黄公绍举进士。生卒年不详。朱孝臧辑校《彊村丛书》本《在轩词》收其词28首，另据《新编事文类聚翰墨大全》可补辑2首。

宋咸淳四年戊辰（1268）

陈垲卒。赵闻礼辑《阳春白雪》存其词1首。

宋咸淳五年己巳（1269）

刘克庄卒。朱孝臧辑校《彊村丛书》本《后村长短句》收其词258首。另《后村别调》存其词1首，《全芳备祖》前集卷五《琼花门》存词1首，《新编通用启札截江网》存其词4首，《诗渊》存其词5首。

宋咸淳六年庚午（1270）

翁合知赣州。生卒年不详。刘应李辑《新编事文类聚翰墨大全》存其词2首。

宋咸淳七年辛未（1271）

杨载生。

蒲寿宬知梅州。生卒年不详。所著《心泉学诗稿》收词 18 首。

宋咸淳十年甲戌（1274）

熊禾举进士。刘应李举进士。

宋德祐元年乙亥（1275）

贾似道罢相。十月，监押官郑虎臣杀贾似道于漳州木绵庵。其门客廖莹中服冰脑自杀。《齐东野语》卷十二、《皱水轩词筌》各收其词 1 首。

宋德祐二年丙子（1276）

时事：三月，元巴颜入临安，挟帝显及太后等北去。五月朔，陈宜中等奉益王昰立于福州。

宋景炎二年丁丑（1277）

善珍卒。日本南北朝时期刊本《藏叟摘稿》存其词 3 首。

宋祥兴二年己卯（1279）

时事：二月六日，元张弘范与张世杰战于厓山，世杰兵溃，陆秀夫负帝昺蹈海死，世杰旋亦坠水溺死，宋亡。

元至元十九年壬午（1282）

洪希文生。

元大德五年辛丑（1301）

张以宁生。

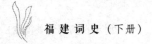

元至大四年辛亥（1311）

刘应李卒。刘应李辑《新编事文类聚翰墨大全》后乙集卷十三存己词1首。

元皇庆元年壬子（1312）

熊禾卒。所著《重刊熊勿轩先生文集》存词4首。

元延祐二年乙卯（1315）

杨载举进士。

元延祐五年戊午（1318）

郑思肖卒。宋庆长辑《词苑》卷一存其词1首。

元至治三年癸亥（1323）

杨载卒。卞永誉撰《式古堂书画汇考》卷十八存其词1首。

元泰定三年丙寅（1326）

张以宁中乡试。

元泰定四年丁卯（1327）

张以宁举进士。

元至顺二年辛未（1331）

韩信同卒。刘应李辑《新编事文类聚翰墨大全》丙集卷十四存其词1首。

元至元四年戊寅（1338）

林鸿生。卒年不详。洪武初，以人才荐，授将乐县儒学训导，拜礼部精膳司员外郎。太祖临轩，试《龙池春晓》《孤雁》二诗称旨，名动京师，年未四十自免归。鸿与郑定、王褒、唐泰、高棅、王慕、陈亮、王偁、周玄、黄玄合称"闽中十才子"，林鸿称首。卒年不详。所著《鸣盛集》存词31首。

元至正七年丁亥（1347）

林弼领乡荐。

元至正八年戊子（1348）

林弼举进士。

元至正二十六年丙午（1366）

洪希文卒。所著《续轩渠集》收词33首。

明洪武二年己酉（1369）

秋，张以宁奉使安南册封陈日煃为国王。

明洪武三年庚戌（1370）

林弼以名儒征，拜吏部考功司主事，使安南。生卒年不详。所著《林登州集》收词3首。

张以宁卒。所著《翠屏集》存词2首。

明洪武四年辛亥（1371）

林大同举进士。生卒年不详。所著《范轩集》收词48首。

杨荣生。

明洪武六年癸丑（1373）

罗泰生。

明洪武二十六年癸酉（1393）

陈山领乡荐。

明洪武二十七年甲戌（1394）

陈山试礼部中乙榜。生卒年不详。同治十二年（1873）重刊本傅尔泰修、陶元藻纂《延平府志》卷四十三《艺文》录其词1首。

明建文元年己卯（1399）

徐奇中举。生卒年不详。王复礼编《御览孤山志》存其词1首。

明建文二年庚辰（1400）

杨荣举进士，授翰林编修。

明永乐三年乙酉（1405）

时事：六月十五日，郑和奉令通使西洋。

明永乐五年丁亥（1407）

时事：六月朔，安南平，置交趾布政司。

明宣德五年庚戌（1430）

周瑛生。

明宣德七年壬子（1432）

应天尹聘罗泰司文衡，辞不受。

明宣德九年甲寅（1434）

林瀚生。

明宣德十年乙卯（1435）

黄潜生。

明正统四年己未（1439）

罗泰卒。所著《觉非先生文集》5 卷，收词 7 首。

明正统五年庚申（1440）

杨荣卒。所著《杨文敏集》收词 10 首。

明正统十二年丁卯（1447）

林俊生。

明成化二年丙戌（1466）

林瀚举进士。黄潜举进士。

明成化五年己丑（1469）

周瑛举进士。

明成化十年甲午（1474）

时事：福建市舶提举司由泉州移设福州。

明成化十二年丙申（1476）

傅汝舟生。享年八十余。卓人月、徐士俊辑《古今词统》卷一存其词 1 首。

明成化十三年丁酉（1477）

林瀚拜南京吏部尚书，与林俊、章懋、张敷华号"留都四君子"。

明成化十四年戊戌（1478）

林俊举进士。

明成化二十一年乙巳（1485）

林廷玉举进士。生卒年不详。蒋一葵编《尧山堂外纪》卷九十存其词1首。

明弘治元年戊申（1488）

黄潜起江西提学佥事，旋乞归。

林大辂生。

明弘治二年己酉（1489）

时事：黄潜等撰《八闽通志》告成。

林弥宣任清远训导。生卒年不详。乾隆《清远县志》卷十三《艺文》存其词1首。

明弘治十一年戊午（1498）

杨逢春生。

明弘治十三年庚申（1500）

龚用卿生。

明弘治十五年壬戌（1502）

范嵩举进士。生卒年不详。所著《衢村集》收词5首。

林魁举进士。生卒年不详。所著《归田杂录》收词7首。

李恺生。

明弘治十八年乙丑（1505）

王琬以乡团兵搜白水洞剿草寇黄胡四残党有功，奏准县职不就。生卒年不详。民国《永泰县志》卷八《艺文志》存其词1首。

周宣举进士。生卒年不详。乾隆《焦山志》卷十《艺文四》存其词1首。

明正德元年丙寅（1506）

林庭机生。

明正德三年戊辰（1508）

黄潜卒。

明正德四年己巳（1509）

林俊起为四川巡抚。

王慎中生。

明正德八年癸酉（1513）

陈良贵选广东始兴县儒学训导。生卒年不详。所著《南坡集》收词2首。

明正德九年甲戌（1514）

林大辂举进士。

明正德十二年丁丑（1517）

林希元举进士。生卒年不详。所著《同安林次崖先生文集》收词1首。

蔡经举进士。生卒年不详。万历《雷州府志》卷十一《秩祀志》存其词1首。

张经举进士。

明正德十三年戊寅（1518）

周瑛卒。所著《翠渠摘稿》收词9首。

明正德十四年己卯（1519）

林瀚卒。所著《林文安公诗集》收词4首。

明正德十六年辛巳（1521）

李默举进士。

明嘉靖元年壬午（1522）

叶邦荣中举。

明嘉靖二年癸未（1523）

时事：五月，给事中夏言上言：倭患起于市舶，请罢福建、浙江、广东三市舶司，从之。

林俊卒。赵尊岳辑《明词汇刊》本《林见素词》收其词21首。

明嘉靖五年丙戌（1526）

龚用卿举进士第一。邹守愚举进士。王慎中举进士。

明嘉靖八年己丑（1529）

杨逢春举进士。

明嘉靖十一年壬辰（1532）

薛廷宠举进士。生卒年不详。所著《皇华集》存词6首。
李恺举进士。

明嘉靖十四年乙未（1535）

林庭机举进士。

明嘉靖二十六年丁未（1547）

庄履丰生。

明嘉靖三十年辛亥（1551）

林章生。

明嘉靖三十二年癸丑（1553）

杨逢春卒。乾隆《清远县志》卷十三《艺文》存其词1首。

邹守愚《俟知堂集》刊行，收词1首。

明嘉靖三十四年乙卯（1555）

黄潜《未轩公文集》刊行，收词8首。

张经卒。毛伯温等撰《毛襄懋先生文集》收其词1首。

明嘉靖三十五年丙辰（1556）

李默卒。所著《群玉楼集》《困亨别稿》收词4首。

邹守愚卒。

陈仲溱生。[①]

明嘉靖三十六年丁巳（1557）

时事：八月，倭寇迫福州。

明嘉靖三十七年戊午（1558）

时事：五月，倭寇又围福州，逾月始解。

明嘉靖三十八年己未（1559）

王慎中卒。

明嘉靖三十九年庚申（1560）

林大辂卒。

陈荐夫生。

----

① 陈仲溱生年，《全闽词》失考。陈庆元先生据曹学佺《寿社长惟秦陈先生序》《陈振狂七
十九寿，五月初五日诞辰也，社中惟秦陈八十，时推两社长云》考订陈仲溱生于本年，见
陈先生给笔者的信函，谨致谢！

明嘉靖四十年辛酉（1561）

林大辂《愧瘖集》刊行，收词4首。
徐㶇生。

明嘉靖四十一年壬戌（1562）

时事：七月，戚继光奉命率所部由浙援闽，大败倭人。十月十七日至福州，登九仙山平远台，勒石而还。
黄居中生。

明嘉靖四十二年癸亥（1563）

时事：夏四月，俞大猷、戚继光大破倭兵，收复兴化。
龚用卿卒。

明隆庆元年丁卯（1567）

谢肇淛生。

明隆庆二年戊辰（1568）

卢维桢举进士。生卒年不详。所著明万历三十二年至三十三年（1604～1605）刻三十八年（1610）续刻本《醒后集》收词4首。

明隆庆四年庚午（1570）

徐㶇生。

明隆庆五年辛未（1571）

王慎中《遵岩集》刊行，收词43首。

明万历元年癸酉（1573）

林章中举。
张燮生。

明万历四年丙子（1576）

宋珏生。

明万历五年丁丑（1577）

庄履丰举进士。

明万历七年己卯（1579）

林庭机《世翰堂稿》刊行，收词 8 首。

明万历九年辛巳（1581）

林庭机卒。

明万历十年壬午（1582）

李恺卒。所著《介山集》收词 4 首。

明万历十一年癸未（1583）

李廷机举进士第二。

明万历十三年乙酉（1585）

黄居中举礼经魁。
黄道周生。

明万历十四年丙戌（1586）

陈衍约生于本年。

明万历十六年戊子（1588）

徐𤊹中举。
谢肇淛以《诗经》举于乡。
邵捷春生。

明万历十七年己丑（1589）

庄履丰卒。

王虞凤卒。徐树敏、钱岳辑《众香词》射集存其词4首。

明万历十九年辛卯（1591）

秦舜藩任滁州判官。生卒年不详。何炯辑《清源文献》卷三存其词1首。

曾异撰生。

明万历二十年壬辰（1592）

叶邦荣《朴斋先生集》刊行，收词4首。

戴以让举进士。生卒年不详。清佚名纂修《横山徐氏宗谱》存其词1首。

谢肇淛举进士。

明万历二十二年甲午（1594）

陈荐夫中举。张燮中举。

明万历二十四年丙申（1596）

庄履丰《梅谷庄先生文集》刊行，收词28首。

明万历二十七年己亥（1599）

林章卒。

徐熥卒。所著《幔亭集》收词22首。

明万历二十八年庚子（1600）

罗明祖生。①

---

① 罗明祖生年，《全闽词》有误。陈庆元先生据罗艰《先子行状》、李世熊《罗纹山先生传》考定罗明祖生于本年，见陈先生给笔者的信函，谨致谢！

明万历二十九年辛丑（1601）

蔡衍锟生。卒年不详。所著《操斋集》收词 29 首。

明万历三十二年甲辰（1604）

时事：荷兰人占据彭湖屿。

明万历三十五年丁未（1607）

龚用卿《云冈选稿》刊行，收词 26 首。

明万历三十六年戊申（1608）

吴应聘生。享年 75 岁以上。

明万历三十九年辛亥（1611）

陈荐夫卒。所著《水明楼集》收词 6 首。

明万历四十二年甲寅（1614）

蔡道宪生。

明万历四十三年乙卯（1615）

李燦箕中举。生卒年不详。祁彪佳编《寓山志》存其词 1 首。
许友生。
薛敬孟约生于本年。

明万历四十四年丙辰（1616）

时事：何乔远撰《闽书》告成。
李廷机卒。陈世琨辑《云韶集》录其词 4 首。
余怀生。

明万历四十五年丁巳（1617）

陈轼生。

明万历四十六年戊午（1618）

黎士宏生。

明万历四十七年己未（1619）

邵捷春举进士。

明天启元年辛酉（1621）

孙学稼生。

罗明祖举进士。生卒年不详。所著《罗纹山先生全集》存词 19 首。

明天启二年壬戌（1622）

黄道周举进士。

明天启四年甲子（1624）

林章《林初文诗文全集》刊行，收词 16 首。

谢肇淛卒。所著《小草斋集》收词 41 首。

明天启五年乙丑（1625）

徐㷀《鳌峰集》刊行，收词 14 首。

明崇祯元年戊辰（1628）

吴任臣生。林云铭生。

明崇祯二年己巳（1629）

黄虞稷生。

明崇祯五年壬申（1632）

宋珏卒。明崇祯三年（1630）宋珏手卷《宋比玉采莼图》存词 1 首。林鼎复生。① 丁炜生。

明崇祯六年癸酉（1633）

翁吉燝《石佛洞榷伥小品》刊行，收词 48 首。

明崇祯九年丙子（1636）

陈迁鹤生。

明崇祯十年丁丑（1637）

蔡道宪举进士。

明崇祯十二年己卯（1639）

曾异撰中举。陈仲溱卒于崇祯十一至十二年之间。②

明崇祯十三年庚辰（1640）

陈轼举进士。

张燮卒。林葆恒纂《词综补遗》卷四十一存其词 1 首。

明崇祯十四年辛巳（1641）

邵捷春卒。所著《剑津集》存词 11 首。

明崇祯十五年壬午（1642）

时事：夏四月，洪承畴降清。

---

① 林鼎复生卒年，参吴可文《清代福建文人生卒年丛考》。
② 陈仲溱卒年，《全闽词》失考。陈庆元先生据曹学佺《耆社五老挽诗》五首，考陈仲溱卒于崇祯十一年（1638）至十二年（1639）之间，见陈先生给笔者的信函，谨致谢。

何龙文生。

徐熥卒。

明崇祯十六年癸未（1643）

张献忠攻长沙，蔡道宪城陷被执，磔死。年仅 29 岁。所著清道光十六年（1836）邓显鹤刻本《蔡忠烈公遗集》收词 2 首，赵尊岳辑《明词汇刊》本《蔡忠烈公词》另收词 6 首。

罗明祖卒。① 所著《罗纹山先生全集》卷九收词 19 首。

明崇祯十七年甲申（1644）

时事：三月十八日，李自成攻破北京，崇祯帝朱由检自缢于万岁山。

黄居中卒。祁彪佳编《寓山志》存其词 1 首。

曾异撰卒。所著《纺授堂集》收词 7 首。

清顺治二年乙酉（1645）

时事：闰六月初七日，福建巡抚张肯堂、巡按御史吴春枝、礼部尚书黄道周、南安伯郑芝龙，奉唐王朱聿键监国于福州。闰六月二十七日，监国朱聿键即皇帝位于福州。七月二十二日，大学士黄道周募兵江西以图恢复。八月十四日，朱聿键赐平夷侯郑芝龙长子森姓朱名成功。

陈衍《大江草堂二集》刊行，收词 14 首。

清军占领南京，余怀家产遭劫，妻惊吓而死。入清后余怀以遗民自居，终老布衣。

清顺治三年丙戌（1646）

时事：八月十七日，明帝朱聿键自延平出奔，二十七日抵汀州，二十八日为清兵所杀。十一月十五日，郑芝龙降清。十二月初一日，郑成功起兵海上以图恢复。

---

① 罗明祖卒年，《全闽词》有误。陈庆元先生据罗艰《先子行状》、李世熊《罗纹山先生传》考定罗明祖卒于本年，见陈先生给笔者的信函，谨致谢！

陈元纶卒。本年贝勒入闽，有清官与元纶夙好，造庐谒见。元纶束网顶儒巾而出，清官顾骇，请具清式以见。元纶笑起云："欲生换制，乞少选。"入内。清官俟之，坐久。忽哭声出户，报元纶不脱儒巾，绝吭死矣。清官骇叹而去。卓人月、徐士俊辑《古今词统》卷三存其词1首。

三月五日，黄道周殉节于南京。所著《黄忠端公集》收词2首。

林麟焻生。卒年不详。蒋景祁辑《瑶华集》、陈药洲辑《迦陵先生填词图题词》各收其词1首。

清顺治四年丁亥（1647）

时事：周亮工重修邵武府治之望江楼，改额曰诗话楼，以纪念宋诗人严羽。

清顺治六年己丑（1649）

张远生。

清顺治七年庚寅（1650）

陈梦雷生。

清顺治八年辛卯（1651）

丁炜就漳州府试，名第一。

清顺治十年癸巳（1653）

肖正模生。

清顺治十一年甲午（1654）

黎士宏举进士。

清顺治十二年乙未（1655）

丁炜应清定远大将军济度军幕考试列第一名，授漳平教谕。

清顺治十五年戊戌（1658）

林云铭举进士。

刘坊生。

清顺治十六年己亥（1659）

施世纶生。

清顺治十七年庚子（1660）

黄若庸官盱眙知县。生卒年不详。周应芹辑《南庄辑略》卷中存其词
1首。

清顺治十八年辛丑（1661）

时事：十二月初三日，缅人执明帝朱由榔送于清吴三桂军，明亡。本
月，郑成功取台湾。

杨在浦，生卒年不详。词在清顺治十年（1653）已成集。据其所著
《碧江诗余》，词作纪年最早为明崇祯十五年（1642），最晚为清顺治十八
年（1661），则清刻本《碧江诗余》刊于本年之后，收词158首。

龚锡瑗举进士。生卒年不详。丁绍仪辑《国朝词综补》卷二收其词
1首。

林瑛佩生。

清康熙元年壬寅（1662）

时事：五月初八日，明招讨大将军延平郡王郑成功殁于台湾。十一月
十三日，明前监国鲁王朱以海殁于金门。

清康熙二年癸卯（1663）

时事：冬十月，清兵取金门、厦门。

许友卒。所著《米有堂诗集》，有日本内阁文库藏清初刻本，收词
11首。

清康熙五年丙午（1666）

方迈生。

清康熙六年丁未（1667）

叶鸣鸾任乐陵县丞。生卒年不详。傅燮调辑《词觏》卷四收其词
15首。

清康熙九年庚戌（1670）

林麟焻举进士。陈梦雷举进士。

清康熙十年辛亥（1671）

薛敬孟《击铁集》刊行，收词95首。

清康熙十一年壬子（1672）

吴晋卒于本年以后。清康熙刻本崔华、张万寿纂修《扬州府志》卷三
十六《艺文》收其词4首。

清康熙十三年甲寅（1674）

时事：三月十五日，耿精忠据福建反清，与郑经相联络。

耿叛时，囚林瑛佩父林云铭14个月，时林瑛佩年14岁，匿弟深山，
怀刃以死自誓，父卒免于难。瑛佩卒年不详。《众香词》射集选其词7首，
丁绍仪撰《听秋声馆词话》卷三存其词1首。

清康熙十四年乙卯（1675）

时事：十月九日，清兵屠永定城。

清康熙十八年己未（1679）

吴任臣以诸生荐举博学鸿词，列二等，授检讨。
黄虞稷荐举博学鸿词，遭母丧，不与试。

清康熙二十年辛酉（1681）

时事：正月二十八日，郑经殁于台湾，次子郑克塽嗣延平王位。

清康熙二十一年壬戌（1682）

孙学稼卒。福建省图书馆藏民国间钞本《兰雪轩集》不分卷本收词7首。

蔡捷卒。其夫林云铭《吴山鷇音·诗余》附蔡氏词3首，徐树敏、钱岳辑《众香词》另收其词1首。

吴应聘《莺啼序·九曲溯游》《多丽·武夷怀古》作于本年。（据道光《武夷山志》卷二十二《诗余》）

清康熙二十二年癸亥（1683）

时事：八月十三日，施琅攻入台湾。十八日，郑克塽投降。

林麟焻奉命与检讨汪楫册封琉球，使还，除户部主事，晋员外郎，迁礼部郎中。

童能灵生。

清康熙二十三年甲子（1684）

丁炜《问山诗集》10卷附《紫云词》1卷刊行，希邺堂刻本。词集有自序及丁澎、朱彝尊、徐釚、陈维岳序；有朱彝尊、吴绮、徐釚、陈维云评语。收词194首。自序作于康熙甲子二月花朝。张宏生编《清词珍本丛刊》收入此本。

林云铭《吴山鷇音》八卷附《诗余》刊行。有尤侗、马如龙、洪图光、毛际可、毛先舒、王晫、陆寅、吴陈琰、吴璐序，另有释道霈题词、甲子自序。收词37首，附其妻蔡氏词3首。

清康熙二十四年乙丑（1685）

陈迁鹤举进士。

施世纶以父施琅功授泰州知州，官至漕运总督。

清康熙二十五年丙寅（1686）

林鼎复卒。顾贞观、纳兰性德辑《今词初集》卷上存其词 1 首，蒋景祁辑《瑶华集》卷十存其词 2 首，释大汕撰《离六堂集》卷首存其词 1 首。

清康熙二十七年戊辰（1688）

丁焯中副举。生卒年不详。蒋景祁辑《瑶华集》收其词 10 首，林葆恒辑《闽词征》另收其词 1 首。

何龙文中会魁。

清康熙二十八年己巳（1689）

吴任臣卒。佟世南纂《东白堂词选》录其词 1 首。

清康熙三十年辛未（1691）

黄虞稷卒。蒋景祁辑《瑶华集》、卓回辑《词汇》、曹尔堪等撰《秋水轩倡和词》计收其词 8 首。

何龙文卒。蒋景祁辑《瑶华集》存其词 1 首，张渊懿选定《词坛妙品》存其词 2 首。

谢道承生。

清康熙三十二年癸酉（1693）

郑方坤生。李馨生。

清康熙三十三年甲戌（1694）

陈轼《道山堂前后集》前集四卷后集七卷刊行。《前集》有黄周星序，《后集》有黎士宏序。《前集》收词 47 阕，《后集》收词 98 阕。

方迈举进士。

陈轼卒。

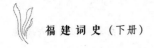

清康熙三十五年丙子（1696）

林云铭《挹奎楼选稿》十二卷刊行。仇兆鳌为之删定，陈一夔刻。有仇兆鳌序及自序。收词35阕。仇兆鳌《序》云："丙子春，予再过西湖，取《损斋焚余》十卷、《吴山戬音》八卷，严加存汰，又益以近日新篇，厘为一十二卷，洵洋洋大观矣。"按：此本收词同于《吴山戬音》，只删去《齐天乐·寿法黄石夫子二阕，正月廿二日诞辰》2首。清康熙王氏墙东草堂刻本王晫辑《千秋岁倡和词》另收林云铭词1首。

丁炜卒。

余怀卒。所著《玉琴斋词》《秋雪词》《板桥杂记》，以及蒋景祁辑《瑶华集》、王晫辑《千秋岁倡和词》、冒襄辑《同人集》计收词236首（含残篇1则）。

清康熙三十六年丁丑（1697）

林云铭卒。

黎士宏卒。郭白阳辑《全闽词话》①据其《仁恕堂笔记》录词1首。②《仁恕堂笔记》有清闽汀东壁轩活印书局印本。

清康熙三十八年己卯（1699）

张远中举。

清康熙四十六年丁亥（1707）

时事：六月，福州鳌峰书院成立。

清康熙五十年辛卯（1711）

陈迁鹤卒。陈枚辑《凭山阁增辑留青新集》卷七存其词1首。

---

① 郭白阳：《全闽词话》，福建师范大学图书馆藏稿本。
② 《全闽词》失收黎士宏词，谨致歉。黎士宏（1618～1697），字愧曾，福建长汀县人，顺治十一年（1654）举人，官至布政司参政。著有《仁恕堂笔记》《西陲闻见录》。

张趾如生。享年 64 岁以上。所著《趾轩集》① 收词 6 首。

清康熙五十二年癸巳（1713）

刘坊卒。

清康熙五十六年丁酉（1717）

肖正模《后知堂文集》刊行，收词 41 首。

清康熙五十九年庚子（1720）

叶观国生。

清康熙六十年辛丑（1721）

康熙周氏茹古堂刻本刘坊《天潮阁集》12 卷计诗 8 卷、诗余 1 卷、文 3 卷刊行。别有 6 卷本，首序志年谱，卷一文钞，卷二以下皆诗钞，卷六为诗余，康熙间初刻，乾隆间重刻，民国 5 年（1916）铅印。民国本有丘复、雷熙春、林翰、柳弃疾《序》，又有李世熊、许荣、周鉴翁《原序》，收词 8 首。

谢道承举进士。

清康熙六十一年壬寅（1722）

施世纶卒。

清雍正元年癸卯（1723）

张远卒。《国朝词综补》卷六收其词 1 首。

郑方坤举进士。李馨中举。

方迈卒于本年后。方迈《方日斯先生诗稿》② 存词 9 首。

---

① 福州连天雄先生赠阅张见心手抄过录本《趾轩集》所收词作复印件，谨致谢。
② 福州吴可文先生赠阅国家图书馆藏稿本《方日斯先生诗稿》所收词作，谨致谢。

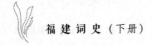

清雍正四年丙午（1726）

时事：九月二十七日，陈梦雷纂辑《古今图书集成》，经蒋廷锡等编校告成，计共一万卷。

施世纶《南堂诗钞》刊行，词名《倚红词》，收词45首。

马廷萱登贤书，以大挑出宰武城。

清雍正九年辛亥（1731）

孟超然生。

清乾隆元年丙辰（1736）

郑方坤《蔗尾诗集》十五卷附《青衫词》刊行。有张振义、杭世骏、金德瑛、傅王露、吴文焕、胡天游、郑方城序。收词59首。

童能灵举博学鸿词。

朱佑生。佑，朱仕琇长子。

清乾隆四年己未（1739）

李馨《莲舫诗钞》刊行，收词18首。

清乾隆六年辛酉（1741）

陈梦雷卒。所著《松鹤山房诗文集》收词14首。

谢道承卒。

清乾隆十年乙丑（1745）

童能灵卒。所著《冠豸山堂全集》存词2首。

陈登龙生。

清乾隆十二年丁卯（1747）

黄卧窗，生卒年不详。所著《觉非草杂著》成于此年前。不分卷。卧窗不详其名，久困场屋。乾隆二十九年（1764）渡江北游，设帐西河官署，居晋汾八年，因失子南归。福建师大图书馆藏 1963 年抄本《觉非草杂著》，有冯曰仁、刘亦坦、李映栋序，仅收甲子至丁卯（1744～1747）四年所作诗词，诗词混编，词目有 26 题，其中"梅花调《减字木兰花》"一题，有目无词，实收词 25 首。而据卷首冯序，黄氏曾自集甲子至丁亥（1744～1767）所作，订为二十四卷。另，上海师范大学图书馆藏佚名抄本《抄存闽人词十一种》收《觉非草》，署"闽中王卧窗"，存词 23 阕。经比勘，《觉非草》收词基本同于《觉非草杂著》，但比《觉非草杂著》少 3 首词。

清乾隆十五年庚午（1750）

施邦镇约生于本年。

清乾隆十六年辛未（1751）

叶观国举进士。

清乾隆十七年壬申（1752）

倪邦良中举。生卒年不详。清乾隆三十一年（1766）抄本残卷复印本《鹭江志》存其词 5 首。

清乾隆十八年癸酉（1753）

孙振豪会试以明通改就教职，补为邵武训导。生卒年不详。谢章铤撰《赌棋山庄词话》卷四录其词 2 首。

张锡麟参与重修厦门玉屏书院。生卒年不详。清乾隆三十一年（1766）抄本残卷复印本《鹭江志》存其词 8 首。所著《池上草初集》卷十二《诗余》收词 13 首①，今存抄本，藏厦门市图书馆。张锡麟计存词 21 首。

清乾隆二十年乙亥（1755）

郑方坤卒。

---

① 《全闽词》失收《池上草初集》中 13 首词，谨致歉。

清乾隆二十二年丁丑（1757）

朱佑卒。所著《松阴诗余》收词100首。①

清乾隆二十五年庚辰（1760）

孟超然举进士。

清乾隆二十八年癸未（1763）

马廷萱卒。光绪《长汀县志》卷二十四存其词7首。

清乾隆二十九年甲申（1764）

李馨卒。

清乾隆三十年乙酉（1765）

李家瑞生。

清乾隆三十一年丙戌（1766）

林兆鲲举进士。

清乾隆三十四年己丑（1769）

孟超然任四川学政。

清乾隆三十六辛卯（1771）

林轩开生。

清乾隆三十八年癸巳（1773）

谢道承《小兰陔诗集》八卷附《诗余》刊行。有沈德潜、黄任、朱景英、吴文焕、蒋允焄、钱陈群序。收词5首。

---

① 《全闽词》失收朱佑词，谨致歉。

清乾隆三十九年甲午（1774）

陈登龙中举。

清乾隆四十二年丁酉（1777）

林焜中举。生卒年不详。谢章铤撰《赌棋山庄词话续编》卷一存其词2首。

清乾隆四十三年戊戌（1778）

李威中举。生卒年不详。丁绍仪撰《听秋声馆词话》卷十八存其词1首。

清乾隆四十五年庚子（1780）

叶申芗生。

清乾隆五十年乙巳（1785）

林则徐生。

清乾隆五十三年戊申（1788）

刘逢升中举。生卒年不详。《国朝词综补》卷十七选其词2首。

清乾隆五十七年壬子（1792）

叶观国卒。《闽词征》卷四存其词1首。

清乾隆五十九年甲寅（1794）

李彦章生。

清嘉庆元年丙辰（1796）

魏杰生。

清嘉庆二年丁巳（1797）

孟超然卒。所著《瓜棚避暑录》卷下存词1首。

清嘉庆三年戊午（1798）

陈莹生。卒年不详。所著《鸣秋集》收词12首。

清嘉庆四年己未（1799）

张际亮生。

清嘉庆六年辛酉（1801）

朱锡毅举进士。生卒年不详。《闽词征》卷四存其词4首。

清嘉庆七年壬戌（1802）

林轩开举进士。

梁云镶成附贡。生卒年不详。《国朝词综补》卷二十八录其词2首。

清嘉庆八年癸亥（1803）

林仰东生。

清嘉庆九年甲子（1804）

仲秋，林兆鲲《林太史集》14卷中收《诗余》1卷刊行。有李殿图序、蒋宽《蜩笑草原序》。收词22首。

清嘉庆十年乙丑（1805）

刘存仁生。

清嘉庆十二年丁卯（1807）

郑玉笋生。

清嘉庆十三年戊辰（1808）

陈仲玉任宁化训导。生卒年不详。《词综补遗》卷二十二录其词 1 首。曾元澄生。

清嘉庆十四年乙巳（1809）

叶申芗举进士。

清嘉庆十六年辛未（1811）

林则徐举进士。李彦章举进士。

清嘉庆十九年甲戌（1814）

刘家谋生。黄宗彝生。

清嘉庆二十年乙亥（1815）

许赓皞生。李应庚生。

清嘉庆二十二年丁丑（1817）

徐一鹗生。

清嘉庆二十年戊寅（1818）

魏秀仁生。

陈登龙卒。《词综补遗》卷十八存其词 3 首，《陈秋坪先生遗墨题咏》存其词 1 首。

清嘉庆二十四年己卯（1819）

梁云铺中举。生卒年不详。《国朝词综补》卷三十录其词 2 首。

清嘉庆二十五年庚辰（1820）

谢章铤生。

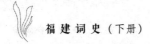
清道光元年辛巳（1821）

时事：十月，福州凤池书院成立。
叶庆熙生。

清道光三年癸未（1823）

郑玉笋卒。《赌棋山庄词话续编》卷二录其词 1 首。
张承渠生。卒年不详。《赌棋山庄词话》卷五录其词 7 首。
叶滋森生。

清道光四年甲申（1824）

林其年生。郑守廉生。

清道光五年乙酉（1825）

杨炳勋生。
林轩开卒。福建省图书馆藏所著稿本《拾穗山房诗存》[①] 收词 3 首。

清道光六年丙戌（1826）

梁鸣谦生。
游大琛举进士。生卒年不详。所著《萍缘小记》收其词 1 首。

清道光七年丁亥（1827）

郭篯龄生。

清道光八年戊子（1828）

张际亮《金台残泪记》三卷成于此年，有自《叙》。收张氏词 3 首。
叶申芗《小庚词存》一卷刊行，与《小庚诗存》合刻，诗词均无序
跋。收词 55 首。

---

① 福州连天雄先生赠阅福建图书馆藏稿本《拾穗山房诗存》所收词作复印件，谨致谢。

清道光九年己丑（1829）

时事：重纂《福建通志》，陈寿祺任总纂。

叶申芗纂《天籁轩词谱》四卷刊行。有孙尔准、顾莼、梁章钜、张岳崧序，叶申芗《发凡》。顾序、梁序作于道光九年，叶申芗《发凡》作于道光八年。四卷共收 617 调 1028 首词。单圈断句，双圈示韵及协韵，平仄未标注。

刘三才生。

清道光十年庚寅（1830）

林则徐自滇归里，招林直为记室。

黄经生。陈遹祺生。林天龄生。马凌霄生。杨浚生。张景祁生。

清道光十一年辛卯（1831）

叶申芗纂《天籁轩词谱补遗》一卷刊行。有叶申芗辛卯跋。收 154 调 166 首词。编辑体例同《天籁轩词谱》。叶申芗纂《天籁轩词韵》一卷刊行，有叶申芗辛卯序。《词韵》共收 6727 字，分韵目 15 部。

朱芳徽约生于此年。王崧辰生。

翁宗琳中举。生卒年不详。董平章《秦川焚余草》载其词 1 首。

曾元澄中举。

刘琛中举。生卒年不详。《赌棋山庄词话》卷二存其词 1 首。

清道光十二年壬辰（1832）

叶申芗纂《本事词》二卷刊行。有自序。上卷采唐五代北宋词与本事，下卷采南宋辽金元词与本事，然所采不注出处。

陈莹中举。林仰东中举。刘家谋中举。

清道光十四年甲午（1834）

叶申芗《小庚词存》四卷刊行，有英和序。收词 279 首。按：福建图书馆藏有稿本《小庚词存》，收词 119 首，对应于《小庚词存》卷一卷二部分词作，二本文字间有不同。又按：一卷本《小庚词存》中的 54 首词并入四卷本《小庚词存》，二本文字亦有不同。叶景昌写刻本有 1 首词为天籁轩刻本、稿本所未收。

八月，叶申芗纂《闽词钞》四卷刊行，有陈寿祺、冯登府及自序。凡选闽籍词人 61 家共 1131 首词，所选皆注明出处。陈寿祺《闽词钞序》云："始于宋徐昌图，终于元洪希文，附以方外闺媛，凡六十一家，为词逾千首，闽中词人梗概具焉。其《后村词》则取余所录天一阁《大全集》，多至百三十余首，盖诸家所未及见，亦足征网罗之富矣！"以《闽词钞》所收刘克庄词与《全宋词》所收刘克庄词对勘，颇多异文，有校勘价值。

国家图书馆藏有稿本《闽词钞》，仅有陈寿祺《序》，陈《序》钤有"陈寿祺印"阴文章一枚、"恭父"阳文章一枚。凡收 39 家 917 首。以稿本与刊本对照，知稿本为初编本，稿本编成后，叶氏曾请陈寿祺作序。陈氏作序后，叶氏继续从事闽词的搜集，对稿本进行了较大的扩充。

清道光十五年乙未（1835）

王彝生。龚易图生。蔡捷生。

施邦镇卒。《赌棋山庄词话续编》卷五存其词 1 首。

张际亮中举。陈文翙成岁贡。

清道光十六年丙申（1836）

刘勷生。

李彦章卒。《闽词征》卷四录其词 2 首。

清道光十八年戊戌（1838）

陈书生。

清道光十九年己亥（1839）

时事：三月，两广总督林则徐请以英人所缴烟土 20280 余箱解京核验，照准。御史邓瀛请就地焚毁，从之。

许赓皞《萝月词》二卷刊行。有蒋衡、季景台及自序，另有萧重、柯培元、沈学渊、王修玗、许鸿庆、范熙题词。收词 100 首。

叶申芗纂《天籁轩词选》六卷刊行。有叶申芗己亥序。卷一选宋 10 家 288 首词，卷二选宋 13 家 228 首词，卷三选宋 15 家 199 首词，卷四选宋 21 家 255 首词，卷五选宋 19 家 223 首词，卷六选宋 8 家元 4 家 213 首词。《词选》共选 90 家 1406 首词。

清道光二十年庚子（1840）

林则徐仍官两广总督，领导禁烟抗英斗争。

林仰东卒。《词综补遗》卷六十五存其词 1 首。

清道光二十一年辛丑（1841）

时事：七月初九日，英吉利兵船占领厦门，二十一日黎明自动撤退。

刘荃生。

清道光二十二年壬寅（1842）

时事：正月三十日，英吉利兵再度犯台湾，为达洪阿、姚莹所败。五月十三日，英军陷吴淞，江南水师提督陈化成死之。

林端仁生。卒年不详。清同治间侨寓上海，后官杭州。昆池钓徒辑《海滨酬唱词》、丁绍仪辑《国朝词综补残稿》计收其词 10 首。

叶申芗卒。许赓皞卒。

清道光二十三年癸卯（1843）

张际亮卒。所著《金台残泪记》收其词 3 首。

清道光二十四年甲辰（1844）

叶大庄生。张秉铨生。

徐一鹗中举。

清道光二十五年乙巳（1845）

陈与同生。

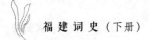

李家瑞卒。

翁时稀约卒于本年前。杨季鹿辑《健公诗影》录其词 1 首。

清道光二十六年丙午（1846）

魏秀仁中乡试第七十名。梁鸣谦中举。

卢蕴真《紫霞轩诗钞》刊行，收词 9 首。卢氏词，另可从丁绍仪纂《国朝词综补残稿》辑录 1 首。

谢缵生。谢缵乃谢章铤之子。卒年不详。王凯泰辑《湖上弦歌集》收其词 1 首。

清道光二十七年丁未（1847）

陈与囧生。

清道光二十八年戊申（1848）

刘家谋《东洋小草》四卷附《斫剑词》一卷刊行。有黄宗彝、谢章铤及自序。收词 57 阕。按：谢章铤《赌棋山庄词话》卷一录其佚词 1 首、卷十二录其佚词 3 首、卷七录其残篇 1 则，均不见《斫剑词》。

陈宝琛生。

清道光二十九年己酉（1849）

郑守廉中举。刘存仁中举。

刘家谋撰《鹤场漫志》二卷刊行。有黄宗彝、谢章铤、刘家谋序。中存闽人崔挺新词 1 首。崔挺新，刘家谋门生，生卒年不详。

王仁堪生。

清道光三十年庚戌（1850）

陈海梅生。

十月十九日，林则徐卒于普宁行馆。

清咸丰元年辛亥（1851）

陈宝廉中举。生卒年不详。陈□辑《高节陈氏诗略》收其词 1 首。

曾福谦生。

清咸丰二年壬子（1852）

郑守廉举进士。

九月，友仁精舍雅集举行，谢章铤主其事。此据陈昌强《谢章铤年谱》。此次集会催生了聚红词榭的诞生。会上，谢章铤、高应焱等 6 人作联句词 1 首，谢章铤、高应焱等 9 人作重九叠韵词 1 首。事详《赌棋山庄词话》卷五。

杨浚中举。

刘大受生。

林纾生。王耀曾生。

曾淞生。卒年不详。壬申至庚辰间（1872～1880）与同人有倚声之集，后成《影事词存》一书。曾淞词，刊本《影事词存》收其词 35 首，另可从稿本《影事词存》补辑 33 首，另从 1963 年颂橘庐刊本曾克耑纂《曾氏家学》可增补 29 首。

清咸丰三年癸丑（1853）

时事：四月初六日，闽南小刀会会众公推黄位、黄得美领导起义。十一月，光复厦门。

林其年举进士。林天龄举进士。

九月，马凌霄入南社，后转入聚红榭。魏秀仁《陔南山馆诗话》卷四云：“癸丑（1853）九月，与林小铭斋韶、黄笛楼经、梁礼堂鸣谦、马子翙凌霄、林锡三天龄、杨预庭叔怿、陈子驹通祺、杨雪沧浚、郭榖斋式昌、杨子恂仲愈、陈幼仙锵、龚蔼仁易图结南社。”谢章铤《课余续录》卷二云：“而予与高文樵、刘赞轩以词学倡同人立聚红榭，林锡三提学、梁礼堂主政、陈子驹副贡、马子翙孝廉皆自南社而来。”马凌霄卒年不详。所著稿本《墨瀋词》收词 123 首。谢章铤等撰《聚红榭雅集词》《游石鼓诗录》另收词 46 首。

刘家谋卒。

清咸丰四年甲寅（1854）

丁炜《紫云词》重刊，较清康熙间希郧堂刻本稍优。不分卷。有朱彝尊、陈维岳、丁澎、徐钋序及自序。有朱彝尊、吴绮、徐钋、陈维云评语。收词 194 首，所收词篇同于希郧堂刻本。

黄宗彝《婆梭词》刊行。不分卷。有赵新、谢章铤序，序均作于咸丰四年。收词 72 首。

严复生。

清咸丰五年乙卯（1855）

萧道管生。

丁菁生。许南英生。郭传昌生。

卓孝复生。

马凌霄中举。

清咸丰六年丙辰（1856）

聚红榭正式开始活动。拙作《聚红榭唱和考论》考出谢章铤与高文樵提议结聚红榭最早不过咸丰元年（1851），直到咸丰丙辰，谢章铤客居刘勷家一段时间后才正式开展活动。但在正式开展活动之前，有少数社员已开始聚集在一起作词唱和。

《聚红榭雅集词》第一集刊行。有黄宗彝《序》、谢章铤《小引》。第一集即第一卷、第二卷，共收聚红榭社员 5 人 115 首词。第一卷收 13 咏 46 首，第二卷收 20 咏 69 首，计高文樵 24 首、谢章铤 32 首、宋谦 14 首、刘三才 20 首、刘勷 24 首。其中《寻芳草》（去岁别来就）、《感皇恩·题美人挝鼓图》二首未署作者，因排在谢章铤词之后，疑为谢章铤作。

刘勷《效颦词》刊行。不分卷。有黄宗彝、谢章铤序及自序。收词 84 首。

宋谦中举。本年与谢章铤等共举词榭。

刘三才入聚红榭。刘勷入聚红榭。

王彝入聚红榭词社，词社东道主之一。

施士洁生。

清咸丰七年丁巳（1857）

梁鸣谦入聚红榭。

魏杰《逸园诗钞》刊行，收词20首。

清咸丰八年戊午（1858）

龚易图举进士。

沈瑜庆生。黄曾源生。

清咸丰九年己未（1859）

梁鸣谦举进士。

卓云祥中举。生卒年不详。林葆恒纂《词综补遗》、卓揆撰《惜青斋笔记》计存其词3首。

林佳书生。

清咸丰十年庚申（1860）

宋谦作《金缕曲》三首，述八国联军占领北京事。郭则沄《清词玉屑》卷四云："庚申之役，六飞出走，淀园为墟。近畿禁旅如云，独胜克斋尚堪一战耳，言之沉痛。宋巳舟谦是岁自京师南归，有咏杜鹃《金缕曲》三阕，不胜国破城春之恨。其一云（略）。其二云（略）。其三云（略）。述眼底沧桑，字字酸泪。"① 按：宋谦字巳舟，聚红榭社员。

黄经卒。《闽词征》卷五收其词9首。

何嵩祺举进士。生卒年不详。福建图书馆藏福建修志局钞本《闽五家词钞》所收何嵩祺撰《鬟丝词》存词42首。

李宗祎生。郑孝胥生。

---

① 《词话丛编二编》，第1352～1353页。

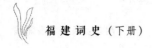

清咸丰十一年辛酉（1861）

时事：御史林寿图密上端华、肃顺罪状，御史李鹤年等四人继起论列，一时有"五都"之称，端华、肃顺与载垣均置于法。

《游石鼓诗录》一卷附词刊行。有李应庚、谢章铤序。收《辛酉九日，游涌泉寺，历喝水岩、达摩洞、八仙楼、无诤居诸胜联句》（谢章铤、梁鸣谦、刘三才、刘勷同作）1 篇，另收刘绍纲诗 2 首词 1 阕、谢章铤诗 5 首词 1 阕、宋谦诗 3 首词 1 阕、梁鸣谦诗 12 首、林天龄诗 7 首词 1 阕、马凌霄诗 12 首词 1 阕、刘三才诗 3 首词 1 阕、刘勷诗 6 首词 1 阕。共收聚红榭社员 8 人诗 50 首、词 7 首。

清同治元年壬戌（1862）

谢章铤编自己作品得诗十卷、词十卷、古文二卷、词话杂记十余卷。本年谢章铤 43 岁，对自己的创作进行一次全面整理，为日后刊行《赌棋山庄所著书》奠定基础。

吴存刚举进士。生卒年不详。《词综补遗》卷九引《丁补未刊稿》录其词 1 首。

黄宗彝卒。

郑孝柽生。孝柽，孝胥弟。蒋仁生。

清同治二年癸亥（1863）

《聚红榭雅集词》第二集刊行。第二集即第三、四、五、六卷，有谢章铤《小引》。共收聚红榭社员 15 人 279 首词。第三卷收 14 咏 55 首、第四卷收 12 咏 67 首、第五卷收 30 咏 79 首、第六卷收 18 咏 78 首。计谢章铤 50 首、宋谦 23 首、刘三才 20 首、刘勷 34 首、马凌霄 45 首、梁履将 18 首、陈文翙 1 首、林天龄 32 首、王彝 5 首、梁鸣谦 19 首、李应庚 4 首、徐一鹗 14 首、刘绍纲 3 首、王廷瀛 6 首、陈通祺 5 首。全部《聚红榭雅集词》六卷共收 16 人 394 首。

秋，魏秀仁入聚红词榭。魏秀仁《陔南山馆诗话》卷四云："癸亥秋，枚如招入聚红榭。榭始丙辰，专以课词，刊有《雅集词》前后二集，间亦以诗而集。其在壬戌（1862）前刊有《过存》（按：即《过存诗略》）集。同社者星村、云汀、高文樵思齐、云图、枚如、礼堂、宋已舟谦、陈彦士文翊、刘寿之三才、马子翙凌霄、陈子驹通祺、林天龄锡三、杨雪沧浚、梁洛观履将、王子舟彝、赞轩及余。"

林天龄散馆任编修，入上书房行走，奉命视学山右大同。

刘崧英生。王允皙生。

清同治三年甲子（1864）

三月，林其年《存悔斋诗钞》三卷附《团扇词》一卷刊于福州，有自序。收词 13 首。九月，汪海洋陷漳州，林其年被执不屈，题绝命词三首于壁，遂死。

陈汤奏生。

朱芳徽《绿天吟榭诗稿》刊行，所附《诗余》收词 24 首。

刘勷中举。

高思齐卒。生年不详。谢章铤撰《聚红榭雅集词》《赌棋山庄词话》《酒边词》计收其词 29 首。

清同治四年乙丑（1865）

时事：闰五月初五日，闽浙总督左宗棠奏报全闽肃清太平军。

林祥沣生，享年 80 岁以上。《闽词征》卷六存其词 2 首。

刘敬生。

梁履将卒，年未到三十。

王廷瀛卒于本年前。王廷瀛乃聚红榭社员。《聚红榭雅集词》录其词 6 首。

刘荃中副举。谢章铤中举。

清同治五年丙寅（1866）

时事：五月，闽浙总督左宗棠奏请在福州马尾设立船政，照准。九月初六日，左宗棠调任陕甘总督，举丁忧在籍前江西巡抚沈葆桢自代，沈葆桢力辞不得准。

林开暮生。薛绍徽生。薛肇基生。

林孝策生。卒年不详。按：民国 26 年（1937）林孝策仍在世，年已七十二岁。《词综补遗》卷六十五存其词 1 首。

清同治六年丁卯（1867）

时事：春，福州正谊书院成立。六月，沈葆桢服阕，莅福州马尾船政任事。

梁鸣谦佐沈葆桢治船政。至庚午（1870），因家事舍船政，复授徒。

周登皞生。郑元昭生。洪缡生。

刘三才中举。陈遹祺中副举。胡铉生。

廖松青卒。民国《永泰县志》卷八《艺文志》收其词 2 首。

清同治七年戊辰（1868）

马凌霄《墨藩词》二卷和陈文翙《弦外词》不分卷成于此年前。马、陈均为聚红榭社员，词集未刊。《墨藩词》，稿本，有宋志曾跋。稿本用行草写成，有少数空白与漫漶之处，大体可通读。上卷收词 54 首，下卷收词 68 首。马凌霄在《聚红榭雅集词》二集中的 45 首词未收在《墨藩词》中。《弦外词》，传抄本，无序跋。收词 58 首，1 首重出，实收 57 首。（其中《陌上花·关山梦里》乃元人张翥词）另从《聚红榭雅集词》卷五、《听秋声馆词话》卷十九各可补辑 1 首。谢章铤《课余续录》卷五云："嗟乎！当立社时，予方三十余，诸君亦皆年少，乃不及一纪，渐弃宾客，今存者，惟予与刘赞轩耳。"聚红榭正式活动始于 1856 年，一纪是十二年，故马、陈二人卒于 1868 年前，姑将其词集成书年代附系于此年。

刘存仁任秦州知州。

陈宝琛举进士。

林钟琪生。何振岱生。李景骧生。高向瀛生。郭曾玙生。

清同治八年己巳（1869）

六月，李家瑞《小芙蓉幕诗余》刊行。不分卷。有严丽正、张国森题词。收词 28 首。另可从何振岱纂《西湖志》辑录 1 首。

九月，丁绍仪纂《听秋声馆词话》二十卷刊行。有自序。丁绍仪（1815～1884），字杏舲，又字原汾，江苏无锡人。援例捐藩经历，分发湖北，署东湖县（今湖北宜昌）知县。后居丧去官，复游幕台湾，以原官改省福建，委权藩经历，综理七局事物。以军功升通判，复权汀州府同知，为制府所不容，改上洋通判。上洋陷落去官，著书自娱。著有《东瀛识略》8 卷、《听秋声馆词话》20 卷。编有《国朝词综补》18 卷（又称《清词综补》）。生平详《清词综补》续编卷首载胡鉴《外舅丁先生述略》。丁氏长期宦游闽台，所著《词话》刊于福州，多记闽台词人词作，谢章铤撰《赌棋山庄词话》曾参考过丁氏《词话》，故本年表著录其《词话》。

陈通祺卒。《聚红榭雅集词》《酒边词》《清词玉屑》《石遗室诗话》共收其词 11 首（含残句一则）。

刘训瑞生。

清同治九年庚午（1870）

林天龄充江南乡试副考官，已而擢侍讲、转侍读，命在弘德殿行走。
方兆鳌生。郑孝崧生。沈琇莹生。

清同治十年辛未（1871）

龚葆銮生。林欣荣生。
高彤生。卒年不详。《闽词征》卷六选其词 3 首。
王崧辰举进士。
张秉铨举进士。陈懋鼎生。

清同治十一年壬申（1872）

林天龄权国子监祭酒，出任江苏学政。
林黻桢生。郑祖荫生。林葆恒生。

清同治十二年癸酉（1873）

时事：七月，福州致用书院成立。
陈保棠生。陈赞勋生。

二月二十九日，魏秀仁卒于道南院廨。

林直卒。《赌棋山庄词话》卷四录其词 1 首。

叶大庄中举。陈与同中举。刘大受中举。

徐一鹗应王凯泰之请主道南书院讲席一年。

清同治十三年甲戌 （1874）

时事：五月，日本犯我台湾，以英公使威妥玛斡旋，于十一月十二日缔结和约。

沈葆桢奉命巡台，引梁鸣谦同行，草檄批答赖之。

徐一鹗《宛羽堂诗钞》二卷刊行。有王凯泰、刘勱序。按，《诗钞》附词 16 首，乃徐一鹗聚红榭中唱和之什。《赌棋山庄词话续编》另收词 2 首。

邱炜菱生。丘复生。

曾元澄卒。《词综补遗》卷五十八存其词 3 首。

徐一鹗卒。

清光绪元年乙亥 （1875）

沈葆桢偕梁鸣谦至两江督署，内外事悉委之。沈葆桢为梁鸣谦入赀叙道员，以船政劳晋三品衔，以抚番劳晋二品衔。

黄桑成进士，官广西融县知县。生卒年不详。黄桑壬申至庚辰间（1872~1880）与同人有倚声之集，后成《影事词存》一书。刊本《影事词存》收黄桑词 24 首，稿本《影事词存》另可补辑黄桑词 10 首。

丁溁生。卒年不详。卢秋卿编《兰心》载其词 2 首。

林朝崧生。

王彝中举。丁菁中举。陈书中举。

清光绪二年丙子 （1876）

黄展云生。李宣龚生。郑翘松生。

郑守廉卒。

王彝卒。《聚红榭雅集词》收其词 5 首，另据丁绍仪纂《国朝词综补残稿》可补辑 1 首。

魏杰卒。

清光绪三年丁丑（1877）

陈淑英《竹素园诗集》四卷附《诗余》刊行，有刘国光光绪三年序。收词 20 首。

陈宗蕃生。丘潜庐生。

龚易图任江苏按察使。

王仁堪中状元。谢章铤举进士。

梁鸣谦卒。《聚红榭雅集词》存其词 19 首，《赌棋山庄词话续编》存其词 2 首。

清光绪四年戊寅（1878）

十一月，林天龄卒于江苏学政任所。《聚红榭雅集词》《游石鼓诗录》《赌棋山庄词话续编》《酒边词》收其词计 39 首。

刘存仁《屺云楼诗集》二十四卷附《影春园词》一卷刊行，有自序。收词 33 首。按：《赌棋山庄词话》卷五录其词 2 首，不见《影春园词》。

沈鹊应生。李慎溶生。林之夏生。刘子达生。陈遵统生。

清光绪五年己卯（1879）

时事：十一月初六日，两江总督沈葆桢殁于两江总督任所。

吴锺善生。

清光绪六年庚辰（1880）

张清扬生。

陈与冏举进士。

严复任北洋水师学堂总教习。

刘存仁卒。

清光绪七年辛巳（1881）

郭传昌《惜斋吟草》二卷、《惜斋词草》一卷、《惜斋吟草别存》一卷刊行，有郭传昌《自叙》、曾炘跋。收词 31 首。

廖琇崑生。享年七十三岁以上。关赓麟辑《咫社词钞》收其词 10 首。

陈应群生。享年七十三岁以上。《词综补遗》《同声月刊》《雅言》《咫社词钞》共收其词 10 首。

田毕公生。

郑倘生。周演巽生。

龚易图调广东按察使。

刘绍纲，刘勷从弟，本年仍在世。谢章铤《酒边词》卷八《满江红》序云："辛巳七月望日，招葛少山新、刘云图，魏子谕季孚、李少棠、许申季肇基小集赌棋山庄……"刘绍纲，字云图。《聚红树雅集词》存其词 3 首，《游石鼓诗录》存其词 1 首。

郑孝胥中举。

程氏《纫兰轩吟草》刊行，收词 10 首。

清光绪八年壬午（1882）

陈衍中举。林纾中举。

郭则沄生。

清光绪九年癸未（1883）

曾淞辑《影事词存》五卷刊行，有曾淞《弁言》《跋后》，收刘荃《茗尹词》13 首、陈与冏《缄斋词》9 首、黄宗宪《映庵词》55 首、曾淞《纫茶词》35 首、黄燊《梦潭词》24 首、刘大受《樊香词》53 首。

本年四月张景祁莅任淡水知县，同年十月内渡，时台湾行政尚属福建管辖。所著《新蘅词》6 卷词外集 1 卷刊于本年，杭州百亿梅花仙馆刻本。《新蘅词》前 6 卷收词 408 首，《词外集》收词 43 首。《全台词》录其与台湾有关词作 47 首。

高近宸生。卒年不详。《词综补遗》卷三十二选其词 1 首。

郭则寿生。刘放园生。

王耀曾举进士。卒年不详。《闽词征》卷五选其词 1 首。

叶滋森卒。《赌棋山庄词话》卷十录其词 1 首。

清光绪十年甲申（1884）

时事：七月初三日，法兰西提督孤拔率兵轮犯福州马尾，我兵轮全毁，法军旋即退出。据传，孤拔遭林狮狮辈炮轰殒命。一说孤拔被福州将军穆图善开炮击中。

谢章铤《赌棋山庄文集》七卷刊行，有温葆深序。收录词集序跋 10 篇，其它文章也多有论词之语。

谢章铤《赌棋山庄词话》十二卷、《续编》五卷刊行。有刘存仁序。

林彦京生。卒年不详。《雅言》载其词 2 首。

金章生。王景歧生。俞玼生。

刘三才卒年当在光绪十年到十一年（1884~1885）之间。《聚红榭雅集词》《游石鼓诗录》《稗贩杂录》收刘三才词计 43 首，福建师范大学图书馆藏钞本《随庵遗稿》所收之词未见于上述三书者凡 15 首。

清光绪十一年乙酉（1885）

时事：二月，法军由基隆攻彭湖，入据妈宫澳。三月，中法议和成，法军退去。七月二十七日，左宗棠殁于福州城内之皇华馆。九月，改福建巡抚为福建台湾巡抚，常驻台湾，福建巡抚事务着闽浙总督兼管。

王允晳中举。沈瑜庆中举。

清光绪十二年丙戌（1886）

林则徐《云左山房诗钞》八卷附《诗余》刊行，有《上谕》《谕祭文》《谕碑文》。收词 13 首，附收邓廷桢词 3 首。

卓定谋生。卒年不详。《词综补遗》卷九十五选其词 2 首。

曾福谦中进士。

清光绪十三年丁亥（1887）

时事：郭柏苍得嘉庆间郑杰手抄《闽中明诗》，补辑为《全闽明诗传》，以光绪十六年庚寅（1890）七月告成。

刘大受卒。刘大受壬申至庚辰间（1872～1880）与同人有倚声之集，后成《影事词存》一书。刊本《影事词存》收刘大受词53首，稿本《影事词存》另收19首。

贺仲禹生。卒年不详。

清光绪十四年戊子（1888）

何遂生。陈芸生。

黄步琼生。卒年不详。萧健辑《萧母卢太夫人百龄寿文诗词楹联统录》收其与林佳书合作词2首。

林昇平生。

陈与冏充山东乡试副考官。

高向瀛中举。薛肇基中举。

周登皞中举。

龚易图调任湖南布政使。

李应庚卒。《聚红榭雅集词》《赌棋山庄词话》《酒边词》计收其词8首。

清光绪十五年己丑（1889）

时事：三月，卞宝第、刘铭传奏：全台生番，一律归化。

谢章铤《酒边词》八卷刊行，有黄宗彝序及自序，另有刘家谋、李应庚、高思齐、刘勳、符兆纶、宋谦、林天龄、陈通祺、郑守廉、谢质卿、张树荚、张僖、张景祁题词。收词405首。清咸丰六年（1856）（1～2卷）、清同治二年（1863）刻本（4～6卷）《聚红榭雅集词》收其词82首。民国7年（1918）石印本《赌棋山庄余集》收词3首。《赌棋山庄词稿》（收入《赌棋山庄稿本》）收词8首。稿本《赌棋山庄文集》（收入《赌棋山庄稿本》）收词2首。清宣统二年（1910）铅印本宋谦撰《灯昏镜晓词》

卷首收词 1 首。清光绪十年刻本（1884）《赌棋山庄词话》收词 7 首（含联句词和残句）。《赌棋山庄遗稿》（福建图书馆藏稿本）收词 10 首。以上皆不计重复，谢章铤共存词 518 首，居历代闽籍词人之冠。

清光绪十六年庚寅（1890）

陈宗通《补眠庵词》二卷刊行，有自序。收词 94 首。

孟夏，郭篯龄《吉雨山房遗集》八卷附《吉雨山房词钞》一卷刊行。《文集》4 卷前有《福建省志列传》，《诗》集 4 卷前有陈少香、杨雪椒、夏紫崶、李小湖、宋柘耕评语，《词钞》1 卷无序跋。收词 66 首，附收其妻谨媛词 1 首、其子慎行词 2 首、其甥李维仁词 1 首。

陈更新生。

邵振绥生。享年 73 岁以上。所著《慈园诗词稿》收词 17 首。

陈与同卒。《高节陈氏诗略》收其词 3 首。

黄曾源举进士。陈懋鼎举进士。

清光绪十七年辛卯（1891）

林锷风生。施宗灏生。

杨浚卒。杨浚《冠悔堂词稿》二卷成于此年前。杨浚《冠悔堂全集》刊于光绪十九年（1893），有诗钞八卷、骈体文钞六卷、赋钞四卷、楹语三卷。未收词。今福建图书馆存其稿本《冠悔堂词稿》2 卷，杨浚卒于本年，《词稿》应成于此年前，姑系于此。《词稿》下卷乃上卷钞正本，故二卷多有重复收词。上卷收词 72 首，下卷收词 59 首。上卷有 14 首为下卷所未收，下卷有 2 首词不见上卷。除去重复，《冠悔堂词稿》实收词 74 首。《全闽词》据下卷录入，下卷未收而存于上卷者附后。

陈与冏卒。刊本《影事词存》、稿本《影事词存》、《高节陈氏诗略》计收其词 44 首。

郑孝柽中举。

郭曾玙中举。卒年不详。《清词玉屑》卷十存其词 1 首。

清光绪十八年壬辰（1892）

时事：重修福州北越王山上镇海楼，谢章铤作《记》。

梁履将《木南山馆词》刊行，不分卷，有魏秀仁、梁鸣谦、谢章铤序。存词71首。按：《聚红榭雅集词》所收梁洛观词18首均见《木南山馆词》。

十月，沈鹊应与"戊戌六君子"之一林旭结婚。婚后六年，林旭多在外，她有词寄托对夫君的思念。

王冷斋生。

谢章铤刊梁履将《木南山馆词》，收词71首。

清光绪十九年癸巳（1893）

时事：林纾译作《茶花女遗事》刊行，风行海内，为林译小说第一部。

卓揆中举。生卒年不详。《词综补遗》卷九十五选其词3首。

蒋仁中举。林钟琪中举。高彤中举。陈保棠中举。邱炜萲中举。

龚易图卒。所著《餐霞仙馆诗词外集》收词12首。

王仁堪卒。所著《王苏州遗书》卷十二存词1首。

郭传昌恩科乡试中式。

清光绪二十年甲午（1894）

林怡举进士。生卒年不详。卓揆《惜青斋笔记》录其词1首。

陈汤奏中举。林开謩中举。李宣龚中举。郭传昌恩科会试中进士。

黄大受中举。生卒年不详。黄宗宪壬申至庚辰间（1872～1880）与同人有倚声之集，后成《影事词存》一书。刊本《影事词存》收黄宗宪词55首，稿本《影事词存》另可补辑黄宗宪词10首。

何振岱与郑元昭结为连理，郑从何振岱学诗词，称何为"吾师"，何则称郑为"岚弟"，夫妻感情甚笃。生有五男一女。

本年林朝崧避乱内渡晋江，后又北游上海，遍历中原名山大川。光绪二十四年（1898）返台。

王德愔生。王芝青①生。

丁菁卒。《闽词征》卷五选其词 3 首。

江煦生，卒年不详。

清光绪二十一年乙未（1895）

时事：正月十八日，日本陷刘公岛，海军右翼总兵刘步蟾死之。九月
九日，严复译作《天演论》告成。

叶大庄《写经斋初稿》四卷《续稿》二卷《文稿》二卷《小玲珑阁
词》一卷刊行，有陈衍及自序。收词 30 首。

林灏深举进士。生卒年不详。《词综补遗》卷六十五选其词 2 首。

卓孝复举进士。陈海梅会试第一名。李景骧举进士。林开暮举进士。

何维刚生。龚令蕙生。刘蘅生。

龚令蔓生。卒年不详。王世威编《西清王氏族谱》收其词 1 首。

张秉铨留滞津门，闻割台湾，悲痛欲绝，作诗《哀台湾》四首。

李宗祎卒。

清光绪二十二年丙申（1896）

曾仲鸣生。高茶禅生。

叶滋沅卒。《赌棋山庄词话》录其词 2 首。

清光绪二十三年丁酉（1897）

刘勷《非半室词存》刊行。不分卷。有黄宗彝《非半室原刻词存叙》
及《自叙》。《自叙》云："欲将旧作删改，缘课徒餬口，日不暇给，兹在
冷斋无事，因取前后已梓未梓者，悉行删定，仅存百余阕，名曰《词存》，
犹《诗存》意，以志少年孟浪之过也。光绪丁酉花朝日，非半室老人自叙
于宁洋学衙斋。"叶恭绰纂《全清词钞》卷二十六谓刘勷"有《非半室词
存》一卷，一名《效颦词》"，不准确。《效颦词》收词 84 首，《非半室词

---

① 王芝青为王寿昌侄女，民国 2 年（1913）拜林纾为师，学画四年。事见《林纾年谱长编》
第 230 页。

存》收词 149 首。《效颦词》中只有少数词见于《非半室词存》。《非半室词存》乃勋孙刘学基谨订，因非半室是勋之斋名，遂用"非半室原刻词"代指《效颦词》。刘勋词作，另见《聚红榭雅集词》存 58 首，《游石鼓诗录》存 1 首。合《聚红榭雅集词》《效颦词》《非半室词存》《游石鼓诗录》而去其重，刘勋实存词 283 首。

陈毓琦中举。生卒年不详。《词综补遗》卷二十选其词 1 首。

何振岱中第四名举人。林欣荣中举。丘复中举。

龚令菁生。卒年不详。所著《含晶缀玉集》收词 4 首。

林庚白生。何曦生。陈守治生。陈声聪生。

清光绪二十四年戊戌（1898）

时事：六月十三日，林旭、杨深秀、杨锐、谭嗣同、刘光第、康广仁为慈禧太后所杀。

谢章铤《课余偶录》四卷刊行，有黄彦鸿、陈宝璐、沈翊清《评语》。中有论词之语。

杨炳勋《问鹏山馆诗钞》1 卷、《试帖》1 卷、《词钞》1 卷、《词余》1 卷刊行。《词钞》收词 9 首。

龚葆銮卒。《榕南梦影录》卷上存其词 1 首。

陈国桢生。黄曾樾生。陈国柱生。胡尔瑛生。

叶大庄卒。

陈海梅与子培锟同中进士，同点翰林，传为佳话。

昆池钓徒辑《海滨酬唱词》刊行。

清光绪二十五年己亥（1899）

吴普霖生。卒年不详。自编《天寥阁诗稿》2 卷，有乙巳自序。其父吴锺善《荷华生词》卷下存其词 2 首。

清光绪二十六年庚子（1900）

时事：七月二十日夜，八国联军陷北京城。

谢章铤《课余续录》五卷刊行，有陈宝璐《校勘手札》。中有论词之语。

沈鹊应卒。林旭遇害，沈鹊应多次打算自尽殉夫，虽未成，但因哀毁过度而离开人世。沈氏撰有《崦楼遗稿》1卷附林旭《晚翠轩集》中。词名《崦楼词》，收词34首。

黄孝纾生。包树棠生。

王崧辰卒。杨季鹿辑《健公诗影》录其词1首。

清光绪二十七年辛丑（1901）

谢章铤《赌棋山庄笔记合刻》六卷刊行，有谢章铤自序。中多论词之语。扉页上有云："《围炉琐忆》《藤阴客赘》《稗贩杂录》《课余偶录》《课余续录》，光绪辛丑展重阳编于讲院维半室，门人侯官黄彦鸿题签。"按：《课余偶录》《课余续录》已分别于1898、1900年刊行，此年刊《合刻》时黄彦鸿似是合并提及之。

林仪一生。享年五十三岁以上。《咫社词钞》、关赓麟编《稊园癸卯吟集未定稿》收其词共7首。

林朝崧本年在台湾倡建"栎社"，与社友蔡启运、赖绍尧、陈怀澄等人唱和，有"全台诗界泰斗"之誉。

陈懋恒生。薛念娟生。李永选生。张苏铮生。黄君坦生。黄兰波生。何维沣生。

清光绪二十八年壬寅（1902）

时事：二月十五日，全闽大学堂成立。十月，开厦门鼓浪屿为各国公共租界。

郑守廉《考功词》刊行，不分卷，无序跋，文末署"男孝颖、孝胥、孝思、孝柽校字"。收词245首。郑氏词，从福建图书馆藏稿本杨浚撰《冠悔堂词稿》可补辑1首。

陈赞唐成副贡。生卒年不详。《词综补遗》卷二十选其词3首。

郑翘松中举。

邱懿元中举。生卒年不详。清宣统二年（1910）铅印本林怡撰《偶涉园吟草》载其词1首。

刘子达中副举。吴锺善中副举。

叶可羲生。施秉庄生。

刘荃卒。刊本《影事词存》收其词 13 首，福建图书馆藏稿本《影事词存》另存词 16 首。

清光绪二十九年癸卯 （1903）

时事：全闽师范学堂成立，陈宝琛任监督。

何启椿举进士。生卒年不详。《词综补遗》卷三十三选其词 1 首。

刘敬举进士。

吴锺善中经济特科二甲第五名，仅以原职铨叙。

陈汤奏卒。《词综补遗》卷二十存其词 3 首、《惜青斋笔记》存其词 1 首。

李慎溶卒。

郭则沄举进士。高近宸中举。黄步琼中举。

王彦行生。

林佳书中恩科举人。卒年不详。《萧母卢太夫人百龄寿文诗词楹联统录》收其与黄步琼合作词 2 首。

刘崧英中举。

正月二十五日 （3 月 15 日），谢章铤殁于福州致用书院讲舍。

清光绪三十年甲辰 （1904）

方兆鳌成进士。

陈宗蕃举进士。

王真生。

刘勌卒。张景祁卒。

清光绪三十一年乙巳 （1905）

陈书《桐愔阁词钞》作于此年前。钞本，不分卷，无序跋，收词 41 首。陈氏另有《木庵居士诗》四卷补遗一卷，丙午年 （1906） 刊于武昌，未收词。陈卒于本年，《词钞》之词作于此年前，姑系于此年。

陈衍《石遗室诗集》10 卷、《补遗》1 卷附《朱丝词》2 卷刊行。词有自跋，收词50首。另据《刧庵填词图》可补词1首。

黄公孟生。王迈生。

清光绪三十二年丙午（1906）

洪璞生。王闲生。

清光绪三十三年丁未（1907）

胡铉《橡笔楼初集》，上海国粹学报社铅印刊行，有郑晓光绪三十三年六月序、高稔《墨仙小传》，其中《江南士女送别记》后附词3首。此书另有辛亥（1911）国光书局代刊本。

萧道管卒。所著《戴花平安室遗词》存词5首。

清光绪三十四年戊申（1908）

时事：连横经始《台湾通史》之编纂，越十年而成。

林黻桢《北征集》刊行，收词18首。

郭则沄与俞珽结成连理。

何适生。

清宣统元年己酉（1909）

林黻桢《感秋集》刊行，不分卷，有己酉花朝前十日自序。收词8首。林氏词，除其《北征集》《感秋集》所收外，另从民国21年至26年（1932~1937）刊本青鹤杂志社编《青鹤》可补辑3首，从民国29年至33年（1940~1944）刊本同声月刊社编《同声月刊》可补辑4首、从民国29年（1940）铅印本林葆恒编《落花诗》可补辑4首。

陈仲明刻邓廷桢、林则徐《邓林唱和集》刊行，不分卷，有梅曾亮《双砚斋诗钞原序》、宋翔凤《双砚斋词钞原序》、谢章铤《云左山房诗钞原序》、邓嘉缉《邓林唱和诗词合刻跋》、陈洙《题词》。收邓廷桢、林则徐唱和诗词。邓词有11首、林词有4首。

虞愚生。

清宣统二年庚戌（1910）

时事：二月二十六日，陈衍补订郑杰《全闽诗录》告成。

宋谦《灯昏镜晓词》四卷附录《聚红榭雅集词》一卷刊行，有陈衍序、谢章铤题词、林纾跋。共收词266首，附录收其聚红榭唱和词31首。《灯昏镜晓词》未收而见于《聚红榭雅集词》《酒边词》计4首。

何维深生。

杜琨生。卒年不详。著有《北游吟草》1卷附文录1卷，收词11首。

游叔有生。卒年不详。曾在福建师范大学中文系任教师多年。《协大艺文》载其词5首。

朱芳徽约卒于本年。

张秉铨卒。苏南纂《河园兄妹诗合订》收其词2首。

清宣统三年辛亥（1911）

时事：九月十九日，革命军光复福州。闽浙总督松寿自尽。公推孙道仁为福建都督，九月二十二日就职。

郑孝胥辛亥后任溥仪宫内总管内务大臣、伪满政府国务总理。

陈宝琛官山西巡抚。

郭则寿考取法政科进士。

四月，陈更新黄花岗起义殉难。天啸生著《黄花冈福建十杰纪实》收其词2首。

林岩生。潘受生。

蒋仁卒。所著《述梅草堂遗集》存词1首。

薛绍徽卒。陈芸卒。

民国元年壬子（1912）

郑祖荫任福建政务院副院长。同年10月，改任中央参议院参议员。

民国成立，陈遵统任国会秘书。

黄畬生。卒年不详。《词综补遗》《咽社词钞》《稀园癸卯吟集未定稿》共收其词22首。

严复任京师大学堂总监督。

黄寿祺生。

民国 2 年癸丑（1913）

丘潜庐任平和县知事。

洪祖迈生。卒年不详。著有《壬癸诗集》《江南游学记》，共收词 15 首。

郭毓麟生。黄墨谷生。梁瑸生。

民国 3 年甲寅（1914）

薛绍徽《黛韵楼遗集》八卷刊行。词集二卷，有薛裕昆序，收词 167 首。今有林怡点校本《薛绍徽集》。

薛绍徽女陈芸《陈孝女遗集》（原名《小黛轩集》）附《黛韵楼遗集》刊行，收词 32 首。

民国 4 年乙卯（1915）

林朝崧①卒。所著有《无闷草堂诗存》五卷附《诗余》一卷，收词 61 首，《全台词》有增补，录存 81 首。词多寄怀沧桑巨变。

民国 5 年丙辰（1916）

姚家琳任盐池县知事。生卒年不详。《词综补遗》卷三十选其词 2 首。

郭传昌卒。

民国 6 年丁巳（1917）

林庚白任众议院秘书长。

许南英卒。胡铉卒（一作 1927 年卒）。

民国 7 年戊午（1918）

刘放园于 1918～1928 年任《晨报》社长、总编辑等职。

---

① 根据《全闽词凡例》要求，《全闽词》未收林朝崧词。

沈瑜庆卒。所著《涛园集》收词 10 首。

民国 8 年己未（1919）

黄展云任国民党福建支部长，创办《福建新报》。

郭则沄任国务院秘书长。

民国 9 年庚申（1920）

李宗祎《双辛夷楼词》附其女李慎溶《花影吹笙室词》刊行。不分卷。有林纾《原刻零鸳词序》、张鸣珂乙未（1895）年序、李宗言丁酉（1897）年序、林纾《清中宪大夫六部员外郎闽县李君墓志铭》、李宣龚庚申跋。收李宗祎词 81 首、李慎溶词 17 首。另据《华报》1934 年 4 月 3 日《道真室随笔》可补李慎溶词 2 首。

民国 10 年辛酉（1921）

张清扬卒。张清扬生前有《清安室词》及《潜玉集》各 1 卷，本年由何振岱序而刊之，身后尚有《清安室诗补遗》行世。何振岱《清安室词序》云：“君词弆予箧者且年余，兹乃取选录之，以自江右至海上者为甲稿，自里中至吴中者为乙稿，序而付之剞劂。”《清安室词》收词 97 首。张氏另有《双星室主人词稿》，光绪三十二年（1906）何振岱抄本，收词 37 首，为《清安室词》所未收。① 张氏词，另据林家溱《观稼轩笔记》可补辑 1 首。

严复《阳崎词稿》作于此年前。凡 21 阕，生前未刊行。南洋学会研究组编《严几道先生遗著》收入。严复卒于本年，《词稿》当成于本年前，姑系于本年。另从孙应祥、皮后锋编《〈严复集〉补编》可辑录 1 首。

民国 11 年壬戌（1922）

何维沣留学法国勤工俭学。

曾福谦卒。周演巽卒。

---

① 福州连天雄先生赠阅《双星室主人词稿》复制件，谨致谢。

施士洁卒。施氏去世前已编定其著作《后苏庵文稿》《诗稿》《词草》，未刊行。1965 年《台湾文献丛刊》排印《后苏龛合集》，其中《后苏庵词草》收词 56 首。①

民国 12 年癸亥（1923）

曹锟贿选总统，舆论大哗，陈遵统愤而辞职，回榕任全闽高等学堂教习，后受聘为协和大学中文系主任兼教授。

刘崧英卒。卓揆撰《水西轩词话》《惜青斋笔记》，释宝慈纂补辑《鹤山极乐寺志》计存其词 6 首。

民国 13 年甲子（1924）

谢章铤《赌棋山庄余集》五卷刊行，有高向瀛乙丑序、林欣荣戊午（1918）序。中有论词之语，另收谢氏词一卷，凡 3 首，附收郑守廉词 2 首。按：郑守廉 2 首词，其《考功词》已收录。

林纾《冷红斋词剩》作于本年前。林纾卒于本年，《词剩》之词作年不超过本年，姑系此年。《词剩》由林纾门人胡孟玺辑录，手抄本，不分卷，收词 27 阕，并收词论 3 篇。有陈海瀛《题辞》。林纾另有词作散见于他的译著小说中的题咏，另有题画、题扇之作，也有词篇发表于《公言报》等报刊。李家骥等整理《林纾诗文选》录林纾词 49 阕，中有《词剩》。另从江中柱先生藏林纾手稿和题跋复印件中可辑录 4 首，从福建师范大学图书馆藏钞本卓揆撰《惜青斋笔记》可辑录 1 首。2020 年福建人民出版社出版江中柱等编《林纾集》，据《林纾集》可知：林纾存词至少有 54 首。我据张旭、车树昇编著《林纾年谱长编》细查，找到林纾《踏莎行》《摊破浣溪沙》二词未被《林纾集》收录，也未被《林纾集》编者提及，因此林纾词仍可进一步辑录。

周演冀《慧明居士遗稿》附《湖影词》刊行，有郑岚屏、何曦序，存词 22 首。另，周演冀《雏蝉剩稿》附《湖影词》刊行于民国年间，存词

---

① 施士洁，台湾台南人，光绪二十年（1894）内渡大陆，因其在大陆活动时间不长，故《全闽词》未收其词。

23 首。《雏蝉剩稿》附《湖影词》删去《慧明居士遗稿》附《湖影词》的《氏州第一·主曹宅题赠敦钿》，另增《祝英台近·忆迦陵》《金缕曲·柬迦陵》二首，周演巽实际存词 24 首。①

刘蘅从陈衍学习古文。

施秉庄与姊秉端、妹秉雅合刊《泉山甲子元旦画册》。

陈海梅卒。梁潊年辑《陶庐主人梁穉云先生五十双寿诗文集》收其词 1 首。

民国 15 年丙寅（1926）

时事：冬，国民革命军在福建省内取得全面胜利。

郭传昌《惜斋吟草》二卷《别存》一卷附《惜斋词草》一卷重刊。有自序，郭则沄、曾炘跋。收词 31 首。

贺仲禹著《绣铁庵丛集》刊行，有汪煌辉、鄢耀枢序。收词 24 首。

黄孝纾获晤况周颐，精研词章。

李景骧卒。

民国 16 年丁卯（1927）

时事：4 月 18 日，南京国民政府成立。28 日，南京中央政府会议任命杨树庄、方声涛、谭曙卿等十四人为福建省政府委员，杨树庄任主席。

春，黄展云任清党委员会主任，领导发动全国最早的福州反共"四三"事变。

黄孝纾与陈三立、朱祖谋、潘飞声、夏敬现、吴昌硕、诸宗元诸老宿雅集，以诗酒相酬唱。

林直生。

民国 17 年戊辰（1928）

李景骧《复斋文存》一卷《诗存》四卷附词刊行。文有刘春林、徐宝

---

① 周演巽，浙江绍兴人，故《全闽词》未收其词，但她是何振岱的弟子，且与郑岚屏、张清扬唱和较多，故本表予以反映。

众合序，张星槎《永怀庐题词》，李钧序。诗有林欣荣序。收词 28 首。

民国 18 年己巳（1929）

王景歧获比利时鲁凡大学名誉博士。同年 12 月，任国立劳动大学校长。

何维沣在上海与王闲结婚。

洪缮卒。所著《寄鹤斋诗集》附《诗余》收其词 118 首，1993 年台湾省文献委员会编印本。

民国 19 年庚午（1930）

陈国桢参加陶铸领导的厦门劫狱斗争。

王允皙卒。

民国 20 年辛未（1931）

林葆恒纂《闽词征》六卷刊行。有陈衍、杨寿枏及自序。收宋徐昌图至清邵英畿共 260 人 1443 首词，其中收清代闽籍词人 155 人 729 首词。

刘蘅本年起从何振岱学习诗词及古琴。

夏，何适辞故邑党委职，赁居厦门嘉禾，授徒厦门中校。课余填词，积三年成《官梅阁诗余》，收词 155 首。何氏另有《官梅阁诗词集》，中有《官梅阁诗余》未收之词 63 首，1981 年 5 月新加坡宏文印务有限公司出版。

民国 21 年壬申（1932）

卓揆《水西轩词话》甲稿一卷乙稿一卷成于是年，钞本，有卓氏《识语》。《识语》云："适切庵同年自海上寓书索观，爰缮已成者为甲稿，先邮商政，余俟赓续云尔。壬申尾春侯官卓揆幼庭识。"今有陈昌强笺注本。卓氏另有《惜青斋笔记·词话》，后有黎生《记》，不详成稿年代，此稿是《水西轩词话》的增改稿，应采信增改稿，附系于此。按：两种词话收有闽籍词人的词篇，有辑佚价值。

民国 22 年癸酉 （1933）

许南英《窥园留草》附《窥园词》刊行，不分卷，系许氏哲嗣许地山编定。有施士洁、汪春源、沈瑈莹、林景仁序。收词 59 首。词是民国元年（1912）以后许南英从其日记和草稿中选录。

仲秋，《沤社词钞》二十集刊行。无序跋。其中收闽籍词人林葆恒词 18 首、郭则沄词 25 首、黄孝纾词 19 首。

民国 23 年甲戌 （1934）

林欣荣卒。《闽词征》卷六选其词 1 首。杨蕴辉撰《吟香室诗草》卷首存其词 1 首，此词又见佚名编《董母杨太夫人哀挽录》。

王迈卒。所著《乔倩遗稿》收词 4 首，另《华报》1932 年 5 月 6 日《词苑》载其词 1 首。

仲秋，《沤社词钞》二十集刊行。无序跋。其中收闽籍词人林葆恒词 18 首、郭则沄词 25 首、黄孝纾词 19 首。

民国 24 年乙亥 （1935）

寿香社重新开始活动，何振岱主吟政，除女性社员外，另有男性社员郭毓麟、王劢等参加。

王允皙《碧栖诗词》二卷刊行，有李宣龚甲戌序，另有陈宝琛、黄濬、诸宗元题词。收词 49 首。另从线装书局 2003 年版国家图书馆编《中华历史人物别传集》第 62 册《梅母陈太君八十寿言》可辑录 1 首。

郭则沄《龙顾山房诗余》六卷刊行，《侯官郭氏家集汇刊》本，有徐沅序。词凡 243 首。

王仁堪《王苏州遗书》十二卷刊行，有樊增祥撰陈宝琛书《故镇江府知府王公祠堂记》，赵春年《序》，郭则沄、王孝绮跋。卷十二诗集收词 1 首。

林葆恒《忉庵填词图题咏》一卷刊行，铅印本，有陈宝琛《摸鱼儿》手迹一帧、填词图四幅、王履康《忉庵填词图叙》。收录陈宝琛等 55 人 55 首词、陈三立等 14 人 24 首诗。

吴锺善卒。

民国 25 年丙子（1936）

林葆恒纂《集宋四家词联》四卷刊行，有郭则沄序。序云："是作巧思绮凑，隽语珠穿，约而取精，婉而多致。"有"周清真词四十联"、"吴梦窗词六十联"、"姜白石词三十三联"、"张玉田词四十二联"四目。

林旭《晚翠轩诗》一卷附沈鹊应《崦楼遗稿》一卷刊行，《墨巢丛刻》本。有李宣龚《序》、陈衍《闽侯县志列传》。收沈氏词 35 首，沈氏乃林旭之室。

冬，郭则沄纂《清词玉屑》十二卷刊行，有汪曾武及自序。中多品评闽籍词人词作，间有发明，然杂抄诸书，较少注明出处。

王景歧任驻瑞典兼挪威全权公使。

黄曾源卒。《词综补遗》卷四十六收其词 3 首。

周登皞卒。民国 22 年（1933）铅印本郭则沄等撰《烟沽渔唱》收其27 首，另民国 26 年（1937）铅印本林葆恒辑《讱庵填词图》收其词 1 首。

民国 26 年丁丑（1937）

时事：7 月 7 日，日军在卢沟桥向中国驻军发动进攻，中国守军奋起抵抗，全面抗战爆发。10 月 24 日，日军占领金门。

陈国柱任鄂豫皖游击队司令部政治秘书。

民国 27 年戊寅（1938）

时事：5 月 11 日，日军占领厦门。

陈宝琛《沧趣楼诗集》十卷附《听水斋词》一卷刊行，有陈曾寿序，另有陈懋复、陈宗蕃跋。收词 42 首。另从《烟沽渔唱》《采风录》可补辑词 4 首。

林葆恒《瀼溪渔唱》刊行，不分卷，有徐沅丙子（1936）年序、林氏戊寅跋。收词 146 首，词作有编年。林氏词，《全闽词》据《国闻周报》《青鹤》《沤社词钞》《烟沽渔唱》《同声月刊》《落花诗》《午社词七集》《兰心》《咫社词钞》补 68 首，计收林葆恒词 214 首。朱尧硕士论文《清遗民词人林葆恒研究》附录《幼庵词辑校》录《全闽词》失收林葆恒词 6 首，目前可知林氏存词 220 首。

陈保堂约卒于此年。《闽词征》卷六选其词 1 首，张善贵撰辑《长乐历代词钞》卷四存其词 2 首。

林华《一镫楼词钞》刊行，收词 42 首。

郑孝胥卒。《闽词征》卷五收其词 2 首。

黄展云卒。手稿《展云词稿》收词 27 首。

民国 28 年己卯（1939）

金章卒。王世威编《西清王氏族谱》载其词 7 首。

民国 29 年庚辰（1940）

李宣龚《硕果亭诗》9 卷计诗 2 卷、《诗续》4 卷、《墨巢词》1 卷、《词续》1 卷、《硕果亭文剩》1 卷刊行。《墨巢词》收词 13 首，《词续》收词 4 首。

沈瑞莹撰《寄傲山馆词稿》十四卷计《泡影词》甲乙丙丁稿、《前燕游词稿》、《后燕游词稿》、《鲛珠词》甲乙丙丁稿、《忏绮词》甲乙丙丁稿刊行，收词 348 首，"菽庄丛书"第三种，有林尔嘉序。①

林尔嘉选《帆影词》刊行，见林尔嘉编《菽庄丛刻》，上海聚珍馆排印本。收词 20 首，作者多化名，中有吴锺善作 2 首。

潘受任"南洋华侨回国慰问团"团长。

陈懋鼎卒。所著《槐楼词》收词 11 首，上海许宛云先生藏陈懋恒整理钞本。

刘敬卒。《闽词征》卷六、《幼庵填词图》录其词各 1 首。

林开謩卒。《词综补遗》卷六十五选其词 1 首。

民国 30 年辛巳（1941）

时事：4 月 21 日，日军占领福州，9 月 3 日，日军退却而告克复。

---

① 沈瑞莹，湖南衡阳清泉县人，故《全闽词》未收其词。但其词自《鲛珠词》乙稿后收其在厦门鼓浪屿菽庄吟社之作，故本表予以反映。

吴锺善《守砚庵诗稿》十四卷《荷华生词》二卷刊行，晋江吴氏桐南书屋藏版。陈支平主编《台湾文献汇刊》第四辑第十一册收录。诗有苏镜潭《家传》，苏荪浦辛巳（1941）序，吴生甫辛巳序，苏镜潭、菱槎甫合序及丙寅（1926）自序。词有苏镜潭、菱槎甫辛巳合序及自序。收词94首，附普廪（即其子吴普霖）词2首及吴锺善集句词2首。

邱炜萲卒。其《啸虹生诗钞》《啸虹生诗续钞》收词23首。

李宣龚当选上海合众图书馆（今上海图书馆前身）董事。

王景歧病逝于日内瓦。《华报》1933年5月18日《词苑》载其词1首。

林庚白走香港，邂逅日寇，遇害，卒年四十五。1996年中国人民大学出版社出版林庚白著《丽白楼遗集》收词75首，另据《南社丛选》《民族诗坛》《词综补遗》《河园兄妹诗合订》可补词7首。

卓孝复卒。《词综补遗》卷九十五存其词2首、《采风录》存其词2首、《广箧中词》卷二存其词1首。

民国31年壬午（1942）

何振岱编《寿香社词钞》八卷刊行，福州林心恪刻朱印本，有何振岱《小引》。收王德愔《琴寄室词》35阕、刘蘅《蕙愔阁词》93阕、何曦《晴赏楼词》37阕、薛念娟《小懒真室词》12阕、张苏铮《浣桐书室词》36阕、施秉庄《延晖楼词》20阕、叶可羲《竹韵轩词》89阕、王真《道真室词》40阕。全部《寿香社词钞》共收词362阕。

林黻桢卒。

陈赞勋卒。郑谟光修、陈赞勋纂《周墩区志》卷五收其词5首。

民国32年癸未（1943）

七月，郭则寿《卧虎阁诗词》刊行，不分卷，有何振岱序。收词10首。

郑元昭卒。郑氏有《天香室词集》，录词90首。另可从稿本《天香阁词钞》[①] 补辑6首。

---

① 福州连天雄先生赠阅稿本《天香阁词钞》复印件，谨致谢。

林钟琪卒。林氏著有《老梅盦词草》，今不见。《词综补遗》卷六十五据《老梅盦词》录其词 2 首。

郭则寿卒。

民国 33 年甲申（1944）

时事：日军第二次占领福州，翌年 5 月克复。

曾克耑辑《鄦里曾氏十一世诗》四十四卷刊行，有章士钊序。中收曾福谦（原名宗鲁）《梅月龛词》5 首。

郑祖荫卒。所著《种竹山房诗钞》收词 35 首。

郭则沄撰《龙顾山房诗赘集》附郭则寿《卧虎阁词》刊行。《卧虎阁词》收词 10 首。

沈亮秋卒。其妻王芝青《芳草斋诗集》存沈氏词 1 首。

沈琇莹卒。

民国 34 年乙酉（1945）

郭则沄《龙顾山房诗余续集》刊行，不分卷，有自序及邢端《龙顾山房独茧词序》。收词 55 首。

三月，林葆恒纂《词综补遗》一百卷编成，收词人 4800 多家词作 8000 多首，有徐沅、郭则沄序，另有郭则沄等 30 家题词。今有张璋整理本。按：成书时间据此书《例言》。

叶可羲《竹韵轩词》甲稿一卷乙稿一卷刊行，有何振岱乙酉小春《竹韵轩词序》。甲稿收词 91 首，乙稿收词 106 首。

民国 35 年丙戌（1946）

郑孝柽卒。《闽词征》卷五、《词综补遗》卷九十一存其词各 1 首。

高向瀛卒。《词综补遗》卷三十二存其词 5 首。

民国 36 年丁亥（1947）

林之夏卒。《南社词集》《词综补遗》收其词各 1 首。

郭则沄卒。郭则沄的词主要收集在《龙顾山房诗余》《诗余续集》中，合计有 367 首。另据《烟沽渔唱》《沤社词钞》《采风录》《清词玉屑》《水香洲酬唱集》《古学丛刊》《红楼真梦》《雅言》《同声月刊》《闽词谈屑》等可补辑 142 首，郭则沄今存词至少有 509 首（含残篇），较谢章铤存词 518 首，只是少了 9 首。

何遂《叙圃词》刊行，收词 258 首。

施秉庄随夫金树人迁居台湾。

民国 37 年戊子（1948）

刘蘅《蕙愔阁集》诗集二卷词一卷刊行。有陈宝琛、许承尧、陈曾寿、何振岱、吴石序。收词 87 首。《蕙愔阁集》未收而见于《寿香社词钞》有 11 首。另有《蕙愔阁集》，1983 年铅印本，两册，分别收入：福建逸仙艺苑诗辑之五（上），中有《蕙愔阁词》，李宣龚题签；福建逸仙艺苑诗辑之五（下），中有《蕙愔阁词续集》，陈琴趣题签。《蕙愔阁词续集》收词 61 首，乃刘蘅续作。另据《协大艺文》1935 年第 3 期可补辑 1 首。1993 年，福州美术出版社出版福建省文史研究馆选编刘蘅《蕙愔阁诗词》，收录诗歌 460 首、词 137 首，附录陈宝琛、许承尧、陈增寿、何振岱原序。此著词作仅增 4 首。刘蘅存词计 164 首。

民国 38 年己丑（1949）

时事：8 月 17 日，人民解放军解放福州。10 月 17 日解放厦门。

春，陈国桢因叛徒出卖，被胡季宽活埋于云霄县，壮烈牺牲。所著《劫后诗存》存词 4 首。

王梅《梅窗词》刊行，收词 38 首。另据《词综补遗》卷四十可补辑 2 首。

虞愚《虚白楼诗》刊行，附词 3 首。2017 年刊《虚白楼诗》附录何丙仲先生辑注《虞愚先生诗词补辑》复补词作 7 首，目前可知虞愚存词凡 10 首。

公元 1950 年

丘复卒。福建人民出版社 2013 年版《丘复集》收词 2 首黄公孟卒。《雅言》《同声月刊》《词综补遗》共收其词 19 首。

刘训瑃卒。所著《刘玉轩诗文选》存其词 2 首，另《抒怀吟草》存其词 2 首。

公元 1951 年

郑孝崧卒。郭白阳《竹间续话》、何遂《叙圃词》存其词各 1 首。

林葆恒卒。

公元 1952 年

何振岱卒。李宣龚卒。

公元 1953 年

陈宗蕃卒。所著《淑园文存》收词 1 首。另《词综补遗》卷二十收其词 3 首，《同声月刊》第一卷第三号载其词 1 首，《雅言》庚辰卷一载其词 1 首，《雅言》庚辰卷五载其词 1 首，《雅言》庚辰卷六载其词 1 首，《咫社词钞》卷一载其词 3 首，《咫社词钞》卷二载其词 1 首，《咫社词钞》卷三载其词 2 首，《〈词综补遗〉题词》录其词 1 首。

公元 1954 年

江煦《草堂别集》刊于岭南（澳门）。《草堂别集》有《读我书室文存》《风月平分草堂诗存》《无尽藏庵词存》诸种。《无尽藏庵词存》收词 44 阕。①

陈国柱任国务院参事。

公元 1955 年

何振岱《我春室集》附郑岚屏《天香室词集》刻成油印本，不分卷，有林心恪《序》。另有《师友诗代序》收谢章铤等人诗 6 首。何振岱词有 158 首、其室郑岚屏词有 89 首。今有刘建萍、陈叔侗点校《何振岱集》。

---

① 《全闽词》失收江煦词，谨致歉。

何振岱词可据《我春室集》附《天香室词集》补辑 1 首，另据福建省图书馆藏钞本《我春室词集》可补辑 2 首，另从民国 19 年至 27 年（1930～1938）刊林石庐等主编《华报》可补辑 1 首，另从民国 16 年（1917）福建通志局钞本陈懋复等辑《陈弢庵先生七十寿言集》可补辑 1 首，另从何振岱家藏杂稿过录本可补辑 3 首，另从民国 25 年（1936）刻本郭则沄辑《清词玉屑》、书目文献出版社 1992 年影印民国 36 年（1947）稿本林葆恒纂《词综补遗》各可补辑 1 首。

郑翘松卒。所著原稿本《卧云山房诗草》收词 143 首。

俞玨卒于本年前。俞玨著有《临漪馆诗词稿》不分卷，附于郭则沄《龙顾山房诗赘集》中，收词 21 首。另《龙顾山房诗余》附收俞玨词 5 首，郭则沄辑《清词玉屑》卷十二收俞玨词 1 首。

潘受任南洋大学秘书长，主持校政达五年。退休后，专事文化艺术研究及创作。

薛肇基卒。《词综补遗》卷九十六收其词 2 首。

公元 1958 年

刘放园卒。所著《放园吟草》收词 21 首。

公元 1960 年

方兆鳌卒。《闽词征》卷六选其词 5 首，《词综补遗》卷五十三存其词 1 首，《〈词综补遗〉题词》录其词 1 首。

田毕公卒。福建省文史研究馆编《百年闽诗（1901—2000）》收其词 1 首。

林升平卒。《兰心》录其词 1 首。

王冷斋卒。《咫社词钞》卷四收其词 1 首，《百年闽诗（1901—2000）》收其词 2 首。

公元 1961 年

刘子达卒。《咫社词钞》收其词 7 首。

公元 1963 年

1963 年颂橘庐刊本曾克耑纂《曾氏家学》收有曾念圣《竹外词》《桃叶词》《桃叶词别集》各 1 卷。曾念圣词另有单行本民国铅印本《桃叶词别集》，此本收词较《曾氏家学》本《桃叶词别集》更佳。另从华东师范大学出版社 1985 年版《词学》第 3 辑陈兼与撰《闽词谈屑》可补辑 1 首。计各本去其重，可得词 74 首。

公元 1964 年

黄孝纾被迫害致死。所著《匔厂词乙稿》收词 61 首，《劳山集》收词 152 首。另据《国闻周报》《青鹤》《词学季刊》《烟沽渔唱》《采风录》《雅言》《同声月刊》《词综补遗》《咫社词钞》《艺文》可补词 65 首。

公元 1966 年

郑倘卒。所著《容楼诗集》收词 15 首。

黄曾樾被迫害致死。《青鹤》第五卷第 1 期附录载其词 1 首。

公元 1967 年

何适卒。

公元 1968 年

何遂卒。

公元 1969 年

陈遵统卒。《协大艺文》载其词 5 首。

陈国柱卒。所著《延安词存》存词 10 首。

陈懋恒卒。2011 年版福建省文史研究馆整理《陈懋恒诗文集》收其词 33 首。

公元 1970 年

丘潜庐卒。《兰心》录其词 2 首。

林锷风卒。《西清王氏族谱》收其词 25 首。

何维刚卒。所著《薏珠词》收词 94 首。另据《闽词征》卷六可补 3 首，据《何振岱家藏杂稿》① 可补 1 首。

公元 1971 年

王真卒。《寿香社词钞》收其词 40 首。另从王真撰《道真室集》《道真室随笔》各可补词 1 首，另从《青鹤》《华报》各可补词 1 首。

公元 1972 年

薛念娟卒。民国 31 年（1942）何振岱编《寿香社词钞》收其词 12 首。所著《今如楼诗词》另收 15 首词，有 2014 年福建文史研究馆内印本。

李永选卒。所著《藏楼诗文稿》收词 2 首。

公元 1975 年

范问照卒。所著《考槃室诗集》收词 11 首。

公元 1976 年

高茶禅卒。所著《茶禅遗稿》收词 48 首。

公元 1977 年

胡尔瑛卒。《兰心》1947 年第 4 期载其词 1 首。

林岩卒。所著《松峰词稿》收词 16 首。

公元 1978 年

王德愔卒。所著《琴寄室词》，何振岱编入《寿香社词钞》中。今有王德愔之女方文女士 2012 年编自印本《琴寄室诗词》。合计《寿香社词钞》《琴寄室诗词》去其重，有词 80 首。另从民国 24 年至 37 年（1935～1948）

---

① 福州连天雄先生赠阅《何振岱家藏杂稿》复印件，谨致谢。

福建协和大学中国文史学系发行协大艺文社编《协大艺文》可补辑 1 首。

福建师范大学为黄曾樾平反昭雪。

公元 1979 年

王彦行卒。其遗作，陈兼与先生编成油印本《澹庼诗录》。福建美术出版社 2002 年版《澹庼诗录》收词 12 首。

公元 1980 年

龚令蕙卒。《西清王氏族谱》收其词 4 首。

何维深卒。所著《静娱楼诗词》存词 41 首。

公元 1981 年

包树棠卒。所著稿本《笠山倚声初稿》收词 33 首。

公元 1982 年

何曦卒。《寿香社词钞》收其词 39 首，另有 17 首词见于所著《晴赏楼诗词稿》，浙江文艺出版社 2006 年出版。

公元 1983 年

施宗灏卒。所著《自怡悦斋诗词选》收词 14 首。

公元 1985 年

王芝青卒。所著《芳草斋诗稿》收词 17 首。

张苏铮卒。何振岱编《寿香社词钞》收其词 36 首，张苏铮所著稿本《浣桐轩诗词集》另收词 16 首。另《华报》1935 年 4 月 21 日《词苑》、《闽江金山志》卷首、张苏铮手稿各存词 1 首。

叶可羲卒。叶可羲词，收入民国 31 年（1942）何振岱编《寿香社词钞》，另有 20 世纪六七十年代油印本《竹韵轩词》、80 年代李可蕃誊写影印本《竹韵轩词》。影印本收词最全，计收 196 首。另从何维刚《蕙珠词》可辑录 1 首联句词。

公元 1986 年

黄君坦卒。《国闻周报》《江亭修禊诗》《青鹤》《沤社词钞》《词学季刊》《闽词征》《古学丛刊》《雅言》《同声月刊》《词综补遗》《咫社词钞》以及黄孝纾撰《劳山集》、陈兼与撰《闽词谈屑》《读词枝语》、施蛰存主编《词学》共载其词 67 首。

施秉庄卒。《寿香社词钞》收其词 20 首。

黄寿祺《六庵诗选》刊行，存词 22 首。黄娴编注《六庵诗余存稿》收其存世词作计 56 首，并给部分词作作了注解。

公元 1987 年

刘蘅任逸仙诗社社长。

黄兰波卒。所著《兰波诗词剩稿》收词 67 首。

陈声聪卒。所著《兼于阁诗话全编》收《壶因词》存词 92 首。①

公元 1988 年

黄墨谷《谷音集》刊于本年或稍后，存词 63 首。

公元 1989 年

虞愚卒。

公元 1990 年

陈守治卒。所著《陈瘦愚词选》（上卷）收词 323 首。另据《虞社》《民族诗坛》《兰心》《稊园癸卯吟集未定稿》可补词 15 首。陈守治另有词见于《徐陈唱和词》，1979 年油印本，凡收词 51 首，中有 42 首不见于陈守治上述诸书。陈氏词集仍需要访寻。

黄寿祺卒。

---

① 陈声聪《壶因词》只有少数几篇作于新中国成立前，根据《全闽词凡例》要求，《全闽词》未收陈声聪词。

公元 1993 年

洪璞卒。洪璞著有《璞园诗词》，今有福建文史研究馆 2015 年内印本，存诗 108 首，存词 49 首。另纂有笔记《暑窗杂录》，今不传。

公元 1995 年

何维沣卒。所著《养源室诗词稿》收词 8 首。

公元 1996 年

郭毓麟卒。《词综补遗》《协大艺文》共收其词 4 首。

公元 1998 年

刘蘅卒。
黄墨谷卒。

公元 1999 年

王闲卒。福建美术出版社 2012 年版何琇编《王闲诗词书画集》收词 68 首。

潘受卒。2010 年黄山书社出版其所著《海外庐诗》附《海外庐诗余偶录》收词 33 首。

公元 2005 年

梁瑴卒。《全闽词》据《潜社词续刊》《词综补遗》收其新中国成立前词作 14 首。梁瑴晚年编己作《颂笙室诗词》，未见流传。

主要参考文献

一　词总集选集

（清）王昶纂《国朝词综》，清嘉庆七年（1802）王氏三泖渔庄刻增修本。

（清）张惠言、张琦合编《词选》，清道光十年（1830）宛邻书屋刻本。

（清）叶申芗纂《闽词钞》，国家图书馆藏稿本。

（清）叶申芗纂《闽词钞》，清道光十四年（1834）福州刻本。

（清）叶申芗纂《天籁轩词选》，清道光十九年（1839）刻本。

（清）谢章铤等撰《聚红榭雅集词》（卷 1～2），清咸丰六年（1856）福州刻本。

（清）谢章铤等撰《聚红榭雅集词》（卷 3～6），清同治二年（1863）福州刻本。

（清）曾淞等撰《影事词存》，福建图书馆藏稿本。

（清）曾淞辑《影事词存》，清光绪九年（1883）刻本。

（清）林葆恒辑《闽词征》，民国 23 年（1934）刻本。

何振岱编《寿香社词钞》，民国 31 年（1942）刊本。

（清）林葆恒辑《集宋四家词联》，民国刻本。

唐圭璋编《全宋词》，中华书局，1965。

（清）朱彝尊、汪森编《词综》，上海古籍出版社，1978。

（清）陈乃乾辑《清名家词》，上海书店，1982。

（宋）黄昇辑，王雪玲、周晓薇校点《花庵词选》，辽宁教育出版社，1997。

（清）叶恭绰纂录《广箧中词》，《御选历代诗余》附《箧中词》《广箧中词》，浙江古籍出版社，1998。

（清）周济辑《词辨》，《续修四库全书》本影印清光绪四年（1878）刻本，上海古籍出版社，2002。

饶宗颐初纂、张璋总纂《全明词》，中华书局，2004。

（清）林葆恒编，张璋整理《词综补遗》，上海古籍出版社，2005。

（清）朱孝臧辑校《彊村丛书》，广陵书社，2005。

（清）吴昌绶、陶湘编《景刊宋金元明本词》，中国书店，2011。

（清）王鹏运辑《四印斋所刻词》，上海古籍出版社，2012。

（明）毛晋辑《宋名家词》，上海古籍出版社，2014。

刘荣平编《全闽词》，广陵书社，2016。

二　词别集

（清）朱佑撰《松阴诗余》，清乾隆刻本。

（清）朱彝尊撰、李富孙注《曝书亭集词注》，清嘉庆十九年（1814）校经庼刻本。

（清）叶申芗撰《小庚词存》，福建图书馆藏稿本。

（清）叶申芗撰《小庚词存》，清道光八年（1828）福州叶景昌写刻本。

（清）叶申芗撰《小庚词存》，清道光十四年（1834）叶氏天籁轩刻本。

（清）许赓皞撰《萝月词》，清道光十九年（1839）刊本。

（清）黄宗彝撰《婆梭词》，清咸丰四年（1854）福州刻本。

（清）丁炜撰《紫云词》，清咸丰四年（1854）重刊本。

（清）刘勤：《效颦词》，清咸丰六年（1856）刻本。

（清）刘存仁撰《影春园词》，清光绪四年（1878）福州刊《屺云楼全集》本。

（清）谢章铤撰《酒边词》，清光绪十五年（1889）刊《赌棋山庄所著书》本。

（清）陈宗通撰《补眠庵词》，清光绪十六年（1890）刻本。

（清）梁履将撰《木南山馆词》，清光绪十八年（1892）赌棋山庄刊本。

（清）马凌霄撰《墨瀋词》，福建图书馆藏稿本。

（清）郑守廉撰《考功词》，清光绪二十八年（1902）刻本。

陈衍撰《朱丝词》，清光绪三十一年（1905）刊《石遗室诗集》本。

张清扬撰《双星室主人词稿》，光绪三十二年（1906）何振岱抄本。

（清）王鹏运等撰《庚子秋词》，清光绪间刻本。

（清）宋谦撰《灯昏镜晓词》，清宣统二年（1910）铅印本。

（清）潘曾莹撰《鹦鹉帘栊词钞》，清刻本。

（清）李宗祎撰《双辛夷楼词》，民国9年（1920）刊本。

（清）刘勋撰《非半室词存》，民国10年（1921）铅印本。

张清扬撰《清安室词》，民国10年（1921）刊本。

（清）林葆恒撰《瀼溪渔唱》，民国27年（1938）刻本。

林华撰《一镫楼词钞》，民国27年（1938）闽县林氏一镫楼铅印本。

林尔嘉选《帆影词》，林尔嘉编《菽庄丛刻》，民国29年（1940）上海聚
　　珍馆排印本。

何遂撰《叙圃词》，民国36年（1947）刊本。

（清）郭则沄撰《龙顾山房诗余》，民国间刻《龙顾山房全集》本。

王梅撰《梅窗词》，1949年厦门铅印本。

（清）丁炜撰《紫云词》，《清词珍本丛刊》影印清康熙间希郏堂刻本，凤
　　凰出版社2007年版。

（宋）张元幹撰《芦川词》，文物出版社，2016年影印宋刊本。

沈琇莹撰《寄傲山馆词稿 壶天吟》，《菽庄丛书》第三种，《同文书库·厦
　　门文献系列》（第一辑）影印1940年刊本，厦门大学出版社，2016。

（清）吴锺善撰《荷华生词》，《守砚庵文集》，陈庆元主编《台湾古籍丛
　　编》（第十辑），福建教育出版社，2017。

江煦撰《草堂别集》，《同文书库·厦门文献系列》（第四辑）影印1954
　　年岭南（澳门）刊本，厦门大学出版社，2019。

黄娴编注《六庵诗余存稿》，澳门书社，2020。

三　诗话词话词谱

（清）袁枚撰《随园诗话》，清乾隆十四年（1749）刻本。

（清）王士禛撰《带经堂诗话》，清乾隆二十七年（1762）刻本。

（清）查为仁撰《莲坡诗话》，清乾隆刻《蔗塘外集》本。

（清）郑方坤撰《全闽诗话》，清乾隆诗话轩刻本。

（宋）胡仔撰《苕溪渔隐丛话》，清乾隆刻本。

（清）叶申芗纂《天籁轩词谱》，清道光九年（1829）刻本。

（清）叶申芗纂《天籁轩词谱补遗》，清道光九年（1829）刻本。

（清）叶申芗纂《天籁轩词韵》，清道光十一年（1831）刻本。

（清）叶申芗纂《本事词》，清道光十年（1832）刻本。

（清）梁章钜撰《闽川闺秀诗话》，清道光二十九年（1849）刻本。

（清）李家瑞撰《停云阁诗话》，清咸丰五年（1855）刻本。

（清）丁绍仪撰《听秋声馆词话》，清同治八年（1869）刻本。

（清）魏秀仁撰《陔南山馆诗话》，清光绪二十六年（1900）福州刻本。

（清）何轩举撰《竹情斋诗话》，福建图书馆藏稿本。

（清）王夫之撰《姜斋诗话》，民国上海商务印书馆刻《四部丛刊》景
　　《船山遗书》本。

郭白阳辑《全闽词话》，福建师范大学图书馆藏稿本。

（宋）魏庆之撰《诗人玉屑》，上海古籍出版社，1959。

（清）周济撰《介存斋论词杂著》，唐圭璋编《词话丛编》本，中华书
　　局，1986。

（清）江顺诒纂《词学集成》，唐圭璋编《词话丛编》，中华书局，1986。

（清）徐釚纂，王百里校笺《词苑丛谈校笺》，人民文学出版社，1988。

陈衍撰《石遗室诗话》，辽宁教育出版社，1998。

陈匪石编著，钟振振校点《宋词举》（外三种），江苏古籍出版社，2002。

邓子勉编《宋金元词话全编》，凤凰出版社，2008。

（清）刘熙载撰，袁津琥校注《艺概注稿》，中华书局，2009。

陈兼与撰《闽词谈屑》，沈泽棠等著，刘梦芙编校《近现代词话丛编》，黄
　　山书社，2009。

陈兼与撰《读词枝语》，沈泽棠等著，刘梦芙编校《近现代词话丛编》，黄
　　山书社，2009。

（清）郑文焯著，孙克强、杨传庆辑校《大鹤山人词话》，南开大学出版
　　社，2009。

（清）况周颐撰《历代词人考略》，朱崇才编纂《词话丛编续编》，人民文

学出版社，2010。

孙克强编著《唐宋人词话》（增订本），南开大学出版社，2012。

孙克强、岳淑珍编著《金元明人词话》，南开大学出版社，2012。

孙克强、杨传庆、裴喆编著《清人词话》，南开大学出版社，2012。

邓子勉编《明词话全编》，凤凰出版社，2012。

（清）聂先撰《百名家词钞词话》，屈兴国编《词话丛编二编》，浙江古籍
　　出版社，2013。

（明）杨慎撰，岳淑珍校注《杨慎词品校注》，中州古籍出版社，2013。

冯乾编校《清词序跋汇编》，凤凰出版社，2013。

（清）谢章铤撰，刘荣平校注《赌棋山庄词话校注》，厦门大学出版社，
　　2013。

（清）陈廷焯撰，孙克强主编《白雨斋词话全编》，中华书局，2013。

郭则沄撰《清词玉屑》，屈兴国编《词话丛编二编》，浙江古籍出版社，
　　2013。

程郁缀、李静：《历代论词绝句笺注》，北京大学出版社，2014。

陈声聪：《兼于阁诗话全编》，上海交通大学出版社，2018。

孙克强、杨传庆、和希林编《民国词话丛编》，社会科学文献出版社，
　　2020。

四　诗文集

（宋）刘学箕撰《方是闲居士小稿》，元至正刻本。

（元）赵道一编《历世真仙体道通鉴》，明正统《道藏》本。

（宋）邓肃撰《栟榈集》，明正德刻本。

（明）朱国祯撰《涌幢小品》，明天启二年（1623）刻本。

（明）邓庆寀撰《闽中荔枝通谱》，明崇祯刻本。

（清）钱谦益辑《列朝诗集》，清顺治九年（1652）毛氏汲古阁刻本。

（清）林云铭撰《挹奎楼选稿》，清康熙六年（1667）刊本。

（明）林鸿撰《鸣盛集》，清初钞本。

（清）查为仁撰《蔗塘未定稿》，清乾隆八年（1743）写刻本。

（清）王时翔撰《小山文稿》，清乾隆十一年（1746）王氏泾东草堂刻本。

（清）张趾如撰《趾轩集》，张见心手抄过录本。

（清）方迈撰《方日斯先生诗稿》，国家图书馆藏稿本。

（唐）陆德明撰《经典释文》，清文渊阁《四库全书》本。

（宋）张元幹撰《芦川归来集》，清文渊阁《四库全书》本。

（宋）周必大撰《文忠集》，清文渊阁《四库全书》本。

（元）陆文圭撰《墙东类稿》，清文渊阁《四库全书》本。

（元）方回辑《瀛奎律髓》，清文渊阁《四库全书》补配文津阁《四库全书》本。

（明）杨慎撰《丹铅总录》，清文渊阁《四库全书》本。

（明）贺复徵编《文章辨体汇选》，清文渊阁《四库全书》补配清文津阁《四库全书》本。

（金）刘祁撰《归潜志》，清武英殿聚珍版丛书本。

（清）蒋士铨撰《忠雅堂文集》，清嘉庆刻本。

（清）张维屏辑《国朝诗人征略》，清道光十年（1830）刻本。

（清）许赓皞撰《平远堂遗诗》，清道光二十九年（1849）刻本。

（清）刘家谋撰《东洋小草》，清道光二十九年（1849）福州刊本。

（清）刘家谋：《外丁卯桥居士初稿》，湖北省博物馆藏稿本。

（清）陈寿祺撰《东越文苑后传》，清嘉庆道光刻《左海全集》本。

（清）林轩开撰《拾穗山房诗存》，福建省图书馆藏稿本。

（清）丁炜撰《问山文集》，清咸丰四年（1854）重刊本。

（清）谢章铤编《游石鼓诗录》，清咸丰十一年（1861）福州刊本。

（清）谢章铤等撰《过存诗略》，清同治二年（1863）刻本。

（清）徐一鹗撰《宛羽堂诗钞》，清光绪二年（1876）刻本。

（清）谢章铤撰《赌棋山庄文集》，清光绪十年（1884）南昌刻本。

（清）林则徐撰《云左山房诗钞》，清光绪十二年（1886）刻本。

（清）谢章铤撰《赌棋山庄诗集》，清光绪十四年（1888）福州刻本。

（清）谢章铤撰《赌棋山庄文续》，清光绪十八年（1892）福州刻本。

（清）谢章铤撰《赌棋山庄文又续》，清光绪二十四年（1898）刻本。

（清）谢章铤撰《课余续录》，清光绪二十七年（1901）刻《赌棋山庄笔记合刻》本。

（清）谢章铤撰《课余偶录》，清光绪二十七年（1901）刻《赌棋山庄笔记合刻》本。

（清）谢章铤撰《稗贩杂录》，清光绪二十七（1901）刻《赌棋山庄笔记合刻》本。

（清）谢章铤辑《赌棋山庄八十寿言》，清光绪二十八年（1902）福州刻本。

（清）谢章铤撰《说文大小徐本录异》，国家图书馆藏稿本。

（宋）蔡戡撰《定斋集》，清光绪常州先哲遗书本。

（宋）佚名撰《南宋馆阁续录》，清光绪刻《武林掌故丛书》本。

（清）张际亮撰《金台残泪记》，清光绪刻本。

（清）谭献撰《复堂日记》，清光绪间仁和谭氏刻《半厂丛书》本。

（宋）黄裳撰《演山集》，清钞本。

（清）叶矫然撰《龙性堂诗集》，福建师范大学图书馆藏刻本。

（清）龚易图编《南社诗钞》，福建图书馆藏钞本。

（清）沈葆桢撰《夜识斋剩稿》，清刻本。

（清）邓廷桢、林则徐撰《邓林唱和集》，清宣统元年（1909）江浦陈氏刊本。

林尔嘉辑《菽庄林先生暨德配云环龚夫人结婚三十年帐词》，民国10年（1921）刊本。

周演巽：《慧明居士遗稿》，民国13年（1924）刊本。

（清）谢章铤撰《赌棋山庄余集》，民国14年（1925）刻本。

徐彦宽辑《复堂日记补录》，民国20年（1931）《念劬庐丛刻初编》铅印本。

（清）王允皙撰《碧栖诗词》，民国23年（1934）铅印本。

（清）郭则沄撰《旧德述闻》，民国25年（1936）蛰园刻本。

李秋君辑《文藻遗芬集》，民国26年（1937）林氏铅印本。

陈衍编《说诗社诗录》，民国26年（1937）福州刊本。

何振岱撰《觉庐诗存》，民国27年（1938）福州刻本。

李宣龚撰《硕果亭诗》，1940年铅印本。

李宣龚撰《硕果亭诗续》，1940年铅印本。

何振岱辑《榕南梦影录》，民国 31 年（1942）福州刊本。

（清）徐继畬撰《松龛先生文集》，民国刻《山右丛书初编》本。

周演巽撰《雏蝉剩稿》，民国刊本。

（清）林旭撰《晚翠轩集》，民国《墨巢丛刻》本。

何振岱编《谢陈二公墨迹合刻》，民国北平琉璃厂宝晋斋南纸店影印本。

（清）郭远堂撰《石泉集》，民国《侯官郭氏家集汇刊》本。

（宋）王禹偁撰《小畜集》，民国《四部丛刊》景宋本配吕无党钞本。

（宋）刘克庄撰《后村先生大全集》，民国《四部丛刊》景旧钞本。

（宋）真德秀撰《西山先生真文忠公文集》，民国《四部丛刊》景明正德
  刊本。

（金）元好问辑《中州集》，民国《四部丛刊》景元刊本。

（宋）岳珂撰《桯史》，民国《四部丛刊续编》景元本。

（清）朱彝尊撰《曝书亭集》，民国《四部丛刊》景清康熙本。

（宋）朱熹撰《晦庵先生朱文公文集》，民国《四部丛刊》景明嘉靖本。

（宋）曾巩撰《元丰类稿》，民国《四部丛刊》景元本。

（宋）李弥逊撰《筠溪集》，民国《四库全书珍本初集》本。

郑翘松撰《卧云山房诗草》，福建师范大学图书馆藏稿本。

卓揆撰《惜青斋笔记》，福建师范大学图书馆藏旧抄本。

（明）佚名撰《四美记》，《古本戏曲丛刊二集》本，上海印书馆，1955。

陈海瀛撰《希微室家藏文稿》，1959 年油印本。

何适撰《官梅阁诗词集》，新加坡自治邦宏文印务有限公司，1961。

许南英撰《窥园留草》，台北台湾银行经济研究室，1965。

林尔嘉撰《林菽庄先生诗稿》，台北林氏家属 1973 年刊本。

王真编《道真室随笔》，1970 年代油印本。

王真：《道真室诗集》，1970 年代油印本。

何维刚：《竹间集》，1970 年代油印本。

刘蘅撰《蕙愔阁诗词续集》，1983 年内印本。

刘蘅撰《蕙愔阁集》（李宣龚题签），福建逸仙艺苑诗辑之五上，1983 年
  铅印本（内印本）。

刘蘅撰《蕙愔阁集》（陈琴趣题签），福建逸仙艺苑诗辑之五下，1983 年

铅印本（内印本）。

黄寿祺撰《六庵诗选》，福建人民出版社，1986。

（宋）黎靖德编，王星贤点校《朱子语类》，中华书局，1986。

林薇选注《林纾选集》，四川人民出版社，1987。

陈泽锽撰《琴趣楼诗》，〔美〕博尔德：韦斯特维犹出版社，1988。

黄潜著《谷音集》，1988年后香港书谱社自印本。

（清）叶恭绰：《遐庵汇稿》，上海书店，1990。

（清）林朝崧撰《无闷草堂诗存》，《台湾先贤诗文集汇刊》（第一辑第8册），台北：龙文出版社，1992。

（清）郑孝胥著，劳祖德整理《郑孝胥日记》，中华书局，1993。

福建文史研究馆选编（刘蘅撰）《蕙愔阁诗词》，福州美术出版社，1993。

王闲等撰《耆献集》，海峡文艺出版社，1995。

林庚白撰《丽白楼遗集》，中国人民大学出版社，1996。

（明）沈庞绥撰《度曲须知》，《四库全书存目丛书》本影印明崇祯刻本，齐鲁书社，1997。

（清）魏秀仁撰，陈庆元编《魏秀仁杂著钞本》，江苏古籍出版社，2000。

（清）谢章铤撰，陈庆元编《赌棋山庄稿本》，江苏古籍出版社，2000。

陈衍撰，陈步编《陈石遗集》，福建人民出版社，2001。

（明）徐渭撰《南词叙录》，《续修四库全书》本影印民国6年（1917）董氏刻《读曲丛刊》本，上海古籍出版社，2002。

（清）袁枚撰《小仓山房文集》，《续修四库全书》本影印清乾隆刻增修本，上海古籍出版社，2002。

（清）陆继辂撰《崇百药斋续集》，《续修四库全书》本影印清嘉庆二十五年（1820）合肥学舍刻本，上海古籍出版社，2002。

（清）宋翔凤撰《朴学斋文录》，《续修四库全书》本影印清嘉庆二十五年（1820）刻浮谿精舍丛书本，上海古籍出版社，2002。

（清）张惠言撰《茗柯文编》，《续修四库全书》本影印民国8年（1919）商务印书馆《四部丛刊》本，上海古籍出版社，2002。

王彦行：《澹庼诗录》，福建美术出版社，2002。

朱熹撰《晦庵先生朱文公文集》，朱杰人、严佐之、刘永翔主编《朱子全书》，上海古籍出版社、安徽古籍出版社，2002。

（清）薛绍徽著，林怡点校《薛绍徽集》，方志出版社，2003。

陈炳铮：《中国古典诗歌译写集及吟诵论文》，作家出版社，2003。

（宋）李纲撰《李纲全集》，岳麓书社2004。

（宋）陈瓘撰《陈忠肃文集》，永安贡川陈氏大宗祠董事会理事会2005年
　　重刊本（内印本）。

何曦：《晴赏楼诗词稿》，浙江文艺出版社，2006。

何曦：《晴赏楼日记稿》，浙江文艺出版社，2006。

陈遵统等编纂《福建编年史》，福建人民出版社，2009。

何振岱著，刘建萍、陈叔侗点校《何振岱集》，福建人民出版社，2009。

（清）沈瑜庆等撰《涛园集》（外二种），福建人民出版社，2010。

（明）余怀著，李金堂编校《余怀全集》，上海古籍出版社，2011。

（清）刘家谋撰《外丁卯桥居士初稿》，郭秋显、赖丽娟主编《清代宦台
　　文人文献选编》（第六种），新北：龙文出版社股份有限公司，2012。

（清）张景祁撰《张景祁诗词集》，郭秋显、赖丽娟主编《清代宦台文人
　　文献选编》（第七种），新北：龙文出版社股份有限公司，2012。

王德愔：《琴寄室诗词》，福建省文史研究馆，2012。

何遂著，何达、王苗主编《何遂遗踪——从辛亥走进新中国》，人民出版
　　社，2012。

王闲著，何琇编《王闲诗词书画集》，福建美术出版社，2012。

吴石著，郑立辑《吴石诗文集》，福建省新闻出版局（闽）新出（2012）
　　内书第1号。

郑傥撰《容楼诗集》，福建省文史研究馆2013年版（内印本）。

（清）陈宝琛著，刘永翔、许全胜校点《沧趣楼诗文集》，上海古籍出版
　　社，2013。

（清）郑孝胥撰《海藏楼诗集》，上海古籍出版社，2013。

薛念娟：《今如楼诗词》，福建省文史研究馆2014年版（内印本）。

（清）严复著，汪征鲁、方宝川、马勇主编《严复全集》，福建教育出版
　　社，2014。

（清）黄鹤龄撰，刘荣平、江卉点校《黄鹤龄集》，厦门大学出版社，

2014。

洪璞：《璞园诗词》，福建文史研究馆，2015 年（内印本）。

苏大山撰《红兰馆诗钞》，《同文书库·厦门文献系列》（第一辑）影印 1928 年红兰馆铅印本，厦门大学出版社，2016。

何振岱撰《何振岱日记》，福建人民出版社，2016。

陈侣白：《寄梦楼诗词——创作与吟诵》，海峡文艺出版社，2016。

陈衍编，冯永军、祝伊湄、束璧点校《近代诗钞》，华东师范大学出版社，2016。

虞愚：《虚白楼诗》，《同文书库·厦门文献系列》（第二辑）影印厦门风行印刷社 1949 年刊本，厦门大学出版社，2017。

叶可義：《竹韵轩集》，福建省文史研究馆，2017 年（内印本）。

施士洁撰，孟建煌点校《后苏庵合集》，陈庆元主编《台湾古籍丛编》，福建教育出版社，2017。

贺仲禹撰《绣铁庵丛集 绣铁庵联话》，《同文书库·厦门文献系列》（第二辑）影印 1926 年、1928 年厦门新民书社、鼓浪屿圣教书局、闽南职业学校刊本，厦门大学出版社，2017。

（清）丁炜著，粘良图点校《问山集三种》，商务印书馆，2017。

郑立：《冷月无声：吴石传》，中共党史出版社，2018。

徐世昌编，闻石点校《晚晴簃诗汇》，中华书局，2018。

黄曾樾著，陈旭东整理《荫亭遗稿》，人民文学出版社，2019。

江熙撰《草堂别集》，《同文书库·厦门文献系列》（第四辑）影印 1954 年岭南（澳门）刊本，厦门大学出版社，2019。

（清）谢章铤：《赌棋山庄遗稿》，八闽文库编纂委员会编《福建文献集成》集部（48）影印福建省图书馆藏稿本，福建人民出版社，2020。

何维深：《静娱楼诗词》，福州画院编《福州画院》总第一〇八期（上），2022 年（闽）内资准字 A 第 026 号（内部资料）。

五　史志书

（明）陈道纂弘治《八闽通志》，明弘治刻本。

（明）阳思谦修万历《泉州府志》，明万历刻本。

（清）高德贵修、高龙光增修，张九徵纂康熙《镇江府志》，清康熙二十四年（1685）刻本。

（明）陆应阳辑《广舆记》，清康熙刻本。

（清）刘靖修，张彬纂雍正《崇安县志》，清雍正十一年（1733）刻本。

（清）鲁曾煜撰乾隆《福州府志》，清乾隆十九年（1754）刊本。

（清）韩琮修，方乃霞纂乾隆《建宁县志》，清乾隆二十四年（1759）刻本。

（清）张廷玉撰《明史》，清乾隆武英殿刻本。

（宋）梁克家撰《淳熙三山志》，清文渊阁《四库全书》本。

（宋）李心传撰《建炎以来系年要录》，清文渊阁《四库全书》本。

（明）李贤等撰《明一统志》，清文渊阁《四库全书》本。

（宋）周应合撰《景定建康志》，清文渊阁《四库全书》本。

（宋）潜说友纂《咸淳临安志》，清文渊阁《四库全书》本。

（宋）祝穆撰《方舆胜览》，清文渊阁《四库全书》本。

（清）郝玉麟修，谢道承纂乾隆《福建通志》，清文渊阁《四库全书》本。

（元）陶宗仪撰《书史会要》，清文渊阁《四库全书》本。

（清）毕沅撰《续资治通鉴》，清嘉庆六年（1801）递刻本。

（宋）杨仲良撰《皇宋资治通鉴长编纪事本末》，清嘉庆宛委别藏本。

（清）刘家谋撰《鹤场漫志》，清道光二十九年（1849）刻本。

（清）黄德溥、崔国榜修，褚景昕纂同治《赣县志》，清同治十一年（1872）刻本。

（清）廖必琦修，宋若霖纂乾隆《莆田县志》，清光绪五年（1879）补刊本民国15年（1926）重印本。

（宋）王象之撰《舆地纪胜》，清影宋钞本。

（清）戴成芬撰《榕城岁时记》，春樊斋抄本。

（宋）梁克家撰《淳熙三山志》，清粤雅堂丛书本。

（宋）徐梦莘撰《三朝北盟汇编》，清许涵度校刻本。

（明）高儒撰《百川书志》，清光绪至民国间观古堂书目丛刊本。

赵尔巽主编《清史稿》，民国17年（1928）清史馆本。

吴栻修，蔡建贤纂民国《南平县志》，民国17年（1928）铅印本。

欧阳英修，陈衍纂民国《闽侯县志》，民国 22 年（1931）刊本。

李厚基等修，沈瑜庆、陈衍等纂《福建通志》，民国 27 年（1938）刻本。

（元）脱脱等撰《金史》，百衲本景印元至正刊本。

孟昭涵纂民国《长乐县志》，民国刻本。

（清）永瑢等撰《四库全书总目》，中华书局，1965。

董秉清等纂《永泰县志》，《中国方志丛书》华南地方第 77 号，成文出版
　　社有限公司，1967。

（明）莫旦纂弘治《吴江志》，《中国方志丛书》本，台北成文出版社，
　　1983。

（元）脱脱等撰《宋史》，中华书局，1985。

（清）永瑢等撰《四库全书简明目录》，上海古籍出版社，1985。

（民国）赵尔巽等纂《清史稿》，《续修四库全书》本影印民国 17 年
　　（1928）清史馆铅印本，上海古籍出版社，1995。

厦门市地方志编纂委员会办公室整理民国《厦门市志》，方志出版
　　社，1999。

（明）王应山著，林家钟、刘大冶校注《闽都记》，方志出版社，2002。

六　今人著作

福建省图书馆编《福建省图书馆善本书目》（第一辑），1965 年油印本。

周贻白：《中国戏曲发展史纲要》，上海古籍出版社，1979。

杨国桢编《林则徐书简》，福建人民出版社，1981。

刘永济选释《唐五代两宋词简析》，上海古籍出版社，1981。

钱锺书选注《宋诗选注》，人民文学出版社，1982。

薛砺若：《宋词通论》，上海书店，1985。

刘毓盘：《词史》，上海书店，1985。

中国第一历史档案馆编《鸦片战争档案史料》，上海人民出版社，1987。

吴熊和：《唐宋词通论》，浙江古籍出版社，1989。

叶参等合编《郑孝胥传》，《民国丛书》，上海书店，1989。

冯天瑜、何晓明、周积明：《中华文化史》，上海人民出版社，1990。

汪毅夫：《台湾近代文学丛稿》，海峡文艺出版社，1990。

E·希尔斯：《论传统》，上海人民出版社，1991。

饶宗颐：《词集考》，中华书局，1992。

邓广铭笺注《稼轩词编年笺注》（增订本），上海古籍出版社，1993。

赵元任：《赵元任音乐论文集》，中国文联出版公司，1994。

洛地：《词乐曲唱》，人民音乐出版社，1995。

刘海峰、庄明水：《福建教育史》，福建教育出版社，1996。

陈庆元：《福建文学发展史》，福建教育出版社，1996。

北京大学古文献研究所编《全宋诗》，北京大学出版社，1998。

刘崇德、孙光钧译谱《碎金词谱今译》，河北大学出版社，2000。

严迪昌：《清词史》，江苏古籍出版社，1999。

王兆鹏：《唐宋词史论》，人民文学出版社，2000。

方勇：《南宋遗民诗人群体研究》，人民出版社，2000。

岳珍：《碧鸡漫志校正》，巴蜀书社，2000。

刘崇德译谱《唐宋词古乐谱百首》，河北大学出版社，2001。

张仲谋：《明词史》，人民文学出版社，2002。

孙虹校注《清真集校注》，中华书局，2002。

石子镜、杨长岳编《武夷山与古越文化》，社会科学文献出版社，2002。

林公武主编《二十世纪福州名人墨迹》，福建美术出版社，2002。

陈庆元：《文学：地域的观照》，上海远东出版社、上海三联书店，2003。

朱双一：《闽台文学的文化亲缘》，福建人民出版社，2003。

吴熊和主编《唐宋词汇评》，浙江教育出版社，2004。

福建省文史研究馆编《百年闽诗（1901~2000）》，海风出版社，2004。

多洛肯：《明代福建进士研究》，上海辞书出版社，2004。

刘尊明：《唐宋词综论》，中国社会科学出版社，2004。

杨国桢选注《林则徐选集》，人民文学出版社，2004。

乔羽：《乔羽文集》（文章卷），新华出版社，2004。

杨柏岭：《晚清民初词学思想建构》，安徽大学出版社，2004。

王兆鹏：《张元幹年谱》，王兆鹏、王可喜、方星移：《两宋词人丛考》，凤
　　凰出版社，2007。

张天禄等编纂《福州人名志》，海潮摄影艺术出版社，2007。

陆正兰：《歌词学》，中国社会科学出版社，2007。

卢美松主编《福建省文史研究馆馆志》，福建省文史研究馆，2008 年（内印本）。

陈昌强：《谢章铤年谱》，陈庆元主编《谢章铤集》，吉林文史出版社，2009。

谢桃坊编著《唐宋词谱粹编》，四川人民出版社，2010。

吴梅：《词学通论》，中华书局，2010。

徐晋如：《忏慧堂集》，海南出版社，2010。

谢其铨编纂《丁戊山小志》，福建省新闻出版局（闽）新出内书第 34 号，2010。

王兆鹏主编《宋才子传笺证》（词人卷），辽海出版社，2011。

俞陛云撰《唐五代两宋词选释》，上海古籍出版社，2011。

阮娟：《三山叶氏家族及其文学研究》，上海古籍出版社，2011。

黄乃江：《东南坛坫第一家——菽庄吟社研究》，武汉出版社，2011。

郑智明主编《福建省图书馆百年纪略（1911~2011）》，鹭江出版社，2011。

卢美松主编《刘蘅馆员诞辰 115 周年纪念展作品集》，福建省文史研究馆 2011 年（内印本）。

张佳：《新天下之化——明初礼俗改革研究》，复旦大学出版社，2014。

张旭、车树昇编著《林纾年谱长编》，福建教育出版社，2014。

张健：《知识与抒情：宋代诗学研究》，北京大学出版社，2015。

郑礼炬：《明代福建文学结聚与文化研究》，人民文学出版社，2015。

刘怀荣、苑秀丽校注《劳山集校注》，人民文学出版社，2015。

韩震军：《本事词校考》，安徽大学出版社，2015。

赵尊岳著，陈水云、黎晓莲整理《赵尊岳集》，凤凰出版社，2016。

陈庆元：《晚明闽海文献梳理》，人民出版社，2016。

陶然、姚逸超校笺《乐章集校笺》，上海古籍出版社，2016。

卢为峰编著《坊巷翰墨》，福建美术出版社，2016。

许俊雅、李远志编《全台词》，台湾文学馆，2017。

刘建萍：《何振岱评传》，人民出版社，2017。

江中柱等编《林纾集》，福建人民出版社，2020。

肖鹏、王兆鹏：《重返宋词现场》，东方出版中心，2021。

七　今人论文

曹济平：《关于张元幹的籍贯问题》，《文学评论》1980 年第 2 期。

胡念贻：《陈人杰和他的词》，《文学评论丛刊》第 7 辑，中国社会科学出版社，1980。

郭肇民：《我所知道的陈宝琛》，《福建文史资料》第五期，福建人民出版社，1981。

严家理：《严复先生及其家庭》，中国人民政治协商会议福建省委员会文史资料编辑室编《福建文史资料》第五辑，福建人民出版社，1981。

吴家琼：《林琴南生平及其思想》，中国人民政治协商会议福建省委员会文史资料编辑室编《福建文史资料》第五辑，福建人民出版社，1981。

曾万文：《红巾军起义大事记》，政协顺昌县委员会文史组、《顺昌县志》编写组编《顺昌文史资料》1982 年第 1 辑，内部发行本。

吴家琼：《故友何振岱生平事略》，《福建文史资料》第十九辑，政协福建省委员会文史资料委员会，1988。

何振岱：《何振岱日记》，福建人民出版社，2016。

郭毓麟：《三十年代的寿香诗社》，中国人民政治协商会议福州市鼓楼区委员会文史组：《鼓楼文史》第 1 辑，1988 年（内印本）。

李可蕃：《秀出天南的女吟社》，陈虹、吴修秉主编，福建省文史研究馆编《闽海过帆》，上海书店，1992。

郭毓麟：《鼓楼区传统诗社纪要》，张传兴主编《鼓楼文史》第 4 辑，鼓楼区政协文史资料委员会编，1992 年（内印本）。

陈庆元：《清初闽诗人之冠——张远》，《古典文学知识》1995 年第 2 期。

刘大治：《寿香诗社女诗人》，《福州掌故》编写组编《福州掌故》，福建人民出版社，1998。

陈庆元：《论同光派闽派》，《诗词研究论集》，巴蜀书社，1998。

张健：《〈沧浪诗话〉非严羽所编——〈沧浪诗话〉成书问题考辨》，《北京大学学报》1999 年第 4 期。

邓子勉：《宋词辑佚五首》，《词学》第十二辑，华东师范大学出版社，2000。

陈庆元：《谢章铤的学术思想及传世稿本》，《福建师范大学学报》2001 年第 1 期。

徐晓望：《论宋代福建经济文化的历史地位》，《东南学术》2002 年第 2 期。

汪毅夫：《从刘家谋诗看道咸年间台湾社会之状况——记刘家谋及其〈观海集〉和〈海音诗〉》，《台湾研究集刊》2002 年第 4 期。

叶嘉莹：《论清代词史观念的形成》，《河北学刊》2003 年第 4 期。

刘庆云：《宋代闽北词坛鸟瞰》，《阴山学刊》2003 年第 5 期。

蒋寅：《清代诗学与地域文学传统的建构》，《中国社会科学》2003 年第 5 期。

王兆鹏、刘学：《宋词作者的统计分析》，《文艺研究》2004 年第 2 期。

刘锡涛：《宋代福建人才地理分布》，《福建师范大学学报》2005 年第 2 期。

沈松勤：《宋室南渡后的"崇苏热"与词学命运》，《文学评论》2005 年第 2 期。

李剑亮：《论丁绍仪对谭献词学阐释论的影响》，《浙江大学学报》2005 年第 5 期。

王兆鹏：《从〈永泰张氏宗谱〉辑录宋人佚文佚诗——兼说张元干籍贯及佚文价值》，《文献》2006 年第 1 期。

朱崇才：《词学十问》，《文学评论》2006 年第 5 期。

乔力、武卫华：《论地域文学史的研究方法》，《理论学刊》2006 年第 12 期。

连天雄：《"销魂笛里斜阳"——记词人张清扬》，《福建文史》2007 年第 3 期。

刘荣平：《何振岱寿香社词作评论》，《闽江学院学报》2007 年第 6 期。

许伯卿：《黄裳词学观及其词的创作特色》，《北京大学学报》2008 年第 1 期。

游友基：《陈衍何振岱福州文儒坊恩怨述略》，《闽江学院学报》2009 年第 4 期。

闵定庆：《胡先骕佚文〈蜀雅序〉考释——兼论胡先骕词学观念的文化守成主义倾向》，《华南师范大学学报》2011 年第 4 期。

昝圣骞：《晚清民初词人郭则沄研究》，南京师范大学 2011 年硕士学位论文。

葛兆光：《清代学术史与思想史的再认识》，《中国典籍与文化》2012 年第
　　1 期。

蒋寅：《一种更真实的人地关系与文学生态——中国古代流寓文学刍论》，
　　《中国文化研究》2012 年秋之卷。

刘亮：《白玉蟾生卒年新证》，《文学遗产》2013 年第 3 期。

戴显群：《清代福建科举与科名的地理分布特点》，《福建论坛》（人文社
　　会科学版）2013 年第 7 期。

许蔚：《〈全宋词〉葛长庚部分订补》，《文学与文化》2014 年第 4 期。

查紫阳：《民国词社知见考略》，《长春工业大学学报》（社会科学版）
　　2014 年第 6 期。

连天雄：《闽中诗坛三生会》，《坊巷雅韵》，福建美术出版社，2015。

徐燕婷：《民国女性词文化生态中的"传统范式"及其新变》，《福建论
　　坛》2016 年第 3 期。

金进：《新加坡侨寓文人邱菽园南洋汉诗主题研究》，《东南亚研究》2016
　　年第 5 期。

林怡：《略论文人日记随笔的文学史料价值——以〈郑孝胥日记〉和林庚
　　白〈孑楼随笔〉为例》，《中共福建省委党校学报》2016 年第 6 期。

杨传庆：《民国天津文人结社考论》，《文学与文化》2017 年第 1 期。

刘荣平：《明代帐词的文体特征、应用功能与文化价值》，《厦门大学学报》
　　2017 年第 6 期。

孟建煌：《施士洁年谱简编》，陈庆元主编《台湾古籍丛编》（第十册），
　　福建教育出版社，2017。

朱尧：《清遗民词人林葆恒研究》，苏州大学 2017 年硕士学位论文。

叶晔：《陈德武〈白雪遗音〉创作时代考论》，《江海学刊》2018 年第
　　1 期。

韩胜：《论民国时期旧体诗词变体与创体的创作实践》，《文艺评论》2018
　　年第 1 期。

陈昌强：《林葆恒〈词综补遗〉考论》，《词学》第三十九辑，华东师范大
　　学出版社，2018。

王真编、刘荣平整理《陈衍〈厦门大学国文系散体文讲义纲要〉》，《闽学

研究》2020 年第 4 期。

施议对：《二十世纪词坛飞将黄墨谷》，《今词七家说略》，上海古籍出版
社，2020。

吴可文：《清代福建文人生卒年丛考》，《宁德师范学院学报》2021 年第
2 期。

刘荣平、王璐瑾：《〈何振岱集〉补遗》，《闽学研究》2021 年第 3 期。

张亿：《谢章铤〈毛诗注疏毛本阮本考异〉稿本考》，《北京大学中国古文
献研究中心集刊》第二十五辑，北京大学出版社，2022。

后 记

2003 年 12 月至 2006 年 12 月，我在福建师范大学文学院陈庆元教授门下读在职博士后，出站时我提交了研究报告《清代闽词研究》，自觉寒碜拿不出手，陈师阅后，大笔一挥就给了个"优"的等级评定。我知道陈师是在鼓励我，我的研究报告配不上这个"优"字。

出站后的两三年内，我仍继续研究闽词，将研究报告改写成《福建词史》，有 20 多万字，乃颇思出版，我所在的中文系也多次提供出版机会。细想之下，我终于按捺出版的欲望，决定再从头做起。从头做起，就是从收集资料做起，这种工作又持续了几年。

我知道要写一部合格的《福建词史》，必须解决好几个问题。第一，我对闽籍词学家谢章铤的《赌棋山庄词话》并未有深入研究，而这是必须要过的第一个隘口，遂撰写《赌棋山庄词话校注》并于 2013 年出版，后获福建省社会科学优秀成果三等奖。第二，我并没有看到全部闽词，这种状态下写出的《福建词史》是靠不住的，看到全部闽词或最大限度地看到全部闽词是必须要过的第二个隘口，乃奋起编纂《全闽词》并于 2016 年出版，先后获全国优秀古籍图书奖一等奖、福建省社会科学优秀成果二等奖。第三，民国名儒何振岱和他众多弟子的生平事迹，我还没有精细的把握，这是必须要过的第三个隘口，遂与王璐瑾君合作编撰《何振岱师生合谱》，有 30 万字。

以上几本书完成后，自感掌握了较为充分的资料，于是考虑如何修改旧稿。修改中，我注意史识的培养。史识好比指挥作战的将军，材料好比众多的士卒，兵多可能打胜仗，也可能打败仗，只有高明的将军才能打胜仗。我对词史的理解是：词史主要是词作的审美批评史，以及词人的主要活动史。这是我写作《福建词史》必须时刻要注意的两个层面。

2020 年，新冠疫情暴发，这一年我基本待在家里，困守愁城罢了，还好有《福建词史》这部写了十多年的旧稿陪伴着我，每次拿出来修改的时候，都有如睹故人的感觉。在修改的过程中，福州友人连天雄先生一如既往地向我提供资料，中国人民大学研究生王璐瑾君想办法为我拍摄下载了不少图书，他们的支持使我减少了奔走各地查书的辛劳。我也将我写作上述三书所获得的新资料和平时的点滴思考充实到旧稿中，遂积稿至 50 多万字。

本书的若干章节或相关内容，曾以论文的形式，发表在《厦门大学学报》《东南学术》《台湾研究集刊》《福建师范大学学报》《中国诗学研究》《福州大学学报》《长江学术》《古籍研究》《福建工程学院学报》《闽学研究》等刊物，各地读者给了我一些批评意见，促使我重审这些已发表的论文。这次修改定稿，不因论文已刊就不对这些论文动手术，该重写的地方一律重写。连天雄先生曾对我说，出书要慢，因为新材料总是不断被发现和整理出版的。他的话正确且管用。事实上，十多年来，可供写作《福建词史》参考的著作至少出版了六七十种，如不重视修改，只能是故步自封。

我相信有人会据新发现的资料来考量此著。对于读者的批评指正，我一向翘首以盼，兹先致谢忱。

组稿编辑袁清湘女士在本书申报课题和结项的过程中给予我周到的服务，责任编辑连凌云先生极为认真地审读书稿，更正错误，并提出修改意见，令人感佩。谨向他们致以深深的敬意和谢意！

2023 年 6 月 30 日

图书在版编目(CIP)数据

　福建词史：上下册 / 刘荣平著. -- 北京：社会科
学文献出版社，2023.12
　国家社科基金后期资助项目
　ISBN 978 - 7 - 5228 - 2106 - 1

　Ⅰ. ①福…　Ⅱ. ①刘…　Ⅲ. ①词（文学）- 词曲史 - 福
建　Ⅳ. ①I207.23

　中国国家版本馆 CIP 数据核字（2023）第 128209 号

国家社科基金后期资助项目

福建词史（上下册）

著　　者／刘荣平

出 版 人／冀祥德
组稿编辑／袁清湘
责任编辑／连凌云　赵晶华
责任印制／王京美

出　　版／社会科学文献出版社·联合出版中心（010）59367202
　　　　　地址：北京市北三环中路甲 29 号院华龙大厦　邮编：100029
　　　　　网址：www.ssap.com.cn
发　　行／社会科学文献出版社（010）59367028
印　　装／三河市龙林印务有限公司

规　　格／开　本：787mm × 1092mm　1/16
　　　　　印　张：51　字　数：805 千字
版　　次／2023 年 12 月第 1 版　2023 年 12 月第 1 次印刷
书　　号／ISBN 978 - 7 - 5228 - 2106 - 1
定　　价／198.00 元（上下册）

读者服务电话：4008918866